COMO
Namorar
A IRMÃ
DO SEU
MELHOR
Amigo

AUTORA BESTSELLER DO USA TODAY

MEGHAN
QUIN

CB006363

Editora
Charme

Copyright © 2018 The Secret to Dating Your Best Friend's Sister by Meghan Quinn
Direitos autorais de tradução© 2021 Editora Charme.

Todos os direitos reservados.
Nenhuma parte desta publicação pode ser reproduzida, distribuída ou transmitida sob qualquer forma ou por qualquer meio, incluindo fotocópias, gravação ou outros métodos mecânicos ou eletrônicos, sem a permissão prévia por escrito da editora, exceto no caso de breves citações consubstanciadas em resenhas críticas e outros usos não comerciais permitido pela lei de direitos autorais.

Este livro é um trabalho de ficção.
Todos os nomes, personagens, locais e incidentes são produtos da imaginação da autora.
Qualquer semelhança com pessoas reais, coisas, vivas ou mortas, locais ou eventos é mera coincidência.

1ª Impressão 2021

Produção Editorial - Editora Charme
Design da Capa - RBA Design
Créditos de Foto - Rafa Catala
Adaptação de capa e Produção Gráfica - Verônica Góes
Tradução - Laís Medeiros
Revisão - Equipe Charme

Esta obra foi negociada por Brower Literary & Management.

FICHA CATALOGRÁFICA ELABORADA POR
Bibliotecária: Priscila Gomes Cruz CRB-8/8207

Q7c	Quinn, Meghan
	Como namorar a irmã do seu melhor amigo/ Meghan Quinn; Tradução: Laís Medeiros; Foto: Rafa Catala; Revisão: Equipe Charme; Adaptação de capa e produção gráfica: Verônica Góes
	Campinas, SP: Editora Charme, 2021.
	372 p. il.
	Título original: The Secret to Dating Your Best Friend's Sister
	ISBN: 978-65-5933-038-6
	1. Ficção norte-americana	2. Romance Estrangeiro - I. Quinn, Meghan. II. Medeiros, Laís. III. Catala, Rafa. IV. Equipe Charme. VII. Góes, Verônica. VIII. Título.
	CDD - 813

www.editoracharme.com.br

COMO *Namorar* A IRMÃ DO SEU MELHOR *Amigo*

Tradução: Laís Medeiros

AUTORA BESTSELLER DO USA TODAY

MEGHAN QUINN

Editora
Charme

PRÓLOGO

Bram

Eu tenho uma paixonite estúpida pra cacete pela irmã do meu melhor amigo.

E também sei o exato momento em que isso aconteceu.

Não foi quando a conheci pela primeira vez, porque isso foi quando descobri que ela gostava de usar meias de cano alto com macaquinhos. Também não foi na segunda vez que esbarrei com ela, porque ela foi uma garota amarga e azeda cheia de marra comigo que me acertou em cheio nas bolas. Mas, mesmo durante aquele surto violento e assustador, eu a achei bonita e interessante, mas ficar apaixonadinho por ela? Não fiquei mesmo.

Não, isso só foi acontecer muitas vezes depois da primeira. Eu estava no último ano da faculdade e ela, no segundo. Uma nervosa estudante do segundo ano que foi forçada a se aventurar em mais uma festa de fraternidade, capturada por seus amigos e mantida em cativeiro para se divertir.

Ela era um peixe fora d'água, e eu não conseguia fazer outra coisa além de manter meus olhos fixos nela enquanto ela esbarrava desajeitadamente em babacas bêbados e tropeçava em latas de cerveja vazias, arrumando seus óculos que ficavam escorregando por seu nariz perfeito. Ela era diferente de qualquer outra garota que já conheci. Obstinada, às vezes metida com sua inteligência, astuta e nunca com medo suficiente para recuar. Ela me intrigava, capturava minha atenção, me fazia querer saber o que estava passando naquela sua linda cabecinha.

Eu tinha que descobrir.

Aquela noite mudou tudo. Talvez fosse a cerveja no meu organismo, ou pura curiosidade sobre a garota que parecia completamente deslocada, mas me senti muito atraído por ela. Eu sabia, naquele momento, que eu tinha uma escolha a fazer: continuar a ficar ali com Lauren Connor e ouvir suas histórias chatas pra caramba, ou levantar a bunda do sofá de couro e ir dizer oi para Julia Westin.

Consegue adivinhar o que eu fiz?

CAPÍTULO UM

Bram

Qualquer outro homem no meu lugar, nesse momento, não apertaria o botão do elevador para o décimo primeiro andar, onde fica o apartamento do meu amigo.

Ele iria embora, com o rabo entre as pernas, provavelmente buscando todas as maneiras de *não* ser eu. Especialmente agora.

Mas eu não sou como a maioria dos homens. Nunca fui.

É claro que tenho meus momentos. Eu gosto de dinheiro e poder. É por isso que sou proprietário de vários imóveis em Nova York e continuo a investir, transformando dinheiro em mais dinheiro. Tenho trinta e três anos e poderia me aposentar agora, se quisesse. Mas o ramo imobiliário é viciante e eu adoro a caça, todo o processo para buscar o próximo melhor investimento.

Eu também gosto de transar. Que homem não gosta? Já tive muitas fodas casuais, nunca busquei mais que isso, porque nunca conheci uma pessoa que me fizesse querer sossegar... bem, exceto uma, mas vamos chegar lá.

E assim como a maioria dos homens, eu adoro esportes. Futebol americano, beisebol, basquete... esportes universitários, profissionais. As Olimpíadas. Porra, coloque até nado sincronizado na minha frente e pode apostar que vou assistir.

Meu amor por esportes é, na verdade, o motivo de eu estar aqui, caminhando como um zumbi, esperando por minha sentença.

— Segure o elevador, idiota. — O sotaque irlandês melodioso de Roark McCool ecoa pelo saguão logo antes de ele colocar sua mão enorme contra a porta do elevador que está quase fechando.

Não faço a menor menção de segurar a porta para ele. Esse é o tipo de amigo que eu sou.

Assim que entra, ele me olha de cima a baixo e começa a dar risada — motivo número um pelo qual eu não segurei a porta do elevador. Seu olhar se fixa no engradado de cerveja que seguro com força.

— Achou que poderia nos subornar com uma cervejinha, não foi? — ele pergunta, acenando com a cabeça em direção ao engradado.

Conhecemos Roark, um estudante de intercâmbio da Irlanda, em uma das nossas festas de fraternidade no segundo ano da faculdade. No minuto em que percebemos que ele podia beber um barril inteiro em uma noite e não demonstrar o menor resquício de ressaca no dia seguinte, ele se tornou uma adição perfeita ao nosso grupo de amigos. O cara é cem por cento irlandês e tem um temperamento feroz para combinar com a cerveja Guinness que corre por suas veias.

Além disso, como não ser amigo de um cara que se chama Roark McCool? É impossível.

— Nah, é só a minha contribuição para a noite.

— Não pense que vamos pegar leve com você. Aposta é aposta.

— Eu sei. — Escondo o sorriso que quer surgir nos meus lábios.

Aposta é aposta, e é melhor que aqueles babacas me cobrem essa aposta, porque eu tenho um plano.

Perder foi uma decisão sobre a qual nem precisei pensar muito. No minuto em que eu soube o que estava em jogo, não tive dúvidas sobre quem seria o perdedor na nossa liga de *Football Fantasy*.

Sim, três executivos poderosos, derivados de uma casa de fraternidade e que moram em coberturas em Manhattan participam de uma liga de *Football Fantasy*, em um jogo virtual. É o nosso prazer culposo, que nos dá um descanso de todo o nosso trabalho constante e extenuante algumas horas por semana.

Toda temporada de futebol americano, nós nos reunimos à mesa, fazemos uma aposta, recrutamos nossos jogadores e começamos o jogo. Antes, nós apostávamos dinheiro, tudo ou nada, mas depois que estouramos nossas contas bancárias, passamos a querer apostar coisas mais interessantes... como tarefas.

Nós todos temos mais dinheiro e posses do que o necessário, mas experiências nunca serão demais.

É por isso que eu quis perder este ano, para ganhar a chance de viver a melhor experiência na qual apostamos. E, sim, eu fiz toda uma cena, zombando da ideia, mas, porra, eu mal podia esperar para perder.

Não vou dizer que foi tudo uma maravilha; foi um trabalho difícil, a princípio, tentar perder estrategicamente sem ser óbvio. Nos últimos três anos, eu ganhei, e foi incrível pra caralho ver meus amigos disputarem e lamentarem diante dos pontos que acumulei toda semana. Mas, dessa vez, merda, foi difícil, e a certa altura, quando meus jogadores secundários começaram a mandar muito bem, fiquei nervoso pra cacete pensando que não ia perder. *De alguma maneira*, consegui dar a volta por cima e levar a derrota da vez.

Pela primeira vez na minha vida, estou encarando uma perda como uma maldita vitória.

As portas se abrem para um apartamento monocromático e lustroso, com vista para o centro de Manhattan. Um tapete branco opulento cobre todo o piso da sala de estar, lembrando-me de todas as noites que dormi de cara no chão e bunda para cima sobre o danado.

Nós podemos até ter dinheiro e administrar empresas bilionárias, mas, porra, não temos classe nenhuma.

Talvez seja por isso que não somos convidados para muitos eventos pela cidade.

Com a mão no meu ombro, Roark me empurra para dentro do apartamento e me conduz em direção à cozinha, onde Rath já está abrindo cervejas e comemorando.

— Aí está ele! — Rath grita, olhando na nossa direção. — Um zumbi ambulante.

Coloco as cervejas sobre a bancada e solto um suspiro pesado, porque esse é o bom ator que eu sou. Tenho que manter as coisas autênticas, afinal de contas.

— Jesus, por quanto tempo vou ter que ficar ouvindo sobre essa derrota?

Viu só isso? Digno de um Oscar, principalmente com o jeito como deixo os ombros caírem para completar.

Rath, o vencedor da temporada, olha para nós dois.

— Acho que você vai ter que ouvir durante o ano inteiro, assim como o resto de nós quando perdemos — ele diz. — Você nunca nos deixa em paz.

Verdade. Sou do tipo de vencedor que fica se gabando.

— Talvez você possa ter pena de mim.

Rath balança a cabeça.

— Não vai rolar. Já arrumei um mensageiro para te levar um lembrete todos os dias durante o próximo mês. Um lembrete de como você jogou mal esse ano, só para o caso de você esquecer.

— Porra, que nobre da sua parte. — Abro uma cerveja e tomo um gole enorme.

— Quem coloca Russell Wilson na reserva? — Rath balança a cabeça para mim.

Grunho.

— Eu te disse, foi um acidente.

Não foi um acidente. Coloquei aquele filho da puta caridoso no banco dos reservas... e depois doei dinheiro para o hospital infantil que ele costuma visitar porque ele é um cara inspirador, e eu queria ao menos ter um bom carma para que essa minha decisão fosse a jogada final que me faria perder.

E foi mesmo.

Balanço a cabeça e caminho até a mesa, onde há uma tigela de tortilhas e guacamole. Nós ainda comemos como garotos universitários. Cerveja, salgadinhos, enroladinhos de pizza... é tudo o que precisamos. Nenhum homem chega a amadurecer o suficiente para parar de consumir comida de garoto de fraternidade, a menos que uma boa mulher que saiba cozinhar entre na sua vida e, assim, ofereça algum incentivo para comer devidamente. *E todos sabemos a qual incentivo me refiro.*

Coloco uma grande quantidade de guacamole em uma tortilha e enfio na boca, mastigando por um segundo antes de engolir. Meus amigos mantêm os olhos em mim, com sorrisos tortos enfeitando suas expressões presunçosas enquanto observam cada movimento meu. Preciso trazer à tona minha autodepreciação e colocar meus olhos de raiva para jogo.

— Será que dá para vocês pararem de ficar me olhando, seus babacas? Já entendi. Eu perdi. Vamos prestar contas dessa aposta e seguir em frente, caralho.

Rath se aproxima da mesa e gesticula em direção às cadeiras.

— Garotos... acho que temos algumas regras a discutir, não acham?

— Temos. — Roark senta-se ao meu lado, colocando sua cadeira ao contrário e apoiando os braços sobre o encosto. — O Bram não vai sair desse apartamento até finalizarmos cada pedacinho dessa aposta.

Nós agimos como um bando de idiotas imaturos durante boa parte do tempo, mas temos alma de homens de negócios, o que significa que, quando fazemos uma aposta, o contrato dessa merda é elaborado por advogados e autenticado. Como fizemos faculdade em Yale, aprendemos os meandros de sermos astutos e implacáveis quando se trata de negócios, então todo ano aplicamos as mesmas táticas às nossas apostas. Assim, garantimos que o derrotado cumpra a tarefa sem dar um pio.

Quando o contrato chegou esse ano para assinarmos, peguei uma caneta o mais rápido possível.

— Ok, garotos, vocês estão prontos? — Roark esfrega as mãos, como um filho da puta convencido. Mal sabe ele...

— Podemos adicionar uma estipulação ao contrato? — Rath pergunta. — Algo do tipo: ele tem que documentar tudo para nós?

É, isso não vai rolar.

— Sem estipulações — eu digo. Eu não preciso que nada que tenho em mente seja documentado.

Rath nos entrega pastas contendo o contrato, com cada página plastificada. Falei que isso era oficial.

— Já está tudo plastificado, cara, então nada de estipulações. — Plastificação sempre fecha o contrato. *Literalmente.*

— Agora, por favor, abram na página um. — Rath toma o controle da reunião, como sempre.

Rath, o mais esperto de nós três e um puta magnata, sempre liderou o grupo. Sendo o nerd mauricinho, mas esportivo que é, ele tem todas as ideias, tratando tudo como um modelo de negócios astuto. Ele é perigoso, implacável e incrivelmente inteligente, o que faz dele um cara letal no mundo dos negócios.

Nos minutos seguintes, Rath revisa as regras e estipulações para quem perdesse a aposta, como eu tenho que cumprir o que foi acordado em uma semana, nos dá atualizações, e essa merda toda. E então, ele chega à parte boa.

É difícil conter o meu sorriso, abafar minha empolgação, mas, porra, pela primeira vez depois de um bom tempo, eu finalmente tenho a minha desculpa para falar com Julia Westin novamente.

COMO NAMORAR A IRMÃ DO SEU MELHOR AMIGO

CAPÍTULO DOIS
Bram

Esfrego minhas palmas e encaro o edifício onde fica o escritório de Julia, com vista para o Bryant Park. Ela tem um escritório bem pequeno, apenas para ela e sua assistente, mas alugou o espaço por uma boa grana para ter um lugar para atender seus clientes.

Sim, seus clientes.

Acho que acabei não mencionando o que Julia faz.

Deixe-me contar uma história.

Julia Westin é inteligente como seu irmão — eu gosto de dizer que é ainda mais inteligente, mas o Rath discorda — e tímida, mas se você colocar um *hoagie*[1] diante dela, ela vai detonar aquela delícia italiana como se estivesse em um concurso de comer cachorros-quentes. Enfia direto pela garganta. Ela tem um PhD em ciência comportamental e tem um baita orgulho do seu título, Doutora Amor, como alguns a chamam. Ela passou os últimos oito anos aperfeiçoando um programa de computador para relacionamentos que criou do zero, chamado *Qual é a Sua Cor?*

Ficou intrigado? Deveria mesmo.

Ela reduziu o mundo dos encontros românticos em seis cores gerais e suas tonalidades complementares. Colocando em termos leigos, ela desenvolveu um programa de namoros para garotas inteligentes e tímidas como ela que precisam de ajuda para encontrar um homem com uma quantidade mais vasta de interesses, além de cervejas artesanais de merda e videogames. Ela promove a ideia de encontrar um homem viajado, de classe e refinado. Um homem que queira ser desafiado intelectualmente pelo sexo oposto.

Eu sei o que você está pensando: *Bram, você está longe de ser um homem de classe e refinado.*

Eu já sei disso, porra.

---

1 Sanduíche com duas longas fatias de pão recheado com carne, queijo, tomate, alface e condimentos. (N.E.)

Mas, ei, eu uso ternos chiques, já viajei por esse mundo todo, e não tenho a menor intenção de namorar alguém que não seja a própria Doutora Amor.

Você ainda está se perguntando qual era a aposta? Não conseguiu juntar as peças ainda?

Roark, o cuzão do grupo, teve a brilhante ideia de apostar que a pessoa que perdesse teria que tentar encontrar o amor através do programa de Julia. Como somos solteirões convictos, essa era uma aposta muito séria para se perder... bem, para alguns de nós.

Ano passado, nós arriscamos mais, quando apostamos que quem perdesse teria que fazer aulas de yoga por um mês inteiro usando legging. Fiquei tão feliz por não ter perdido essa. Rath, no entanto, mandou ver como se fosse um *yogi* profissional e acabou deixando os quadris mais soltos, o que, de acordo com ele, melhorou incrivelmente sua vida sexual. Algo sobre conseguir foder com mais força sem sentir câimbras.

A subida de elevador até o sexagésimo nono andar — acredite em mim, esse número não me passa despercebido — é um pouco mais tensa do que pensei que seria.

Para começar, Julia não sabe que estou chegando para "encontrar o amor".

Ela também não faz ideia de que não tenho a mínima intenção de me apaixonar por alguma das pessoas que ela acha que são compatíveis comigo.

E... faz seis meses que não a vejo, então a visita inesperada vai pegá-la de surpresa.

Ding.

As portas do elevador se abrem e eu imediatamente pego o caminho à esquerda pelo corredor, em direção a uma porta colorida.

QUAL É A SUA COR?

Um sorriso pequeno surge nos meus lábios logo antes de eu entrar no escritório.

Mobília branca — cadeiras, mesinha de centro e balcão — preenche o ambiente, enquanto há quadrados coloridos com molduras brancas pendurados nas paredes, também brancas. Acima dos quadrados, está escrito O Espectro do Namoro em negrito, o que dá uma pequena pista sobre o que se trata o *Qual é a Sua Cor?*.

Conheço Julia desde que essa ideia era apenas isso, uma ideia, e vê-la trazer aquilo à vida e de uma maneira tão bem-sucedida... porra, sinto uma pontada enorme de orgulho nesse meu coração babaca.

— Posso ajudá-lo? — Anita, a assistente de Julia, pergunta, voltando da pequena cozinha até o balcão. — O senhor tem horário marcado?

Coloco uma mão no bolso da calça e balanço a cabeça.

— Não tenho, mas se você disser à Julia que Bram Scott está aqui para vê-la, tenho certeza de que ela vai me atender. — Pisco para ela e espero.

Anita me olha cheia de suspeita — não sei por que, já que nos conhecemos antes — e pega o telefone.

— Srta. Westin, tem um homem chamado Bram Scott aqui querendo vê-la. — Anita assente. — Ok. — Ela desliga. — Você pode entrar. — Anita gesticula em direção ao escritório de Julia.

— Obrigado. — Dou-lhe um aceno de cabeça e pisco mais uma vez antes de caminhar até o escritório de Julia.

De maneira casual e confiante, abro a porta, mas logo a minha crista se abaixa quando meus olhos se fixam em Julia.

Puta. Merda. Meu coração acelera.

Ela está de cabeça baixa enquanto digita no teclado, e vejo a concentração no seu cenho que conheço muito bem. Já vi aquela ruguinha entre seus olhos, a tão conhecida expressão ponderada de Julia, por trás dos seus óculos de armação grossa.

Ela dá mais uma olhada para a tela, inclinando-se para a frente de maneira que sua blusa se abra um pouco entre os botões. Se eu estivesse no ângulo certo — leia-se inclinando a cabeça para o lado esquerdo —, conseguiria ver a cor do que imagino ser um sutiã sexy de renda. E a calcinha estaria combinando sob a sua saia preta, porque, porra, afinal de contas, ela é uma dama.

Satisfeita com seja lá o que esteja fazendo, Julia se endireita e olha para mim, enquanto fecho a porta.

Seus olhos azuis brilham por trás dos óculos que ela empurra para cima pelo nariz com seus dedos com unhas bem-feitas. Elas nunca têm uma cor, pelo menos desde que a conheço. Ela sempre as pinta de uma tonalidade nude. Uma vez, perguntei por que ela não pinta as unhas de cor-de-rosa, e ela respondeu que não quer ter que ficar trocando a cor a cada troca de roupa. Nude era mais fácil.

Bom, eu também acho que nude é mais fácil. Eu prefiro nude... um nude *dela*, se possível.

Não que eu já a tenha visto nua, mas eu vou.

— Bram — ela diz, com uma surpresa nervosa no seu tom de voz. — O que você está fazendo aqui?

Ela alisa seus cabelos loiros lustrosos e fica inquieta diante do meu olhar.

— Você vai ficar aí sentada ou vai vir aqui me dar um abraço?

Como a garota tímida que é, ela leva um segundo para se recompor antes de ficar de pé e vir na minha direção, um sapato de salto baixo depois do outro. Fecho os últimos centímetros de distância entre nós e a puxo para um abraço de verdade. Nada de abracinho idiota de lado. Não, eu quero seus peitos pressionados no meu peitoral firme e minha virilha sussurrando declarações carinhosas para a dela.

Relutante, a princípio, ela não me abraça da maneira que eu gostaria, então eu a provoco, como sempre.

— Eu não vou explodir se você me abraçar, Jules. Manda ver. — Ela ri baixinho e suspira, puxando-me para mais perto. — Isso, bem gostoso assim.

Seu perfume sutil flutua até meu nariz e me atinge diretamente no pau. Merda, ela tem um cheiro tão bom.

O abraço não dura muito tempo — *nunca* dura —, e antes que eu possa ficar confortável com ela nos meus braços, ela se afasta e arruma sua blusa, empurrando os óculos no nariz mais uma vez.

— Você quer se sentar e me contar por que está aqui?

Ela nunca foi do tipo de conversa fiada. Ela é organizada, profissional e inteligente pra caralho, então não perde tempo falando sobre o tempo, a menos que tenha a ver com algum pensamento científico. É assim que ela é programada.

Mas falar sobre a umidade em Nova York e como isso está arruinando a vida ao ar livre... ela não quer nada a ver com isso.

Em frente à sua mesa, há uma área de espera com duas poltronas e um sofá sobre um tapete azul-escuro. Ela escolhe o sofá, e eu também. Tudo é questão de proximidade corporal.

— Bom te ver, Jules. — Ajusto minhas abotoaduras. — Como você está?

— Bem.

Mesmo que você *tente* puxar conversa fiada, ela não cede. Algumas pessoas podem achar isso esquisito, mas eu encaro como um desafio.

— Gostei do que você fez com esse lugar. Esse tapete é da *Pottery Barn*?

Ela me olha, com as mãos sobre o colo e os ombros alinhados.

— A minha assistente o encontrou.

Curvo-me para frente e passo os dedos pelo tapete.

— Hum, me parece a qualidade da *Pottery Barn.* — Ela não diz nada, então continuo. — Eu comi um negócio com recheio de carne em um pub no SoHo, dia desses. Tinha batata também e era bom pra caralho. Eles chamam de empanada. Você já comeu uma dessas?

— Não, acho que não.

— Não sabe o que está perdendo, Jules. — Começo a cutucar casualmente o braço do sofá. — É porque o tempo está péssimo ultimamente? Sou eu ou a umidade está tão densa que parece ser preciso partir o ar ao meio para conseguir andar?

Ela suspira audivelmente e relaxa contra o sofá, deixando os ombros caírem.

— Bram, o que você quer?

Ela está cedendo tão rápido. Eu estava só começando. Mas como sei que ela está ocupada e, tecnicamente, eu não tinha horário marcado, vou direto ao ponto.

— Eu vim para encontrar o amor.

O escritório fica todo em silêncio enquanto Julia se endireita novamente no sofá, com o peito para frente, como se algum tipo de merda de exorcismo a estivesse puxando para frente e girando sua cabeça na minha direção. Sua reação é válida. Não sou exatamente conhecido como o tipo que se compromete em um relacionamento, então isso veio completamente de surpresa para ela.

— Como é?

Apoio os antebraços nas pernas e fixo meu olhar nela, ficando sério.

— Eu quero que você me coloque no seu programa. Quero um relacionamento sério, e não pude pensar em ninguém melhor para segurar a minha mão enquanto embarco nessa jornada.

Suas narinas inflam.

Sua mandíbula remexe de um lado para o outro.

Ela cruza os braços contra o peito.

— Isso é mais uma daquelas apostas idiotas que você faz com o meu irmão? — Err... — Porque a temporada de futebol americano acabou recentemente e alguém deve ter perdido. Foi você, Bram?

Mas o que diabos está acontecendo agora?

— O quê? — Dou risada, todo sem jeito. A vontade de pegar meu celular e ligar para os meus amigos é muito forte.

Abortar. Abortar. A missão está prejudicada.

— O que te faria pensar isso? — Tentando agir da maneira mais casual possível, endireito as costas e cruzo as pernas com um tornozelo sobre o outro joelho, enquanto meu braço fica sobre o encosto do sofá.

Ela me olha de cima a baixo, seus olhos correndo por meu terno cinza feito sob medida, sem piscar, tão séria que, não vou mentir, fico um pouco nervoso quanto ao que ela poderá dizer ou fazer.

Aquele olhar, firme como rocha, igualzinho ao do irmão. Deve ser algo de família. Nota mental: tendências assassinas implacáveis correm pelas veias de Julia.

— Bem, eu não sei, Bram. Talvez porque, desde que eu te conheci, você diz que o amor é para os otários. Suas palavras, não minhas.

Todo cara é um babaca quando está na faculdade, e pouquíssimos de nós causam uma boa impressão. Também há pouquíssimos de nós que pegam mais leve em uma sexta-feira à noite fazendo todas as coisas românticas melosas que as mulheres adoram.

Caso esteja se perguntando, eu não era um desses caras... obviamente.

— As pessoas mudam, Jules.

Ela me lança um olhar mordaz.

—- Um ano atrás, você disse que casamento era para almas desesperadas que perambulam pela Terra.

— Ok, eu não disse desesperadas. — Aponto para ela. — Não coloque palavras na minha boca. Eu disse que casamento era para os iludidos. Diferença enorme.

— Não exatamente, porque isso ainda demonstra que você não acredita em amor ou casamento. Então, me diga a verdade. Por que você está aqui?

— Por amor.

— Bram.

— Eu estou aqui por amor, droga!

Ela balança a cabeça.

— O Rath me contou sobre a aposta, então pare de fingir que está aqui por algum outro motivo.

Ok... já entendi o que ela está fazendo. Está tentando me enganar. Já mencionei que ela é inteligente? Não apenas para coisas intelectuais. Ela está tentando me arrancar alguma reação, uma em que eu diria algo como "Porra, ele te contou?" e confirmaria sua suspeita.

Mas o que ela não entendeu ainda é que eu sei muito bem qual é a dela.

Hoje não, Julia. Hoje não.

— Como ele te contou?

— Como assim? — ela pergunta, parecendo surpresa com a minha resposta, ou a falta da mesma. Ela é inteligente, mas também uma péssima mentirosa.

— Como ele te contou sobre essa "aposta"? — Faço aspas no ar. — Foi durante o brunch ontem?

Ela assente, seus olhos se iluminando.

— Aham.

— Ha! — Eu praticamente pulo do sofá como Sherlock Holmes faz quando soluciona um caso cansativo e quase impossível. — Mentira. Eu estava com aquele panaca no brunch ontem. Peguei você, Julia.

Ela revira os olhos e balança a cabeça.

— Eu não tenho tempo para isso, Bram.

Ela começa a voltar para sua mesa, mas levo dois segundos para impedi-la, puxando sua mão para que ela fique de frente para mim. Nós dois estamos de pé agora, e eu a encaro, tentando não me perder nos seus olhos azuis como o oceano, nos quais já me perdi antes.

— Estou falando sério, Julia. — Perfuro-a com meu olhar, tentando provar o quão comprometido estou.

E, sim, posso não estar falando sério quanto a usar seu programa — é só uma maneira para chegar até ela —, mas estou falando muito sério quanto a encontrar o amor. E já escolhi a pessoa com a qual quero encontrar o amor.

Honestamente, estou facilitando o trabalho dela. Mas talvez eu deva esconder esse detalhe, por enquanto.

Você deve estar se perguntando: por que simplesmente não a chama para sair?

Porque eu já tentei dizer a ela como me sinto, uma vez, e ferrei tudo. Mas essa é uma história para outro dia.

— Você quer mesmo participar do meu programa? Não vai bancar o babaca com isso?

— Eu nunca seria babaca com você.

Ela começa a contar nos dedos.

— A vez na banheira de hidromassagem na casa do Rath. A vez em que você roubou o meu cachorro-quente. A vez em que eu estava secando o meu cabelo e...

— Ok, calma aí. — Aliso meu paletó, odiando o fato de que tenho agido como um garoto do ensino fundamental com ela durante praticamente todo o tempo em que nos conhecemos, tirando sarro dela e agindo como o melhor amigo do seu irmão mais velho, que é exatamente o que sou. — Eu não vim bancar o babaca com você. Estou para entrar no mundo do namoro. Não quero mais pegar garotas em bares. Quero uma pessoa inteligente, sofisticada... linda. — Meus olhos descem até seus lábios por um breve segundo antes de encontrarem seu olhar novamente.

Ela não deve ter percebido meu flerte óbvio, porque não há a mínima reação na sua expressão. E, para ser honesto, não estou surpreso. Julia sempre foi ótima em ficar inexpressiva.

— Você quer mesmo namorar? — Assinto. — Tudo bem. — Ela gira sobre os saltos e vai até sua mesa, sentando-se diante dela com sua postura profissional encobrindo a garota que costumava usar tênis brancos em festas de fraternidade. — Posso encaixá-lo na próxima quarta-feira.

Tiro o celular do bolso do meu paletó, pronto para começar o meu ataque.

— Quarta-feira? Que horas?

— Uma da tarde. — Ela digita no seu computador.

— Ok, mas você vai ter que ir até o meu escritório.

Ela arqueia a sobrancelhas.

— Como é?

Digito o compromisso no meu celular e a incluo no e-mail de convite. Seu computador apita quando guardo o celular de volta no bolso.

— Quarta-feira, uma da tarde, meu escritório. Vou me certificar de que o meu assistente deixe aquela salada de beterraba que você gosta pronta.

Começo a sair da sala.

— Bram, eu não atendo fora do meu escritório.

— Mal posso esperar para colocar a mão na massa com você, Jules.

— Bram!

Pisco para ela sobre o ombro.

— Te vejo na quarta-feira.

— Bram! — ela chama mais uma vez antes da porta fechar atrás de mim, e um sorriso enorme enfeita meu rosto.

Aceno rapidamente para Anita antes de apertar o botão do elevador. Meu plano de namorar a irmã do meu melhor amigo já está encaminhado.

Pode não parecer, mas Julia é uma mulher que precisa ser convencida aos poucos. Descobri isso há anos. Ela pensa bem antes de tomar suas decisões e nunca se precipita no calor do momento. Não, ela faz uma lista de prós e contras, mede bem suas razões, e quanto está pronta, toma uma decisão.

Sabendo disso sobre ela, vou ter toda a paciência do mundo ao convencê-la da ideia de que Bram Scott é um homem para se ter um relacionamento, e então... porra, eu vou pegá-la desprevenida, fazê-la perder o equilíbrio, entrar em cena como um cavaleiro de armadura brilhante e reivindicá-la como minha. Sim, porque, assim como Julia, eu também faço listas de prós e contras, meço meus motivos, e quando estou pronto, tomo a minha decisão. Ela é a minha decisão — faz um bom tempo que é —, mas, agora, é hora de fazer mágica.

Julia Westin não faz ideia do que está prestes a acontecer a ela.

COMO NAMORAR A IRMÃ DO SEU MELHOR AMIGO

CAPÍTULO TRÊS
Bram

Último ano da faculdade, Universidade Yale

— Bebe! Bebe! Bebe!

Tomo as últimas gotas da mangueira de cerveja e a ergo diante da plateia, mostrando a todos a minha habilidade incrível de beber. Pode colocar isso no meu currículo.

Levemente tonto, morrendo de calor e cheio de orgulho, ouço a multidão entoar meu nome enquanto desço da mesa e esbarro contra as costas do meu melhor amigo, Rath.

— Cara, eu tô bebaço.

Ele se vira e me abraça, envolvendo-me completamente, e eu retribuo, porque ele é a minha pessoa. Sim, isso mesmo, ele é a minha pessoa, porra, e eu não tenho vergonha de admitir. Homens podem ter suas pessoas. Isso não é somente uma coisa de garotas inventada por *Grey's Anatomy*.

Desde o nosso primeiro ano, quando tivemos que tirar as roupas e usar nada além de calcinhas fio-dental, com nossos paus mal cabendo no pedaço minúsculo de tecido, enquanto dançávamos para o pessoal da nossa fraternidade, eu sabia que Rath seria o cara que ficaria ao meu lado durante os bons e os maus momentos. Porra, quando nós dois nos curvamos e empinamos as bundas, uma do lado da outra, diante de vinte mulheres, enquanto o barulho da minha nádega se chocando contra a dele ecoava pelo ar denso, eu soube... esse cara seria a minha pessoa.

— Ann Marie acabou de me mostrar os peitos dela — ele diz, ainda me abraçando com firmeza. — Acho que vou chorar.

Eu o aperto ainda mais.

— Ah, porra! Parabéns, cara. Eles eram tudo o que você imaginou que seriam?

— Pequenos e perfeitos, do jeitinho que eu gosto.

Afasto-me e seguro seus ombros, olhando bem nos seus olhos sonolentos e cheios de cerveja. Nós estamos usando casacos abertos e sem camisa, com os cabelos bagunçados e suados e vivendo muito bem o nosso último ano em Yale.

— Então, por que você está aqui comigo e não lá dentro com a Ann Marie?

— Minha irmã.

Duas palavras.

É tudo o que ele precisa dizer.

Já tive muitas conversas com Rath até tarde da noite, sentados na varanda, cervejas na mão, jogando conversa fora sobre nossas famílias. Rath ama sua irmã. E não somente da maneira obrigatória que um irmão ama uma irmã, ele realmente gosta dela, a adora, venera o chão que ela pisa. Ele me contou várias histórias sobre ela, o quão inteligente é, como ela tem tudo para fazer algo especial no mundo, tem tanto potencial quanto ele, mas nem mesmo sabe disso.

Na primeira vez que ele falou sobre ela, talvez eu tenha até ficado com uma pequena ereção diante da imagem que desenhei na minha cabeça. Mulheres inteligentes me excitam.

Não há nada pior do que uma mulher fingindo ser estúpida ou agindo com estupidez. Quer saber como fazer as minhas bolsas murcharem na hora? É só bancar a avoada. Isso me dá vontade de recuar toda vez. E mesmo que estejamos em Yale, você ficaria surpreso com a quantidade de mulheres "burras" com que já nos deparamos.

— A Julia vem? Para cá? Esta noite?

Ele assente.

— Ela deve chegar a qualquer momento. É a primeira festa de fraternidade dela. — Ele alisa os cabelos. — Como estou?

Olho para ele de cima a baixo, com a mão no queixo, dando-lhe uma avaliação justa.

— Vou ser honesto, mano. Está na cara que você tomou um porre.

— Nããão! — Ele choraminga. — Ela nunca me viu bêbado. Rápido, mete a mão na minha cara. Arranca essa bebedeira de mim no soco.

— Tentador, mas não vai funcionar.

Olho em volta, buscando uma solução, mas com a minha mente bêbada nublada, não consigo ter ideia alguma de como ajudar o meu amigo. A única coisa que me vem à cabeça? Mais *shots*!

Interrompendo meus pensamentos, Rath agarra meu ombro e me sacode, fazendo a cerveja que acabei de beber se agitar dentro de mim. Opa, está tudo girando.

— Café! Eu preciso de café. Café deve funcionar, não é?

— Err, não sei. — Balanço-me de um lado para o outro. — Quando ela deve...?

— Rath? — Uma voz baixa atrai nossa atenção para a esquerda, onde está uma garota com cabelos loiros e expressão tímida, olhando consternada para nós.

Antes que Rath a erga nos braços e a gire, pego um breve vislumbre de um par de olhos lindos escondidos por trás de óculos de armação preta. Cabelos loiros e ondulados flutuam por seus ombros e, caramba, não consigo evitar olhar para baixo, para sua bunda, que está envolta em um macaquinho jeans.

Ok... talvez não seja a melhor escolha de roupas para uma festa de fraternidade, mas... é, serve.

A quem estou tentando enganar? A roupa é pavorosa, e... ela está mesmo usando tênis brancos e meias de cano alto?

Meias de cano alto.

Meias de cano alto, cacete.

Isso foi ousado, mas se ela está tentando passar a *vibe* "fique longe de mim!" com sua escolha de roupas, mandou muito bem. Acho que não há um cara aqui que se atreva a dar em cima de uma garota com meias de cano alto brancas que normalmente pertencem a velhotes em uma quadra de tênis.

Mas, mesmo que ela pareça ter saído de um episódio de *Supergatas*, não consigo parar de olhá-la. Seu look inteiro está funcionando para mim da melhor maneira possível. A aparência desalinhada deveria me repelir, mas, caramba, ela está me fazendo querer descascá-la como uma cebola, camada por camada.

— Juuuuliaaa! — Rath coloca sua irmã no chão e a puxa para um abraço, pressionando o queixo no topo da cabeça dela. Hum, ela é baixinha. Gosto disso também. — Eu estou bêbado. Não me odeie.

Ela ri, e o som é muito doce nos meus ouvidos.

— Eu sei que você bebe, Rath. — Ela se afasta do irmão e ajusta os óculos.

— Desde quando?

— Desde o ano passado, quando você foi ao meu dormitório bêbado pra cacete e agindo como se estivesse apenas tonto por ter feito exercícios demais sem tomar água suficiente. Sem contar que você já tem vinte e dois anos.

— Bom, a parte de não ter bebido água suficiente é verdade. — Ele dá risada e depois aponta para mim. — Julia, acho que finalmente estou pronto para te apresentar à minha cara-metade, o homem dos meus sonhos, o caju da minha castanha, meu melhor amigo de todos os tempos, Bram Scott.

Ele disse tudo.

Estendo minha mão enquanto Julia encara o irmão, franzindo um pouco o cenho, com um questionamento perturbador no seu olhar. Balançando a cabeça, ela vira-se na minha direção, percebendo-me pela primeira vez desde que chegou. Minha mão está estendida, esperando que ela a aperte, e observo enquanto ela não esconde o jeito rápido com que me avalia e, então, com um leve tremor, coloca sua mão na minha. Ela dá um firme aperto antes de soltar.

— Prazer em conhecê-lo. Quando o meu irmão me falou sobre você pela primeira vez, pensei que fossem namorados, mas daí eu o peguei com uma garota durante o recesso de Natal no primeiro ano dele e percebi que ele é só mesmo fascinado por você — ela diz. Impassível. Completamente sem expressão. *Essa garota...*

Enfio as mãos nos bolsos, deixando o vento bater no meu casaco, exibindo meu peitoral impressionante, mas seus olhos não desviam para dar uma checada. Interessante.

— É, não dá para evitar a paixão que o seu irmão tem por mim. Só posso mesmo nutri-la e fortalecê-la.

— É verdade. Ele cativou a minha alma. — Rath coloca o braço em volta de mim e dá um beijo enorme na minha bochecha. — Nossa, eu amo esse cara.

Com os olhos arregalados, Julia olha para nós dois, confusa.

Quero garantir que todos estamos na mesma página aqui, então empurro Rath e digo:

— Nós não somos um casal, é sério. Nós gostamos de peitos e bocetas. —

Ela torce o nariz, com uma clara expressão de nojo. — Foi mal. — Estremeço. — Eu quis dizer seios e vaginas.

Ela revira os olhos para mim, e tem algo na sua reação que é tão charmoso. Não me lembro de muitas mulheres revirando os olhos para mim do jeito que Julia acaba de fazer... como se eu fosse um completo idiota. Ser o presidente da fraternidade mais popular do campus facilita muito conseguir alguém para transar. As mulheres praticamente se jogam em mim, porque nessa fraternidade só tem os futuros maiorais. Os mais ricos, os inventores, os famosos. Somos conhecidos como a nata dessa universidade. Se você descolar um cara da Alpha Phi Alpha, estará garantida pelo resto da vida.

Mas Julia não parece ter esse mesmo tipo de sangue correndo por suas veias, como as outras garotas que já conheci e vivem pela casa da fraternidade, procurando pelo próximo pau a conquistar. Ela é diferente, o que ficou claro com seu revirar de olhos. Lento e proposital, tocando os topos das suas pálpebras e desviando dramaticamente para o lado. Eu gostei disso. Muito.

— Então, o que te traz aqui esta noite? — pergunto, querendo deixar o negócio sobre peitos e bocetas para trás.

Ela dá de ombros, que mal seguram as alças do seu macaquinho. E olha em volta, absorvendo a multidão turbulenta.

— Pensei em vir ver qual é a dessas festas de fraternidade.

— Garanti que ela ficasse mais reclusa quando era caloura — Rath se intromete. — Faculdade primeiro e, então, depois de um ano de estudos intensos, agora ela tem permissão para ir a festas, mas somente festas onde eu estiver também, porque de jeito nenhum vou deixar algum panaca bêbado se aproveitar da minha irmãzinha.

Se aproveitar de Julia? Hum, imagino como seria desfazer os fechos do seu macaquinho e retirar suas meias de cano alto... visualizo por um segundo. O jeito suave como uma das suas alças passaria por seu ombro, as marcas de compressão das meias na sua pele assim que eu as puxasse dos seus pés. Ah, sim, essa merda é...

— Cara. — Rath me dá um tapa na nuca. — Pare de ficar olhando para as meias da minha irmã. Qual é o seu problema?

Pelo menos eu não estava olhando para os peitos dela...

— Hã? Oh. — Sorrio e massageio a nuca. — Eu gostei dessas meias. Muito... hã, brancas. Você usa água sanitária? Ou é mais do tipo que usa removedor de manchas em pó?

Ela me encara inexpressiva, sem responder, apenas encarando, quase como se, por trás das suas pupilas, estivesse avaliando tudo em mim. E pelo que estou vendo, ela não está muito impressionada.

Não é que eu goste da irmã de Rath, mas gostaria de ter sua aprovação como melhor amigo dele. Sabe, um tapinha nas costas que diz "Eu sei que você já manteve o meu irmão quentinho à noite e agradeço por isso".

Não recebo resposta à minha pergunta, apenas um leve balançar de cabeça quando ela volta a se dirigir a Rath.

— A Clarissa foi pegar bebidas para nós. Vou procurá-la.

— Você está bebendo água, não é?

Ela assente.

— Aham. Claro. — Ela fica nas pontas dos pés e lhe dá um beijo rápido na bochecha. — Te vejo por aí.

— Se precisar de mim, sabe onde me encontrar.

— Em algum lugar por aí agindo feito um idiota, com certeza. — Ela lança um sorriso para ele, sem se dar ao trabalho de se despedir de mim, e sai.

Nem mesmo um *legal te conhecer*. Pensei que os Westin tinham mais educação que isso. Bem, ela é mal-educada pra caralho. Pena que não posso dizer isso, a menos que eu queira receber um soco no olho, e quer saber? Não estou a fim disso agora.

— Então, aquela é a Julia, hein?

Rath assente.

— Aham. Aquela é a minha irmã.

CAPÍTULO QUATRO
Julia

— Não minta para mim, Rath.

Ando rapidamente pelas ruas sujas de Nova York sobre saltos de dois centímetros, com o vento brutal do inverno ricocheteando meu casaco longo e transformando minhas pernas em picolés. Eu odeio tempo frio. Se tudo fosse do jeito que eu quero, o meu negócio seria situado na Flórida, ajudando todas as pessoas solteiras de Miami a encontrarem o amor. Infelizmente para mim, o cenário do namoro é bem mais expressivo em Nova York, o que significa que estou presa aqui e tendo que lidar com esse tempo durante o inverno.

— Não estou mentindo para você.

Não acredito nem um pouco nisso. Eu conheço o meu irmão, e sei quando ele está mentindo — ou, pelo menos, quando está tentando esconder alguma coisa — e, agora, diante da maneira como sua voz saiu aguda quando ele disse a palavra *mentindo*, sei que está acobertando a verdade.

— Se eu estivesse no meu leito de morte nesse momento e te perguntasse se o Bram ter me procurado foi puro desejo de encontrar o amor, e não por causa de uma aposta estúpida de um jogo de *Football Fantasy*, o que você diria?

— Hã... — Ele tosse. — Ah, merda, olhe só isso, estou atrasado para uma reunião. Não quero me meter em encrenca. Preciso ir.

— Você é o dono da empresa — digo, no momento em que o vento joga um pacote velho de batatinhas no meu casaco. Afasto-o com a mão, torcendo para que não tenha sobrado nenhum resíduo de excremento nele.

— É... mesmo assim, tempo é essencial, e eu não quero ser um chefe babaca. Te amo, maninha. Vamos almoçar juntos qualquer dia desses.

— Eu sei que você está tentando desligar a chamada para evitar responder a minha pergunta agora.

— O que você disse? Não consigo te ouvir. Você deve estar entrando em um túnel.

— Estou andando pela rua.

— Ok, valeu, aham. Tchau.

Clique.

Solto um suspiro longo e frustrado ao guardar o celular na bolsa e acelerar o passo, andando pelo último quarteirão até alcançar o edifício onde fica a empresa de Bram.

Não tenho a menor dúvida de que o único motivo pelo qual Bram está querendo usar o meu programa é ele ter perdido a aposta de futebol estúpida. Não há outra explicação. Conheço esse homem há muito tempo, e de jeito nenhum ele está interessado no meu programa. Nem um pouco. O que significa... que eu vou fazer da vida de Bram Scott um inferno.

Assim que entro no edifício, tiro um segundo para recuperar o fôlego e descongelar meu corpo inteiro. Cheguei antes do nosso horário marcado, então dou um passo para o lado após passar pelas portas, no saguão, e retiro as luvas, ajusto alguns grampos de cabelo no meu coque bem-feito e dou tapinhas nas minhas bochechas congeladas, dando-lhes um pouco de vida.

O saguão opulento está transbordando com pessoas andando para lá e para cá, entrando e saindo do edifício, com a cabeça cheia de trabalho. Saltos altos tilintam contra o piso de mármore e elevadores ostentosos fazem "ding!" a cada poucos segundos, movimentando as massas pelos cento e dez andares do prédio.

Se você não está familiarizado com a rotina de se conduzir um negócio em Nova York, isso pode ser intimidante, mas, para mim, é apenas o esperado, nada com o que me preocupar.

Pelo menos, é assim que me sinto agora. Quando me mudei para a cidade pela primeira vez, eu era a garota que ficava no meio de saguões, absorvendo a grandeza deles enquanto as pessoas esbarravam em mim e passavam correndo como se estivessem em uma missão.

Caminho até o elevador, que tem pelo menos meia dúzia de pessoas, e pressiono o botão do último andar, pronta para uma longa viagem.

Pessoas entram e saem do elevador, indo e voltando, até eu chegar ao meu andar de destino. Seguro a alça da minha bolsa com força, abro as portas de vidro da Imobiliária Scott e me dirijo ao local onde fica o escritório de Bram. Seu assistente atencioso está sentado, usando um fone de ouvido enquanto fala rapidamente com alguém ao telefone e faz anotações.

Espero pacientemente, mas no minuto em que Linus — já nos encontramos algumas vezes antes — me percebe, ele coloca a ligação na espera.

— Srta. Westin, que bom vê-la. — Seus olhos viajam por mim. — O sr. Scott está esperando pela senhorita e me disse para deixá-la entrar no instante em que chegasse.

— Obrigada, Linus.

Passo pelos olhos errantes de Linus para chegar ao escritório de Bram, onde empurro a porta de vidro fosco sem bater.

Estou meio que esperando encontrá-lo fazendo algo constrangedor, mas fico tristemente desapontada quando o encontro sentado à mesa, uma mão nos seus cabelos cor de areia, puxando as mechas curtas enquanto olha intensamente para a tela do computador.

Quando ouve a porta abrir, seus olhos viajam até mim e aquele sorriso preguiçoso estúpido surge nos seus lábios. Ele é tão convencido e seguro de si. Sempre foi. Sua personalidade nunca mudou desde que o conheci. Ele pode ter amadurecido levemente, ao trocar a mangueira de cerveja pelo copo, mas ainda é o mesmo homem arrogante.

Suas mãos fortes seguram a beirada da mesa, e o tecido branco da camisa social estica-se em volta dos seus bíceps quando ele se afasta da mesa e fica de pé. Uma calça social azul-marinho delineia suas coxas. Enquanto ele anda até mim, noto a aspereza da barba por fazer agraciando sua mandíbula diante da maneira como seus dedos a esfregam.

Estou muito diferente da garota que usava macaquinhos e golas altas. Na faculdade, eu não dava a mínima para moda. Eu queria fazer o meu doutorado, e queria chegar lá o mais rápido possível. Era a única coisa com que me importava.

Somente depois que completei meu doutorado, meu programa de namoros deslanchou e o meu negócio precisou de um rosto para o marketing, então percebi que precisava de uma transformação.

Felizmente, minha amiga Clarissa conhece todo mundo e me arranjou uma consulta de um dia inteiro para me polir e refinar, para me tornar o rosto de uma grande empresa casamenteira.

— Oi, Jules. — Bram vem até mim, pousa uma mão na minha cintura e inclina-se para frente, fazendo o cheiro da sua colônia dominar cada pensamento meu ao dar um beijo suave na minha bochecha. Antes que eu possa dizer qualquer coisa, ou ao menos recuperar o fôlego, ele se afasta. — Obrigado por vir me encontrar aqui. Eu tive uma reunião atrás da outra o dia inteiro hoje, então não ter que ir até o seu escritório foi muito útil.

Vou deixar logo isso claro para que não haja nenhum equívoco. De jeito nenhum eu me comparo a Bram Scott. Nem um pouco.

Mas...

Ele é um homem *extremamente* atraente. É o tipo de homem que você não acredita que existe até, de fato, conhecê-lo na vida real e praticamente engolir a língua no minuto em que faz contato visual com ele. Seus olhos são quase de um tom pastel de azul-esverdeado. Sua pele é bronzeada até mesmo no inverno, por alguma razão, e seus cabelos estão sempre perfeitamente arrumados de uma maneira bagunçada que leva vinte minutos para fazer, mas parece que levou apenas cinco. Seu corpo é esculpido como um deus grego, e seu sorriso é uma combinação letal de dentes perfeitos e apelo sexual. Ele é a epítome do magnetismo masculino e sabe disso. *E eu estaria mentindo se dissesse que acho fácil estar perto dele.* Ele é... demais. Perfeito demais para se olhar, pelo menos.

Ele gesticula para o sofá azul de veludo que está posicionado contra uma parede do seu escritório.

— Me dê o seu casaco e sente-se. Fique à vontade.

Ele está tão sereno, casual, como se esse não fosse o encontro mais esquisito que já tivemos. Eu sei que ele está mentindo quanto ao motivo pelo qual quer os meus serviços. Se ele quer passar pelos processos do meu programa, tudo bem por mim, mas é um tanto assustador o quão confortável ele parece estar nesse momento.

Entrego-lhe o meu casaco e sento-me no sofá elegante. Esse tecido, meu Deus, deve ter custado uma fortuna, porque é incrivelmente macio, como uma combinação de veludo amassado e manteiga derretida. Por um breve — muito breve — segundo, penso em como seria deitar sobre ele nua, qual seria a sensação do tecido na minha pele, com minhas costas coladas no comprimento do sofá...

Mas, como eu disse, é um pensamento efêmero, principalmente pelo fato de Bram estar de pé a poucos metros de distância, com uma mão dentro de um dos seus bolsos e sorrindo feito um bobo.

Ele esfrega as palmas uma na outra.

— Estou empolgado para começar.

— Uhum — murmuro, alcançando minha bolsa e tirando de lá uma pilha de contratos. Coloco-os sobre a mesinha de centro de madeira diante de mim. — Você tem alguns contratos para assinar, então é melhor começar.

Ele olha para a pilha.

— Contratos?

Cruzo as pernas e tento parecer o mais sofisticada possível, mesmo que a minha nerd interior queira se encolher em um canto diante do olhar impossivelmente intenso de Bram.

Descobri rapidamente que, quando se está lidando com homens como Bram — poderosos, sofisticados e ricaços —, você tem que demonstrar autoconfiança, mesmo que não esteja sentindo isso lá no fundo. Se demonstrar autoconfiança, eles irão te levar mais a sério. Bancar a tímida não é mais uma opção.

— É a exigência que faço a todos os meus clientes. É assim que poderei saber que irão levar o programa a sério e não usá-lo com pretensões falsas. — Enfatizo as palavras e observo sua reação, mas não percebo nada. Eu deveria saber; Bram sabe como manter a expressão inescrutável que se aprende no mundo dos negócios. — Há um compromisso de três meses com o programa, testes que deverão ser feitos, e preciso da confirmação de que podemos usar os resultados dos testes e informações pessoais para ajudá-lo a encontrar a pessoa compatível com você.

— O quão intensos são esses testes sobre os quais você está falando? — Ele senta e ergue uma sobrancelha para mim, puxando os contratos para seu colo e mexendo neles.

— Os testes duram mais ou menos uma semana.

Ele ergue a cabeça de uma vez.

— Uma semana? Você está falando sério?

Assinto lentamente, um sorriso pequeno curvando meus lábios. Mal sabe ele o quão intenso esse programa realmente é. Meu irmão e os amigos deles escolheram o programa de namoros errado para colocar em uma aposta, e quer saber? Vou fazer Bram pagar direitinho.

— Não esqueça de ler sobre as taxas pelos meus serviços.

— Dinheiro não importa — ele diz, sem cerimônia alguma, lendo as páginas com atenção.

Eu sei que dinheiro não importa para Bram. Ele deve ter dinheiro brotando pelos ouvidos nesse momento, mas eu quero que ele fique ciente de todas as taxas.

— Observe que as cobranças são aplicadas para tratamento dúbio do programa. Eu não perco meu tempo, e se você desperdiçá-lo, terá que pagar a multa.

Ele analisa a folha, e eu sei o momento em que finalmente vê do que estou falando, porque o canto da sua boca se repuxa para cima. Ele ergue a cabeça o suficiente para que eu possa ver seus olhos maliciosos.

— Você puxou essas habilidades implacáveis nos negócios do seu irmão, não foi?

Olho para minhas unhas, vendo que o esmalte nude precisa ser retocado em breve.

— Talvez eu tenha pedido a ajuda dele para redigir os contratos.

— Esperta. Mas, comigo, você não precisa se preocupar com as taxas. — Ele ergue a cabeça completamente, e sua linguagem corporal está se aproximando de mim no sofá. — Estou nessa pra valer, Julia.

Por alguma razão, eu odeio quando ele me chama de Julia. Soa tão formal vindo da boca dele. Ele é o único que me chama de Jules, e o único que eu permito que me chame assim, porque, quando ele usa meu nome completo, é como se fôssemos estranhos. Isso não deveria importar para mim. Bram Scott não deveria importar para mim, mas o que posso dizer? Receber afeição de Bram é um evento raro e bem-vindo nessa minha vida sempre tão ordenada e estruturada. *Jules* é o desvio refrescante de ser a srta. Julia Westin. *Jules* significa que eu ainda sou uma mulher de carne e osso que alguém vê como uma amiga. Não que ele vá saber disso, algum dia, porque ele é o Bram, e isso subiria na hora à cabecinha estupidamente linda dele.

— Que bom, então — respondo, sentindo-me agitada, de repente. Toco minha garganta. — Pode me dar um pouco de água?

— Oh, merda, sim! Porra, eu sou um péssimo anfitrião. — Uma coisa que eu acho estranhamente encantadora em Bram, que pode ser considerado um ponto negativo para outras pessoas, é que, mesmo que seja polido e refinado, ele deixa seu verdadeiro eu à mostra quando está comigo: o garoto de fraternidade boca suja que conheci anos atrás. — Água e saladas. É pra já.

Ele tira o celular do bolso e digita uma mensagem rapidamente. Parece que leva segundos para que Linus apareça na porta, batendo e entrando com nosso almoço. Ele coloca tudo sobre a mesa de centro.

— Gostaria de mais alguma coisa, sr. Scott?

— Acho que já está bom, Linus. Pode ir pegar o seu almoço e coloque no meu cartão. Te vejo em uma hora.

O rosto de Linus se ilumina.

— Obrigado, sr. Scott.

A porta pesada fecha atrás de Linus, deixando-me sozinha com Bram novamente. *Completamente sozinha.*

— Podemos tirar um pequeno intervalo para o almoço antes de mergulharmos mais a fundo nesses contratos? — Bram dá tapinhas na sua barriga, que eu sei que é firme feito pedra. — Estou faminto. Meu shake de proteínas não adiantou nada esta manhã. Sabe o que eu realmente queria para o café da manhã? Tacos.

Assinto e abro meu pote de salada. Hum. Muita beterraba. Ele me conhece bem.

— O que é tão bom em uma salada de beterraba que te deixa de mamilos duros, Jules?

Irritada, inclino a cabeça para o lado e o encaro.

— Você vai ter que aprender a não falar como um idiota bêbado se vai mesmo entrar nesse programa.

— O que foi? Só porque eu falei mamilos? — Ele balança a cabeça. — Eu só disse isso para conseguir que você fale comigo. Sabe, levar uma conversa.

— Eu sei o que é uma conversa, Bram. — Coloco o molho com cuidado sobre a salada e enfio o garfo em algumas folhas de alface. — Só que eu escolho bem quando quero ter uma conversa e quando não quero.

— E você não quer conversar comigo agora?

— Não exatamente — respondo, sendo completamente sincera.

Estou com raiva. Bram não precisa do meu programa para encontrar alguém, e eu odeio sentir como se estivesse fazendo parte de uma brincadeira imatura. Os dois negaram, mas na real? Eu tenho trabalho de verdade esperando por mim no *meu* escritório, e não queria vir a esse compromisso para comer e beber. Eu não quero conversar agora. Isso não é um encontro casual. No entanto, mesmo eu sendo honesta assim, ele ainda abre aquele sorrisinho presunçoso, que só piora tudo.

— E por quê?

Dou uma garfada na salada e coloco o recipiente no meu colo. Olho pela janela e mastigo, ignorando-o completamente.

— Então, você vai me fazer adivinhar. Tudo bem. Sou bom em jogos de adivinhação. Hum, vejamos. — Ele come uma garfada da sua salada com bife e gorgonzola. — Você não vai conversar comigo porque te fiz vir até o meu escritório.

Não respondo, mas estou mesmo irritada por estar aqui e ter tido que me arrastar pelas condições do inverno para isso.

— Ok, não é isso. Achei mesmo que não fosse, já que vi como os seus dedos tiveram um orgasmo quando tocaram o meu sofá, mas pensei em comentar isso. — Jesus, ele é tão irritante. — É por que esqueci de te oferecer uma bebida? Foi um deslize, não vai acontecer de novo.

Não manifesto nenhuma reação.

— Hum, não foi a água. — Ele estala os dedos. — Ah, já sei! É porque você me acha irresistivelmente sexy e tem medo de acabar dizendo algo estúpido, se conversarmos.

Reviro os olhos, com força. Mesmo que isso seja parcialmente verdade.

— Se toca.

— A-há! Eu sabia que isso funcionaria.

Eu o odeio. *Como se eu conseguisse odiá-lo.* Volto para minha salada, mastigando e mantendo meus olhos fixos em qualquer coisa, exceto nele.

— Qual é, Jules? — Sua voz suaviza. — Converse comigo. Me conte sobre o seu novo apartamento.

Sério, o jeito como as informações viajam entre Bram e Rath é absurdo. Eles fofocam mais do que garotas adolescentes.

Mesmo que eu não queira conversar com ele agora, acabo cedendo, porque ele não vai desistir. Ele é esse tipo de pessoa, que vai te torturar lentamente até você finalmente ceder.

— Eu não quero falar sobre o meu apartamento.

— Oh, merda. Tem baratas nele?

— Não — respondo, prestes a perder a cabeça. — Não, meu apartamento recém-reformado com vista para o Central Park não tem baratas.

— Você tinha mesmo que falar sobre a localização dele, hein? — Ele pisca e coloca uma grande garfada de salada na boca.

Passo minha língua pelos dentes, contando até dez.

— Sabe sobre o que podemos conversar, Bram?

Seus olhos acendem, como se eu estivesse prestes a contar a ele um segredo profundo e sombrio.

— O quê?

Nivelo meu olhar com o dele, sem nem ao menos piscar ao responder.

— Vamos falar sobre por que você mentiu para mim.

— Menti para você? — ele pergunta muito casualmente. — Me conte mais sobre isso.

Sinto uma vontade incrivelmente forte de estrangulá-lo.

— Antes de chegar aqui, eu liguei para o Rath, e ele me contou que eu estava certa. Essa história de que você quer encontrar o amor foi uma aposta. Então, pare de fingir, Bram.

— Não faço ideia do que você está falando — ele diz, curvando os lábios.

— Bram, ou você me diz a verdade, ou eu vou enviar para o Linus a sua foto do tempo da faculdade dormindo em cima de uma pilha de produtos de higiene feminina, com um deles pendurado no seu nariz, e peço a ele que espalhe por toda a sua empresa, incluindo investidores.

— Você ainda tem essa foto?

Estamos falando de Bram Scott. É claro que eu ainda tenho aquela foto. Para um momento exatamente como esse. Quase deixo escapar uma risada. Mas isso não é do meu feitio.

— Está na minha pasta de chantagens.

Ele balança a cabeça devagar.

— Você é impossível.

Cruzo os braços contra o peito e espero. Ele solta um suspiro longo e pesado ao finalmente responder:

— Tudo bem, foi uma aposta que eu perdi. Mas... — ele adiciona antes que eu possa cortá-lo. — Eu nunca teria concordado com a aposta se não fosse algo que fosse levar a sério caso perdesse.

— O que isso quer dizer? — pergunto a ele, cética.

— Quer dizer que, mesmo tendo perdido a aposta, eu quero estar aqui.

E por mais que ele brinque durante mais ou menos noventa e nove por cento do tempo, nesse momento, eu sei que está falando a verdade. Tudo por causa do jeito como suas sobrancelhas abaixam e caem suavemente.

Droga.

— Por que agora? E por que o meu programa?

Ele coloca seu almoço pela metade na mesinha de centro e recosta-se no sofá, com o olhar intenso enquanto fala.

— Há alguns meses, eu estava no High Nine com o Roark, bebendo, me divertindo pra caramba com algumas garotas que conhecemos no bar. Era uma típica noite de sexta-feira para mim, mas, naquela noite, eu vi algo que fez meu estômago apertar.

— O que você viu? — indago, odiando o quão interessada estou na história.

— Era um casal sentado a uma mesa. Eles eram casados. Estavam dando uma saída. Eu não conseguia tirar os olhos deles, o jeito como riam e provocavam um ao outro. O jeito como roubavam olhares, se tocavam, o jeito como davam uns amassos ali mesmo. Eu percebi, naquele momento, que eu queria o que eles tinham. Quero alguém que *eu* possa levar para sair e saber que irá voltar para casa comigo. Quero alguém com quem *eu* possa fazer piadas, alguém que vai gostar de mim por quem eu realmente sou, e não pelo tipo de terno que uso. Caramba, eu quero alguém com quem eu possa trocar mensagens à noite além do seu irmão.

Isso me faz dar um risinho.

Ele traz seu olhar emotivo até o meu, e vejo tanta profundidade nele. Qualquer mulher se perderia nele se encarasse por muito tempo. *E é exatamente por isso que evito olhar nos seus olhos por longos períodos de tempo.*

— Eu quero encontrar uma parceira para a minha vida, e quando fizemos essa aposta, eu sabia que se existe alguém que pode me ajudar a encontrar é você.

E bem quando eu estava tentando odiá-lo, ele diz algo assim. Que droga, Bram.

Solto um longo suspiro.

— Você é bem irritante, sabia?

— Por quê? — Ele cutuca meu ombro de uma maneira brincalhona. — Porque eu te fiz sentir algo além de repugnância por mim?

— Exatamente.

Ele solta uma gargalhada.

— Prepare-se, Jules. Depois que tudo estiver feito, você vai gostar de mim muito mais do que você espera.

Ha.

— É, isso nós veremos, Romeu.

CAPÍTULO CINCO

Bram

Encaro a bíblia diante de mim. Grossa. Esperando.

A garrafa gelada de cerveja na minha mão vai direto para minha boca. Mais um gole.

E mais um.

Mais um, para dar boa sorte.

... e mais um para dar coragem.

Céus.

Abro na primeira página e me encolho internamente, odiando tudo nessa minha noite de sexta-feira. Rath e Roark estão no nosso bar favorito nesse momento, o *High Nine*, se divertindo pra caramba enquanto estou aqui, com uma cerveja de baixa caloria na mão — minha empregada acha engraçado comprar essa água com mijo — e o questionário de Julia diante de mim, vulgo, a bíblia... porque é tão grosso quanto. Estamos falando de trezentas perguntas.

Sim.

Trezentas perguntas, porra.

Por que diabos isso não foi feito eletronicamente? Eu tenho que preencher questões de múltipla escolha com um maldito lápis número 2. Adivinhe quem não tinha lápis em casa? Eu mesmo.

Tive que ir até a loja de conveniências na esquina para comprar alguns lápis. E, porra, é claro que não consigo ir a uma loja dessas sem acabar comprando pelo menos outras cinco coisas das quais nem preciso.

Lápis.

Red Bull.

Cookies com gotas de chocolate.

Uma coleção de cards do time de basquete Knicks.

Uma vela aromática de eucalipto e menta.

E uma revista *Home and Garden*, porque, por mais que Rosemary me compre cervejas de merda, eu ainda gosto de fazê-la feliz ao deixar por aí alguns presentinhos, como as revistas que gosta. A empregada é a detentora dos segredos de todos os homens ricos. Mantenha-a feliz e seus segredos estarão seguros.

Meus segredos incluem a vez em que ela me pegou dançando músicas da Taylor Swift de cueca boxer, dando socos no ar e cantando junto a plenos pulmões. É um momento sobre o qual não falamos, mas que eu sei que ela guarda na sua caixa de ferramentas, pronta para usar quando tiver a oportunidade.

Com a vela acesa — nossa, o cheiro dessa maldita é um sonho —, biscoitos em um prato elegante porque, no fim das contas, eu sou cheio de classe, e lápis na mão, começo os trabalhos.

Pergunta número um. Um gorila rouba o seu almoço, mas não te dá um soco no processo. Em vez disso, ele passa sorrateiramente sem que você o perceba. O que você faz?

Pisco algumas vezes. *O quê?*

Um gorila?

Isso não pode estar certo.

Dou um gole na cerveja, coloco-a na mesa e trago o teste para mais perto de mim enquanto recosto-me no sofá. Leio a pergunta mais uma vez.

Hummm... sim, está mesmo me perguntando sobre um gorila roubando meu almoço.

Talvez as alternativas não sejam estranhas.

Alternativa A: Joga as mãos para o ar e grita.

Alternativa B: Cruza os braços, senta no chão e faz beicinho.

Alternativa C: Bate o pé no chão duas vezes e grita "Não!".

Alternativa D: Fica de joelhos, deixa os ombros caírem e chora.

Porra, ela tá de sacanagem comigo?

Leio as respostas mais uma vez, tentando encontrar uma que não me faça parecer um bebê chorão, mas não há mesmo uma boa opção. Isso deve ser alguma piada. É impossível que ela tenha me dado o teste correto. Esse é seu jeito de se vingar de mim por causa da história da aposta?

Eu não vou responder trezentas perguntas se forem todas desse tipo.

Largo o lápis, pego meu celular no bolso e ligo para Julia.

Toca três vezes antes que ela atenda.

— Alô?

— Oi, Jules. — Apoio os pés na mesinha de centro e me acomodo para ficar mais confortável. — Como está a sua noite de sexta-feira?

— Ocupada.

— É mesmo? O que você está fazendo? Espere, deixe-me adivinhar. — Toco meu queixo. — Assistindo reprises de *Sex and the City* enquanto mata um pote de sorvete de nozes.

— Não, nós não vamos...

— Hummm, ok. Eu sabia que essa não era a resposta certa.

— Bram...

— Ah, você está com uma daquelas máscaras faciais? Está fazendo esfoliação, Jules? Talvez tomando um banho de banheira com aqueles sais de banho que o Rath escolheu meticulosamente para você de presente de Natal? Você sabe que eu o ajudei, não é? Então posso levar o crédito pela maciez da sua pele.

— Eu não estou na banheira. Mas...

— Droga. Ok... acho que, dessa vez, eu vou acertar. Diante do tom sem fôlego da sua voz, vou chutar que você está... — Sorri para mim mesmo. — A segundos de conseguir resolver as palavras cruzadas nas quais está há uma hora trabalhando.

Silêncio.

Bingo.

Jogo a cabeça para trás e gargalho, sentindo alegria retumbando no meu peito.

— Acertei, não foi?

Ela solta um suspiro pesado.

— O que você quer, Bram?

— Merda, eu atrapalhei a sua concentração? — pergunto, ainda rindo. — Eu sei como você é com as suas palavras cruzadas, Jules.

Sei mesmo. Porque o cérebro inteligente até demais de Julia Westin raramente descansa. É uma das coisas que mais adoro nela. Ela não tem vergonha do seu intelecto. E não deveria ter, mesmo.

— Podemos ir logo direto ao assunto para que eu possa voltar ao que estava fazendo?

— Quantas palavras faltam para você descobrir?

Consigo praticamente sentir sua frustração atravessando o celular diante da intensidade como ela bufa.

— Cinco — ela finalmente responde após alguns segundos.

— Cinco! Caramba, você está bem perto. Aposto que está quase caindo de onde está sentada. Você vai comemorar comendo biscoito quando terminar?

— Ou você me diz o que quer, Bram, ou eu vou desligar.

Não está com humor para brincadeiras. Anotado.

— Não desligue. Eu preciso falar com você.

— Estou ouvindo.

Pego o teste novamente e o analiso.

— Essas perguntas... são de verdade? Ou você está de sacanagem e me deu um questionário falso para responder?

— Do que você está falando?

— Jules — digo sem rodeios. — A primeira pergunta é sobre um gorila roubando o meu almoço.

— E?

— E como diabos vou conseguir responder isso de maneira séria? Ou responder, de qualquer jeito? As alternativas são todas terríveis.

— Como assim?

Será que ela está chapada? Está agindo como se essas perguntas fossem completamente normais e válidas. *Algum outro cliente tem que ter questionado isso também. Não é possível que eu seja o único.*

— Quero dizer que eu não faria nenhuma dessas coisas se um gorila roubasse meu almoço. Onde está a alternativa E? Corre atrás do gorila, todo valentão, e pega o almoço de volta do cretino sorrateiro.

— Não tem alternativa E.

— É exatamente disso que estou falando. Não é possível que você consiga formar um perfil de namoro a partir de perguntas como essa.

— Você está tentando me dizer como fazer o meu programa, Bram? — A voz dela é severa, e tenho a certeza, nesse momento, de que as perguntas são reais, que ela não está me sacaneando.

— Não — respondo rapidamente. — Só me ajude a entender o que um gorila roubando meu almoço tem a ver com a pessoa que quero namorar.

— Eu não preciso que você entenda. Preciso que você responda às perguntas. Agora, se isso é algo que você não consegue fazer, me diga para não perdermos tempo com esse processo.

Já comentei alguma vez como ela é implacável?

— Alguém já te disse que talvez você precise melhorar a maneira como trata seus clientes?

— Eu vou desligar, Bram.

— Espere — peço antes que ela possa encerrar a ligação.

— O que é?

Mordo o lábio, segurando meu sorriso.

— Se um gorila roubasse o seu almoço, o que você faria?

— Tchau, Bram.

Clique.

Dou risada e jogo o celular no sofá, pegando novamente o questionário e o lápis.

Hora de trabalhar.

Você é fã de História? Escolha o seu presidente dos Estados Unidos favorito.

John Hiney-Hole. Yolanda Mustard. Senior Weiner. Golden Sunny Rod.

Err... Julia matou as aulas de História? Porque eu tenho completa certeza de que nenhum desses foi presidente, a menos que sejam apelidos dados por seus respectivos pais.

Mando uma mensagem rápida para Julia.

Bram: *Jules, estou preocupado. Acho que você não sabe nada sobre a história dos EUA.*

Ela responde na hora.

Julia: *Apenas responda à droga da pergunta.*

Bram: *Como? Nenhuma dessas pessoas foi presidente.*

Julia: *Não é esse o ponto?*

Bram: *Hã... eu não faço ideia de qual é o ponto desse teste.*

Julia: *Então você não me conhece nem um pouco.*

Bram: *Pare de me sacanear, Jules. Que droga de questionário é esse?*

Julia: **suspiro* É um teste de personalidade. Cada resposta tem um raciocínio por trás.*

Bram: *E qual é?*

Julia: *Sou eu que tenho que saber, e você não tem que se preocupar com isso. Apenas escolha a melhor resposta que vier à mente.*

Bram: *Parece enganação.*

Julia: *É o meu programa de namoro. Você assinou os contratos, agora você que lute.*

Como eu disse... implacável.

Que cor é o laranja?

Queimado. Enferrujado. Cenoura. Dentes minúsculos.

Dentes minúsculos? Que porra é essa? Hã... enferrujado?

A paixão vive na sua alma, e o ódio vive:

No seu fígado. Na sua bexiga. Nas suas falanges. No seu joelho.

Se isso fosse uma questão de vestibular, eu estaria vivendo um inferno nesse momento. Passo a mão pelo rosto. Falanges é uma palavra engraçada, mas ódio... deve viver na bexiga, porque muitas pessoas a irritam.

Ha. Toma essa, Julia.

Qual desses NÃO é um prato italiano?

Big Mac. Sopa de Wanton. Batata. Quibe.

Jesus. Todas as alternativas são a resposta certa. Ela está tentando frustrar os clientes? Porque vou até começar a aplaudir. Está funcionando pra caralho.

Se tenho mesmo que escolher, vou de Big Mac. É a única resposta com prato específico de um restaurante.

Descreva o esporte beisebol com duas palavras.

Tigre Listrado. Dragão Fedido. Montanha Pontuda. Terceiro Mamilo.

Jogo o teste no meu colo, solto um longo e pesado suspiro, e o pego novamente, conferindo as respostas mais uma vez. Isso é tão ridículo.

Claramente, o beisebol é descrito como terceiro mamilo por todo americano raiz que sangra estrelas e listras. Dãã.

Insira aqui um enorme revirar de olhos.

Você consideraria fazer sexo no primeiro encontro?

Ok. Esfrego as mãos mentalmente, porque essa sim é uma pergunta que eu sei responder. Checo as alternativas, procurando pela que diz SIM.

Seis. Quadrado. Roxo. Maçã.

Agora já deu. Jogo o teste sobre a mesinha de centro e vou até a geladeira pegar outra cerveja. É hora de ficar bêbado.

— Podem entrar. — Gesticulo para o meu apartamento. — Os *shots* estão na bancada. Eu já tomei — soluço — quatro.

— Quatro? Posso tomar mais que isso — Roark diz, entrando e indo direto para o bar, onde começa a virar os *shots*. O irlandês está *fazendo jus ao seu legado*, como ele gosta de dizer.

Rath entra segurando dois engradados de cerveja e uma sacola pendurada em um dedo.

— Cerveja e Doritos. Tudo o que precisamos.

— Eu pedi três bifes de lombo com manteiga trufada. Deve chegar em...

— Sr. Scott, o seu jantar. — Um funcionário surge na porta aberta, usando um terno de três peças, com um carrinho diante dele. — Devo colocá-lo no lugar de sempre?

— Seria ótimo. Valeu, cara. — Dou tapinhas no ombro dele, sem conseguir me lembrar do seu nome, mesmo que ele já tenha me trazido muitas refeições antes. — É Steve, certo?

— Eric. — Ele sorri com educação.

Dou um tapa na perna, desapontado.

— Droga, cheguei perto. — Pego minha carteira, tiro uma nota de cem dólares e entrego a Steve, quer dizer, Eric, que sai depois de deixar nossa comida. — Você é um cara legal, Eric. — Dou-lhe mais um tapinha no ombro e, ao começar a fechar a porta, digo: — Tome decisões inteligentes.

Após fechar a porta, viro-me para os meus amigos, que já estão abrindo cervejas e sentados à mesa de jantar, com os bifes diante deles e Doritos — de três sabores diferentes: *Nacho Cheese, Cool Ranch e Poppin' Jalapeño* — em tigelas enormes, já sendo consumidos.

Antes de me sentar, pego outra cerveja, alguns guardanapos e *o teste* — o principal motivo pelo qual estamos nos reunindo esta noite.

— Cavalheiros — falo, erguendo minha cerveja. — Obrigado por virem ao meu resgate esta noite.

— Nós sabíamos que a coisa estava feia quando você pediu que trouxéssemos o trio perfeito — Roark revela ao brindarmos.

O trio perfeito refere-se aos três sabores de Doritos. Experimente comer um de cada sabor ao mesmo tempo — é uma festa na boca. Durante a faculdade, nós sobrevivíamos à base de Doritos, e é assim até hoje. Velhos hábitos nunca morrem.

Atacamos nossos bifes, sentindo a carne macia como manteiga derretida.

— A coisa está muito feia. — Viro-me para Rath, muito sério. — Qual é o problema da sua irmã?

Ele franze as sobrancelhas, ficando na defensiva.

— Do que diabos você está falando?

Coloco um pedaço de carne na boca e empurro o teste para ele.

— Leia a pergunta número trinta e seis para o grupo, por favor.

Ele me olha por um segundo, balança a cabeça em aborrecimento e pega o teste.

— O quão bom você é em matemática? Por favor, resolva o seguinte problema: quanto é dois mais cinco? — Rath olha para mim. — Cara, é sete. Qual é o problema?

Com o garfo, aponto para as alternativas logo abaixo.

— Leia as alternativas.

Rath volta a olhar para o teste e limpa a garganta.

— Alternativa A... — Ele pausa e aproxima o teste do rosto, para examinar melhor.

— Pode analisar o quanto quiser, cara, as respostas não vão mudar.

— Não tem sete aí? — Roark pergunta, inclinando-se e tentando olhar o teste.

— Não. — Rath solta o garfo e esfrega a nuca.

— É um erro de digitação? Quais são as alternativas?

Perplexo e confuso, Rath me lança um olhar, arrancando uma risada de mim.

— As alternativas listadas são Oprah Winfrey, Adolf Hitler, Lady Gaga e Peter Pan.

Completo silêncio recai sobre nós e Roark para de mastigar, com a cabeça inclinada para o lado.

— Que porra é essa? Tá falando sério?

Para confirmar, Rath vira o teste para Roark, que o pega e começa a examiná-lo.

— Cara, a sua irmã é louca — ele diz, finalmente. — Como o nosso garoto aqui vai responder a essas perguntas? Tipo essa: Beyoncé começou sua carreira originalmente com o grupo Destiny's Child. Onde Michael Jackson começou sua carreira? Em um campo de flores, comendo pasta de amendoim, acariciando cachorrinhos, ou fazendo ovos cozidos? — Roark solta o teste sobre a mesa e volta a comer seu bife. — Que treco fodido.

— Viu?! — eu praticamente choramingo. Valeu, *shots*. — O que raios eu devo fazer? Somente uma das perguntas me pareceu usar algum tipo de lógica. Uma. O resto eu saí chutando, e desse jeito, a pessoa compatível que Julia vai encontrar para mim é alguém do Sul que coleciona bonecas vudu e está procurando pela próxima vítima.

— Não acho que ela tenha alguém assim no programa, já que toda a filosofia dele é ajudar a encontrar pessoas compatíveis com garotas como ela: inteligentes, fortes e confiantes.

— Colecionadoras de bonecas vudu podem ser todas essas coisas aí — Roark diz. — Você nunca vai saber, até fuçar bem fundo no armário de esqueletos que elas escondem.

Jesus. Esfrego a testa, sentindo uma dor de cabeça começando a se formar por trás dos meus olhos. Eu sei que não pretendo levar a sério nenhum desses encontros que Julia arranjar para mim, mas também não quero ser encurralado por uma grudenta ou alguém que vai arrancar uma mecha de cabelo meu e guardar para usar contra mim em algum momento.

— O que eu faço? Não tenho ideia de como responder.

Roark e Rath trocam olhares, assentindo ao mesmo tempo antes de voltarem suas atenções para mim. Essas conversas silenciosas deles me irritam.

— Vai respondendo de maneira aleatória — Rath sugere. — Você tem que responder trezentas perguntas, não é? — Assinto devagar. — Apenas preencha o teste, porque isso é só o começo.

— O que você quer dizer?

Rath coloca um salgadinho na boca. *Crunch. Crunch.* O som ecoa pelo apartamento, conforme os cabelos na minha nuca começam a ficar em pé.

— Ela não te explicou como isso funciona?

— Só disse que os testes durariam uma semana. Isso não se referia apenas às trezentas perguntas?

Rath ri e balança a cabeça.

— Não, cara. Essa é só uma das tarefas que você tem que cumprir. Ainda tem outros materiais para leitura, e entrevistas. Você está apenas no início. Tem toda uma ciência por trás de tudo o que a Julia está fazendo, e responder algumas perguntas...

— Trezentas perguntas não são apenas *algumas* perguntas.

— De qualquer jeito, você está bem no comecinho. Tem uma maratona te esperando, cara. — Ele me dá tapinhas nas costas. — Estou tão feliz por não ter perdido essa aposta.

Recosto-me na cadeira, levemente derrotado.

Caramba, no que fui me meter? E, porra, como todas essas coisas farão Julia... ser minha?

CAPÍTULO SEIS
Julia

Segundo ano, Universidade Yale

— Onde você estava? — Clarissa pergunta, abrindo espaço para mim na mesa que pegou na biblioteca.

— Aff — grunho, sentando-me e jogando meus livros sobre a mesa, espalhando minha bagunça. — A professora MacKenzie estava furiosa hoje. — Jogo meu trabalho sobre comportamento humano na mesa, mostrando a maneira como a professora MacKenzie o dilacerou com caneta vermelha.

Com os olhos arregalados, Clarissa pega o papel.

— Puta merda, o que aconteceu?

Curvo os ombros.

— Fui ferrada pela MacKenzie. Ela odiou tudo no meu trabalho e passou as últimas duas horas reiterando por que o odiou tanto.

— Ela te deu um 5?

Assinto.

— E disse que ainda foi muito generosa.

— Que nota ela te daria se não tivesse sido generosa?

Lanço um olhar incisivo para Clarissa.

— Zero? — ela pergunta, completamente chocada e, mais uma vez, assinto.

— Ela disse que é um material falho. O único motivo pelo qual ela não me reprovou foi porque a minha edição estava impecável *e* porque coloquei uma citação dela.

— Ah, que gentil da parte dela. — Clarissa revira os olhos. — Aquela mulher é uma egomaníaca com poder demais.

— Nem me fale. Eu não sei se vou conseguir recuperar essa nota. Ela deixou bem claro que me acha uma burra, e a única coisa boa em mim é a minha habilidade de prestar atenção na aula o suficiente para citá-la no trabalho.

Clarissa toma um gole da sua garrafa de água.

— Eu odeio dizer isso, mas... aquela mulher precisa de um pouco de amor-próprio. Da próxima vez que você entregar um trabalho a ela, inclua um vibrador e a assinatura de algum site pornô. Talvez isso ajude a aliviar a tensão que ela claramente tem presa dentro de si.

— Se você está tentando garantir que eu reprove nessa matéria, então esse é mesmo o jeito de...

— Julia. — Uma voz profunda detrás de mim me interrompe. Aproximando-se, um cara usando calça jeans justa e um suéter verde-floresta surge na minha frente. — É Julia, certo?

Aos poucos, meus olhos viajam para cima, até o rosto dele, absorvendo sua cintura estreita, ombros largos, barba por fazer e olhos verde-azulados.

Bram Scott.

Engulo em seco. É difícil evitar ficar completamente envolvida pela beleza desse homem no minuto em que sinto sua presença.

Eu o conheci em uma das festas da fraternidade do Rath, há alguns meses. Os dois estavam bêbados pra cacete e com a fala tão arrastada que quase não dava para entender o que diziam. Eles estavam usando casacos sem camisa por baixo, com as mangas enroladas até os cotovelos, parecendo dois grandes otários, mas mesmo que eu soubesse que eles eram a definição de babacas aquela noite, não pude deixar de notar o quão atraente Bram era e o jeito como seus olhos passavam por mim algumas vezes, estudando o meu look *fique longe de mim.*

Rath me avisou que, se eu não me vestisse como uma sem-teto, os garotos da fraternidade me bombardeariam, então segui seu conselho e me vesti muito mal. Funcionou, de maneira geral, mas, ainda assim, alguns caras não pareciam se importar com as meias de cano alto. *Sendo o espécime A que está diante de mim nesse momento um desses caras. Surpreendentemente.*

No entanto, aquela roupa não era muito diferente do que eu normalmente uso. Não sou muito ligada em moda. Tenho algumas peças favoritas que gosto de usar, incluindo macaquinhos e meias de cano alto, e deixo por isso mesmo. Clarissa, por outro lado, tem mais senso de moda do que eu, combinando até mesmo suas bandanas com as camisetas.

— Estou certo? Ou estou te confundindo com outra pessoa? — Ele se curva um pouco, tentando olhar melhor para o meu rosto.

— Hum, não, eu sou a Julia.

— Foi o que pensei. — Sem ser convidado, Bram pega a cadeira que está atrás dele e a gira, sentando-se nela ao contrário, apoiando os braços no encosto, com suas pernas poderosas uma de cada lado do assento. — Como vai?

Um pouco assustada pelo quão perto ele está, encolho-me mais na cadeira, tentando criar certa distância. Coloco o cabelo atrás da orelha e ajusto meus óculos.

— Bem.

— É? — Ele me analisa e, então, olha para a mesa, onde imediatamente avista meu trabalho. Eu o tiro do seu campo de visão, mas é tarde demais. — Parece que você recebeu as marcas vermelhas da morte.

Envergonhada, enfio o papel na minha mochila e desvio o olhar do dele, sentando direito na cadeira, diferente dele.

— Não é nada.

— Não parece ser nada. Qual é a matéria?

— Não é da sua conta — vocifero.

Isso é tão mortificante. Minha primeira nota 5 da vida, e o melhor amigo do meu irmão tinha que ver.

Ele ergue as mãos na defensiva.

— Ei, calma, não estou tentando te chatear, só ajudar. Estou no último ano, já sou experiente, se preferir assim. Sei como lidar com os professores dessa faculdade e como agradá-los. A fraternidade tem uma planilha de Excel listando todos os professores: o que ensinam, suas fraquezas, desejos, e do que eles nunca se cansam, além da metodologia de notas deles. A nossa fraternidade pode até ser a casa que dá mais festas, mas também temos a maior média da faculdade, e não é porque somos todos inteligentes. É a planilha. Então, vamos lá, eu posso te ajudar. Quem é o professor?

Lanço um olhar suspeito para ele.

— Por que você iria querer me ajudar?

— Não é óbvio? — *Não.* Ele dá um puxão no meu cabelo, mas dou um tapa na sua mão para afastá-la, fazendo com que ele balance a cabeça e dê risada. — Você é a irmã caçula do Rath. Ele é o meu melhor amigo, portanto, eu cuido das pessoas que ele ama, que, no caso, é você.

— Acho que estou bem assim. — Viro-me para minha mochila, puxando meu laptop de dentro dela.

— Julia. — Clarissa, que está assistindo a toda essa conversa do outro lado da mesa, enfia o nariz onde não foi chamada. — Não seja tão difícil, você precisa da ajuda dele. Acho que o vibrador não é mesmo uma opção viável.

Fecho os olhos com força no minuto em que ouço o tom presunçoso na voz de Bram.

— Vibrador? Agora as coisas ficaram interessantes. De que tipo de vibrador estamos falando?

— Não tem vibrador nenhum. — Abro o computador e digito minha senha.

— Ela tem aula de comportamento humano com a Professora MacKenzie — Clarissa revela, claramente sem saber quando ficar quieta. — Parece que aquela mulher não gosta muito da Julia.

— Clarissa — repreendo-a, mas ela não reconhece meu tom.

Ela se inclina sobre a mesa e estica a mão para Bram.

— A propósito, eu sou Clarissa. Melhor amiga da Julia.

— Ex-melhor amiga — murmuro.

Bram aperta a mão dela com gentileza.

— Bram Scott. Eu sou o melhor amigo do Rath. — Ele se vira para mim. — Então, você foi ferrada pela MacKenzie, hein?

Bram não parece o tipo de cara que desiste na primeira rejeição, então eu pressiono meus dedos na têmpora e viro minha atenção para ele.

— Fui.

Ele assente em compreensão.

— Porra, ela é osso duro de roer. Foi preciso dois anos e seis irmãos para desvendar qual era a dela, mas, assim que descobrimos, gabaritamos todos os trabalhos e provas.

— Sério? — Arregalo os olhos.

O jeito como seu sorriso pretensioso estica sua boca a ponto de exibir pequenas covinhas me faz imaginar quantas mulheres esse homem captura na sua rede diariamente.

— Sério.

— Ok... então, qual é o truque?

Seu sorrisinho cresce.

— Oh, então agora você está interessada na minha ajuda?

Reviro os olhos.

— Se você vai bancar o babaca com isso, então esqueça. Eu não preciso da sua ajuda. Vou pedir ao Rath.

— Ok. — Ele dá de ombros. — Peça ao Rath. — Fico chocada quando ele levanta rapidamente da cadeira e a gira de volta até colocá-la na mesa à que pertence. Ele nos dá um breve aceno de cabeça. — Bons estudos, moças. — Com uma piscadela, ele se dirige a uma mesa do outro lado da biblioteca, cumprimentando alguns caras no caminho.

Deus, como ele é irritante.

— Por que não o deixou te dizer como dobrar a MacKenzie? — O queixo de Clarissa está praticamente pendurado de choque.

Pego meu celular na mochila.

— Porque ele é um desses caras que se dão bem porque sabem de tudo. Conheço o tipo dele, e ceder ao docinho com que ele estava me incitando não me faria bem nenhum. Eu ficaria em dívida com aquele jeito arrogante. — Começo a digitar uma mensagem. — Tenho outras maneiras de conseguir essa informação.

Mando uma mensagem para Rath.

Julia: *Ei, você tem uma planilha de Excel que ensina a lidar com todos os professores?*

Os pontinhos começam a saltar na tela com a resposta imediata de Rath.

Rath: *Não tenho. O Bram é responsável por ela. Quer o contato dele para poder perguntar?*

Aff, mas é claro.

Pressiono a testa na mesa, batendo-a lentamente contra a madeira rija.

— Deixe-me adivinhar — Clarissa se intromete. — O Bram é responsável por ela?

— Qual o meu nível de vontade de me dar bem nessa matéria?

— Você quer se dar bem em todas as matérias. Isso vai te incomodar, e aí você vai *me* incomodar, portanto, é melhor levantar dessa cadeira e ir até o Bram para descobrir qual é o segredo.

Grunho mais alto.

— Eu não quero.

— Você não tem escolha.

Ela tem razão. Eu não tenho mesmo escolha.

Deixá-lo "vencer" vai ser incrivelmente doloroso, visto sua arrogância. Deus, eu odeio isso com cada osso do meu corpo. Não é que eu odeie o Bram, mas ele é o alvo óbvio para a minha raiva nesse momento.

Minha cadeira se arrasta contra o piso antigo de madeira, meu corpo curvado e derrotado.

— Tá bom. Mas, por favor, tome nota do quanto ceder aos conhecimentos irritantes dele é difícil para mim.

— Estou bem ciente, e também sei que trabalho duro e estudos não vão te ajudar em nada com a MacKenzie. Você *precisa* da chave para o sucesso.

— Eu realmente preciso.

Com passos pesados, caminho em direção a Bram, que está segurando um livro e com um marcador na boca, enquanto seus olhos se movem pela página diante dele. Ele está levemente curvado na cadeira, parecendo superconfiante e, por alguma razão, isso me irrita pra caramba.

À mesa com ele, estão outros três caras, entre os quais dois estão com computadores e o outro está fazendo marcações, como Bram. Ao mesmo tempo, todos eles olham para mim, exceto Bram, e aqueles olhares parecem estar perfurando um buraco de vergonha em mim.

— Deixe-me adivinhar — Bram diz, sem tirar os olhos do livro. — O Rath te mandou vir até mim porque ele não tem acesso à planilha do Excel?

Conto até dez, enquanto minha mandíbula se mexe para frente e para trás.

— Só para ficar claro, eu não gosto de você.

Ele finalmente abaixa o livro e traz seu olhar intenso ao meu.

— Poxa, Jules, isso dói, sabia?

— Não me chame assim. O meu nome é Julia.

— Tô sabendo, linda. — Ele dá tapinhas na cadeira vazia ao lado. — Sente-se.

— Prefiro ficar em pé. — Cruzo meus braços contra o peito.

Ele me olha de cima a baixo, seus olhos se demorando nos meus shorts cujo cumprimento termina logo acima dos joelhos.

— Você é mesmo teimosa assim?

— Estou aqui para obter uma informação sobre uma professora, não para bater papo, então, se você puder me dizer logo o que sabe sobre a MacKenzie, apenas faça isso para que eu possa ir embora.

Os rapazes à mesa prestam atenção na conversa, sem dizerem uma palavra ou pararem de olhar, como se estivessem assistindo a um programa de TV, esperando para ver o que acontecerá a seguir. Spoiler: se o Bram não desembuchar rápido, a próxima coisa que irá acontecer será um chute na sua virilha.

Brutal? Talvez, mas não estou com humor para gracinhas.

Eu nunca tive tanta dificuldade em uma matéria antes e isso está me incomodando. Me esforcei muito para ter todas as minhas notas beirando a perfeição. Estudei pra cacete. A faculdade é tudo para mim, e se existe um código que não consigo desvendar, mas a resposta está à minha disposição, claro que aceito. Por isso estou aqui, impaciente, diante de Bram Scott.

Sorrindo, Bram se endireita e coloca o livro sobre a mesa, junto com seu marcador. Ele esfrega as mãos e acena para a cadeira.

— Sente-se como uma pessoa normal e eu te digo como lidar com a MacKenzie. Me recuso a te dizer enquanto você fica aí pairando sobre mim como um abutre sedento.

— Não sou um abutre — retruco, sentando-me ao lado dele relutantemente.

Certifico-me de manter minha linguagem corporal o mais fechada possível, erguendo uma muralha mental ao meu redor... com fosso e tudo.

— Você está agindo como um. — Ele rasga um pedaço de papel do seu caderno, pega uma caneta, rabisca nele e depois me entrega.

Mal consigo ler o que ele escreveu com sua caligrafia fina e inclinada.

— James...

— William James — Bram diz. — Todo trabalho que você fizer da matéria da MacKenzie deve ser focado nas teorias de William James, com citações adicionais da própria MacKenzie. Mesmo que ela fale sobre outras teorias, sempre contorne e volte a William James.

— É sério isso?

— Aham. No instante em que fizer todo o trabalho sobre William James, irá começar a tirar 10 na matéria. Essa teoria já foi testada pelo menos cinco vezes, o que significa que entrou na planilha. Tiro e queda.

— Você está falando sério?

Ele mantém os olhos fixos em mim ao falar:

— Hayward, como você tirou 10 na matéria de comportamento humano da MacKenzie?

Um cara de uma outra mesa vira-se para Bram.

— William James, porra. Meu salvador.

Um sorriso se curva no canto dos lábios de Bram.

— Viu? William James, porra. Confie em mim. A MacKenzie vai comer na palma da sua mão. — Com uma piscadela, ele pega o livro e recomeça a leitura.

Olho para o pedaço de papel na minha mão e, depois, de volta para ele.

Sinto-me em conflito. Não sei se quero socá-lo no olho por ser tão arrogante, ou jogar meus braços em volta dele e mostrar o quão grata estou pela informação.

Nenhuma das opções parece apropriada, então, em vez disso, volto para a minha mesa, com um ânimo a mais nos passos, animada para testar essa teoria. Eu nunca tive que recorrer a esse nível de manipulação para passar em uma matéria, então é bom que a humilhação de pedir a ajuda sagrada de Bram funcione.

É bom que Bram esteja certo.

CAPÍTULO SETE
Julia

— Oi, Linus.

O assistente de Bram tira a atenção do computador para me olhar, mantendo os dedos sobre o teclado.

— Srta. Westin, é um prazer vê-la. Está aqui para o seu compromisso das três da tarde com o sr. Scott?

— Sim, ele está pronto?

Linus assente.

— Acho que ele está prestes a terminar uma chamada, mas me disse para deixá-la entrar no instante em que chegasse.

Aperto a alça da minha bolsa com mais força e caminho até o escritório de Bram, me perguntando quando concordei em atender em outros escritórios. Desde que comecei o meu negócio, todas as entrevistas foram conduzidas no *meu* escritório, e, mesmo assim, aqui estou eu, pela segunda vez, encontrando Bram no seu edifício, no horário dele.

Isso é culpa da habilidade que ele tem de convencer qualquer pessoa a fazer exatamente o que ele quer. Ele é um conquistador, destaca-se na multidão, e é tão estimulante que é impossível não cair na sua teia. Esse é outro motivo pelo qual estou nervosa por tê-lo no meu programa — ele poderia facilmente encantar o coração de muitas das minhas clientes com um simples sorriso.

Quando abro sua porta, ele está andando de um lado para o outro em frente à janela, com um fone *bluetooth* no ouvido e as mãos nos bolsos.

Já vi Rath conduzir seus negócios, e ele é intransigente e tenso. Bram não é nada parecido com Rath na maneira de trabalhar. Ele é tão despreocupado, tranquilo, e a única coisa que entrega que está trabalhando é seu olhar intenso e a maneira como sua voz fica baixa quando está determinado. O homem é milionário, e não conseguiu isso com perspicácia relaxada ou uma atitude tranquila. Ele é focado e tenaz, e provavelmente nunca perdeu um acordo ou deixou de alcançar qualquer objetivo que estivesse buscando. Nesse sentido, somos muito parecidos. *E somente nesse sentido.*

No instante em que me vê, seus olhos focam no meu vestido e, então, viajam rapidamente até meus olhos. Ele leva a mão ao fone, diz "Me envie um relatório" e encerra a ligação. Coloca o fone sobre a mesa e dá a volta nela, apenas para recostar-se contra a superfície e cruzar os braços no seu peito impressionante. Ser a pessoa que está recebendo o seu sorriso de orelha a orelha é assustador.

— Oi, Jules. Obrigado por vir.

Lembra da última vez, quando deixei claro que ele é atraente? Eu estava falando sério. Não me refiro somente à aparência, com seus cabelos cor de areia bagunçados, a leve barba que constantemente acaricia sua mandíbula e os lábios cheios. É a atitude que ele tem, o jeito como se comporta — confiante e carismático. Felizmente, com o passar dos anos, pude conhecer Bram em um nível diferente, o que significa que sou uma das pouquíssimas mulheres que cruzaram seu caminho e resistiram a ele.

— Normalmente, eu não faço isso. — Sento-me no sofá e começo a pegar meu caderno da bolsa. — Fique sabendo.

Ele senta ao meu lado, seu corpo firme a apenas centímetros de distância do meu, sua colônia invadindo o meu espaço, tão refrescante e masculina... viciante.

O sofá afunda quando ele se move para colocar os dedos no meu queixo e puxar levemente, virando meu rosto para o dele. Sua expressão é sincera, sua voz, profunda, e seu polegar faz um pequeno carinho na minha mandíbula.

— Fico grato por você abrir essa exceção para mim, Jules.

O ar parece paralisar ao nosso redor e, por algum motivo estranho, sinto vontade de enterrar o rosto na curva do seu pescoço para sentir seu conforto, seu abraço — um abraço terno e reconfortante que já experimentei antes, pela primeira e última vez na minha vida. Lembro-me de como me senti segura, como seu corpo estava quente, a força do seu peito, a segurança dos seus braços.

Talvez a minha habilidade de resistir a ele não seja tão forte quanto pensei.

Pisco algumas vezes, limpo a garganta e ajusto minha posição no sofá, afastando-me alguns centímetros. Não há razão para nos sentarmos tão próximos assim.

— Hã, sim, sem problemas.

Abro meu caderno, pego a caneta e ajusto meus óculos no nariz, mantendo meu olhar para baixo por um breve momento antes de erguer a cabeça o suficiente para ver o sorriso presunçoso de Bram e a maneira como ele se reclina tão casualmente no sofá, com os braços abertos apoiados no comprimento do encosto e seu peito esticando o tecido que acaricia sua pele. O V da sua gola se abre, exibindo o contraste da pele bronzeada com o branco da camisa... e, por mais que eu tente, não consigo desviar o olhar.

Infelizmente, para mim, ele flagra meu olhar descarado.

— Se esforce mais um pouco, Jules. Talvez um botão se abra sozinho.

Aí está. Sr. Babaca Arrogante.

Isso me arranca do momento. A *ele*, eu consigo resistir. Facilmente. Volto minha atenção para o caderno, sentindo um rubor começar a surgir nas minhas bochechas enquanto ele ri. Deus, como ele é irritante.

— Você está com o seu questionário? — pergunto, estendendo uma mão enquanto, com a outra, escrevo a data no caderno. Preciso de algo para fazer além de olhar para a camisa parcialmente desabotoada de Bram.

— Teste interessante — ele diz quando sinto os papéis sendo colocados na minha mão. — Foi realmente uma alegria respondê-lo. — Suas palavras pingam sarcasmo.

— Trabalhei muito para elaborá-lo.

— É mesmo? Porque esse negócio todo pareceu se tratar de uma grande sacanagem para ver o quanto você conseguiria deixar os seus clientes frustrados.

Endireito as costas, deixando meus ombros firmes. Se tem uma coisa que sempre faço é proteger o que criei. Passei os últimos dez anos trabalhando nesse programa, e de jeito nenhum irei aceitar que alguém o ridicularize.

— Como é que é? Cada uma dessas perguntas e alternativas foi pensada com muita seriedade. Esse teste inteiro foi criado baseado nos comportamentos humanos e nas escolhas que as pessoas fazem. Cada resposta me fornece um conhecimento sobre que tipo de pessoa você é.

— Você sabe que pode simplesmente me perguntar.

Balanço a cabeça.

— Qualquer pessoa pode me encher de balela quanto à sua personalidade e peculiaridades, mas as perguntas que você respondeu me fornecem uma ideia mais profunda sobre a sua verdadeira alma. E geralmente são coisas que podem ou não saber sobre si mesmas.

— Então, responder caminhão de bombeiros ou meia-calça na pergunta sobre qual é a sua fruta favorita vai te dizer que tipo de pessoa eu sou?

Sorrio com orgulho.

— Facilmente.

Ele sinaliza com o queixo para mim.

— Ok, me explique.

Balanço a cabeça.

— Eu não vou te revelar nada.

— Vai, colabora. Só me dê um exemplo para que eu saiba que você não vai me arranjar uma esquisita qualquer que gosta de colecionar as unhas dos pés de estranhos.

— Você é louco.

— Sei muito bem disso, agora me dê um exemplo.

Ele me lança aquele olhar, seu olhar persuasivo que sempre faz com que ele vença... *e é por isso que cedo.*

Expiro uma boa quantidade de ar antes de apoiar as mãos no colo, colocando uma por cima da outra.

— Tudo bem. Mas esse exemplo será voltado apenas para essa pergunta. Nem todas as perguntas são formuladas dessa maneira.

— Anotado. — Ele gesticula para que eu continue.

— A pergunta da fruta era mais sobre associação. Se me lembro corretamente, as alternativas eram caminhão de bombeiros, meia-calça, girassol e Chicago, certo?

— Sim. — Ele dá de ombros.

— Dependendo da sua personalidade, cada resposta coincide com o tipo de pessoa que você é. Se você escolher caminhão de bombeiros, significa que é mais provável que você goste de frutas silvestres, que vêm em bagas, como morangos e mirtilos. Meia-calça, como elas tipicamente têm um tom de marrom, me diz que você não gosta muito de comer frutas. Girassol é um indicador claro que você é do tipo que come de maneira saudável, e como Chicago é uma cidade predominantemente urbana, sugere que você gosta mais de comer frutas direto do pé.

Ele me olha sem esboçar expressão.

— Como raios isso faz algum sentido?

Para aqueles que não passaram anos estudando ciência comportamental, não faz mesmo.

— Qual você escolheu?

Ele retorce os lábios, quase como se quisesse me dizer que o encurralei.

— Caminhão de bombeiros.

Assinto, com um sorriso esperto querendo surgir nos meus lábios.

— Você gosta ou não de uma salada de frutas silvestres, Bram?

Ele não pode mentir, porque eu o conheço bem até demais para o meu gosto. Já o vi muitas vezes com uma salada de frutas silvestres na mão. É a mesma salada de frutas que o Rath gosta de comer, ocasionalmente com kiwi, também.

— Isso não significa nada. Então, eu gosto de frutas silvestres, e daí? O que isso tem a ver com o tipo de pessoa que eu sou?

— Isso me diz que existe um lado seu que é doce. E isso foi só uma pergunta, um pontinho no quadro da doçura. Há muitos outros requisitos para definir isso. Todas as perguntas são computadas e adicionadas, dando-me um indicador distinto sobre quem você é. Você é um provedor, um artista, um protetor?

Ele parece começar a entender.

— Então, é como um indicador Myers-Briggs.

— Mas para namoros.

— E já funcionou antes?

Honestamente, é um insulto ele perguntar isso. Pensei que Bram fazia uma ideia do quão bem-sucedido é o meu negócio. Não que eu me importe com o que ele pensa...

Confirmo com a cabeça.

— Sim. Passei dez anos trabalhando e aperfeiçoando essas perguntas. É uma parte pequena da minha avaliação geral, mas me dá um bom ponto de partida.

— Entendi. Bem... foi uma tortura, só para você saber.

Abro um sorriso tímido, voltando a olhar para o caderno.

— Você não é a primeira pessoa a dizer isso.

— Mas você acha mesmo que precisava me fazer essas perguntas? Você me conhece bem o suficiente para saber que eu sou um protetor, Jules.

Eu realmente o conheço bem, mas prefiro não fazer isso com uma opinião distorcida. Quero que ele passe por todas as etapas que meus clientes passam para que, assim, eu tenha um perfil sólido para mostrar às mulheres. O bônus que o questionário oferece é não ter espaço para objetividade. O computador *marca* as respostas para que os resultados não sejam forjados. Ele deveria saber disso. E deveria compreender por que preciso começar com um quadro limpo para a análise da sua cor.

— É melhor começar sem informações, como se eu não te conhecesse de jeito nenhum. — Pego um papel na minha pasta e coloco sobre a mesa diante de mim. — Podemos começar?

O sofá se remexe novamente e, pelo canto do olho, vejo Bram ficar mais confortável, cruzando as pernas e relaxando contra o estofado.

— Manda.

— Está brincando, não é?

— Apenas responda à pergunta.

Bram está sentando em uma poltrona de frente para mim agora, sem o paletó do terno e as mangas da camisa social dobradas até os cotovelos. Eu tirei os meus sapatos de salto e acomodei as pernas sobre o sofá, com meus pés sob o traseiro, ficando na posição mais confortável que uma garota pode ficar quando está usando um vestido justo.

Ele enfia a mão gigantesca pelos cabelos rebeldes e os repuxa mais uma vez, com frustração derramando-se nele em ondas, e a cada onda, sinto sua irritação crescer.

Eu nunca disse que seria fácil, especialmente para um homem ocupado como Bram, que já atendeu a pelo menos trinta ligações desde que cheguei no seu escritório. Ele finalmente desligou o som do seu computador, que estava apitando a cada poucos segundos com e-mails, e seu celular também está no modo silencioso, porque as vibrações estavam ficando muito incômodas. Estou impressionada e ligeiramente honrada por ele estar me dando sua total atenção.

Quase sinto pena dele, pela quantidade de pessoas que querem sua atenção, mas é o que acontece no mundo dos negócios. Ele é dono da sua própria empresa de investimentos, nada em dinheiro todos os dias, é um homem muito solicitado, todo mundo quer sua atenção e, mesmo assim, é notável ele arranjar tempo para responder a essas perguntas. Já tive clientes homens de negócios do seu mesmo calibre que desistiram após o primeiro teste, mas devo dizer que estou impressionada. Ele está insistindo nisso, mesmo que esteja claro o quanto está frustrado.

Ele poderia ter me mandado embora há uma hora. Em vez disso, ele bufa novamente e se remexe na sua poltrona.

— O que você acha, Jules? — Ele me lança um olhar incisivo, com uma sobrancelha erguida.

— Lembre-se de que tenho que fazer de conta que não sei nada sobre você.

— Jesus. — Ele esfrega o rosto. — Claro que eu já fiz sexo casual. Acho que essa é uma coisa que você não precisava ter me perguntado.

— Quantas vezes?

Ele arregala os olhos.

— Quantas vezes eu fiz sexo casual? Você realmente quer que eu te dê um número?

— Sim, e seria ótimo se você puder ser o mais preciso possível.

Ele fica de pé de uma vez e começa a andar de um lado a outro do escritório.

— Cacete, eu não faço a menor ideia.

— Ok, se você tiver que chutar uma estimativa, tudo bem. Digamos que... em torno de vinte? — Movimento minha mão de um lado para o outro.

Ele dá risada, de costas para mim, uma mão agarrando o pescoço.

— Em torno de vinte? Que fofa, Jules. Provavelmente foram centenas.

— O quê? — Meu queixo cai. *Centenas?*

Bom, eu não estou aqui para julgar, mas centenas?

Como isso é...?

Interrompo esse pensamento. *Como isso é possível?* Eu só tenho que olhar para Bram e saber como isso é possível.

Mesmo assim. *Centenas?* Centenas de mulheres já estiveram com Bram Scott, por cima e por baixo dele, sentindo suas mãos largas passearem por seus corpos...

Engulo em seco.

— Ok, hã, centenas.

Silêncio recai sobre nós enquanto eu rabisco a palavra centenas no caderno junto com uma anotação: Gosta de sexo. Muito.

— Mas não significaram nada — ele acrescenta, finalmente virando-se de frente para mim.

Claro que não significaram nada. Sexo sem compromisso é exatamente o tipo de coisa que um homem como Bram Scott gosta. E, ainda assim, ele acha que quer namorar sério...

— Você não tem que me explicar nada, Bram. Você é um homem adulto que pode fazer o que quiser com a sua vida. No entanto, vou sugerir que pare com o sexo casual durante esse processo de buscar um relacionamento. Tente conhecer as mulheres que eu encontrar para você. Sexo não é tudo.

— É sim, quando se faz direito. — Sua voz fica ainda mais baixa que antes, quando ele estava ao telefone. — Você anda fazendo direito, Julia?

Perturbada, manobro a caneta na minha mão.

— Não vejo como isso seria relevante para o que estamos fazendo agora. — Empurro meus óculos para cima e sinto-o se aproximar, com propósito em cada passo antes de sentar de frente para mim.

— Quando foi a última vez que você transou?

— Estamos perdendo o foco, Bram. Vamos continuar.

— Não, eu quero saber. — Sua voz é suave, quase preocupada.

Olho para ele e observo a maneira como está inclinado para frente, com os antebraços nas pernas, mãos unidas, testa franzida. Aqueles olhos — cor de musgo com um toque de azul, no momento — parecem me perfurar, praticamente arrancando a resposta que ele quer de mim.

— Não importa — respondo fracamente.

— Alguns meses? — Não respondo. — Um ano? — Rabisco no meu caderno. — Faz um ano, Jules?

Mordo meu lábio inferior, com a resposta na ponta da língua.

— Por favor, você está aprendendo tudo sobre mim a nível pessoal. O mínimo que pode fazer é me dizer quando foi a última vez que você transou.

Não vejo por que isso importa, mas, por alguma razão, acabo cedendo.

— Faz mais ou menos dois anos, ok? Agora, vamos continuar.

— Dois anos? — Suas sobrancelhas se juntam e ele solta um assobio baixo. — Você não pode estar falando sério.

— Por que eu mentiria sobre algo assim? — Mexo nas pontas do meu cabelo, examinando-as, tentando evitar contato visual com o homem à minha frente. Já fui submetida ao seu olhar muitas vezes, e de jeito nenhum vou conseguir encarar seus olhos agora.

— Acho que não mentiria mesmo. Caramba. — Ele respira fundo. — Pelo menos, me diga: você gozou?

Não digo nada. *De jeito nenhum eu vou responder isso.*

— Caralho, Jules. — Ele fica de pé e começa a andar para lá e para cá, como se eu tivesse acabado de dizer que ELE é quem está sem fazer sexo há dois anos. — Nós temos que dar um jeito nisso. — Girando nos calcanhares, ele gesticula para o meu vestido. — Tire isso e sente na minha mesa. Posso ao menos te fazer gozar com a minha língua, te dar um pouco de alívio.

Eu quase engasgo com a minha saliva.

— Como é?

— Anda. — Ele dá tapinhas na mesa. — Suba aqui. Não vai levar mais que um minuto para você chegar lá, e então poderemos voltar para as suas perguntas.

Seu olhar, a postura do seu corpo, a firmeza na sua mandíbula... caramba, ele está falando sério. Ele realmente quer que eu tire a roupa e o deixe fazer sexo oral em mim.

Ele oficialmente perdeu o juízo.

Balançando a cabeça, fico de pé e coloco meus sapatos de volta.

— Jules, você não precisa usar os seus sapatos, só tire o vestido.

— Você perdeu o juízo. — Começo a guardar minhas coisas. — Você perdeu completamente a cabeça. Essas perguntas afetaram o seu estado mental. Eu deveria saber que você só conseguiria aguentar um pouco de cada vez. Vou remarcar com o Linus.

Estou a caminho da porta quando ele agarra minha mão e me impede de sair. O aperto dos seus dedos em volta do meu pulso afrouxa aos poucos conforme seu polegar começa a afagar minha pele em círculos, enviando uma onda de arrepios por minha espinha.

— Eu não perdi o juízo. Estou falando muito sério. Considere isso um gesto amigável entre duas pessoas que se conhecem. Porra, se os papéis fossem invertidos e eu que estivesse há dois anos sem fazer sexo e você se oferecesse para me chupar, eu tiraria a calça em dois segundos.

— Isso é porque você enfiaria o pau até mesmo em um buraco na parede para sentir prazer.

— Ei! — Ele faz uma careta. — Eu não fodo paredes. Não me coloque em uma categoria onde só tem aberrações. Só estou dizendo que nós somos amigos e deveríamos poder fazer esse tipo de coisa um pelo outro.

Removo gentilmente meu pulso da sua mão e ajusto minha bolsa no ombro.

— Nós somos conhecidos, Bram. Você é o melhor amigo do meu irmão, mas isso não significa que somos amigos. — *Qualquer coisa a mais com Bram seria perigoso demais e prejudicial à minha saúde. Não, obrigada.* Giro novamente e me dirijo à porta. — Marcarei um novo horário para terminarmos as perguntas. Tenha um bom dia.

CAPÍTULO OITO
Bram

Somos conhecidos.

Dá para saber que isso não me desceu bem, não é?

Três dias se passaram, e isso ainda não me desceu bem.

Ok, talvez eu tenha forçado demais com a história de chupá-la na minha mesa — admito que sempre fantasiei com isso —, mas o que diabos eu deveria fazer?

Julia Westin não transa há dois anos, e nem ao menos gozou quando transou pela última vez.

Isso é que é surpresa.

Tudo em que conseguia pensar era no que eu podia fazer para melhorar isso. Como posso deixá-la nua e mostrar a ela o que é foder de verdade?

Por isso ela pensa que nem tudo é sobre sexo — ela ainda não foi devidamente fodida.

Com quem ela namorou durante os últimos dez anos, mesmo? Eu sei que ela teve um namorado otário no último ano da faculdade que deu um pé na bunda dela logo antes da formatura. Aquele idiota foi tarde, até. Parece que agora ele está ficando careca e trabalhando em uma empresa de materiais para escritório de porte médio. Pelo menos, foi a atualização que Rath me deu.

Depois disso, teve aquele outro cara, o treinador que ela conheceu em uma aula de yoga. Acabou que o cara era um completo imbecil e a estava traindo com outras cinco mulheres. Talvez o Rath tenha intervindo e conseguido que o babaca fosse demitido e ficasse com má fama no mercado, espalhando para todas as academias da cidade e dos arredores que ele pega as clientes.

Também teve o corretor de investimentos que tinha bastante potencial, com o qual Rath chegou a dizer que achava que poderia se dar bem. Isso foi até ele levar Julia para conhecer sua mãe e descobrir que sua namorada de anos estava de volta à cidade e solteira...

Rath enviou a ele, todo mês, um pacote pelo correio, com uma bomba de glitter que explodia bem no seu nariz toda vez que ele abria o embrulho. Foi ideia minha, e porque não tínhamos nada melhor para fazer com nosso dinheiro, contratamos um investigador particular para tirar fotos do cretino toda vez que ele abria o pacote.

Uma das fotos dele retirando glitter dos olhos ficou no papel de parede do meu celular por algumas semanas. Deus, isso ainda me mata de rir.

Então, quem foi o cara mais recente? Um com quem ela ficou apenas uma vez e nunca contou ao Rath? Deve ter sido, porque eu não consigo imaginar que Julia namoraria alguém e não contaria ao Rath. Eles são muito próximos.

Acho que isso significa que Julia pode ser boa em encontrar o amor para os outros, mas não para si.

Toc. Toc.

— Sr. Scott. — Linus espia pela porta, com o iPad nas mãos.

— O que foi?

Ele entra no meu escritório e fecha a porta.

— O sr. Carlino está na espera há dez minutos, o senhor vai atendê-lo?

Merda.

Eu estava sonhando acordado com Julia e sua falta de sexo e esqueci completamente de uma ligação que pedi para segurar.

— Hã, você pode dizer a ele que retornarei a ligação e, depois, voltar aqui?

— Sem problemas.

Endireito-me na cadeira e passo os dedos pelos cabelos.

Dois anos.

Por que é tão difícil, para mim, compreender?

Talvez seja porque, a meu ver, Julia Westin é a garota perfeita. Inteligente, linda, um pouco tímida, mas com uma boca atrevida quando quer. O único motivo pelo qual eu não tomei alguma iniciativa antes — bem, além daquela vez —, foi porque... bom... foi pelo medo da rejeição.

Ela já me rejeitou uma vez. Como seria levar mais um *não*?

Tenho quase certeza de que me destruiria.

Outra batida.

— Como posso ajudá-lo, sr. Scott?

Pressiono uma caneta na boca antes de responder, tentando pensar em como Linus pode me ajudar.

— Você remarcou com a srta. Westin?

— Sim. — Ele mexe no seu iPad. — Seu compromisso com ela está marcado para sexta-feira.

— Sexta-feira, hummm. — Toco meu lábio com a caneta enquanto olho para o teto. — Entre e sente-se.

O clique suave da minha porta fechando ecoa pelo escritório, e Linus senta-se à minha frente, com as mãos pousadas sobre o colo e firmeza nos ombros.

Eu não sou um chefe babaca, como a maioria dos caras seriam no meu lugar. Eu não faço Linus trabalhar além da conta e dou a ele muitas compensações quando ele precisa fazer hora extra, mas, nesse momento, estou pensando que talvez ele vá precisar de um aumento depois da conversa que estou prestes a ter com ele.

— Nós nos conhecemos há alguns anos, não é?

Linus assente.

— Cinco, para ser exato.

— Cinco, uau! É bastante tempo para se conhecer alguém. Você diria que sabe muitas coisas sobre mim?

Um pouco desconfiado, Linus responde:

— Eu diria que sei quase tudo sobre o senhor. Isso acaba acontecendo, visto o meu trabalho.

— É mesmo, não é? — Remexo-me na cadeira e nivelo meu olhar ao dele. — Se eu te dissesse algo pessoal sobre mim, o que você faria com a informação?

— Eu não sei o que quer dizer com isso, senhor. Tenho um termo de confidencialidade com o senhor. Qualquer coisa que me disser sobre si mesmo nunca sairá dessas paredes.

Aponto minha caneta para ele.

— Eu sabia que gostava de você, Linus. Lembre-me de comprar um terno novo para você. Gosta de Tom Ford, não gosta?

Os olhos dele se iluminam.

— Sim, senhor. Mas isso não é necessário.

Talvez seja depois do que estou prestes a dizer.

— Linus, você sabia que tenho uma paixonite por alguém?

Ele se remexe no seu assento, demonstrando visivelmente um toque de desconforto.

— Eu não sabia, senhor.

Inclino-me sobre a mesa.

— Eu tenho. — Jogo a caneta de lado, espalmando as mãos sobre os papéis espalhados. — Tenho uma séria paixonite por uma pessoa e não sei o que fazer a respeito. Não tenho ninguém com quem falar sobre isso.

— Nem mesmo o sr. McCool ou o sr. Westin?

Dou risada.

— Eles são as últimas pessoas com as quais eu falaria sobre isso.

— Hum, posso perguntar por quê?

— Porque eles não fazem ideia de que me sinto assim. Escondo isso há anos.

— Oh. — Linus ajusta sua gravata. — Posso perguntar sobre o que o senhor está falando, exatamente, para que eu possa ser um pouco mais útil?

Dou um tapa na mesa.

— Pensei que não fosse perguntar. — Fico de pé e dobro as mangas da camisa social até os cotovelos ao confessar o que tenho escondido há tanto tempo. — Tenho uma paixonite, Linus. Pela irmã do meu melhor amigo.

Observo bem a reação de Linus, que acaba sendo um pequeno sorriso sugestivo.

— Achei mesmo que o senhor diria isso.

— Por quê?

— Bom, primeiro, diante da maneira como o senhor olha para ela, como se estivesse marcando território.

— Eu tenho um olhar primitivo, hein?

— Tem sim. Além disso, ela é a única pessoa pela qual o senhor cancela compromissos ou deixa entrar no seu escritório quando está no meio de uma reunião.

— Ela precisa saber que é importante para mim. Eu largaria qualquer coisa por ela.

— Dá para ver. O senhor fica com uma expressão cheia de felicidade depois que ela sai do seu escritório. E sempre pede um milkshake depois que ela vai embora, e milkshakes são um indicativo de que o senhor está feliz. Diante da dieta restrita que está fazendo, temos recebido mais milkshakes que o normal.

Nossa, eu amo milkshakes pra caralho. O de chocolate e pasta de amendoim tem sido o meu favorito, ultimamente, do lugar que fica perto do meu edifício, virando a esquina. Eles colocam pasta de amendoim em volta da borda do copo antes de enchê-lo com o milkshake. Tem algo nesse pequeno detalhe que faz todas as calorias valerem a pena.

— Você acha que eu vou perder o meu abdômen de tanquinho antes mesmo de conseguir a garota?

Linus ri.

— Acho que o senhor deveria ter cuidado.

Linus era a pessoa certa a quem perguntar. É impressionante saber que ele percebeu as mudanças no meu comportamento quando estou com ela. Eu não deixo as minhas emoções muito explícitas.

Enfio as mãos nos bolsos e fico me balançando sobre os calcanhares.

— Muito bem, então, só poderei tomar o próximo milkshake quando conseguir fazer Julia aceitar sair comigo. Que tal?

— Será uma ótima comemoração. Como o senhor vai chamá-la?

— Aí que está o problema. — Caminho para lá e para cá, desabafando todos os meus problemas pessoais para Linus. — O único motivo pelo qual ela está vindo ao meu escritório é porque pensa que quero participar do seu programa de namoros, quando, na verdade, o objetivo é ficar mais próximo dela durante essas reuniões.

— Ahh, entendo. Mas ela vai marcar encontros com outras pessoas para o senhor?

— Sim, e pensei em ir a alguns só para satisfazê-la e, então, contar tudo a ela. Mas eu tenho que fazê-la querer se apaixonar por mim antes de contar, sabe?

Com um sorriso, Linus desliza para sentar mais na beirada da cadeira.

— O senhor quer fazer com que seja impossível ela dizer não quando confessar os seus sentimentos.

— Exatamente. Nossa, você é muito esperto. É por isso que te contratei. Muito perspicaz. — Toco minha cabeça.

Linus transborda orgulho.

— E por que o senhor não pode simplesmente dizer a ela como se sente antes disso?

Embora seja um pouco constrangedor, mando a real para ele.

— Porque, quando estávamos na faculdade, contei que gostava dela... de certa forma, e ela me rejeitou.

As sobrancelhas de Linus se erguem, e sua expressão é de puro choque.

— Ela disse não para o senhor?

Rindo, ajusto a gola da minha camisa.

— Bom, eu era o maior otário naquele tempo. Presidente da minha fraternidade, sem ter a menor ideia do que ia fazer quando me formasse. Não a culpo. Ela estava em um ritmo bem mais rápido para conseguir seu doutorado. Eu não era o tipo de cara com quem ela saía.

Aperto minha nuca. Porra, eu nem ao menos sei se, agora, sou o tipo de cara com quem ela sai, mas acredito que daremos certo. Eu quero que ela seja minha. Então, está na hora de fazer isso acontecer.

— Isso é difícil de acreditar, senhor.

— Você é muito bom em puxar saco, Linus. Melhorou muito desde o seu primeiro dia.

— Obrigado, sr. Scott. Agora, como posso ajudá-lo com a sua vida amorosa?

— Ótima pergunta. — Dou batidinhas no meu queixo com o dedo. — Como você pode me ajudar? Bom, da última vez que falei com ela, não terminamos em bons termos.

— Sinto muito por isso.

— É, eu também. — Ainda não consigo acreditar que ela está sem fazer sexo há dois anos e rejeitou a minha oferta para lhe dar uma "ajudinha". Cara, ela vai lamentar tanto ter feito isso no momento em que eu finalmente colocar a minha língua no seu clitóris pela primeira vez. — Mas é por isso que precisamos agir rápido. Deveríamos enviar algo para o escritório dela, dizer a ela que estou ansioso para vê-la na sexta-feira.

— O senhor gostaria de mandar flores?

Balanço a cabeça.

— A Julia não é do tipo que gosta de flores. Não, nós precisamos mandar para ela uma caixa de canetas.

— Uma... — No meio da sua frase, digitando no iPad, Linus pausa. — Eu ouvi direito? O senhor quer mandar uma caixa de canetas para ela?

— Não qualquer caixa de canetas, Linus. Estou falando da caneta favorita dela. Ela vive e respira essas canetas. Já tive uma experiência de quase-morte quando ela me deu um soco na virilha por causa dessas canetas. Ninguém pode mexer com elas.

— Ahh, ok. Entendi. Dessa forma, ela vai apreciar o seu gesto.

— Sim. Vou precisar que você mande entregar uma dúzia de canetas *Paper Mate Profile Ballpoint* na cor azul no escritório dela, mas arrume-as como um buquê de flores. Coloque-as em um vaso, ou algo assim.

— Sutil. — Linus faz anotações.

— E na sexta-feira, uma hora antes da minha reunião com ela, vou precisar que você mude o local do nosso encontro. Avise a ela que eu tive que ir até o norte da cidade e que fez reservas no *Chez Louis*.

— *Chez Louis*. Quer que eu faça essas reservas assim que terminarmos aqui?

— Sim. Diga a eles que Bram Scott gostaria da mesa perto das janelas. Eles vão arranjar para mim. E, por favor, certifique-se de ter um carro pronto esperando para levar Julia até lá.

— Posso fazer isso. — Ele faz mais algumas anotações no iPad.

— É só isso, por enquanto. Fase um: fazê-la me notar.

— Tenho certeza de que ela já o nota, sr. Scott.

Viro para ele.

— Por que diz isso?

— Porque toda vez que ela chega aqui, logo antes de entrar no seu escritório, ela respira fundo. As mulheres não respiram fundo daquele jeito a menos que estejam tentando acalmar os nervos. Eu acho que ela o nota sim, mas o senhor precisa aumentar o encanto.

E é por isso que eu contratei esse cara: ele percebe padrões de respiração. Brilhante pra caralho.

— Estou com vontade de te beijar, mas vou me segurar. — Quico sobre os calcanhares, me sentindo energizado. — Que tal um "toca aqui" ou... milkshakes?

Linus balança a cabeça.

— Milkshakes só quando ela aceitar um encontro. — Ele levanta e estende uma mão. — Mas vou me contentar com o toca aqui, por enquanto.

Não é tão bom quanto milkshake, mas aceito mesmo assim e bato a mão na dele, soando como um estalo por meu escritório. Nossa, isso foi bom.

Julia: Você me mandou mesmo um buquê de canetas?

Bram: Não somente canetas. AS canetas.

Julia: Não acredito que você se lembrou.

Bram: Um homem não esquece de momentos em que quase teve as bolas arrancadas por causa de uma caneta.

Julia: Eu levo meus artigos de escrita muito a sério.

Bram: Eu sei disso. Espero que estejamos de boa, depois de tudo o que aconteceu.

Julia: Estamos de boa, Bram.

Bram: E nós somos mais que conhecidos, não é? Achei que, a essa altura, já podia te chamar de amiga, Julia.

Julia: Sim, somos amigos.

Bram: Sim, porra, nós somos. E como seu amigo, eu quero saber o que você vai fazer quanto a essa sua seca.

Julia: Dá pra você deixar isso pra lá?

Bram: Você tem ideia de como é doloroso, pra mim, fazer isso? Diga aqui para o seu AMIGO: você planeja sair com alguém em um futuro próximo? Algum cara que pode ter chamado a sua atenção?

Julia: Estou em um hiatus.

Bram: Disso eu sei, srta. Dois Anos.

Julia: Você está tentando me deixar brava? Porque se sim, está se saindo muito bem.

Bram: *Estou tentando ver se eu deveria contar ao seu irmão que há mais um namorado à vista para interrogarmos meticulosamente.*

Julia: *Acredite em mim, se eu estivesse cogitando sair com algum cara, você e o Rath seriam as ÚLTIMAS pessoas a quem eu contaria.*

Bram: *O quê? Por quê?*

Julia: *Porque vocês dois sempre parecem ter opiniões demais. Acho que isso dá azar. O próximo relacionamento que eu tiver será mantido longe de você e do Rath pelo tempo que eu puder.*

Bram: *Pesado, Jules. Pegou pesado agora. E aqui estou eu, colocando a minha vida amorosa à mercê das suas mãos brilhantes.*

Julia: *Isso foi escolha sua, e a minha escolha é manter privacidade.*

Bram: *Ah, eu vou descobrir, de algum jeito. Mas, por enquanto, curta as suas canetas. Te vejo na sexta-feira.*

Julia: *Te vejo na sexta-feira. E obrigada mais uma vez. Talvez eu tenha aberto um sorriso maior que o necessário quando vi o vaso.*

Bram: *Isso é exatamente o que eu gosto de ouvir, porque o seu sorriso é lindo.*

COMO NAMORAR A IRMÃ DO SEU MELHOR AMIGO

CAPÍTULO NOVE

Bram

Último ano da faculdade, Universidade Yale

— O que vai fazer? — Roark pergunta, parecendo estar de ressaca pela primeira vez desde que o conheci.

— Vou até o *Coffee Bean* e, depois, para a biblioteca. — Dou uma boa olhada nele. — E você vai voltar para a lata de lixo onde dormiu na noite passada?

Roark esfrega o olho com a palma da mão.

— Nossa, cara. Acho que fumei maconha demais ontem à noite.

Ah, está explicado. Álcool não afeta Roark dessa maneira, não a ponto de deixá-lo parecendo um zumbi.

— O'Reilly? — pergunto. É tudo o que tenho a dizer, na verdade. Ele é o outro estudante de intercâmbio da Irlanda, que veio junto com Roark. Eles se separaram quando pousaram nos Estados Unidos, Roark pegou o caminho da fraternidade enquanto O'Reilly escolheu os esportes. Mesmo que ele seja o capitão do time de rúgbi, é mais conhecido por estar meio entorpecido durante metade da semana, e a parte mais confusa de tudo é que o cara joga melhor quando está chapado. Talvez seja porque, assim, ele não pensa demais e apenas joga. De qualquer jeito, sempre que ele se junta com Roark, é garantia de que você vai ver dois homens irlandeses andando pelo campus parecendo dois sacos de lixo humano.

— Porra, cara. Participei do pior jogo que existe ontem. *Shot Toke.*

Faço uma pausa no meu caminho ao quiosque de café.

— Você está me dizendo que, depois de cada *shot* que tomou, você deu um trago?

Ele assente lentamente.

— Perdi a conta depois do sétimo.

— Jesus Cristo, como você ainda está vivo?

— Porra, não faço a menor ideia. — Ele respira fundo e curva-se para a frente. — Merda, eu vou vomitar.

Aponto para uma lata de lixo perto do prédio de Economia.

— Vai fundo, cara. Tenho chiclete para quando você terminar.

Ele balança a cabeça.

— Eu tenho um frasco de uísque Jameson na minha mochila. Vou vomitar e depois continuar bebendo. Falo com você depois, cara.

E com isso, ele corre devagar em direção à lata de lixo, enfia a cabeça no buraco e coloca tudo para fora.

E os inocentes estudantes de Economia pensavam que iam aprender sobre o mundo dos negócios hoje, e não ver um homem irlandês esvaziar o estômago em uma lata de lixo.

Café. Eu *preciso* de café para poder superar aquela cena. Caminho em direção ao quiosque *Coffee Bean*, no centro do pátio. O cheiro de cafeína já está começando a me despertar do cansaço por ter ficado até tarde da noite estudando. Talvez eu demonstre que vivo de festa em festa, mas, na verdade, só faço isso às sextas e sábados. No resto do tempo, caio de cara nos estudos determinado pra caralho. Quando me formar, vou sacar o depósito que o meu avô deixou para mim e usá-lo da melhor maneira que conheço: investindo.

Estou planejando ter um futuro bem-sucedido, e isso não será possível se eu estiver em festas todas as noites. Posso até ser inteligente, mas não sou tanto quanto Rath, que consegue gabaritar suas provas sem nem ao menos estudar. Juro, o cara é um robô.

— O que vai querer? — o barista pergunta para a garota à minha frente.

— Um *chai latte* com leite de soja, por favor.

Conheço essa voz. Dou um passo à frente e inclino-me sobre o ombro da garota.

— Bom dia.

Ela se sobressalta e choca suas costas no meu peito.

— Meu Deus! Você me assustou.

Abro um sorriso perverso para Julia Westin, assimilando sua calça de moletom e blusa de mangas compridas, inevitavelmente imaginando se ela está usando meias de cano alto por baixo da calça folgada.

Chuto que sim.

— Essa era a minha intenção. — Dou mais um passo à frente e pego minha carteira ao falar com o barista. — Vou querer o mesmo que ela. — Entrego uma nota de dez dólares para pagar as duas bebidas.

— Não é necessário. Eu posso pagar o meu.

— Sim, e adivinhe só? Eu posso pagar pelos dois, então me deixe ser um cavalheiro e te comprar um *chai*.

Felizmente, apesar do revirar de olhos, ela não discute mais.

— Tá. — Ela cruza os braços no peito e, como se fosse a coisa mais difícil que ela já teve que fazer, diz: — Obrigada.

— Viu? Não é tão difícil assim.

Empurro seu ombro com o meu, de brincadeira, mas ainda consigo sentir o quão amarga ela está. Não sei por que, já que ela acabou de ganhar uma bebida grátis.

Ela revira os olhos e dá um passo para o lado comigo.

— Você não faz ideia de como isso foi doloroso.

— Tão doloroso quanto me pedir ajuda com a professora MacKenzie? A propósito, como estão indo as coisas com ela?

Ela morde o lábio e desvia o olhar, como se desejasse ter um casco como uma tartaruga para esconder-se dentro dele.

— Deixe-me adivinhar — digo, com uma risada na voz. — Você tirou dez no último trabalho que entregou. — Empurro seu ombro novamente. — Apenas confesse que eu estava certo.

— Eu não sei como o meu irmão te aguenta. Você é muito irritante.

— Só porque eu estou certo?

— Sim, porque você sempre está certo e sabe disso.

O barista coloca nossas bebidas no balcão e eu as pego. Entrego à Julia a sua e observo conforme ela a segura com as duas mãos, cautelosamente, inspirando o cheiro leve do Natal em um copo.

— Não há nada de errado em confiar no meu conhecimento. Isso não deveria ser atraente para as mulheres?

— Inteligência é sexy. Presunção, não.

— Você está dizendo que eu sou presunçoso?

Ela assente.

— Sim, você é a definição de presunção.

— Então, por ser um homem confiante, isso me faz presunçoso?

— Há uma diferença entre confiança e presunção. — Ela toma um gole e começa a ir embora.

Ela não vai muito longe antes que eu esteja andando para trás diante dela, querendo continuar essa conversa. Eu posso até ser meio burro, mas não vejo diferença alguma.

— Explique a diferença. Eduque-me.

Ela para e joga o quadril para o lado, com irritação nos seus olhos e na maneira como cruza os braços.

— Sério? Você precisa que eu desenhe?

— Sim. — Abro um sorriso enorme.

— Tudo bem. — Ela toma um gole da sua bebida antes de explicar. — É simples. Quando um homem é confiante, ele não tem que ficar se vangloriando; ele demonstra isso na sua linguagem corporal e na maneira como se apresenta. Quando ele é presunçoso, garante que todos em volta saibam disso, exibindo suas penas de pavão e se gabando do que quer que esteja na sua mente no momento.

— Você acha que eu me gabo?

— Eu não acho. Eu sei.

— É mesmo? Sobre o que você já ouviu eu me gabar? — Fico na frente dela, bloqueando seu caminho, com uma postura firme.

— Tudo.

— Me dê um exemplo.

— São tantos.

— Colabora comigo, vai — pressiono. — Escolha um.

— Bom, você sabe... — Seus olhos vão de um lado para o outro, e sua boca se retorce. — Teve aquela vez em que... — Ela troca o peso do corpo de um pé para o outro. — Ah! — Ela estala os dedos. — Quando você...

Ela não tem resposta.

— Pare de tentar se enganar. Você não tem um exemplo de alguma vez em que me gabei, portanto, está errada. — Dou um passo para ficar ao seu lado e envolvo seus ombros com um braço, caminhando com ela pelo pátio. — Ah, é tão bom estar certo, sabe? Aqui está você, Julia Westin, pensando que consegue rebaixar Bram Scott, mas você me conhece tão pouco. Se prestasse mais atenção em vez de ficar me julgando o tempo todo, perceberia que sou um indivíduo muito humilde, que nunca demonstra um pingo de presunção. Não, não esse cara aqui. Eu sou o mais genuíno possível. Odeio dizer isso, mas você tem uma impressão completamente errada sobre mim, Jules.

— Já terminou?

— Hã?

Ela se desvencilha do meu braço, saindo do meu lado em um instante. Droga, eu meio que já sinto falta do seu corpo pequeno pressionado no meu.

— Primeiro, não me chame de Jules. É Julia. E, segundo, você queria um exemplo... aí está. Eu sabia que, se não te desse um imediatamente, você me daria a resposta com suas próximas palavras. Aceite, Bram, você é o cara mais presunçoso de todos e não sabe ser nada além disso.

Com um sorriso rápido, ela gira nos calcanhares e marcha para o outro lado do pátio, com suas meias de cano alto, dando um aceno *e um sorriso* para Roark, que está com um frasco na mão, antes de entrar em um prédio. *Por que ele ganha um sorriso e eu, sua rispidez?*

Caramba, ela armou para mim, e eu nem consegui prever. Fui vencido e, porra, quero muito ver se ela consegue fazer isso de novo. Poucas garotas universitárias me desafiaram nessa vida, mas essa garota? A irmã do Rath? Ela é brilhante. Sarcástica. *E eu gosto muito disso.*

COMO NAMORAR A IRMÃ DO SEU MELHOR AMIGO

CAPÍTULO DEZ
Julia

— Oi, Jules. — Bram levanta da sua cadeira, usando um terno de três peças azul-marinho, extremamente lindo com seus cabelos levemente penteados para o lado e um relógio grande e caro se esgueirando pela extremidade das suas mangas.

Inclinando-se para frente, ele pressiona a mão no meu quadril e pousa os lábios na minha bochecha, com a voz abafada e sensual ao dizer:

— Obrigado por vir me encontrar aqui.

O retumbar da sua voz no meu ouvido faz um forte arrepio atingir minha espinha, uma vértebra de cada vez, de uma maneira muito inesperada, porém íntima.

— Sem problemas — respondo, mesmo que eu tenha passado o caminho inteiro até aqui xingando horrores, irritada pelo fato de, mais uma vez, estar me deslocando por Nova York para trabalhar no perfil de Bram. Quando Linus me ligou para falar sobre o horário que eu tinha com Bram, quase cancelei tudo. Isso até ele me dizer que fez reservas no *Chez Louis*.

Rath me fez uma festa de aniversário aqui há alguns anos, e tudo o que eu conseguia fazer depois disso era divagar sobre como esse é o meu lugar favorito para comer na cidade, porque eles fazem a melhor beringela à parmegiana do mundo. Ou é uma coincidência estarmos nos encontrando aqui ou o Bram tem uma memória incrível, porque eu mal me lembro dele na festa.

— Tomei a liberdade de pedir beringela à parmegiana para nós dois. Espero que esteja tudo bem para você. Achei que estaria com fome, já que passou da hora do almoço.

Pego meu guardanapo no prato e o coloco no colo. Preciso de água. A temperatura do meu corpo aumentou em um nível anormal, um com o qual não me sinto confortável quando estou perto desse homem.

Coloco meu copo de água sobre a mesa e o giro um pouco sobre a superfície até estar pronta para falar.

— Beringela à parmegiana está perfeito. Obrigada. — Estico a mão para pegar minha bolsa. — Podemos começar?

— Claro, podemos trabalhar até a comida chegar. — Ele estica as mãos e move a cabeça para um lado e para o outro, como se estivesse se preparando para três rounds de uma luta de boxe.

Ignorando seu aquecimento, posiciono meu caderno e as perguntas, e pego uma das minhas canetas favoritas, pronta para fazer anotações.

— Ok, vejamos. Nós já falamos sobre sexo casual.

— Podemos falar mais sobre isso, se você quiser.

Lanço-lhe um olhar cortante.

— Prefiro que não.

— Tudo bem, não precisa me olhar como se quisesse me matar. Continue.

A condensação rola por seu copo de água quando ele o pega, molhando seus dedos longos e grossos. Sobre a borda do copo, ele abre um sorriso presunçoso e ergue as sobrancelhas ao tomar um gole, demorando mais do que o necessário.

— Tem alguma coisa no meu rosto? — ele pergunta, colocando o copo de volta na mesa.

— Não. Por quê?

— Porque você está me encarando.

Merda.

Hã, pense em algo para dizer que não admita que ele está certo... de novo.

— Chama-se observação, Bram. Faz parte do meu trabalho. Cada coisinha que você faz e fala é um traço de personalidade do qual preciso saber.

— Você tem certeza disso? Porque, na verdade, me pareceu que você estava apenas encarando, assimilando a minha beleza. Você sempre gostou dos meus olhos.

— O quê? Não gostava, não. Onde você ouviu isso?

— Clarissa. Ela me contou na sua festa de aniversário de vinte e cinco anos. Segundo ela, você disse que os meus olhos são lindos. — Ele cantarola a palavra lindos, o que automaticamente me faz querer socar seus dentes.

— Ela estava bêbada.

— É, mas como alguém que trabalha lendo as pessoas, você saberia que um porre faz as pessoas serem mais honestas.

— E mais idiotas — murmuro para mim mesma, abrindo as próximas perguntas no meu iPad. — Você já se apaixonou?

— Não.

A certeza na sua voz me faz olhar para cima.

— Sério?

— Sim. Nunca me apaixonei. E você?

— Quantas vezes eu tenho que te dizer que essas perguntas não são sobre mim?

Ele imita a minha irritação.

— E quantas vezes eu tenho que te dizer que não estou nem aí? — Ele faz um gesto com a cabeça. — Ah, vai. Eu te dou uma resposta se você me der uma, também.

— Você sabe que não sou eu que estou participando do programa de namoros, não é?

— Aham. Não importa. Ainda quero ouvir a sua resposta. — Ele se inclina para frente e sussurra: — Não se preocupe. Qualquer coisa que você disser estará segura no meu cofre. Eu não vou contar ao seu irmão.

— Ah, então você não vai correr até o seu namorado depois disso para contar todas as coisas que tenho tentado esconder dele?

Ele balança a cabeça.

— Não, os seus segredos estarão seguros comigo, o que é um grande risco para o meu lado, porque se o meu homem descobrir que estou escondendo coisas dele, ele não vai ficar muito feliz.

— Tem alguma coisa seriamente errada com vocês.

— Eu o amo, não tenho vergonha de dizer isso.

— Ha. — Aponto meu dedo para Bram. — Você está apaixonado. Acabou de mentir.

Ele cobre minha mão com a sua, abaixando-as e pousando-as sobre a mesa.

— Pode ir tirando esse seu dedinho acusatório daqui. Você me perguntou se eu já estive *apaixonado*. Eu disse que não, porque nunca estive. Eu não estou *apaixonado* pelo seu irmão. Eu apenas o amo, como amo o meu pênis. São duas coisas sem as quais não posso viver.

E aí está, um enorme revirar de olhos. Esse homem, viu... sério. Como ele é um magnata poderoso e respeitado no mundo dos investimentos imobiliários em Nova York, eu nunca vou entender.

— Próxima pergunta.

— Nada disso, você ainda não respondeu à última pergunta. Você já se apaixonou, Jules?

Ele não vai deixar isso para lá, não importa o quanto eu tente. Não tenho como me esquivar da sua persistência, então o melhor a fazer é ceder para acabar logo com isso.

Com os olhos fixos no papel diante de mim, balanço a cabeça.

— Não, nunca me apaixonei.

— Nem mesmo por aquele seu namorado otário da faculdade? — Há surpresa na sua voz.

Brinco com minha caneta, clicando o botão na extremidade, tentando buscar nisso uma maneira de manter meus nervos controlados.

— Posso ter pensado que estava apaixonada, naquela época, mas sei que não é verdade. Era apenas luxúria. Consigo distinguir essas duas coisas agora. — Engulo em seco e espio sua expressão. — E só para você saber, falar sobre isso com você é muito difícil. Não é fácil ser uma formadora de casais que nunca se apaixonou.

— E por que é tão difícil dizer isso para mim?

— Porque sim. — Pisco algumas vezes. Não acredito que vou dizer isso a ele. — Eu sempre tentei te impressionar, fazer você pensar o melhor sobre mim. Eu sei que você é capaz de me enxergar perfeitamente, e tenho certeza de que me considera uma contradição direta ao meu negócio, ao meu doutorado. Posso ser boa em ler as pessoas, mas sou péssima em decifrá-las quando se trata de mim.

Bram estica o braço sobre a mesa e coloca a mão sobre a minha, seu polegar fazendo pequenos círculos vagarosos na minha pele, acendendo-me por dentro só com esse carinho. *Isso me faz querer puxar a mão, mas não puxo. Que estranho.*

— Jules, desde o primeiro momento, quando você apareceu naquela festa de fraternidade usando um macaquinho e meias brancas de cano alto, eu me impressionei tanto que me senti intimidado. Foi preciso muita coragem para aparecer em uma festa vestida daquele jeito, e eu soube naquele momento que você seria uma força a ser enfrentada.

— Por causa das meias de cano alto?

— Tudo por causa das meias de cano alto.

— Já terminou sua refeição, senhora? — o garçom me pergunta, com os dedos preparados e prontos para recolher o meu prato.

Pressiono uma mão na barriga e olho para o prato completamente vazio. Devorei a beringela à parmegiana com vontade.

— Sim, obrigada.

Com uma postura relaxada, em que um tornozelo está apoiado no joelho oposto e a mão segurando o copo de água, Bram me observa atentamente, me analisando. Se ele já não soubesse como eu consigo matar um prato enorme de beringela à parmegiana, eu pensaria que está me julgando, mas sei que isso está muito longe da verdade.

— Está pronto para voltarmos para as perguntas?

— Estou.

Antes do almoço, ele tirou o paletó e o pendurou na cadeira. Agora, ele está dobrando as mangas da camisa, exibindo um par bem impressionante de antebraços, que ondulam a cada movimento que ele faz. Rath já falou sobre a rotina de exercícios de Bram antes, dizendo que ele não passa muito tempo na academia, mas, quando vai, pega pesado pra caralho — palavras dele, não minhas — e manda ver nos treinos. Diante da maneira como sua camisa social se estica no seu peito, posso ver a que Rath estava se referindo.

E odeio o fato de estar notando isso, porque toda essa cobiça tem que parar. Primeiro de tudo, ele é um cliente. Segundo, é o Bram. O desagradável e irritante Bram, o mesmo cara que passou os últimos dez anos me frustrando até não poder mais.

Preciso terminar logo essas perguntas, marcar um encontro para ele, e seguir em frente.

— Você deveria usar essa cor com mais frequência. — Sua voz suprime a música clássica que está tocando no restaurante italiano elegante.

Dou uma olhada no meu vestido amarelo e depois torno a olhar para ele.

Bram leva uma vida frenética e, mesmo assim, está aqui sentado comigo, com calma e sem pressa para voltar ao trabalho. Seria fácil confundir sua postura despreocupada com o pensamento de que ele está exatamente onde quer estar. *Como se ele quisesse passar todo seu tempo comigo.* Ele provavelmente está ansioso para conhecer sua mulher ideal e cansado de todo esse processo.

— É bonito — ele acrescenta.

Um rubor invade minhas bochechas; é como se tivessem aumentando a temperatura do aquecedor nesse lugar. Uma leve camada de suor me cobre, e eu estico a mão para pegar meu copo de água, tentando esfriar a minha temperatura interna. O que diabos está acontecendo comigo?

Vou colocar a culpa em Bram, por ter me desviado do meu curso. Não estou seguindo meu cronograma. Eu não saio para encontrar clientes, eles vêm até mim, e ele está me desequilibrando... como sempre faz. Eu sou estruturada e séria, certifico-me de pesar todas as minhas opções antes de tomar decisões, e desde que conheci Bram, sei que ele é espontâneo, e isso sempre foi difícil de aceitar. Até hoje.

Baixinho, murmuro um "obrigada" e tiro meu iPad do modo descanso, começando a rolar as perguntas, analisando-as silenciosamente.

Quando formulei essas perguntas, havia um propósito — encontrar os pares mais compatíveis possíveis — e mesmo que pareçam invasivas, elas têm funcionado muito bem, até agora. Atualmente, possuo uma taxa de sucesso de noventa e dois por cento na formação de casais, já paguei cinquenta por cento do meu empréstimo estudantil da faculdade, e devo conseguir contratar mais um funcionário em horário integral nos próximos doze meses para me ajudar a reduzir um pouco as minhas horas. Nada mal para uma mulher independente de trinta e um anos. Diante disso, eu nunca senti a necessidade de reavaliar minhas perguntas de análise.

Sentada aqui, fazendo a Bram as mesmas perguntas que faço a clientes há anos, pela primeira vez desde que comecei o programa de namoros *Qual é a Sua*

Cor?, sinto-me envergonhada.

Quero pulá-las, passar direto por elas, e por razões óbvias, não quero ouvir as respostas.

Mas Bram veio para encontrar o amor — pelo menos, é que ele diz — e a única maneira de fazer o meu trabalho e encontrar um par compatível com ele é preencher seu perfil o melhor que puder. Um dos motivos pelos quais eu faço essas perguntas pessoalmente é para que eu possa ler a linguagem corporal do cliente. Computadores não podem calcular linguagem corporal, mas eu posso, e ler pessoas em múltiplos contextos é um dos fatores que têm garantido meu sucesso.

Se não fosse importante impressionar Bram com o que já conquistei, eu diria a ele que respondesse às perguntas sozinho, ou as pularia, mas esse não é o caso. Desde que conheci Bram, venho querendo mostrar a ele que sou mais do que a garota quieta que usa macaquinho que ele conheceu há tantos anos e que precisou de ajuda para passar em uma matéria.

Talvez eu queira impressioná-lo, porque Rath sempre fala tão bem de Bram. Talvez seja porque Bram sempre parece estar certo toda vez que estou perto dele, ou talvez porque, lá no fundo, eu quero impressionar o cara mais popular de Yale, o cara que todo mundo conhecia, todo mundo amava... e ainda ama.

Acredite, sei que essa é uma obsessão nada saudável, tentar impressionar alguém que, antes disso, eu devo ter visto duas vezes por ano depois da faculdade, mas não sei, algo nele se manteve comigo todos esses anos.

E esse "algo" é o motivo pelo qual vou precisar de outro copo de água gelada.

— Ok, essas próximas perguntas podem ser um pouco invasivas...

— Mas invasivas do que as que já respondi?

Assinto devagar, mantendo os olhos fixos no iPad, agindo como se eu estivesse rolando as perguntas.

— Infelizmente, sim, mas é tudo parte do programa, e para que me certifique de encontrar o par mais compatível possível com você, intelectual e... fisicamente.

A quietude no ar entre nós faz com que uma gota de suor escorra por minhas costas quando olho para ele casualmente, encontrando seus olhos semicerrados.

— Fisicamente? Você vai *fundo* assim, Jules?

Ai, Deus, por que ele teve que enfatizar a palavra fundo? Ele está tentando deixar isso ser o mais desconfortável possível?

A quem estou tentando enganar? É claro que ele está. É o Bram. Já entrevistei homens lindos antes. Nova York está cheia deles. Mas esse homem está desfazendo o meu distanciamento normal.

Enquadrando meus ombros, sento-me ereta e tento encontrar o meu profissionalismo — *e equilíbrio* — ao confirmar com a cabeça.

— Sim. Eu não gosto de errar quando combino duas pessoas, então quanto mais eu souber, melhor. Agora, você se importa se continuarmos?

Ele move a mandíbula para frente e para trás, seus olhos focados em mim, estudando-me com cuidado.

— Sim, vamos continuar.

Deixo escapar um longo suspiro. Isso poderia ser bem pior. Eu poderia estar fazendo essas perguntas ao meu irmão. Posso me sentir grata por Bram ter perdido a aposta, e não Rath. Ou Roark, embora analisar sua personalidade possa ser interessante. Acho que qualquer especialista em comportamento humano iria querer analisar a vida de Roark, estudar cada movimento dele, porque ele é um milionário bem-sucedido por esforço próprio que tem consideração zero por ética de negócios ou profissionalismo.

Vou direto à primeira pergunta. Melhor arrancar o curativo de uma vez só.

— Sexo é importante para você?

— Muito. — Ele nem ao menos pisca, girando seu copo na mesa, com a atenção unicamente em mim.

Assinto.

— Em uma escala de um a dez, o quão importante?

— Onze.

Dou uma olhada rápida nele e tento ler sua linguagem corporal, mas não mudou nada, o que significa que ele não está nem um pouco desconfortável. Bram *é* uma criatura sexual. *Como pensei.*

— Hã, vou escrever dez.

— Escreva o que quiser, Jules, mas não deixe de tomar nota de que sexo é uma parte importante da minha vida.

Ajo como se estivesse fazendo uma anotação quando pergunto, sem cerimônia:

— Por quê?

— Porque eu me orgulho de fazer as mulheres gozarem. — Ele fica sério. — Trabalho é trabalho. Eu invisto, ganho dinheiro, e começo tudo de novo. Não tem muita coisa no meu trabalho, ultimamente, que me empolga. Malhar é outra coisa que eu faço sem pensar muito. Faço o que tenho que fazer e vida que segue. Mas sexo... há tantas facetas sobre isso, cada mulher é diferente, e encontrar a chave para o prazer delas é algo de que me orgulho.

Minha boca fica seca. Onde está a droga do garçom com mais água quando preciso?

— Mas o que acontece quando está em um relacionamento monogâmico? Você sabe que isso não é tipo um Tinder especial, não é? Não estou aqui para te arrumar alguém para passar apenas uma noite.

— Acredite, Jules, se tudo o que eu quisesse fosse alguém para passar apenas uma noite, com certeza não estaria aqui respondendo todas as suas perguntas. — Ele apoia o pé no chão ao se inclinar para frente. — E quando estou em um relacionamento monogâmico, levo muito a sério. Com certeza passarei todo o meu tempo livre explorando cada maneira diferente de fazer a *minha* garota *gozar*. — A palavra rola por sua língua com facilidade e suavidade, enviando um arrepio de sacudir os ossos pelo meu corpo.

— Você gostaria de mais água? — o garçom indaga, finalmente.

Pego meu copo e entrego para ele avidamente, quase atingindo-o na perna.

— Sim.

O sorriso presunçoso de Bram não apenas me irrita, mas também prova uma coisa: ele sabe que tem um efeito sobre mim.

Estamos indo com força e velocidade total. É isso. Sem mais discussões. Estamos fazendo perguntas e respostas rápidas.

É o que digo para mim mesma.

Tomo um gole de água.

— Qual a sua posição sexual favorita?

— Eu tenho que escolher?

— Sim.

Ele coça a mandíbula, realmente contemplando sua resposta, e fico me perguntando: quantas posições sexuais ele conhece? Eu só fiz uma... mas isso não é sobre mim.

— Caramba, não sei. — Ele passa os dedos pelos cabelos, como se estivesse realmente em apuros. — Se eu tivesse que escolher, acho que teria que escolher... — Ele pausa. — Merda, hã... — Ele joga as mãos para o ar. — Não consigo escolher. Eu amo todas.

— Bram...

— Não, não vou escolher. E, na verdade, também depende da mulher. Se ela tiver uma bunda incrível, vou querer fodê-la de quatro e que ela me cavalgue de costas. Mas se os peitos forem incríveis, vou querer...

— Esqueça que perguntei. — Ergo minha mão. — Continuando... — Analiso a próxima pergunta e, nesse momento, tenho certeza de que me odeio. — Você gosta de fazer sexo oral na sua parceira?

— Porra, eu adoro. Ela pode sentar na minha cara sempre que quiser.

Jesus.

— E você gosta de receber sexo oral?

Ele me lança um olhar incisivo.

— Que homem diz não a um boquete?

— Só para confirmar. — Digito. — Você está aberto a explorar coisas novas usando brinquedos sexuais?

— Com certeza. E dos dois jeitos. Sabe, brinquedos em mim, brinquedos nela, pra mim tá tudo de boa.

Engulo em seco.

— Você já teve dificuldades para... armar a barraca?

— Nunca. Próxima pergunta.

Não achei mesmo que ele tivesse, não com o tipo de apetite voraz que ele tem para sexo.

— Você já fez sexo anal ou algo relacionado?

Um sorriso enorme e estúpido se espalha por seu rosto. Ele lambe os lábios e assente.

— Sim e, antes que pergunte, a resposta é sim, eu também já experimentei uma brincadeirinha anal.

Puta merda.

Aperto minhas pernas uma contra a outra, só de pensar em Bram deixando alguém...

Não, não posso nem pensar.

— Você já teve relações sexuais com alguém do mesmo sexo? — Minha voz é pouco mais que um sussurro.

— Não.

— Sexo a três?

— Não, não curto muito. Gosto de ter uma mulher só para mim.

E, por alguma razão, isso me surpreende, talvez porque Bram meio que parece ser um pegador, ou talvez porque seu currículo sexual parece ter cinco páginas com toda a experiência que ele coleciona, mas não curtir sexo a três é um pouco chocante.

— Eu posso ser bem experiente, e sei o que quero e o que não quero — ele diz. Ele deve ter percebido a confusão no meu rosto. — Quando estou com uma mulher, não quero distrações. Quero dar a ela toda a minha atenção e garantir que ela não apenas goze, mas como faça isso múltiplas vezes.

Assinto, movendo os lábios enquanto escrevo.

— Gosta de fazer as mulheres gozarem. Múltiplas vezes. Entendido.

Múltiplas vezes. Não uma vez, se tiver sorte. Múltiplas. Vezes. Oh, céus.

Ele ri.

— Que bom que anotou isso aí. E você, qual a sua posição favorita?

Não vai rolar.

Balanço a cabeça.

— De jeito nenhum eu vou falar com você sobre isso. Desculpe.

— Por que não? Você sabe praticamente tudo sobre a minha vida sexual agora, exceto o tamanho do meu pau. — Ele se inclina na minha direção. — Quer saber o tamanho?

— Não. Pelo amor de Deus, não.

E ali está o sorrisinho presunçoso novamente.

— Não precisa ficar toda agitada, só estava me certificando de que isso não era algo que você precisava anotar também.

— Não é. — Aliso meu vestido e respiro fundo. — Ok, mais uma pergunta e, então, você poderá preencher o restante por e-mail.

Eu preciso terminar logo isso. Já consegui fazer a maioria das perguntas mais importantes e ler sua linguagem corporal. Vamos apenas marcar "confiante sexualmente" no seu perfil, porque... é, não há problema algum com seu apetite por contato físico. Ele também é um amante altruísta, intencional, focado. *O par compatível dos sonhos de toda mulher, em outras palavras.*

— Só mais uma pergunta? Mas agora é que estamos chegando na parte boa.

Olho para a hora no meu celular, casualmente. Três horas. Como isso é possível?

— Eu tenho algumas coisas para fazer no escritório, então nós provavelmente deveríamos encerrar essa reunião.

— Justo. — Ele olha para seu relógio. — Qual é a última pergunta?

— Descreva a sua garota dos sonhos em três palavras.

Seus dedos batucam sobre a mesa. *Tap. Tap. Tap.* Seus lábios se retorcem de um lado para o outro enquanto ele pensa. A maneira como pensa sem pressa para responder algumas dessas perguntas, pelo menos as importantes, é algo a se levar em conta. Ele é sério, algo que já marquei no seu perfil.

— Em três palavras... inteligente, atenciosa e... — Seus olhos viajam até meus seios por um breve segundo. — ... peitos incríveis.

Uma chama de calor queima no meu rosto e minha voz fica fraca.

— Foram quatro palavras.

— Estou ciente, Jules. — Ele pisca e levanta , para vestir o paletó e abotoá-lo. — Estarei esperando seu e-mail.

E com isso, ele se curva, pressiona um beijo demorado na minha bochecha, e sai do restaurante sem olhar para trás, me deixando ali, desconfortável, um pouco excitada, e muito curiosa.

E só porque estou muito curiosa, olho para o meu peito, onde percebo que a gola em V do meu vestido está bem abaixo de onde deveria estar, exibindo uma boa quantidade de decote. Meu rosto queima de calor enquanto suas palavras ecoam na minha cabeça. Peitos incríveis.

Ele... *ele estava falando sobre os meus seios*?

E se ele estava, por que eu me importaria?

CAPÍTULO ONZE
Bram

— Por que você está andando tão rápido, caramba? — Roark pergunta, correndo para me acompanhar. — Você vai me fazer distender a virilha.

— Eu te disse que tenho que ir a um lugar.

O almoço com Roark demorou pra caralho. Conversamos sobre negócios e, depois, ele passou a última meia hora discutindo os prós e contras de uma mulher com quem transou ontem à noite. Ele descreveu o formato das auréolas e o tamanho dos mamilos dela. Foi algo excessivo e desnecessário.

E me atrasou. Eu tinha planos, e agora estou andando apressado pelas ruas de Nova York tentando chegar ao escritório de Julia antes que ela vá embora.

— Não sabia que você estava falando sério. — Ele me alcança e puxa meu braço, fazendo-me desacelerar. — Você está ficando todo suado, cara. Por que não usou o seu carro?

— O trânsito está uma merda agora. Andar é mais rápido.

Mantenho meu olhar à frente, meu cérebro trabalhando sem parar, calculando os minutos que ainda tenho restantes antes de Julia ir embora e a quantidade de quarteirões que tenho que percorrer quase correndo.

— É algum tipo de reunião de negócios?

— Sim.

— Isso não soou muito convincente. — Roark tosse ao meu lado. — Jesus, meus pulmões.

— Talvez, se você fizesse exercícios, não estivesse tão ofegante assim agora.

— Eu faço exercícios — ele se defende, mas posso ouvir o sorriso na sua voz. Acho que ele é o único desgraçado que conheço que faz flexões e abdominais todas as manhãs, corridas de vez em quando, bebe feito um cavalo à noite e consegue ter o corpo que tem. Parece quase desumano.

— Existe um motivo para você estar me seguindo? — pergunto, irritado.

— Sim, nós não chegamos a falar sobre o programa de namoros. Eu quero uma atualização. Faz um tempo que não recebemos uma e você conhece as regras...

— É para lá que estou indo agora, e você está me atrasando.

— Ah, *é mesmo*? — ele reage, com uma provocação irritante na voz. — Me conte mais! Você está animado com as mulheres que vai conhecer? Acha que aguenta um compromisso? Você nunca foi do tipo de cara que namora.

— As coisas mudam — respondo incisivamente, aumentando a velocidade dos meus passos.

Roark puxa meu ombro, fazendo-me desacelerar.

— Como assim as coisas mudam? Você está levando isso a sério?

— Sim — falo rispidamente.

— Cara. — A voz de Roark fica séria. — Acho que isso é algo que deveríamos ter conversado no almoço.

— Ao invés do tamanho dos mamilos da garota que você chupou ontem à noite?

— Bom... — ele pausa, e pelo canto do olho, vejo seu sorriso sugestivo. — Nós podíamos ter falado sobre isso só por alguns minutos. Mas você quer mesmo ir fundo nesse negócio de namorar, hein? O que mudou?

Meus pés pisam com força na calçada. Só mais alguns quarteirões. Acho que consigo alcançá-la antes que ela vá embora do escritório.

— Eu tenho trinta e três anos, Roark. Não quero ficar sozinho para sempre. Está na hora de tentar encontrar alguém com que eu possa passar o meu tempo, além de vocês dois.

— Ei, nós somos boa companhia.

— Sim, mas vocês ficam abraçadinhos comigo?

— Ficar abraçadinho? — O rosto de Roark se contorce de repulsa. — De onde diabos isso está vindo? Ficar abraçadinho? Cara, essa merda é coisa de relacionamento de verdade.

— Eu sei.

— E você quer isso?

Estou quase lá. Consigo ver a entrada do escritório dela.

— Sim. Eu quero.

Quero com uma certa loira, uma pessoa que me cativou desde o primeiro momento em que a vi. Eu só ainda não tinha percebido, na época. E agora tomei vergonha na cara, depois de vê-la há alguns meses no parque, linda pra caramba. Ali eu soube que precisava encontrar uma maneira de levá-la para sair, de fazer parte da sua vida.

Talvez eu esteja fazendo isso pelo caminho errado, mas, porra, ela achava que não combinávamos em nada da última vez que mencionei a ideia de sairmos. Se bem que acho que ela não me levou a sério. Mas dessa vez? Porra, essa vez, vou provar que estou falando sério. Que somos a combinação certa. A combinação perfeita. *Ela não vai ter outra escolha, a não ser acreditar em mim. Acreditar em nós.*

— Bom, me dê aqui um abraço, cara. — Roark tenta me puxar para seus braços, mas eu o afasto.

— O que diabos você está fazendo?

Ele ajusta o paletó do seu terno.

— Te dando os parabéns. Eu, hein? Um amigo não pode ficar feliz pelo outro? Você quer amor. Isso é um passo enorme.

Balançando a cabeça, viro e sigo em direção ao edifício dela, e assim que alcanço a porta, Roark me impede.

— O Rath sabe?

— Sobre o quê? — pergunto, sentindo minha pele começar a pinicar. *Se eu não alcançá-la a tempo, Roark vai me pagar.*

— Que agora você quer um relacionamento sério?

Uma coisa é notável em Roark: ele pode até beber feito um marinheiro e sair comendo mulheres pela cidade inteira, mas é bastante observador.

E, caramba, por um segundo, pensei que ele sabia sobre os meus sentimentos por Julia.

— Bom, ele sabe sobre a aposta, obviamente, então acho que deve ter sacado.

Roark balança a cabeça e sorri.

— Não quando é na irmã dele que você está interessado.

Merda.

— Do que você está falando? — Minhas palmas começam a suar, a verdade me partindo ao meio. Como ele sabe disso?

— Ah, não tente brincar comigo. Dá pra ver na sua cara.

— Você está bêbado, cara. — Dou tapinhas no seu ombro. — Fique sóbrio uma vez na vida e vá trabalhar.

Afasto-me e abro a porta do edifício ao mesmo tempo em que Roark grita:

— Admita logo, você gosta dela.

Às vezes, eu realmente odeio meu amigo e seu jeito irlandês.

Não tenho uma reunião marcada com Julia. Eu quero pegá-la de surpresa antes que ela vá embora. Quando contatei sua assistente, Anita, ela me disse que Julia gosta de ir embora do escritório às sextas-feiras por volta das 16:45. Bem, são 16:30, e espero que Julia não cuspa fogo quando me vir entrar.

O edifício moderno está bem quieto comparado à agitação e ao alvoroço que há normalmente pelos corredores, então, quando chego ao escritório de Julia, espero que ela ainda esteja lá. Faz poucos dias desde o nosso almoço, e eu preciso vê-la novamente. Tenho pensado sobre cada palavra, em cada vez que suas bochechas coraram, e cada vez que seus seios espetaculares subiram e desceram quando ela ofegava durante a nossa última conversa. Eu quero o segundo round. *Eu preciso do segundo round.*

É por isso que ainda não entreguei as respostas às suas últimas perguntas.

E por isso que não respondi aos seus e-mails pedindo por elas.

Porque quero fazer isso pessoalmente de novo. Quero fazer as mesmas perguntas a ela, descobrir o que foi que eu disse que a excitou. *Porque ela ficou excitada.* Em certos momentos, durante os quais descrevi o que faria com a minha mulher, pude ver sua mente imaginando se o que fiz para dar prazer às mulheres no passado seria o mesmo que eu faria com ela no futuro. E eu quero saber todas as maneiras que posso lhe dar prazer. Satisfazê-la. *Livrá-la do seu controle exigente, deixá-la cega de satisfação sexual e êxtase.*

Respirando fundo, agarro a maçaneta da sua porta e puxo, aliviado quando ela abre. A recepção está vazia, fazendo-me acreditar que Julia deixou Anita ir embora mais cedo — que chefe maravilhosa —, então dirijo-me ao seu escritório, onde a porta está entreaberta.

Por um breve momento, fico assistindo-a trabalhar, seus dedos produzindo estalidos no teclado do computador, seus olhos focados na tela à sua frente e, honestamente, a concentração na sua testa dá um tesão enorme. Ela é inteligente, astuta e determinada. Respeito bastante a maneira como ela construiu um negócio do zero e o fez ser bem-sucedido sem ajuda financeira do irmão. Ela fez tudo por conta própria, e para mim, isso é muito sexy.

Roço a porta com os nós dos dedos, assustando-a. Através das grossas lentes empoleiradas no seu nariz, seus olhos azuis focam em mim e, aos poucos, ela começa a relaxar.

— Bram, o que você está fazendo aqui?

Empurro a porta para abri-la por completo e entro, tirando o paletó e colocando-o no sofá. Antes de me sentar, dou um beijo rápido na sua bochecha, apesar de querer pousar meus lábios nos dela.

— Vim para responder às minhas perguntas restantes.

— Eu te disse para respondê-las por e-mail.

Balanço a cabeça.

— Nah, quero a experiência completa. Quero que me pergunte pessoalmente.

— Eu... eu não tenho tempo.

— Mentira. — Levanto do sofá e ando até atrás da sua mesa, onde agarro o encosto da sua cadeira. Seu perfume de baunilha flutua ao meu redor, derrubando-me por um segundo. Merda, ela tem um cheiro muito bom. Quase celestial. É sedutor... está me puxando para mais perto.

Honestamente, o que ela faria agora se eu me curvasse sobre seu ombro e passasse a língua por seu pescoço até a mandíbula, onde eu começaria a mordiscar o caminho até seus lábios? Ela me odiaria ou ficaria excitada?

Diante da tensão nos seus ombros e a maneira como se mantém de costas para mim, vou chutar que ela está pendendo mais para o lado do *não chegue perto de mim.*

Mas não estou preocupado. Posso mudar isso.

Olho para seu computador e vejo no que ela está trabalhando.

Uma reclamação para o restaurante *Panera Bread.*

— Hã... você está ocupada?

Ela fecha a janela rapidamente e cruza os braços no peito, girando a cadeira para ficar de frente para mim.

— Se você não manda um feedback sobre a sua refeição imediatamente, acaba esquecendo.

— São pouco mais de quatro e meia. Que horas você almoçou?

Ela mordisca o canto do lábio e, porra, ver a maneira como seus dentes raspam no lábio molhado e cheio me deixa duro no mesmo instante.

— Meio-dia e meia, mas eu anotei. — Ela gira novamente e ergue a anotação que fez para si mesma: *Soltar os cachorros no pessoal do* Panera.

— Escolha interessante de palavras. Posso perguntar o que o pessoal do *Panera Bread* fez para você querer soltar os cachorros neles?

Seu olhar vai para o lado, um leve sorriso no seu rosto.

— Eles esqueceram do biscoito no meu pedido.

— Bem, eles erraram feio mesmo.

— Eu sei! — ela reclama. — O único motivo pelo qual pedi uma salada foi para poder comer um biscoito, ou então teria pedido um macarrão com queijo.

— Óbvio. Quanta coragem a deles, viu? — Indico com a cabeça o computador. — O que você escreveu até agora? Vamos ver se conseguimos melhorar esse e-mail e te fazer ganhar um ano de biscoitos grátis.

— Você acha que eles fariam isso?

Deus.

Merda, ela está olhando para mim com a expressão mais fofa que já vi no seu lindo rosto. Como se quisesse a minha ajuda. Tão incrivelmente linda. E, finalmente, sinto que tenho o que ela precisa.

— Podemos tentar.

Virando de frente para seu computador, ela abre a tela e eu leio o texto em voz alta.

— A quem interessar possa. Pedi uma salada Fuji de maçã e frango e o biscoito do dia hoje, e não recebi o biscoito no meu pedido. Estou muito chateada... — Balanço a cabeça. — Jules, isso não vai servir. Você tem que ser firme. Me deixe resolver isso. — Inclino-me sobre seu ombro e alcanço o teclado.

O calor do seu corpo me atinge imediatamente, e me certifico de mantê-la bloqueada com meu pé para que, assim, ela não tenha outra opção a não ser permanecer perto de mim. Quero ser seu calor por todo o tempo possível. É viciante. *Ela é viciante.*

Estalo meus dedos e olho para ela.

— Você está pronta?

Com os lábios apertados e olhos arregalados, ela assente e dá uma rápida olhada nos meus ombros largos antes de retornar seu olhar para o meu. Essa pequena inspeção — que ela tenta esconder — me faz acreditar que talvez, só talvez, possa haver algo brotando entre nós.

— Ok, primeiro de tudo, você tem que mudar o título desse e-mail. Vamos começar com "Escutem aqui, seus boqueteiros sanguinários..."

Ela me empurra, mas não me movo.

— Você não pode escrever isso. — Ela ri.

— Claro que posso. Causa mais impacto.

— É grosseiro.

— Grosseria foi eles terem esquecido o seu biscoito. Agora, onde eu estava mesmo? Ah, sim, boqueteiros sanguinários. Eu comprei uma salada com o único intuito de poder comer um biscoito em seguida, e o seu harém de incompetentes, a quem vocês gostam de se referir como funcionários, esqueceu o *meu* precioso biscoito.

— Você não pode chamá-los de incompetentes.

— Por que não? Eles foram incompetentes, não foram? Eles esqueceram o seu biscoito.

— Eles deviam estar ocupados. — Reviro os olhos enquanto Julia me empurra novamente. — Posso cuidar desse e-mail depois.

— Você não quer a minha ajuda?

— Eu não quero que você faça uma cena com o cara do *Panera* que sempre faz as minhas entregas. Eu dependo dos serviços deles para me alimentar, então não vou chamá-los de boqueteiros sanguinários.

— Se você não quer a minha ajuda, então acho que devemos começar com as perguntas.

Fico de pé e vou até o sofá, onde pego meu celular do bolso e envio uma mensagem rápida para Linus.

— Eu não estava pretendendo ficar até tarde.

— Nem eu, então vamos apenas esquecer que isso é trabalho e tratar mais como uma maneira de nos conhecermos melhor. — Viro-me, pisco para ela e sento-me firmemente no sofá, esticando os braços e marcando meu território.

— Não precisamos disso. Você já me conhece há anos, e essas perguntas são para você responder, para que eu possa criar um perfil.

— Ah, não, eu vim para ter a experiência completa, então quero que você me dê.

Ela me olha dos pés à cabeça rapidamente antes de soltar um suspiro pesado e sucumbir à nossa reunião de última hora. Ela desliga o computador, pega seu caderno e o iPad e vem para o sofá.

— Você é bem irritante, sabia?

— E mesmo assim, você está prestes a ter mais uma sessão "conheça-me melhor" comigo.

— Porque sei que você não vai me dar outra escolha. — Nisso, ela tem razão. Já estava determinado a passar a noite de sexta-feira com ela, então aqui estou eu. — Você não tem planos para esta noite? Talvez sair com os caras?

Balanço a cabeça.

— A minha prioridade é você, Jules... e esse programa — acrescento, só para confundi-la um pouco.

O olhar vazio e a maneira como ela brinca inquietamente com sua caneta me levam a acreditar que estou fazendo tudo certo para obter seu afeto.

— Bem, é legal ver dedicação — ela responde, sem jeito, e se atrapalha um pouco com seu caderno. — Acho que faltam quinze perguntas, então podemos fazê-las rapidamente e ir embora logo.

Ou podemos jantar, beber alguma coisa... ir para a minha casa. Qualquer uma dessas opções seria ótima para mim, mas não digo isso, porque seria um jeito certeiro de assustá-la. Ela já está nervosa, e não quero afastá-la logo quando estou sentindo que estou começando a ser mais aceito.

— Tudo bem.

— Você não respondeu a nenhuma dessas perguntas?

Balanço a cabeça.

— Nem ao menos dei uma olhada.

Mentira. Estudei-as e escolhi as que perguntaria de volta para Julia. Escolhi sabiamente, garantindo que seriam as que ela ficaria confortável em falar sobre.

— Ok, então vamos começar. Se você tivesse que desenhar fisicamente a garota dos seus sonhos na sua cabeça, como ela seria?

— Garota dos sonhos, hein? — Essa é fácil. Mantenho os olhos focados nela ao responder: — Eu sempre gostei mais de loiras. — Ela anota e assente. — Adoro curvas em uma mulher, ter o que agarrar enquanto me enterro fundo nela. — Julia dá uma breve espiada em mim antes de focar novamente no seu bloco de notas. — Mamilos que endurecem quando...

— Não é preciso descrever mamilos.

— Tem certeza? Porque eu posso entrar em mínimos detalhes.

— Tenho certeza. Por favor, continue.

Dou risada.

— Ok. Hum, olhos azuis, lábios cheios, mais baixa do que eu, mas não tão baixinha a ponto de eu ter que me ajoelhar para beijá-la. Ah, e eu me amarro muito no tipo nerd. — Quando me olha, pisco para ela e, descaradamente, digo: — Sabe, você pode simplesmente escrever aí Julia Westin, se quiser.

— O quê? — Seu rosto ruboriza, e eu dou risada.

— Relaxe, Jules. Relaxe. — Inclino-me para frente e coloco a mão no seu joelho, sacudindo-o um pouco. — Relaxe e divirta-se um pouco. Você está sempre tão tensa.

Ela não responde, apenas continua a fazer anotações. Ela empurra os óculos para cima pelo nariz e arrasta o dedo pela tela do iPad.

— Preferência de estilo de roupas?

Meias de cano alto. Meias brancas de cano alto.

— Não me importo nem um pouco. É uma questão insignificante, quando uma personalidade é capaz de ofuscar uma escolha de saia.

Um sorriso minúsculo se estica nos seus lábios enquanto ela anota isso, e meu peito se estufa de orgulho. Ela gostou da resposta.

— Como seria o seu primeiro encontro ideal?

Coço a lateral da mandíbula, agindo como se estivesse pensando bem.

— Encontro ideal com a minha mulher ideal?

— Sim.

— Hum... bom, provavelmente sair para comer onde possamos ter uma conversa agradável. Ela tem que ser capaz de tirar de letra quando eu fizer perguntas, e preciso de tempo para fazer isso.

— Ok, o que mais?

— Depois, eu provavelmente a levaria para dar uma volta no Central Park, de mãos dadas, para sentir como ela se encaixa em mim. Eu perguntaria sobre sua família, como é seu relacionamento com seus pais e irmãos. Um relacionamento próximo com as pessoas que estiveram com você a sua vida inteira é importante para mim, isso me mostra que ela tem um coração forte e amoroso.

— Faz sentido.

— E depois, nós comeríamos algo de sobremesa. Sorvete, de preferência.

— Por que sorvete? — Ela olha para cima casualmente e pergunta, finalmente começando a relaxar.

— Porque dá para dizer muito sobre uma pessoa a partir da sua escolha de sorvete.

— É mesmo?

— Aham. — Afasto uma poeira imaginária do braço do sofá com o dorso da mão e sorrio para Julia. — E depois do sorvete, eu ficaria tentado a chamar a garota para irmos para o meu apartamento, mas não faria isso.

— Por quê?

— Porque há toda uma ciência em cortejar uma mulher. Você não pode transar na primeira noite e acreditar que ela não vai se sentir usada. Você tem que garantir que ela saiba que você está interessado, muito interessado, e então você lhe dá um beijo de boa-noite e certifica-se de colocá-la em segurança em um táxi.

Julia cruza as pernas, expondo um pouco mais da sua coxa.

— E como você faz para que ela saiba que está interessado?

Eu sei que essa não é uma das perguntas que estão no papel. Ela está entrando na conversa e, porra, eu amo isso.

— Linguagem corporal. — Viro-me para Julia, aproximando-me um pouco no sofá. — Eu me inclinaria enquanto ela fala, faria contato visual, mas, vez ou outra, deixaria meu olhar descer até seus lábios. — Faço isso, focando nos lábios de Julia por um segundo. — Eu me certificaria de fazer círculos lentos na pele do dorso da sua mão com meu dedo sempre que tivesse a chance, e quando estivéssemos dando nosso beijo de boa-noite, eu pressionaria meu corpo contra o dela, para que ela saiba o quanto me deixa duro por estar nos meus braços. — Ela engole em seco e eu me aproximo um pouco mais. — Eu seguraria sua mandíbula com as duas mãos, passando o polegar sobre seus lábios uma vez antes de baixar a cabeça. — Julia lambe os lábios. — E então, moveria meus lábios até ficarem a um suspiro de distância dos dela e pararia, deixando o ar crepitar à nossa volta, permitindo que ela se esbaldasse no momento antes de reivindicar seus lábios com os meus. — Julia assente, inclinando-se para frente, esperando por mais. — No começo, seria mais exploratório, nada muito intenso, e eu seduziria seus lábios aos poucos, coagindo-os até eles se separarem, dando-me espaço suficiente para passar minha língua entre eles. — Com um olhar nublado, Julia passa os dedos por sua garganta e engole em seco. — Mas eu pararia aí e me afastaria antes que nossas línguas se encontrassem, dando a ela apenas uma pequena amostra para que saiba minhas intenções. E antes de colocá-la no táxi, antes de mandá-la embora, eu a puxaria para o meu peito uma última vez e seguraria seu queixo com firmeza ao sussurrar "Eu te ligo amanhã", e então lhe daria um beijo suave nos lábios e a ajudaria a entrar no táxi. E para garantir de verdade que ela saiba que estou interessado, eu com certeza ligaria no dia seguinte. — Deslizo a mão pelo sofá e fecho a distância entre nós, meus dedos se aproximando da sua coxa exposta. — Que tal, Jules?

Seus olhos focam nos meus lábios, seu peito ofega mais do que nunca, e seus lábios brilham de tanto que ela passa a língua por eles e os umedece.

— Isso é... — Ela se inclina um pouco mais na minha direção, como se estivesse enfeitiçada, enquanto sua mão encosta na minha. Porra, que sensação boa, suave e delicada, e o jeito que ela está me olhando, como se fosse cair no meu colo se eu estalasse os dedos a qualquer momento. *Deus, como eu a quero.* — Isso é...

Toc. Toc.

Merda.

Endireitando as costas de uma vez, Julia se sobressalta e deixa seu bloco de notas e o iPad caírem no chão, enquanto Linus enfia a cabeça pela porta entreaberta.

— Sr. Scott?

Mas que droga, Linus!

Timing péssimo pra caralho.

Tentando *não* deixar minha raiva transparecer, já que fui eu que pedi que ele viesse até aqui, aceno para um Linus que parece bastante nervoso.

— Não queria interromper, mas eu trouxe o que o senhor pediu. — Ele ergue uma embalagem do *Panera Bread*.

— Você pode colocar sobre a mesinha de centro. Obrigado, Linus.

— Sem problema, senhor.

— Você tem as chaves da minha casa nos Hamptons? — Ele dá um tapinha no bolso da sua camisa e assente. — Ótimo, divirta-se esse fim de semana, não quebre nada, e pode colocar as suas refeições no meu cartão.

— Obrigado, sr. Scott. Fico muito grato mesmo.

— Eu que agradeço, Linus. Agora, dê o fora daqui.

Ele sorri e vai embora, deixando-me sozinho com Julia novamente. Quando me viro, seus braços estão cruzados e suas coisas, recolhidas do chão enquanto ela me analisa, pensativa.

Ignorando a maneira como ela me examina, o jeito como está tentando me ler, estendo a mão para pegar a embalagem e retiro de dentro uma caixa com uma dúzia de biscoitos do dia do *Panera* e duas caixas de leite.

— Achei que você gostaria de alguns biscoitos e leite, já que não pôde comê-los na hora do almoço.

— Você realmente pediu ao seu assistente para trazer biscoitos?

— E, em troca, eu o deixei usar a minha casa nos Hamptons.

— Parece uma troca injusta. — Ela abre um sorriso enorme.

Aquele sorriso aberto e honesto... porra, eu amo tanto esse sorriso. É o tipo de sorriso que brinca maliciosamente com seus olhos, iluminando-os.

Dou de ombros e abro a caixa, oferecendo-lhe um biscoito que ela recebe sem pensar duas vezes.

— Odeio pedir ao Linus que faça coisas fora do horário de trabalho, então sempre me certifico de dar a ele algo em troca. Não quero ser um *daqueles* tipos de chefe.

Ela dá uma mordida no biscoito enquanto eu coloco os canudos nas caixas de leite e entrego-lhe uma.

— É muito atencioso da sua parte. Não são muitas as pessoas que ocupam a mesma posição que você que, ao menos, considerariam oferecer suas casas de férias para seus assistentes por uma caixa de biscoitos.

— Não são muitas as pessoas que têm um assistente como o Linus. Preciso mantê-lo comigo, então o faço feliz. — Dou uma mordida em um biscoito e recosto-me no sofá. — Posso te perguntar como seria o seu encontro perfeito? Talvez tirar um pequeno intervalo para comer biscoitos?

Ela pondera, torcendo os lábios para o lado, e quando penso que vai ignorar a pergunta e me fazer mais uma das suas, ela toma um gole de leite e diz:

— Na verdade, é um pouco difícil responder como seria o meu encontro perfeito, porque eu sempre gostei de fazer as coisas de forma espontânea. — Ouço atentamente enquanto ela destrincha os mínimos detalhes sobre o que ela gosta quando se trata de sair com alguém. — Depende muito da pessoa com quem vou sair. Se a pessoa for mais extrovertida, vou querer fazer algo divertido e empolgante. Mas se a pessoa for mais reservada, tudo bem um jantar e um filme.

— Mas você preferiria que a pessoa fosse mais extrovertida?

Ela dá de ombros.

— Já estive com os dois tipos de pessoas e nenhum deu certo, então acho que talvez eu precise de uma combinação dos dois.

— Você tem pensado em namorar, recentemente?

Ela balança a cabeça.

— Não. Estou tentando focar apenas nos meus clientes agora, e se um cara acabar cruzando o meu caminho, vou pensar sobre isso.

— Já saiu com algum cliente?

Ela arregala os olhos.

— Nunca. Isso significaria ultrapassar um limite muito sério. Não estou aqui para conseguir homens para mim. Estou aqui para encontrar o amor para os meus clientes.

— Esse é um dos motivos pelos quais você se sente constrangida por ser solteira e estar juntando pessoas? Não quer que elas pensem que você está querendo roubar os pares delas?

— Sim, é um dos grandes motivos.

Se ela soubesse que eu quero desesperadamente que ela me roube...

— Quantos clientes você tem?

— Por volta de duzentos.

— Uau! Está falando sério?

Ela assente.

— Sim, e eles estão em diferentes estágios do processo. Tento manter uma base vasta de clientes para assim poder oferecer a todos os seus pares perfeitos.

— Faz sentido. Quantas pessoas que você juntou já se casaram?

— Cinquenta, mais ou menos. É um programa muito bem-sucedido, mas somente para aqueles que dedicam bastante seu tempo e energia, sabe?

— Sim, eu entendo. Então... você já fez o teste? Sabe qual é a sua cor?

Ela balança a cabeça.

— Não, não fiz o teste. Nunca pensei que fazê-lo ajudaria em alguma coisa, então usei estudantes universitários de cobaias para criar os meus patamares, e ter uma ampla gama de personalidades provou ser inestimável. Uma das alunas que fez esses testes comigo se casou há três anos com o cara que encontrei para ela. Ela foi a minha primeira "cliente", na época.

— Isso é muito legal. Você foi convidada para o casamento?

— Fui. — Ela toma mais um gole de leite após comer mais um pedaço de biscoito, seus lábios em volta do canudo, sugando...

Porra.

— Mas acabei não indo, porque não queria estabelecer o precedente de que vou ao casamento de todos os meus clientes.

— Esperta. Consegue imaginar a quantidade de casamentos que você teria que ir?

— Está insinuando que sou bem-sucedida?

Olho bem nos olhos dela.

— Eu sei que você é bem-sucedida, Jules.

— Ok, essa última parte é de perguntas e respostas rápidas. O propósito delas é aferir a sua reação imediata e instintos. Acha que aguenta?

Julia tirou os sapatos, está aconchegada no sofá e com seu segundo biscoito em um guardanapo no braço do sofá. Ela está confortável, não está mais tão tensa. Seus cabelos loiros flutuam sobre seus ombros, e não posso evitar notar a maneira como alguns botões da sua blusa estão abertos, revelando sua pele macia e de aparência aveludada. *Quero desfazer mais alguns botões e trilhar as curvas dos seus seios com os dedos. Nossa, ela tem peitos perfeitos.*

Passamos a última hora trabalhando nas perguntas finais, e agora parece que esse é o fim da linha no que diz respeito a descobrir qual é a minha cor.

Odeio admitir, mas vou sentir falta de todas essas perguntas e do jeito como as minhas respostas fazem Julia corar. Vou sentir falta desses momentos íntimos, em que somos somente ela e eu diante de uma mesa, nos conhecendo melhor... na verdade, está mais para Julia me conhecendo melhor. E sendo completamente honesto, eu não quero passar dessa fase das perguntas ainda, porque estou nervoso pra caralho com a próxima etapa. A etapa em que tenho que convencer Julia a sair comigo.

E isso depois que ela marcar um encontro para mim com a pessoa que for compatível comigo.

Sim, de alguma maneira, eu vou ter que convencer Julia de que a pessoa com quem ela me combinou não era certa para mim, o que pode ser mal interpretado, como se eu estivesse criticando seu programa. A última coisa que quero é que ela pense que seu programa de cores não funciona. *E ela também foi muito clara: sair com um cliente, alguém que ela combinou com outro cliente, está fora de questão. "Isso significaria ultrapassar um limite muito sério. Não estou aqui para conseguir homens para mim. Estou aqui para encontrar o amor para os meus clientes."* E se eu for a combinação perfeita para a cliente que ela encontrar para mim? *Aos olhos da cliente. Não aos meus.*

Por que eu pensei que essa seria uma boa ideia, mesmo?

E por que eu vou a esse encontro? Por dois motivos. Um: para que Julia não sinta que desperdicei seu tempo, embora eu meio que esteja fazendo isso... mas não exatamente, porque qualquer tempo que passo com ela não é desperdício. Além disso, quero que ela conheça o meu verdadeiro eu. Assim como eu pensava, ela acreditava que eu era confiante e convencido, alguém que não tinha a menor vontade de passar tempo conhecendo uma mulher, alguém que conhecia somente a linguagem do sexo de uma noite só. Ela me conhecia apenas como o melhor amigo espertinho do seu irmão. Eu preciso que ela me conheça como Bram Scott — *seu* amigo. Alguém que ela gosta simplesmente porque sim. Alguém com quem *ela* queira passar tempo. Muito tempo.

E o outro motivo pelo qual pretendo ir a um encontro com quem quer que Julia me combine? Por causa da aposta. Eu tenho que ir a ao menos um encontro para cumprir o contrato.

Estúpido, eu sei.

— Perguntas e respostas rápidas? Ok, mas vou te fazer as minhas perguntas também.

Ela revira os olhos, mas não discute comigo, dessa vez. *Todos saúdem o poder dos biscoitos com leite.* Considero isso uma grande vitória para mim. Parece que estou finalmente vencendo-a pelo cansaço. A Julia tranquila, calma e serena está deixando suas defesas caírem, e estou prestes a me implantar firmemente no seu coração. Pelo menos, eu espero poder fazer isso.

— Você está pronto? A primeira coisa que vier à mente.

— Saquei. — Fecho os olhos e recosto a cabeça no sofá. — Manda.

— Em um mundo ideal, quanto tempo duram as preliminares?

Viro a cabeça para o lado e abro um olho, com uma sobrancelha erguida. Ela me cutuca no ombro com a caneta.

— Não pense, apenas responda.

— Você me pegou desprevenido. Eu não sabia que essas perguntas seriam sexuais.

— Tenho que abordar todos os aspectos. Agora, responda.

— Tá, hã, vejamos... cinco minutos chupando cada peito, cinco minutos para cada parte interna da coxa, dez minutos de penetração com a língua, talvez dois minutos para beliscar os mamilos, depois também tem que dar atenção aos lóbulos da orelha, mordiscar o pescoço...

— Se chamam perguntas e respostas rápidas por um motivo. Eu não preciso de descrição, apenas de uma resposta.

— Hã... quarenta e cinco minutos. Se eu quiser ser bem meticuloso. — Ela sorri e balança a cabeça, como se não acreditasse em mim. — Por que está me olhando assim?

— Por nada.

— Não, você está me julgando. Quarenta e cinco minutos é um tempo respeitável.

— Quarenta e cinco minutos é o tempo mais longo que alguém já respondeu.

Ha. Coloco as mãos atrás da cabeça e casualmente cruzo uma perna sobre a outra.

— Isso é porque muitos homens não sabem foder como eu.

— Quarenta e cinco minutos de preliminares é um absurdo, Bram.

— Quarenta e cinco minutos de preliminares deveriam ser o normal. Quarenta e cinco minutos oferecem tempo suficiente para um homem fazer o que precisa fazer.

— E isso seria?

— Explorar o corpo da mulher, provocá-la, incitá-la, e levá-la até a beira do orgasmo sem empurrá-la de uma vez ao clímax, deixando-a ensopada e ansiando por muito mais.

Sua boca se abre e, porra, eu quero tanto fechar o espaço entre nós e enfiar a língua na sua garganta, mostrar a ela exatamente o que estou falando.

— Hum... ok — ela diz finalmente, voltando a fazer suas anotações.

— E para você? Qual o tempo ideal para preliminares?

— Não é quarenta e cinco minutos, com certeza.

— Ah, você nunca experimentou quarenta e cinco minutos antes, porque, se tivesse, teria dito quarenta e cinco minutos.

Ela limpa a garganta.

— Continuando. Se a pessoa com quem você está namorando te envia uma foto sensual, o que você faz?

— Bato uma. Fácil.

Seu nariz fofo se retorce.

— Sério?

— Com certeza. Não é esse objetivo de uma foto sacana? Deixar a outra pessoa excitada? Então, se eu ficar excitado, vou dar um jeito nisso. Batendo uma. — Toco seu bloco de notas. — Anote aí.

Ela ri e escreve alguma coisa. Aproveito para fazer mais uma pergunta enquanto ela está ocupada.

— Quantas vezes por semana você se toca?

Sua caneta pausa e ela não diz nada, apenas fica ali, paralisada. Deus, eu quero tanto que ela responda que são várias vezes. Quero saber que ela está cuidando de si mesma pelo menos cinco vezes por semana, mas sabendo como Julia tem sido conservadora com todas as minhas perguntas, não consigo prever sua...

— Quatro vezes por semana.

Hã... eu ouvi direito? Sento-me ereto, de queixo caído, piscando várias vezes, e ergo seu queixo para que ela olhe para mim.

— Você se masturba quatro vezes por semana?

— Às vezes — ela responde timidamente. — Não aja como se você não fizesse isso.

— Porra, eu me masturbei hoje de manhã. Não tenho vergonha de admitir. Só estou surpreso por você fazer isso também.

Ela dá de ombros.

— Quando se tem os brinquedos certos, fica divertido.

Ok, eu preciso de um minuto.

Porra, só um minuto.

Julia Westin tem brinquedos.

Brinquedos.

E não qualquer tipo de brinquedo. Brinquedos sexuais incríveis. Porra, posso visualizá-la, retorcendo-se na cama, com seus cabelos loiros espalhados pelo travesseiro, o peito ofegante, os mamilos intumescidos, as coxas estremecendo conforme suas mãos trabalham com o vibrador bem no seu clitóris.

Sua boca se abrindo, um gemido na ponta da língua, seus dedos dos pés se curvando.

Puta merda, estou duro feito pedra e ficando cada vez mais.

Engulo em seco e, quando finalmente abro a boca, minha voz sai esganiçada.

— Que tipo de brinquedos?

— Tenho vibradores e um dildo com estimulador de clitóris.

Puta. Merda.

— Não, porra, você não tem — reajo, descrente.

Ela assente e bate a caneta no bloco de notas.

— Tenho sim. É assim que uma garota solteira consegue passar pelas ruas de Nova York sem arrancar a cabeça de alguém.

— Puta merda. — Passo minha mão pelos cabelos.

Ela se inclina para frente e me cutuca com sua caneta novamente.

— E lembre-se da regra, o que é dito entre nós, fica entre nós. Não preciso de você abrindo a matraca para o meu irmão sobre o que eu guardo na minha mesa de cabeceira.

— Eles estão na sua mesa de cabeceira?

— E continuando... Você gravaria um vídeo de sexo?

Mas eu quero passar mais tempo falando sobre esses brinquedos sexuais.

Não. Eu quero vê-la com seus brinquedos, dando prazer a si mesma, enquanto bato uma punheta. Depois, chupá-la, fodê-la com tanta força que ela verá estrelas, e depois chupá-la mais um pouco. *Puta. Que. Pariu.* Se Julia soubesse o quão perto estou de jogá-la sobre sua mesa e puxar seu vestido para cima... *como vou conseguir continuar respondendo perguntas com essa imagem na minha mente?*

— Julia, me dê um minuto. Você tem brinquedos sexuais. Isso é sexy pra caralho.

— Bram. Pare. Nós precisamos...

— Não. Porra, me dê um minuto. Homens são visuais, e eu tenho uma imaginação fértil pra cacete.

Diante da maneira como sua respiração acelera e do gritinho que escapa dos seus lábios, ela está na mesma situação que eu. Deus, eu a quero. Eu a quero agora, porra.

Mas isso está fora de cogitação. Por enquanto.

— Bram...

— Me dê só mais uma porra de segundo. — Pense, Scott. Pense em qualquer coisa além de brinquedos. Com quem eu tive reuniões hoje? Ah, sim. Sr. Tedioso de sei lá onde. Cada minuto com ele foi uma tortura. Halitose. Zíper quase todo aberto. *Ok.* Ok, eu consigo fazer isso. Expiro com força. — Ok. Vai. Próxima pergunta.

Olho para seu rosto quando ela não fala imediatamente, e tudo o que vejo é choque.

Ela não tem a menor ideia do quão sexy é. Não faz ideia de que me deixa cheio de tesão.

Deus. Essa mulher.

— Jules...

— Ah, sim. Aham. Ok. Você faria um vídeo de sexo?

Com você. Sim.

— Não, ser um cara rico me impede de fazer isso.

— Esperto. — Ela coloca uma mecha de cabelo atrás da orelha. — Qual é a melhor coisa que uma mulher pode fazer por você na cama?

— Confiar em mim. Claro e simples. Apenas confiar em mim.

Minha resposta faz seu olhar encontrar o meu.

— Essa é a melhor resposta que já ouvi.

— É? — Balanço as sobrancelhas. — Vou ganhar pontos extras?

Ela ri.

— Não.

— Você já atendeu à porta sem roupa, Jules? — Isso arranca mais uma risada sua, enquanto balança a cabeça.

— Não, e não pretendo fazer isso nunca. — *Ela é tão linda quando ri.*

— Ah, vamos lá, é divertido. — Gesticulo com a mão. — Bem-vindo à minha casa, e caso esteja se perguntando, esse é o meu pau duro, e ele estará esperando por você no quarto.

— E aí o seu vizinho passa bem na hora...

— Isso não é problema para mim. Moro em uma cobertura.

— Ah, é, tinha esquecido — ela provoca. — Você é cheio da grana.

— Sou cheio de tantas coisas, Jules. Sou cheio de tantas coisas.

— Então, o que você acha? Vou tirar 10?

A escuridão já tomou conta da cidade, as únicas luzes acesas no prédio são as dos corredores, e o andar está assustadoramente quieto. As últimas horas foram cheias de Julia me fazendo perguntas e eu fazendo as minhas para ela vez ou outra, sem sobrecarregá-la, mas conseguindo informações suficientes para guardar e, quem sabe, usar em algum outro dia.

Como seus brinquedos. Porra, eu espero mesmo um dia poder fuçar na sua mesa de cabeceira.

Juntos, nós comemos cinco biscoitos, bebemos duas caixas de leite, e dividimos uma laranja. Ficamos chapados de açúcar a certa altura, demos várias risadinhas feito dois idiotas e, agora, tudo está chegando ao fim de repente, conforme escondo mais um bocejo.

— Você não vai ganhar uma nota no final disso tudo. — O elevador fecha e Julia vira para mim, encostando um ombro na parede. — Mas diante das perguntas que você respondeu e a maneira como as respondeu, tenho algumas ideias sobre qual cor você pode ser.

— É? Importa-se de compartilhar com a turma?

Ela segura a alça da sua bolsa com mais força.

— Não. Eu nunca me comprometo com uma cor até olhar todas as informações. Você vai ter que esperar.

— Entendi, são informações ultrassecretas. Maneiro. Mal posso esperar. — Enfio as mãos nos bolsos. — Pelo menos espero que você tenha se divertido fazendo tudo isso comigo.

— Foi um ótimo entretenimento, com certeza. Acho que você deu algumas das respostas mais perspicazes e vibrantes que já recebi de qualquer outro cliente.

O elevador apita e nós dois saímos ao mesmo tempo, dirigindo-nos para a saída o edifício. Seguro a porta aberta para ela e coloco gentilmente a minha mão na parte inferior das suas costas, guiando-a para a calçada.

— Admita, eu fui o seu cliente favorito, até hoje.

— Não vamos nos precipitar.

— Ah, vai — provoco, puxando a alça da sua bolsa, trazendo-a para um pouco mais perto. — Será um segredinho nosso. Eu sou o seu favorito.

Ela ergue a mão e, de brincadeira, a pressiona no meu peito para me empurrar, mas, antes que possa me afastar, seguro sua mão e a puxo para mais perto.

Ela fica me fitando em choque, mas, quando olha rapidamente para os meus lábios, aquele choque se transforma em luxúria, com suas pupilas se dilatando, sua boca umedecida, uma vibração ardente emanando do seu corpo.

— Eu... eu me diverti. — Ela se atrapalha um pouco com as palavras. — Me diverti muito.

— Isso foi porque eu sou uma companhia divertida, Jules. Acho que já passou da hora de você perceber isso. — Movo minha mão lentamente até seu quadril, segurando-a no lugar.

— Eu sempre soube que você é uma companhia divertida, Bram. Esse nunca foi o problema.

— Então, qual é o problema? — Puxo-a para ainda mais perto, deixando sua boca a centímetros de distância da minha, seu corpo quase completamente pressionado contra o meu. Estamos tão próximos e, mesmo assim, parece que ainda há um quilômetro de distância entre nós.

Devagar e constante, mantenha seus olhos nos dela.

— O problema... — Ela lambe os lábios e encara minha boca, seu corpo se aproximando um pouco mais. Porra, ela vai me beijar.

Meu pau enrijece diante do pensamento, pressionando o zíper da calça, lembrando-me de que faz um tempo longo do caramba desde que estive com uma mulher.

Ela lambe os lábios novamente.

— O problema... — ela repete, pressionando a mão gentilmente no meu peito.

— Ei, camarada, qual é a boa?

Como óleo e água, Julia se afasta de mim, dando fim ao clima que estava rolando entre nós, e fica a pelo menos meio metro de distância de mim no instante em que ouvimos a porra do cantarolar irlandês de Roark McCool.

O que diabos esse panaca está fazendo aqui?

Cerrando os dentes, com as narinas infladas e as mãos fechadas em punho nos lados do corpo, viro-me para ver o sorriso sugestivo do meu, agora, ex-amigo, que está parado diante de mim, comendo a porcaria de um cachorro-quente e alternando olhares entre Julia e mim como se fôssemos algum show de rua.

— De onde diabos você saiu?

Ele aponta para uma livraria do outro lado da rua.

— Ah, *cê* sabe, atualizando as minhas leituras. — Quando ele está sendo um babaca, seu sotaque irlandês fica mais acentuado a cada palavra. — Vocês terminaram a reunião agora? Demorou bastante, hein?

— Muitas perguntas — Julia responde, dando mais um passo para trás. — Tantas perguntas.

— É mesmo, moça? — Ele a analisa. — Vai ficar aí e agir como se não me conhecesse? Venha dar um abraço no seu amigão aqui. — Roark abre os braços e, de maneira quase relutante, Julia se aproxima dele. Por cima do ombro dela, ele sorri para mim e dá mais uma mordida no seu cachorro-quente. Ao soltá-la, ele a olha de cima a baixo, passando tempo demais na região dos seios. — Você tá uma gata, Julia. O Rath fez certo ao me manter longe de você.

— Ele te manteve longe dela porque você tem doença venérea — digo, sendo vencido pelo meu temperamento.

— Vai se foder, eu não tenho não. — Ele se vira para Julia. — É sério, eu não tenho. Sempre uso proteção, até mesmo com boquetes. Não quero uma boca cheia de doenças chupando o meu pau.

— Jesus Cristo — murmuro ao esfregar meu rosto.

— Hã, err, que bom saber disso. — Ela dá mais um passo para trás e um breve aceno. — Bom, eu vou embora. Bram, vou marcar um horário com o Linus para passar os seus resultados e irmos para as próximas etapas.

— Você pode simplesmente me ligar, sabia?

— Não, eu combino com o Linus. Tenham uma boa noite.

E, com isso, ela gira e praticamente sai correndo pelo quarteirão.

Assim que ela está fora de vista, dou um soco certeiro no braço de Roark.

— Que merda, cara!

— Ai! — ele reclama, massageando o local atingido. — Por que fez isso?

— Você sabe exatamente por quê. Você ficou esperando naquela livraria durante todo o tempo em que estive no escritório dela?

Seu sorriso é tão grande que meu punho começa a se preparar para mais um soco.

— Sim, eu fiquei. Foi uma ideia brilhante, se quer saber. E eu não apenas consegui estragar a sua despedida, como também me atualizei sobre o corpo feminino e li tudo sobre as zonas erógenas de uma mulher e como dar prazer a cada uma delas.

— Você se acha tão engraçado, não é?

— Qual é o problema? Pensei que você não gostava dela. — Sua voz fica baixa, tentando me imitar, e isso só me deixa com ainda mais raiva.

— Você sabe muito bem que essa não é a verdade. — Agarro minha nuca. — Porra, cara, ela finalmente parecia estar com vontade de me beijar, e você estragou tudo.

— Nah, ela não ia te beijar. Pode ter parecido, mas não ia. Ela estava muito tímida.

— Ela ia me beijar. Ela se inclinou para mim.

Ele balança o dedo para mim, mastigando o resto do seu cachorro-quente, fazendo-me esperar por sua resposta. Ele engole, limpa as mãos e diz:

— Ela deu uma balançada. Inclinar-se e dar uma balançada são coisas diferentes. E, acredite em mim, eu conheço Julia Westin bem o suficiente para saber que ela não estava prestes a beijar o melhor amigo do irmão do lado de fora do lugar onde ela trabalha. Ela faria isso em particular, onde pudesse fugir para o quarto, enterrar a cara no travesseiro e pensar em tudo o que acabou de fazer.

Odeio o fato de que ele está certo.

E odeio mais ainda ver que ele sabe algo tão íntimo assim sobre Julia.

Ele me dá tapinhas no ombro.

— Desculpe, cara, mas ela não estava prestes a te beijar e, francamente, você deveria estar me agradecendo.

— Te agradecendo? E por que diabos eu deveria estar te agradecendo?

Com sua mão no meu ombro, ele me empurra em direção ao carro que está esperando por ele e abre a porta, guiando-me para entrar. Assim que ele dá o meu endereço ao motorista, abre uma garrafa de água e dá um longo gole.

— Eu te fiz um favor. Te salvei do constrangimento, de fazer algo que ela não estava pronta.

— Como raios você sabe que ela não está pronta para isso? Eu passei as últimas duas semanas mostrando a ela quem eu realmente sou.

— Nah, essa merda não importa. Você é mais inteligente que isso, Bram. A Julia sempre precisa pensar bem sobre algo antes de fazer. Ela gosta de fingir que faz as coisas de maneira espontânea, mas não faz. Ela iria se arrepender desse beijo se tivesse acontecido naquele momento. Mas agora que quase aconteceu, é como se você tivesse plantado a semente para ela começar a pensar bem sobre isso. Como seria estar com Bram Scott. Porra, ela sabe tudo sobre você depois de todo aquele maldito questionário que você teve que responder, e agora ela pode decidir se é algo no qual está interessada ou não.

Hum.

Recosto-me contra o assento e fico olhando para frente, para as luzes quase cegantes do táxi diante de nós.

— Acredito que nós dois sabemos que eu odeio isso mais do que tudo, mas acho que você tem razão, Roark.

— Eu sei que tenho razão. Estou te dizendo, a melhor coisa que aconteceu para você esta noite foi o momento em que atrapalhei vocês. Vai me agradecer depois.

Não tenho muita certeza sobre isso, mas a teoria dele realmente faz sentido.

— Você não acha que é estranho eu estar a fim da Julia? — pergunto, olhando pela janela.

— Não. Eu estava mesmo me perguntando quando você ia finalmente aceitar os seus sentimentos e fazer algo a respeito.

Entro no meu escritório como Leonardo DiCaprio naquele meme, em que ele parece ser o filho da puta mais feliz que já pisou nesse mundo.

Estou feliz como se um raio de sol tivesse entrado pelo meu rabo, pavimentando um caminho dourado para mim ladeado por pirulitos e algodões-doces.

Estou muito feliz.

A noite de sexta-feira foi... Deus, se o Roark não tivesse atrapalhado... Mas não posso mais reclamar disso, porque Julia quase me beijou e isso foi tudo o que eu precisava. Ela está bem onde quero que esteja. Não me surpreenderia se entrasse no seu escritório, esperando pelos resultados do meu teste, e ela me dissesse que, ao invés de passar para a etapa dos encontros, eu deveria simplesmente sair com ela.

Esse foi o cenário que inventei hoje de manhã enquanto tomava banho e, se quer saber, quero acreditar que ele vai se realizar. Como não poderia? Dava para ver que ela está gostando de mim.

Do meu toque, do jeito como eu olhava para ela. Estava escrito no seu rosto. A maneira como ela reagiu ao meu corpo, e como casualmente olhou para os meus lábios, lambendo os próprios, molhando aquela boca deliciosa dela.

Sim, ela estava gostando. Sua linguagem corporal não negava.

Linus está na sua mesa, como o assistente exemplar que é, com café na mão, esperando por mim. Ele me mandou uma mensagem ontem à noite quando foi embora da minha casa nos Hamptons para me agradecer mais uma vez e me dizer que teve um ótimo fim de semana. Fico feliz por lhe oferecer vantagens assim, já que dependo tanto dele profissionalmente, assim como, agora, pessoalmente também.

— Linus... — Dou um tapinha na sua mesa ao me aproximar. — Peça alguns milkshakes. Temos que comemorar.

— Sério? — ele pergunta, muito animado. — A srta. Westin aceitou sair com o senhor?

Interrompo meus passos e me encolho, girando nos calcanhares para olhá-lo.

— Bem, não exatamente. — Linus me lança um olhar. — Mas rolou um clima entre nós na sexta-feira à noite.

— Rolou um clima entre vocês? — Ele não está muito impressionado.

— Eu sei que parece meio patético, mas nós quase nos beijamos. — Balanço a cabeça e sorrio. — Viu? Um clima.

— Por que não se beijaram?

— Roark estragou a porra toda. Ele estava esperando do outro lado da rua e, bem quando eu estava prestes a eliminar os últimos centímetros de distância e beijá-la, ele nos interrompeu, deu um susto do caramba na Julia e estragou o clima.

Linus dá risada, sacudindo os ombros.

— Desculpe, senhor, mas isso é engraçado.

— Ele é um otário. — Balanço-me sobre os pés, sentindo-me animado. — Mas você sabe o que isso significa, não é? Ela está interessada. Pude sentir na postura dela.

— Então, o senhor vai chamá-la para um encontro?

— Não sei. — Agarro a nuca, pensando sobre a minha próxima ação. — Ela está conferindo os resultados do meu teste e vai me retornar em breve.

— Hummm. — Linus bate sua caneta na mesa, pensando. — Ela ainda vai combinar o senhor com alguém?

Hum, não tinha pensado nisso. Quer dizer, o objetivo final é ela encontrar um par para mim, mas, depois dessas últimas duas semanas, depois do quase beijo, será que ela não iria querer falar sobre isso, talvez flertar com a ideia de sair comigo? Eu não sou burro. Vejo o jeito que ela me olha. Senti sua respiração ficar presa quando ela ficou pertinho de mim, a centímetros de pressionar minha boca na dela. Ela sente atração por mim, mas a pergunta é: ela vai fazer algo a respeito?

— A essa altura, acho que seria um pouco estranho se ela tentasse me combinar com alguém, você não acha?

— A menos que ela se assuste e decida se afastar.

Céus, pior que eu podia vê-la fazendo isso. Ela sempre estabeleceu pelo menos meio metro de espaço entre nós. Durante a faculdade, eu achava que era porque eu era o melhor amigo do seu irmão. Bem, não era. Ela achava que eu era um sabichão presunçoso. Um babaca. Agora, ela me conhece melhor. Agora, acho que é porque ela é profissional pra caralho e não quer ultrapassar nenhum limite.

Tenho que admirar isso.

E, mesmo assim, eu quero tanto ultrapassar esses limites...

— Merda. — Mordisco a parte interna da minha bochecha. — Eu devia mandar uma mensagem para ela, não é? Dar continuidade, ver como foi seu fim de semana? Será que devo mandar mais alguma coisa? Mais biscoitos?

— O senhor com certeza deveria mandar alguma coisa para ela. Mas não biscoitos. — Linus desperta a tela do seu computador e começa a digitar. — Flores também não, e nós já enviamos as canetas. Hummm, vocês tinham alguma piada interna durante a faculdade? Algo desse tipo vem à memória?

— Eu comprei absorventes internos para ela, uma vez.

Linus me dá uma olhada de canto de olho e volta à tela do computador.

— Que tal a bebida favorita dela?

— Oh, ela gosta de *chai latte* com leite de soja.

— Perfeito. — Linus abre um sorriso suave. — Vamos manter a simplicidade e mandar para ela um *chai latte* com leite de soja com um recadinho no copo. Apenas algo para ela saber que o senhor está pensando nela.

— Caramba, essa é boa! — Inclino-me sobre sua mesa enquanto ele começa a digitar no celular.

— Tenho um amigo que trabalha na Starbucks que pode fazer isso para nós. Que recado o senhor quer colocar no copo?

— Hum, você tem peitos lindos?

Sem ao menos olhar para mim, Linus balança a cabeça e murmura:

— Não faço ideia como o senhor é tão rico.

Dou risada e coloco a mão no seu ombro.

— Isso se consegue não dando a mínima para nada e indo atrás do que se quer. — Aperto seu ombro e começo a ir para o meu escritório, falando para ele sobre o ombro: — Peça que escrevam: "Espero que isso ajude com a chatice da segunda-feira".

Assim que estou no meu escritório, pego meu celular e penso em enviar uma mensagem para ela. Quis fazer isso o fim de semana todo, desesperado por suas respostas sarcásticas e piadas graciosas, mas me segurei. Agora que é segunda-feira, acho que não consigo mais. Mas pareceria muito carente se eu mandasse um café e uma mensagem?

Não se eu mandar a mensagem agora...

O que tenho a perder? A última coisa que eu quero é entrar no seu escritório assim que ela tiver os resultados e analisar os perfis das pessoas que ela encontrou que são compatíveis comigo.

Eu sei que faz parte da aposta, mas, depois de ter Julia nos meus braços, tão perto de sentir sua boca na minha, isso é tudo em que consigo pensar, é tudo que eu quero. Foda-se a aposta, fodam-se as regras sobre não namorar a irmã do seu melhor amigo. Eu a quero e vou fazer com que ela saiba... de um jeito sutil, é claro.

Digito uma mensagem e envio para ela.

Bram: *Bom dia. Como foi o seu fim de semana? Passou o dia inteiro de meias de cano alto?*

Posso nunca ter estado em um relacionamento sério antes, mas sinto que posso me dar muito bem nisso. Ser atencioso, enviar coisas para ela, dizer a ela que acho que sua bunda fica incrível usando calça jeans e seus pés, tão confortáveis usando meias de cano alto... simples.

Sem a menor vontade de ao menos olhar para os meus e-mails, giro na cadeira e fico de frente para as janelas, absorvendo as ruas frias de Nova York lá embaixo. Felizmente, não preciso caminhar muito pelo tempo frio — saio do meu carro rapidamente e entro no edifício —, mas, caramba, ver todo mundo empacotado até a cabeça, andando para lá e para cá, me lembra por que odeio os meses entre o Ano-Novo e a primavera. *E mesmo assim, eu fiz Julia vir até o meu escritório, o que significa que ela teve que enfrentar esse frio todas as vezes. Merda. Isso foi babaca da minha parte.*

Meu celular apita com uma mensagem, e eu imediatamente abro um sorriso de orelha a orelha, feito um idiota.

Julia: *Eu nem ao menos pensei em sair do meu apartamento. Está tão frio. Meias de cano alto... de onde isso saiu?*

Merda, talvez eu nunca tenha falado sobre suas meias de cano alto antes. Apenas as admirei de longe. Está na hora de explicar.

Bram: *Quando te conheci, você estava usando meias de cano alto que ficaram muito bem em você. Desde então, eu sempre fico ansioso para te ver usando aqueles pedaços de tecido branco de novo.*

Julia: Qual é o seu problema?

Dou risada e afundo na minha cadeira, como se estivesse de volta ao ensino médio falando com a garota que eu gosto.

Bram: *O que foi? Um cara não pode admirar as meias de uma garota?*

Julia: *Meias não são admiradas, geralmente.*

Bram: *Pode marcar no meu perfil que essa é uma especialidade minha. Então, quando vou poder te ver de novo?*

Julia: *Você parece um pouco impaciente.*

Bram: *Deve ser porque eu estou.*

Julia: *Entrarei em contato com o Linus para marcar.*

Bram: *Ou você pode simplesmente me mandar uma mensagem.*

Julia: *E incomodá-lo com coisas tão chatas?*

Bram: *Nada que tenha a ver com você é chato, Jules.*

Julia: *É Julia.* ☺

CAPÍTULO DOZE
Bram

Último ano da faculdade, Universidade Yale

Toc. Toc.

— Bram, a Denise está lá embaixo dizendo que deixou o sutiã dela no seu quarto.

Retiro a atenção dos meus livros e olho para cima. O carinha do segundo ano à minha porta está tremendo um pouco enquanto me espera responder. Nós não maltratamos ninguém na nossa fraternidade, mas induzimos certo medo aos estudantes dos primeiros anos, para que saibam que não devem brincar com os veteranos.

— Denise? Ah, ela transou com o Thompson ontem à noite, não comigo. Ela está fazendo joguinho, cara. O que está usando?

— Um casaco longo.

Reviro os olhos.

— Cara, ela está nua por baixo dele. Diga a ela que volte para o dormitório, ou seja lá onde ela mora. Não a deixe subir aqui.

— Saquei. Tenho que dizer mais alguma coisa a ela?

— Que talvez ela deva ter um pouco mais de dignidade em vez de vir aqui pela segunda noite seguida procurando por outro cara.

— Você quer mesmo que eu diga isso?

— Não. — Arrasto minha mão pelo rosto. — Jesus. Estou tentando estudar, cara. Me deixe em paz, porra, e não deixe mais ninguém me incomodar.

— Entendido. Foi mal, Bram.

Em silêncio, ele fecha a porta e me deixa em paz.

Denise. Não seria a primeira vez que ela tenta essa façanha. Ela já esteve na casa da fraternidade algumas vezes, sempre tenta ficar comigo, mas eu a rejeito, então ela fica com outra pessoa que parece não ter padrões, e sua última conquista foi Brady Thompson.

O recesso de inverno está logo aí, as provas finais estão chegando e, porra, é a minha hora de mandar ver. Os garotos da casa sabem que, quando faltam duas semanas para as provas finais, eu não gosto de ser incomodado. Pois é, eles meio que fazem parecer que eu estou com alguma garota, ou chapado, ou seja lá qual for a mentira que conseguem inventar, mas, na verdade, estou grudado à minha mesa estudando pra caralho.

Há uma razão para isso — para a enganação —, e é porque eu quero que seja uma surpresa. Quero ser a pessoa que vai sair dessa universidade oferecendo as mínimas expectativas possíveis e provar para todo mundo que estavam errados.

Como cresci com o "presente de Deus" — meu irmão mais velho, que nunca errou —, toda a minha família sempre teve baixas expectativas em relação a mim. Portanto, me certifiquei de que continuasse assim para que, então, quando eu for bem-sucedido, possa mostrar o dedo do meio para todo mundo que duvidou de mim.

É, isso não é nem um pouco maduro, mas eu nunca disse que jogo como um adulto.

— Tá de brincadeira? Eu posso subir sim. — Ouço a voz de uma garota ecoar pelo corredor.

— Você não tem permissão. — Ouço a voz de um calouro falhar. Eles ficam ainda mais nervosos quando se trata de patrulhar o corredor.

— Tenho, sim. Solte a minha mão. Eu preciso encontrar o meu irmão.

Irmão. Apenas um dos caras do terceiro andar tem uma irmã na universidade.

— Quem é o seu irmão? — o calouro pergunta.

Vou até a porta e a abro a tempo de encontrar Julia lutando com um calouro.

— Solta ela, seu panaca — digo, arrancando o cara de perto dela. — Essa é a irmã do Rath.

— Rath tem uma irmã?

Empurro-o para o lado, para longe dela.

— Sim, então memorize esse rosto, porque ela tem permissão para subir aqui sempre que quiser. Entendeu?

— Sim. Desculpe, Bram.

Ele fica ali, todo sem graça.

— Se manda — ordeno, e ele sai correndo. Enfio as mãos nos bolsos e olho para Julia. — Desculpe por isso. Ainda estamos treinando alguns deles.

Ela arruma seu suéter enorme e ajusta o rabo de cavalo, colocando-o por cima do ombro.

— Sem problemas. — Ela enrola uma mecha de cabelo no dedo. — Rath está aqui?

Balanço a cabeça.

— Ele está no campus, em uma reunião com um professor. O que houve?

— Droga — ela murmura.

— Está tudo bem?

— Hummm... — Ela morde o lábio inferior. — Na verdade, não.

— Ok — digo, arrastando a fala. — Posso te ajudar?

— Prefiro que não.

— E por quê? — Cruzo os braços no meu peito, tentando não ficar ofendido.

De repente, ouvimos uma batida na parede e um gemido alto. Caramba, o Thompson convidou a tal Denise para subir... de novo?

Sem querer submeter Julia ao que quer que esteja rolando no quarto do Thompson, seguro sua mão e a puxo para o meu. Fecho a porta para que tenhamos um pouco de privacidade, sem perceber que, no instante em que a tenho no meu quarto, minha mente começa a imaginar todas as coisas que poderíamos fazer aqui.

O que ela está escondendo por baixo daquele suéter grande?

Será que ela usa lingerie sexy secretamente ou algo especial apenas para si?

Ela está usando... meias de cano alto?

— O que você está fazendo? — ela pergunta, puxando sua mão da minha e olhando em volta do meu quarto.

Sentindo-me insultado pelo fato de ela pensar tão pouco de mim, que eu poderia me aproveitar dela nessa situação, eu digo:

— Não se engane, Jules. Eu te trouxe aqui para que não ficasse perto do quarto onde o Thompson está fodendo alguém. Agora, o que tá pegando?

Seu rosto fica inexpressivo e, por um segundo, penso em me desculpar. Mas ela logo ergue o queixo.

— Eu só precisava de uma ajuda do meu irmão. Mas não é nada de mais. Posso voltar andando para o meu dormitório.

— Voltar andando? São, tipo, oito quilômetros até lá.

— É, eu sei.

— Você... veio andando até aqui? — Inclino a cabeça para o lado, analisando-a.

— Sim, mas não é nada de mais. Só, hã, só diga a ele que passei aqui.

— Jules, eu posso...

— É Julia — ela diz, severamente.

Reviro os olhos.

— Eu posso te dar uma carona de volta até o seu dormitório.

— Não precisa.

Solto uma risada de descrença.

— Na verdade, precisa sim, porque se o seu irmão souber que eu te deixei voltar andando para o seu dormitório no fim do dia, ele fará das minhas bolas um saco de pancadas. — Pego minhas chaves da cômoda. — Anda, vou te levar para casa.

Ela não se mexe.

— Julia, eu estou falando sério, você não vai voltar andando.

Ela ainda não se mexe.

— Minha nossa, mulher. — Coço a nuca. — O que foi?

Ela torce seu suéter ao responder.

— Hum, você pode me emprestar vinte dólares? — Antes que eu responda, ela completa rapidamente: — Deixei a minha carteira e o meu celular no carro da minha amiga. Ela vai passar o fim de semana fora e, hum, eu preciso muito de... você sabe... alguns produtos femininos.

Reprimo o sorriso que quer surgir nos meus lábios.

— Você precisa de absorventes internos?

— Prefiro não entrar em detalhes. Isso já está constrangedor o suficiente.

— Você precisa que eu te leve até uma farmácia?

— É. — Ela se encolhe e suspira. — Deus, eu odeio tanto isso, ter que pedir a sua ajuda.

— Ah, não esquenta, Jules. — Passo o braço por seus ombros cobertos pelo suéter e dou um aperto firme. — Posso te dar uma mãozinha. Me amarro em produtos femininos.

— Cala a boca — ela grunhe, conforme eu a conduzo para fora do meu quarto e pelas escadas até a garagem. — Você tem noção do quanto isso é humilhante para mim, não é?

— Estou bem ciente, mas, se quer saber, estou empolgado. Nunca comprei absorventes antes. É uma nova experiência para mim.

— Isso não é uma experiência. Você vai ficar no carro e ponto final.

Coisinha mandona.

— Como é que uma garota consegue ao menos saber por onde começar? — pergunto, passando os olhos pelas prateleiras. Rosa e roxo e azul, pacotes preto e branco com mulheres simpáticas e corações estampados, promessas de não-odor... nunca vi nada assim.

— O que foi que eu te disse? Fique quieto e me espere ali. — Ela aponta para o fim do corredor, mas não dou ouvidos. Por que eu faria isso?

— Você precisa de absorventes internos de tamanho grande? — Pego uma caixa da prateleira e olho o verso. — O seu fluxo é intenso?

Ela arranca a caixa da minha mão e a coloca de volta na prateleira.

— Não preciso de tamanho grande. Apenas o normal, mesmo.

— Ah, certo. Qual marca você usa?

— Eu não preciso da sua ajuda, Bram. — Ela vai até uma seção de caixas pretas com cores neon. Ela pega uma caixa de absorventes internos e uma menor com o que parecem ser absorventes externos, mas não faço a menor ideia.

— O que é isso? — pergunto, tentando ver melhor.

— Não é da sua conta. — Ela sai andando pelo corredor e eu a alcanço rapidamente.

— Sabe, se você me educar, vou conseguir te entender melhor. Contribua com o meu conhecimento sobre o mundo da menstruação.

— Eu realmente não quero falar sobre isso agora. Vamos pagar e ir embora.

— Mas e chocolate? Não está envolvido? Você precisa de chocolate, Jules?

— Eu só preciso desses dois itens, agora vamos.

Ela caminha até o caixa, mas eu não a sigo. Em vez disso, viro e vou direto até o corredor de doces da farmácia. E como eu sou a pessoa que tem a carteira, ela tem que me seguir.

— Do que você gosta? *Dove?* Ou prefere *Hershey's*?

— Bram, por favor, só vamos embora.

Balanço a cabeça e puxo-a para mais perto de mim.

— Já que estamos fazendo compras relacionadas à menstruação, vamos fazer direito. Agora, escolha algumas coisas que vão te fazer sentir melhor. Doces, sorvete, batatinhas... você precisa de algum remédio?

Pela curva do meu ombro, ela olha para mim com uma expressão confusa.

— Por que você está sendo tão legal comigo?

Hum... talvez porque eu a acho interessante, porque ela é inteligente e linda, mesmo com aquelas roupas grandes. Talvez porque tenha algo nela que me cativou.

Mas, porra, eu não posso dizer isso. Além do mais, ela acha que a trato mal, normalmente? Por que ela está tão surpresa por eu estar sendo legal?

— Porque você é a irmãzinha do meu melhor amigo, o que significa que, quando ele não está por perto, eu entro em cena para cuidar de você. — Aperto seu ombro. — Agora, me diga o que você quer.

Brevemente, ela morde o lábio inferior, ponderando se deveria aproveitar a oferta ou não. Quando seus ombros caem e ela expira uma grande quantidade de ar, sei que está cedendo.

Viu? Um pouquinho de persuasão e eu sempre consigo o que quero.

— Eu gosto daqueles biscoitos *Mrs. Fields* e batatas *Ruffles* sabor cheddar.

— É? Beleza, então.

Andamos pelo corredor de guloseimas e pegamos um pacote gigantesco de *Ruffles*, junto com duas caixas de biscoitos *Mrs. Fields*.

— Não preciso de duas caixas.

— Quem disse que as duas são para você? — Pisco para ela e vou à geladeira de bebidas. Pego uma caixa de leite para cada um.

— Mais alguma coisa?

Ela balança a cabeça.

— Acho que não.

— Ok, então vamos pagar.

Passamos os minutos seguintes no caixa, e a garota no balcão percebe nossa coleção de itens e lança um olhar de empatia para Julia. É estranho, mas elas trocam algum tipo de reconhecimento feminino silenciosamente. Tipo *boa sorte esse mês, espero que o seu útero seja bondoso com você.*

Faço a mesma coisa com homens. Quando vejo um ser atingido nas bolas, ah, cara, sinto as minhas próprias bolas se retorcerem de dor pelo pobre coitado. Isso é a mesma coisa?

Provavelmente não.

Acho que não tem nem como comparar. Certeza de que dores menstruais devem chegar perto da dor do parto. Não se deve comparar isso a qualquer tipo de dor em homens, porque não adianta; não chega nem ao mesmo nível.

Assim que estamos no meu carro, abro a sacola, retiro as caixas de leite de lá e minha caixa de biscoitos. A embalagem está um pouco pesada, mas assim que retiro dois biscoitos, entrego um a ela e ergo meu leite.

— Um brinde à sua menstruação. Que esse período seja tranquilo para você, dessa vez.

Julia sorri.

— Que eloquente. — E então, batemos nossos leites um no outro e comemos nossos biscoitos em silêncio. Após um tempinho, Julia vira-se no assento para me olhar, descansando o lateral do rosto no encosto. — Obrigada por hoje, Bram. Fico muito grata mesmo.

— Sempre que precisar, Jules. Você sempre pode contar comigo.

CAPÍTULO TREZE
Julia

— Isso não pode estar certo — murmuro para mim mesma, revisando os resultados do teste mais uma vez.

Com uma mão pressionada na testa e sentindo-me exausta além da conta, repasso os resultados do questionário e franzo as sobrancelhas.

É por isso que eu não deveria ter aceitado Bram no meu programa, porque tinha a sensação de que algo assim aconteceria. Eu o conheço há anos e, mesmo assim, aqui estou eu, olhando para seus resultados e sentindo que não o conheço nem um pouco.

Passei a noite inteira processando tudo no sistema. Minhas observações, as respostas dele, e os resultados não foram nada do que eu esperava.

Não chegou nem perto.

Por isso decidi deixar tudo de lado e voltar com a mente mais fresca hoje.

Mas depois de reprocessar tudo, o resultado continuou sendo a mesma cor.

Vermelho. VERMELHO!

Bram não tem nada a ver com vermelho.

Vermelhos são frios, sinistros, quase malvados, de certa forma. São conhecidos por serem implacáveis em cada faceta das suas vidas, até mesmo no quarto — se bem que nesse aspecto eu poderia concordar. Bram parece ser bem implacável quando se trata das relações físicas, mas na vida normal? Não consigo entender isso.

Penso novamente sobre os tempos de faculdade e os pequenos momentos que tive com ele. Sim, ele era um babaca na maioria das vezes, sempre se gabando e provando o quão incrível era, mas por trás daquela fachada tempestuosa que ele gostava de exibir, havia um lado mais suave, um lado sensível, um que pude presenciar algumas vezes.

E, no outro dia, quando ele mandou buscar biscoitos para mim, quando fez reservas no meu restaurante favorito para uma das nossas reuniões, quando mandou o buquê de canetas, e o *chai latte* com leite de soja com um recadinho no copo, foi tudo tão doce, tão gentil. E seu recado, aff, foi perfeito.

Vermelhos não fazem *isso*. Vermelhos não são gentis ou doces. São frios e antipáticos. São difíceis de se dar bem com alguém, e a única cor que poderia combinar com eles é o laranja, e somente porque pessoas dessa cor são uma versão mais leve dos vermelhos.

Não consigo imaginar marcar um encontro para Bram com uma pessoa da cor laranja.

Esse tempo todo, imaginei que ele fosse azul ou verde, duas cores similares, porque as duas apresentam um instinto protetor e o tipo de carisma que atrai as pessoas.

Estou tão confusa.

Recosto-me na cadeira e deixo escapar um suspiro no instante em que Anita aparece no meu escritório.

— Oi, srta. Westin. Clarissa está aqui para vê-la.

Ah, graças a Deus, preciso dessa distração.

— Ótimo. Ela pode entrar.

Clarissa entra com uma embalagem de comida e um sorriso gigante.

— Ah, faz tanto tempo que não te vejo! — Ela dá a volta na minha mesa e me dá um abraço enorme, com comida e tudo.

Depois que se afasta, coloca a comida sobre a mesinha de centro que fica diante do sofá e senta nele, dando tapinhas no espaço ao seu lado.

— Hoje eu estou comandando o seu almoço. Sente-se, converse comigo, me conte sobre a sua vida.

É exatamente disso que preciso. Tiro os sapatos, caminho pelo carpete grosso e sento ao lado de Clarissa, que está retirando sanduíches de queijo quente das embalagens.

— Você me ama, não é? — pergunto, olhando para os sanduíches enormes que aprendemos a amar juntas.

— Você sabe que sim. Espero que tenha malhado hoje, porque estamos prestes a ingerir uma boa quantidade de calorias.

— Tudo bem por mim. — Dou risada. — Faz tempo que não como um desses.

— Imaginei, e foi por isso que eu trouxe.

Há alguns anos, quando Clarissa e eu nos mudamos para Nova York, encontramos um pequeno restaurante chamada *Cheez Whiz*, e tudo o que eles fazem são sanduíches de queijo quente no pão mais crocante que já comi na vida. Esses sanduíches são gotas gigantes do céu na sua boca. Nunca me arrependi de comê-los.

O som crocante dos nossos dentes mastigando os sanduíches preenche o escritório conforme damos mordidas e gememos ao mesmo tempo. Sim, eles são bons a esse ponto.

— Obrigada — digo, com a boca cheia. — Eu precisava mesmo de um desses hoje.

— É mesmo? Está tendo um dia difícil no negócio casamenteiro?

— Tipo isso.

— O que aconteceu?

Olho em volta do escritório, como se temesse que alguém possa estar gravando essa conversa.

— Promete que isso vai ficar entre nós? — sussurro.

Clarissa revira os olhos.

— Julia, para quem eu contaria, caramba? Você sabe que tudo o que você diz sempre fica entre nós.

— Eu sei, só fiquei nervosa. Tecnicamente, eu tenho um acordo de confidencialidade.

— Que eu redigi para você, então, como sua advogada, vou dizer que tudo bem você me contar.

Com esse raciocínio, como eu poderia não contar a ela? Se eu me meter em problema, é ela que terá que me livrar.

— Ok, você lembra do Bram Scott?

Clarissa limpa a boca com um guardanapo marrom.

— Como eu poderia me esquecer de Bram Scott? Ele era o rei de Yale e é o melhor amigo do Rath. É difícil esquecer alguém como ele.

— É, bem, ele me procurou recentemente e pediu para fazer parte do meu programa.

— Espere... — Clarissa coloca uma mão no meu braço. — Bram Scott pediu que você encontrasse alguém para ele? O mesmo Bram Scott que nunca teve uma namorada durante a faculdade, ou em qualquer tempo, pelo menos até onde sabemos?

Confirmo com a cabeça.

— Sim, esse Bram Scott.

— Bom, isso é bem confuso.

— Nem me fale. Fiquei tão surpresa que pensei que ele não estava falando sério, então perguntei ao Rath se isso tinha a ver com as apostas que eles fazem com os jogos da liga de *Football Fantasy*.

— Ai, Jesus, e tinha, não tinha?

Balanço a cabeça e dou uma mordida no meu sanduíche, mastigando rapidamente antes de voltar a falar.

— Eles negaram, mas consegui fazê-los admitir. Eu disse ao Bram que isso não era uma brincadeira para mim, e sabe o que ele disse?

— Algo babaca, provavelmente.

— Não. — Balanço a cabeça. — Ele disse que queria encontrar o amor.

Clarissa está dando um gole na sua água e começa a tossir e cuspi-la na calça.

— O quê? Não é possível!

— Foi o que pensei. Mas ele está levando a sério. Respondeu a todas as perguntas, fez as entrevistas, e agora está esperando que eu marque um horário para passar seus resultados.

— Uau. — Clarissa se recosta. — Tipo... UAU! Eu nunca esperaria isso dele. Por que a mudança repentina?

— Acho que ele pensa que está na hora de sossegar.

— Bom, acho que homens podem mudar... só que não. — Clarissa está um pouco desiludida depois dos seus últimos relacionamentos, então seu comentário não é estranho para mim. — Então, você fez todos os testes com ele. Qual a cor dele?

Tomo um gole de água, o que me ajuda a engolir o sanduíche antes de responder, porque, sinceramente, ainda não consigo acreditar.

— É isso que está me perturbando, é por isso que estou tendo um dia estranho.

— Não é o que você estava esperando?

Limpo meus dedos no guardanapo e me recosto no sofá, sentindo-me confusa pra caramba.

— Nem um pouco. Eu tinha certeza de que ele seria azul ou verde.

— E não é?

O jeito como Clarissa retorce o nariz me faz acreditar que ela está tão confusa quanto eu. Ela sabe tudo sobre o programa. Analisou todas as diferentes personalidades comigo múltiplas vezes, especialmente depois de me ajudar com toda a papelada jurídica, então sua surpresa tem justificativa.

— Não. Ele é vermelho — sussurro, como se estivesse contando um segredo.

Seus olhos se arregalam e as sobrancelhas se erguem.

— O quê? Não é possível.

— Ele é. Conferi várias vezes. A personalidade sexual dele é da cor vermelha.

— Eu poderia ter te dito isso, mas isso não deveria ofuscar todo o resto, não é?

— Não, não deveria. Mas com relação aos testes, ele entrou na categoria vermelho com noventa por cento.

— Mas... — Clarissa cruza os braços no peito e vira-se ainda mais na minha direção. — Ele não tem nada de vermelho. Ele é um líder, sim, mas também é carismático, inspirador, do tipo que ajuda...

— Ele é protetor — finalizo por ela.

— Exatamente. Será que o interpretamos errado todos esses anos? Quer dizer, tudo bem que não passei tanto tempo com ele como você, mas, ainda assim, diante das curtas interações que tive com ele, posso te dizer que aquele homem não é um vermelho.

Ela não precisa me dizer isso. Ainda estou tentando compreender os resultados, e agora também me sinto insegura quanto à precisão do meu programa. Cacete, ele está me fazendo questionar meus métodos e todos os anos de pesquisa científica. Não entendo como isso pode ter acontecido. Como ele pôde destruir tão facilmente toda teoria que tive em relação à sua personalidade? *O que isso diz sobre mim? Como pude fazer um péssimo julgamento de caráter de alguém que já conheço?*

— O que eu faço? Devo mesmo arranjar alguém da cor laranja para um encontro com ele?

— Bom, você tem alguma outra escolha?

— Eu não posso pedir que ele faça os testes novamente, não é? Isso só faria com que ele pensasse que todo o meu programa é uma farsa, e essa é a última coisa que quero. Na verdade, eu já tinha algumas garotas em mente para ele, algumas amarelas e roxas que pensei que seriam uma ótima combinação, mas se ele é um vermelho, de jeito nenhum eu posso combiná-lo com alguma dessas mulheres, porque ele quebraria o espírito delas antes mesmo de a salada ser servida.

Com os lábios pressionados, Clarissa pensa muito bem sobre a situação, e é por isso que eu a amo. Ela não está aqui para dar sugestões vazias, e sim para usar sua mente muito capaz para ajudar a minha. Seus pontos de vista são sempre perspicazes. Até na faculdade, quando, vamos falar a verdade, éramos praticamente crianças, era a mesma coisa. Nunca senti que a nossa relação era uma via de mão única, e ela esteve ao meu lado sempre que eu tinha problemas com garotos, ou sempre que, de alguma maneira, Bram me afetava. Isso não acontecia com frequência, mas, quando ele fazia isso, eu levava um tempo para superar.

Ele tem essa habilidade de se infiltrar na sua alma e fazer morada ali. Isso é um jeito tão AZUL de ser, a habilidade que eles têm de permanecer com você, mesmo quando estão a quilômetros de distância.

— Sabe, eu odeio ter que dizer isso, mas talvez ele seja um vermelho e não demonstre isso perto de você, porque você é irmã do Rath. Pense bem: ele é um magnata dos investimentos imobiliários em Nova York e tem trinta e três anos, e *isso* não acontece com frequência. Ele deve ter algum aspecto da personalidade de um vermelho para estar onde está hoje. Talvez ele seja um pouco mais vermelho do que você esperava.

— Bom... acho que deve ser isso, mesmo. — Mordo minha unha, pensando. — Mas ele não apresenta características de um vermelho no dia a dia. Tipo, nas últimas duas semanas, ele foi tão doce e gentil...

— Porque você é irmã do Rath. Ele não vai ser um babaca com você.

— Mas não é só comigo. Ele é maravilhoso com o assistente dele. Se realmente fosse um vermelho, de jeito nenhum daria a chave para a casa dele nos Hamptons para o assistente só por ter trazido biscoitos para nós. Se ele fosse um vermelho, teria forçado o assistente a trazer biscoitos e o mandaria esperar do lado de fora até terminarmos, para o caso de precisarmos de mais alguma coisa.

— Verdade. — Nós duas soltamos longos suspiros e nos acomodamos melhor no sofá, afundando no estofado. — Então, o que vai acontecer se você marcar um encontro para ele com uma mulher da cor laranja? Quer dizer, se a cor dele é vermelho, então talvez você deva apenas seguir os resultados, não é?

— É, acho que sim.

— Senti uma hesitação.

Tanta hesitação.

— Não quero ferrar isso.

— O que quer dizer?

Olho para o teto, relembrando interações com Bram.

— Desde o primeiro instante em que conheci Bram, sempre senti essa *vibe* nele, de que ele sempre está certo e sabe disso. E o mais irritante era que, sempre que eu estava perto dele, de alguma forma, ele acabava se saindo melhor do que eu, mesmo que não fosse essa a sua intenção. Ele meio que estabeleceu esse precedente para mim, de que não importa o que eu faça, sempre quero impressioná-lo.

— Julia, você não pode estar falando sério.

— Eu sei que é estúpido. — Passo a mão pelos cabelos, segurando as mechas com força. — Mas mesmo quando tento dizer a mim mesma que a opinião dele não importa, porque ele não está na minha vida como está na do Rath, eu ainda quero mostrar a ele que eu sou mais do que a irmã caçula do Rath, que eu posso, sim, estar no mesmo patamar que ele.

— Você está muito além do patamar dele. Você tem um doutorado. Ele tem um bacharelado.

— Com um portifólio imobiliário que se equipara a qualquer milionário do mundo. E ele conseguiu tudo sozinho.

— Você também. — Clarissa é uma fofa, tentando me comparar a Bram, mas, sinceramente, não há comparação. Ele é superior.

— Mas não somos do mesmo calibre, e isso nem vem ao caso. O que estou tentando dizer é que não quero ter que colocá-lo no programa, fazê-lo passar por todas as perguntas e testes para, no final, combiná-lo com a pessoa errada. Não quero que ele pense que o meu programa foi uma perda de tempo, porque acho que isso basicamente me mataria.

— Ele nunca pensaria isso.

— Se eu não arranjá-lo com a pessoa certa, depois de descobrir que ele é um vermelho, ele vai ter certeza de que esse programa foi uma perda de tempo. E se as mulheres com quem ele sair também criticarem o *Qual é a Sua Cor?* E se, ao ver que foram combinadas com uma pessoa que não tem nada a ver com elas, soltem a língua e saiam falando por aí que o meu programa é uma farsa?

Clarissa parece tão perturbada quanto me sinto, mas, felizmente, fica quieta. Ela consegue entender onde está a minha maior preocupação.

E, sinceramente, mesmo que Bram tenha sido doce, atencioso e interessado, lá no fundo, eu sei que me sentirei humilhada se não combiná-lo com alguém que ele goste. Sei que não vou conseguir me livrar dessa sensação, então serei bem meticulosa para encontrar o par perfeito para ele.

Bram esfrega as mãos uma na outra, animado.

— Ok, pode mandar. Qual é a minha cor?

Só porque estou sendo neurótica, processei os resultados dos testes mais duas vezes, apenas para confirmar o que ainda não consigo acreditar. Depois, avaliei com muita paciência as mulheres com as quais eu poderia marcar um encontro para ele. Analisei seus perfis, tentando encontrar a melhor combinação possível. Consegui encontrar duas mulheres que achei que poderiam chamar a atenção de Bram e se dar bem com seu vermelho interior escondido, e espero que dê mesmo certo.

— Bem, depois de processar e analisar bem os seus resultados, cheguei à conclusão de que você é vermelho.

— Vermelho. Hum, interessante. O que isso significa?

— Bom, significa que você é propenso aos negócios, implacável às vezes, e gosta de ter o controle no quarto. — Tento suavizar um pouco a minha resposta, sem querer ir muito a fundo nos detalhes da personalidade amorosa de um vermelho, já que, claramente, vermelhos não são meus favoritos.

— Acertou na parte sobre gostar de ter controle no quarto. Mandou bem. — Ele abre um sorriso enorme. — O que mais tem a ver com um vermelho?

— Hã, bom, você poderá ler mais sobre isso nos resultados escritos. Não quero entediá-lo com os detalhes ou desperdiçar o seu tempo. O que realmente importa agora é falarmos sobre as duas pessoas que encontrei para você.

Ele franze as sobrancelhas e seu sorriso se desmancha.

— Sim, os encontros. — Ele coça a lateral da mandíbula, seus olhos mudando da animação para falta de interesse. Que estranho. — Você encontrou pessoas compatíveis comigo?

O que está acontecendo? Dois segundos atrás, ele estava cheio de provocações, com muito entusiasmo, mas, agora, é quase como se tivesse dado um giro de cento e oitenta graus e eu estivesse vendo seu vermelho interior que eu nunca soube que ele possuía. Talvez eu não esteja errada.

— Bom, eu encontrei duas pessoas compatíveis. Veja, vermelhos são um tipo de personalidade especial, eles só combinam verdadeiramente com uma outra cor, que é a laranja.

— Ok — ele diz, um pouco cético.

E, por alguma razão, isso me deixa nervosa. Posso sentir meu peito queimar, e torço para que não fique óbvio através da minha blusa.

— Levando em consideração a sua mulher dos sonhos, analisei as pessoas da cor laranja que estão no programa e tenho duas mulheres em mente para você. — Coloco os perfis delas diante dele. — Carly e Tabitha.

Ele não pega os perfis, mas os deixa sobre a mesa, estudando-os de longe. Ele está em silêncio, e não consigo dizer se está feliz ou zangado. Ele achou as garotas atraentes? Gostou das descrições do trabalho de cada uma? As características das suas personalidades que destaquei?

Ele cruza as mãos e olha para mim.

— De qual você gostou mais?

Sem tom provocativo, sem sorriso presunçoso, sem piscadinha, nada...

— Hum, acho que Tabitha combinaria melhor com você.

— Você realmente acha isso? — Sua voz é severa. Junto minhas mãos e fico repuxando-as. *De onde veio essa mudança repentina de humor?* Ele se recosta no sofá e me olha de cima a baixo devagar, analisando cada centímetro do meu corpo. — Você acha mesmo que a Tabitha combina melhor comigo?

Hã, estou deixando alguma coisa passar?

— Bem, depois de processar todos os resultados dos seus testes e analisar os perfis...

Ele fica de pé e passa a mão pelos cabelos, puxando as mechas.

— Marque o encontro. Avise ao Linus quando ela estará livre.

Ele caminha em direção à porta do meu escritório, abotoando seu paletó com a cabeça baixa, balançando-a levemente como se estivesse decepcionado.

— Ei, Bram. Espere. — Ele para na porta, mas não vira para mim. — Qual é o problema? Pensei que era isso que você queria.

Ele solta um suspiro profundo e vira parcialmente, permitindo-me ver que seu rosto está desprovido daquele sorriso convencido que amo odiar.

— Você tem razão, é isso que eu quero. Marque o encontro. Estou ansioso para conhecer a Tabitha.

Ele tenta ir embora novamente, mas coloco a mão no seu braço, segurando-o no lugar.

— Se eu fiz algo errado, me diga, por favor. Você parece bravo comigo.

— Estou bem. Depois te conto como foi o encontro. Boa noite, Julia.

E com isso, ele vai embora, seguindo pelo corredor enquanto pega o celular no bolso do paletó.

Ele *não* está bem. Bram é convencido, impetuoso, extrovertido... e não *grosseiro. Mal-humorado.*

Mas não é isso que está me deixando realmente preocupada. É a maneira como ele foi embora.

Boa noite, Julia.

Julia. Não Jules. É quase como um tapa na cara.

O que diabos eu faço agora?

CAPÍTULO QUATORZE
Bram

— Odeio tudo isso — resmungo, trocando minha camisa social por um suéter.

Roark está quicando na minha cama, agindo como a porra de uma garota adolescente vendo sua melhor amiga se vestir para um encontro, mas, ao invés de estar enrolando o cabelo nos dedos e me fazendo perguntas sobre a pessoa com quem vou sair, ele está bebendo uma cerveja e arrotando o alfabeto.

— C, D, E.

— Dá pra você parar com essa merda? Caramba, cara. Não preciso dos seus arrotos hoje.

— Tem alguém um pouco temperamental aqui? — Ele se acomoda na beira da cama e olha para a minha roupa.

— Só irritado. — Puxo o suéter para baixo e o arrumo na cintura, ajustando as mangas em volta dos meus ombros largos. — Ao invés de sair com a Julia, tenho que levar uma garota chamada Tabitha para jantar.

— Tabitha é um nome sexy. Como ela é?

Dou de ombros.

— Porra, não faço a menor ideia. Quando Julia me mostrou os perfis, eu mal foquei nas mulheres, com tanta raiva me consumindo.

— Você tem ao menos o direito de estar com raiva? Você chamou a Julia para sair?

— Eu não tive a porra da chance de fazer isso antes de ela começar a enfiar perfis na minha cara. Eu meio que estava esperando que pudéssemos falar sobre isso naquela noite, sabe, aquela em que você interrompeu tudo.

Ele ri.

— Um dos meus melhores momentos.

— Você é um idiota.

— Olha, acho que você precisa recuar e respirar por um segundo, caramba. Você está volátil demais agora.

— Porque vou sair com uma garota com a qual não me importo nem um pouco. Porque a garota com quem eu quero sair pensa que estou procurando o amor *em outra pessoa*, quando, na verdade, estou procurando por ela. Vou ter que fingir pra cacete esta noite, fazer de conta que estou me divertindo para não chatear essa garota, e depois descobrir um jeito de mostrar à Julia que gosto dela, o que eu pensei que já tinha feito. Quer dizer, o que mais eu tenho que fazer, porra? Mandei presentes, arranjei tempo para passar com ela, enviei muitas mensagens para que ela soubesse que eu estava pensando nela e, Jesus Cristo, eu quase a beijei. O que mais eu tenho que fazer? Desenhar um mapa com o caminho até o meu coração e dar para ela?

Ela realmente não faz ideia? Ela realmente não faz ideia do porquê eu fiquei tão bravo? Por que saí de lá de uma vez? Como ela pode não saber, porra?

Roark me encara sem expressão, com a cerveja a caminho da boca.

— Um mapa com o caminho até o seu coração? De onde você está tirando essas merdas?

Puxo as mangas do suéter.

— Eu li alguns artigos sobre relacionamentos.

— Eles se chamavam "Namoro para maricas"?

Aponto para ele.

— Isso é ofensivo. O nome disso é ser romântico, caralho.

— Sabe o que é romântico? — Roark pressiona uma palma no meu colchão e inclina-se para trás, apoiando-se. — Dizer à garota que *você* gosta dela. Isso, sim, é ser romântico, e evita confusão com os seus sentimentos.

— Não posso fazer isso.

— Por que não?

— Porque você sabe o que aconteceu naquela festa. — Olho no espelho e tento domar meus cabelos loiros, arrumando-os de lado.

— Você está falando sobre a festa da fraternidade no fim do semestre?

— Sim.

— Isso foi há eras, porra, e você nunca disse o que aconteceu, só que você fez merda e que queria saber se o Rath disse alguma coisa sobre a irmã dele.

— Aquela noite ficou marcada na minha mente. Tentei dizer a ela como me sentia, ela me rejeitou, e agora acho que tenho que fazer muito mais do que apenas dizer como me sinto.

— O que aconteceu?

Balanço a cabeça.

— Não vou entrar nesse assunto agora, é uma história muito longa.

— Então, o que você vai fazer? Ir a esse encontro? Iludir essa garota?

— Não. — Ergo meu braço e passo desodorante por baixo do suéter, fazendo o mesmo debaixo do outro braço. — Vou ser educado e terminar a noite sem expectativas.

— E isso é justo?

Olho para Roark.

— A vida não é justa porra nenhuma, acredite em mim. Se fosse, eu não teria que perder uma aposta de propósito com os imbecis dos meus amigos para poder passar um tempo com Julia e, no fim de tudo, ela marcar um encontro para mim com outra pessoa. Se a vida fosse justa, nós já estaríamos juntos.

As sobrancelhas de Roark franzem um pouco enquanto ele estreita os olhos para mim.

— Você perdeu a aposta de propósito?

Olho bem para ele.

— Só um idiota colocaria Russell Wilson no banco dos reservas. Isso ou alguém tentando perder.

— Porra, eu sabia! — Roark pula da cama e me dá um soco no braço. — Você tem noção das merdas que eu tenho que ouvir do Rath, sobre como ele é o mago do *Football Fantasy*? O idiota teve sorte uma vez e agora fica esfregando na minha cara. Se você não tivesse colocado Russell na reserva, a minha vida seria muito mais fácil.

Dou tapinhas no seu ombro e sorrio.

— Isso é carma por ter bancado o empata-foda comigo naquela noite. Ao invés de ser um panaca, pense nas consequências da próxima vez.

Começo a me afastar, e Roark grita:

— Espero que a Tabitha tente te beijar essa noite. Espero que ela seja grudenta pra caralho e você não consiga se livrar dela.

— Lembra-se do que eu disse sobre carma?

— Foda-se o carma. Eu sou irlandês, tenho a sorte ao meu lado.

Eu sou um homem. Sou um homem com uma libido que acende com a menor das brisas de apelo sexual. Acontece com os melhores de nós, mesmo quando estamos cheios de luxúria por outra pessoa.

Então, quando digo que esse jantar está sendo desconfortável, não estou brincando.

Tabitha, também conhecida como *Tabby Cat*, como suas amigas a chamam, decidiu vir ao jantar usando o vestido mais sensual que eu já vi na vida. Prateado, decote profundo, comprimento que vai até a metade das coxas, extremamente provocativo, e não deixa nada para a imaginação.

E eu estou falando sério.

Ela já pagou peitinho três vezes desde que chegou.

E eu não estou encarando. Não estou mesmo. Mas, quando ela começa a quicar de empolgação e seus peitos balançam junto, é difícil não ver seu mamilo à mostra.

Depois de ver seus mamilos três vezes e ficar de frente com seu decote enorme, é de se esperar que um cara esteja ao menos com uma semiereção. Ela também é linda. Cabelos loiros, olhos azuis, lábios cheios — e falsos — e um corpo de matar. Quando ela se apresentou, imediatamente pensei que, se não estivesse tentando fazer Julia me enxergar com outros olhos, eu levaria Tabitha para o meu apartamento no fim da noite.

Estou meio impressionado com Jules e sua habilidade em combinar pessoas, porque, apesar das exibições de mamilos, esse encontro está indo bem. *Mas* a maneira como *Tabby Cat* está vestida me parece a maneira como uma pessoa se vestiria para se encontrar com alguém que conheceu no Tinder, o que não é algo que eu esperaria do programa de namoros de Julia. Sua roupa não grita *"Estou buscando um relacionamento sério"*. Eu sei disso porque já estive em encontros com muitas *Tabithas* antes. Além disso, não sei muito sobre Tabitha além do fato de que ela é gerente em uma empresa de joias de prestígio, ama zumba — especialmente de sacudir suas maracas, o que ela fez questão de demonstrar e pagar o primeiro peitinho da noite — e que, quando está chovendo, seus dedos dos pés ficam formigando. Eu não precisava mesmo saber dessa última informação.

Para ficar registrado, ela também gosta de passar seus dedos dos pés — que não estão formigando porque a noite está seca — por minha perna até a coxa. Tive que afastar seu pé múltiplas vezes e me desculpar dizendo que foi um espasmo. Acho que falta só mais um desses para que ela pense que eu tenho algum problema na perna.

Mas, puta que pariu, existe hora e lugares certos para fornicação, e um primeiro encontro em um restaurante chique não é a hora nem o lugar, a menos que fosse com Jules. Se Jules estivesse sentada do outro lado da mesa à minha frente, em vez da *Tabby Cat*, eu estaria ofegando e batendo a minha perna no chão como um cachorro no cio.

Tabitha gira sua taça de vinho, oferecendo-me uma vista profunda do seu vestido.

— Que tipo de coisas você gosta de assistir? — pergunta.

Ela está com aquela voz rouca, do tipo *Sou bem experiente*. É estranho. Meio que gosto, meio que não gosto. Muito confuso.

— Coisas? — Seu dedo do pé encontra minha canela e, rapidamente, eu me afasto, pousando meu tornozelo no joelho oposto. Já terminamos de jantar e estou rezando para que o garçom perceba que estou esperando pela conta. — Tipo TV?

— Sim, o que mais seria?

— Bem, tem a Broadway.

— Eca, quem gosta de musicais hoje em dia? — Ela revira os olhos. — O mundo precisa se tocar de que cantar e dançar já era. Agora, o negócio são os filmes da Marvel. Ação e empolgação. Fantasia. Você gosta de fantasias, Bram?

Não quero responder a essa pergunta porque eu gosto, sim, de fantasias, pode apostar. Sou super a favor de vivenciar os desejos que temos guardados dentro de nós, mas receio que se eu ao menos fizer menção de responder a essa pergunta, Tabitha irá me puxar da minha cadeira em dois segundos e me levar para o banheiro. Então, dou uma contornada e volto para sua primeira afirmação.

— Musicais não são ruins. São um ótimo entretenimento. Eu gosto de assistir a um pelo menos uma vez por mês, e já que moro em Nova York, tiro total vantagem disso.

— Você assiste musicais?

Confirmo com a cabeça e dou um gole na minha água. É, nada de álcool para mim, já que quero me manter consciente.

— Isso não é meio coisa de mulher?

— Não é machista da sua parte ao menos pensar isso? — Algo no tom da minha voz a faz recuar. Graças a Deus, porque eu realmente não estava a fim de brigar por causa de musicais.

— Desculpe — ela diz finalmente, depois de passar um minuto me encarando. — Eu não sabia que você era tão apaixonado por musicais.

Agarro meu tornozelo e tento agir o mais relaxado possível.

— Não sou apaixonado. Apenas aprecio as artes. Só isso.

— Isso pode ser sexy. — Não estou tentando ser sexy, mas vou deixar essa passar. — Mas e séries de TV? Você assiste alguma?

— Na verdade, não muito. Não tenho muito tempo, devido a minha carga de trabalho, mas, quando assisto alguma coisa, gosto de me atualizar em *Game of Thrones*.

Os olhos dela se iluminam, seus lábios se curvam em um sorriso gigantesco, e, de repente, ela começa a bater palminhas. Acho que só precisa de três palmas antes de... aham, ali está, seu mamilo. Caramba, por que eles estão sempre tão durinhos?

Quando termina de bater palmas, ela agarra a mesa e se inclina para frente.

— *Game of Thrones* é a minha série favorita de todos os tempos.

— É mesmo?

Ela assente vigorosamente. Calma, colega, você não vai querer quebrar o pescoço.

— Eu amo a história, a nudez, as mortes, o incesto. Nunca me canso.

— Você ama o incesto? — Arqueio uma sobrancelha. Isso é bem bizarro, e acho que nunca ouvi alguém dizer que gosta do incesto em *Game of Thrones*. É mais tipo *"Você viu que ele fodeu a irmã dele de novo? Que tipo de maluco faz isso?"*.

— Ah, bem, você sabe. — Ela sacode um pouco os ombros. — Todo o tabu envolvido. Eu não tenho irmãos, e nunca transaria com um se tivesse, mas o fato de que essas pessoas simplesmente transam com quem querem é interessante. Você não acha?

Trago minha água até os lábios.

— É, bem interessante.

— E, Deus, os dragões! Não consigo ao menos imaginar como era ter aqueles monstros voando pelo ar naquela época. Eu ficaria aterrorizada.

Err... uma pausa, por favor.

Ela acabou de dizer que não consegue imaginar como seria ter dragões voando naquela época? Como se *Game of Thrones* se passasse em um período de tempo que realmente existiu, durante o qual dragões dominavam os céus?

Eu entendi isso direito?

Acho que preciso de mais esclarecimentos.

— O que você quer dizer, exatamente? — pergunto devagar, querendo entender o que ela está dizendo.

— Quero dizer que, tipo, eu poderia lidar com todo o incesto e a nudez diante da cidade inteira, mas, quando se tratasse dos dragões, eu cairia fora.

— Tipo... se você fosse uma personagem na série? — tento esclarecer.

— Não, tipo, naquela época. — Ela olha para mim como se *eu* fosse o sem noção. — Sabe, na era dos dragões.

Ok, agora estou realmente preocupado. Ela acha que dragões existem? Porque se for isso, teremos um problema ainda maior do que os shows de mamilo dela.

— Você está dizendo que dragões são reais?

Ela se afasta, como se eu tivesse lhe estapeado.

— Você está tentando me dizer que eles não são?

— Hã... bom, acho que qualquer pessoa te diria que eles não são reais.

Ela revira os olhos e cruza os braços no peito.

— Não acredito que isso está acontecendo de novo.

— Acontecendo de novo?

Acho que esse encontro acaba de ficar interessante. Ela já falou para outras pessoas sobre seu medo de viver na era dos dragões?

— Você já disse para outras pessoas que tem medo de dragões? — tento ser o mais gentil possível.

— Para outro cara com quem saí. Ele tentou me convencer de que dragões não são reais.

— Porque eles não são. — Pisco rapidamente, me perguntando se isso é um sonho. — Dragões são criaturas míticas.

— Não, dragões existiam nos tempos medievais. É por isso que eles usavam espadas o tempo todo: para matarem esses monstros.

Quase me engasgo com a água. Cuspindo um pouco, coloco o copo sobre a mesa e apoio os dois pés no chão, precisando ficar cara a cara com essa garota.

— Eles tinham espadas naquele tempo porque as armas ainda não haviam sido inventadas e, se eles tivessem armas, você não acha que seria muito mais fácil matar um dragão com elas do que com uma espada de um metro? Você sabe que dragões sopram fogo, não é? Basta um soprinho e o cavaleiro de armadura brilhante já era.

— As armaduras retêm chamas — ela replica, erguendo o queixo.

Jesus.

Cristo.

— Você é pirada.

Pronto, falei. Sinto muito, mas não posso fazer isso. Não posso ficar aqui ouvindo uma mulher me contar sobre uma época antes da nossa em que dragões dominavam os céus e armaduras de cavaleiros podiam reter chamas. Sou inteligente demais para ficar com alguém tão... tão... idiota.

— Como é que é?

Pego minha carteira e coloco algumas notas de cem dólares sobre a mesa, sem me importar se estou pagando muito além do valor da conta. Só preciso dar o fora daqui logo.

Que estraga-prazeres. Não tem escapada de mamilo que vá corrigir essa mulher. Inclino-me sobre a mesa e pronuncio devagar para que ela possa me ouvir direito.

— Eu disse que você é pi-ra-da.

Com as narinas infladas, seu rosto fica vermelho, e antes que eu perceba, o restante do seu vinho vem parar direto na minha cara.

— Olha só, se você tivesse pesquisado direito, sr. Eu Estudei em Yale, saberia que dragões são reais sim e que cientistas têm tentado esconder a existência deles das grandes massas. Leia a Bíblia. Ela lhe dará a educação que você está precisando tanto.

Limpo meu rosto.

— É a mesma Bíblia que diz que Jesus alimentou uma multidão de cinco mil pessoas com cinco pães e dois peixes?

Ficando cada vez mais irada, ela se inclina para frente e praticamente cospe na minha cara.

— Isso se chama mágica, seu merda. Pesquise na Wikipédia.

Ela começa a ir embora, e só porque eu sou mesmo um grande babaca, grito:

— A Wikipédia não é uma fonte confiável. Nenhuma escola ou universidade permite que seja usada como referência.

De costas para mim e balançando os quadris, ela ergue a mão e mostra o dedo do meio na frente do restaurante inteiro.

Que elegante.

Muito, muito elegante.

CAPÍTULO QUINZE
Julia

Segundo ano da faculdade, Universidade Yale

— Acho que não consigo mais manter meus olhos abertos. — Clarissa força seus olhos a abrirem com os dedos enquanto seus cotovelos estão apoiados na mesa da biblioteca.

Posso sentir o sofrimento dela. Estou completamente acabada. As provas finais estão me dando uma surra. Achei que o meu primeiro ano havia sido difícil, mas o meu segundo está sendo ainda pior, deixando-me sem dormir, vivendo à base de café, e andando pelos lindos pátios pavimentados de Yale como um zumbi entre uma prova e outra.

A faculdade é tudo para mim, mas, nesse momento, eu queria poder dar um tempo. Não como um divórcio — não estou nesse nível ainda —, mas eu gostaria muito de poder dar um tempo, como Ross e Rachel, em *Friends*. Só mais alguns dias e estará acabado. Então, poderei sentar na minha cama com meu laptop no colo e assistir a todos os filmes de comédia romântica que o meu coração deseja.

Vai ser um sonho.

— Acho que vou vazar. Você quer vir?

Olho para cima, com um marcador na mão, e balanço a cabeça.

— Ainda tenho mais ou menos cinco páginas para ler e fazer anotações. Vou embora depois disso.

— Quer que eu te espere?

— Não, estou bem. Não estou a fim de ter que carregar o seu corpo adormecido de volta para o nosso dormitório. Te vejo amanhã.

Clarissa começa a recolher suas coisas.

— Vamos para a lanchonete de rabanadas amanhã de manhã, não é? O Davie estava me contando que eles têm todas as compotas de fruta que você possa imaginar.

— Sim. Acho que a lanchonete das rabanadas é a única coisa que está me motivando a aguentar esse material. Te vejo pela manhã. Tenha cuidado no caminho, ok?

— Vou ter. Te vejo pela manhã, e não fique aqui até muito tarde. Você pode até terminar de estudar todo o material, mas, se estiver com a mente cansada, não irá reter nenhuma informação.

Clarissa coloca a mochila no ombro e me sopra um beijo, indo embora rapidamente. Ela vai apagar no minuto em que colocar a cabeça no travesseiro.

Ok, é hora de focar.

Mais cinco páginas.

Eu consigo fazer isso.

Endireito as costas e dou tapinhas leves nas bochechas, piscando rapidamente para despertar mais. Tomo um belo gole do meu café frio, sacudo os ombros e volto para a página, vendo as palavras flutuarem pelo papel, esquecendo-me do que leio logo após ler.

Merda.

Talvez eu precise me alongar um pouco.

Com uma rápida observação ao redor, avisto dois outros alunos completamente imersos nos seus livros, sem prestar a mínima atenção em mim. Vendo que a barra está limpa, levanto, junto as mãos acima da cabeça e me curvo de um lado para o outro antes de me curvar para frente. Seguro a posição por alguns segundos antes de ficar de pé novamente e repetir o processo cinco vezes. Não sou do tipo que pratica yoga, mas vi algo no Youtube sobre saudações ao sol. Sei que não estou fazendo certo, mas chego perto.

Assim que completo a última rodada, sento novamente na cadeira e digo a mim mesma que estou renovada, que tudo o que preciso é de um pouco de yoga na minha vida.

Soltando uma boa quantidade de ar, tiro a tampa do meu marcador e posiciono o livro entre minhas mãos.

Vamos lá.

Comportamento humano, *blá blá blá.*

Pisco algumas vezes. Vamos tentar novamente.

O comportamento humano é *blá blá blá.*

— Vamos lá, Westin — murmuro para mim mesma, dando mais tapinhas nas minhas bochechas.

Comportamento... será que vai ter chantilly para comer com as rabanadas amanhã? Gotas de chocolate? Mirtilos, eles têm que ter mirtilos.

Ah, inferno.

Isso não vai adiantar.

Fecho o livro. Clarissa estava certa. Preciso encerrar por aqui. Uma coisa é ler e aprender, e outra coisa é ler a mesma frase repetidamente e, ainda assim, não absorver nada. Acho que cheguei ao meu limite.

Uma boa noite de descanso e algumas rabanadas é do que preciso para me revitalizar, e não algumas posições de yoga meia-boca. O que ajuda mesmo a enfrentar toda a pressão de tirar dez em todas as provas finais são os carboidratos e açúcares refinados.

Em tempo recorde, arrumo a minha bagunça, enfio tudo na mochila e saio da biblioteca, torcendo para que meus companheiros de estudos até tarde da noite consigam ir além do que consegui.

O campus está escuro, apenas algumas luzes iluminando o céu da meia-noite, lançando um brilho estranho nos prédios de pedra antiga. Mesmo à noite, com a escuridão encobrindo a arquitetura intrincada, ainda acho que essa é a universidade mais bonita do país. Lembro de visitar Rath aqui pela primeira vez, com os olhos arregalados, meu coração se apegando imediatamente a todo o azul de Yale espalhado pelo campus lindamente histórico. Eu soube que essa era a universidade que eu tinha que entrar, a universidade na qual eu conseguiria o meu doutorado.

Ou, pelo menos, eu espero conseguir o meu doutorado.

Se eu não passar nessas provas, nada de doutorado, o que significa que preciso apressar o passo até o meu dormitório e dormir.

Agarro as alças da mochila e aumento a velocidade dos meus passos no instante em que, pelo canto do olho, vejo uma sombra alta se aproximando. Meu estômago revira e as batidas do meu coração aceleram conforme o homem que não consigo reconhecer apressa seus passos até estar bem ao meu lado.

Congelo, preparando-me para o pior, quando o cara diz:

— Julia?

Mantendo apenas um olho aberto, encaro o rapaz e o reconheço de uma das festas de fraternidade que fui com Clarissa, que não era a de Rath — o que era contra suas regras, mas Clarissa queria muito encontrar com um cara que, coincidentemente, deu um bolo nela. Era de se esperar. Nunca contei isso ao Rath, porque não havia necessidade de chateá-lo.

— Hã, sim. — Mantenho as mãos para mim, mesmo que ele estenda a dele para me cumprimentar. Casualmente, ele a enfia de volta no bolso.

— Trent. — Ele pressiona a outra mão no peito. — Nós nos conhecemos na Sigma Chi há algumas semanas.

— Aham. Legal te ver de novo. — Curta e educada. Não tenho intenção alguma de jogar conversa fora. Odeio isso. *E não sou boa nisso.* — Bem, tenha uma boa noite.

— Espere... — Ele puxa meu ombro. — Aonde você está indo? Quer ir beber alguma coisa?

Esse cara está falando sério? É uma da manhã, a maioria dos bares por perto fechará logo. E é semana de provas finais.

— Não, obrigada. — Tento me afastar, mas ele mantém a mão no meu ombro, me dando nos nervos. — Estou cansada, então vou voltar para o meu dormitório.

— Eu vou com você. — Ele aperta meu braço com força. — Em qual dormitório você mora?

— Hum, eu posso ir sozinha, é sério, tudo bem.

— Onde você mora, Julia? — ele insiste, com veneno pingando da sua voz.

Tento libertar-me do seu aperto, mas ele segura meus ombros e me prende ao seu lado.

— Me solte. — Tento me sacudir para me afastar, mas não adianta nada, ele é mais forte que eu.

— Não precisa fazer cena, só me diga onde você mora e eu vou andando com você até lá.

— Eu não quero que você vá comigo. Por favor — imploro, com lágrimas enchendo meus olhos. — Me solte.

— Se você não me disser onde mora, então...

Antes que consiga terminar sua frase, ele é arrancado de mim e, em seguida, ouço um barulho alto de osso atingindo osso.

Horrorizada, viro-me para encontrar Trent deitado no calçamento com Bram prendendo-o no chão e seu punho indo e voltando contra o rosto dele repetidamente.

O barulho de soco atrás de soco ecoa pela noite silenciosa, e se não estivesse tão aterrorizada de medo pelo que pode acontecer com Bram, eu o deixaria continuar, mas ele está tão perto de se formar, e não quero que arruíne isso por causa de um escroto qualquer.

Corro até Bram e puxo seu ombro volumoso, tentando impedi-lo.

— Bram, pare! — grito. — Por favor. Eu estou bem. Não vale a pena arriscar a sua formatura por esse cara.

Bram está com um punho no ar, pronto para conectá-lo com o rosto ensanguentado de Trent mais uma vez, quando pausa, absorvendo minhas palavras. Ele então puxa Trent pela camiseta e o traz para perto do seu rosto.

— Denuncie isso, e eu vou te denunciar por ser um assediador no campus, e você perderá tudo. Encoste nela novamente e te garanto que vou terminar o que comecei aqui. Entendeu? — Brusco e determinado, Bram enuncia cada uma das suas palavras.

Quando Trent não responde, Bram o sacode e pergunta novamente:

— Entendeu?

Trent tosse algumas vezes e limpa seu olho ensanguentado.

— Entendi.

— Ótimo. — Bram solta Trent, deixando-o cair no chão. — Você tem dez segundos para se mandar daqui antes que eu chame os outros caras para terminarem o serviço.

Com esse incentivo, Trent luta para se levantar e sai correndo, segurando seu rosto cheio de sangue. Bram mantém os olhos nele por mais alguns instantes antes de virar para mim, suavizando as linhas rígidas do seu rosto conforme preocupação toma conta dos seus traços e ele me segura pelos ombros, olhando-me de cima a baixo.

— Você está bem, Jules?

Não sei se é porque o que acabei de vivenciar foi aterrorizante, se é a adrenalina batendo, ou se é a preocupação profunda e a proteção de Bram, mas não consigo mais segurar as lágrimas que enchem meus olhos.

Imediatamente, Bram me puxa para um abraço.

Quente e forte.

Seus braços são como rochas, envolvendo-me, protegendo-me de tudo e todos ao nosso redor. Aos poucos, tudo fica quieto, a noite cobrindo-nos enquanto aconchego-me no conforto do abraço de Bram, que tanto preciso. É algo que nunca senti antes, esse tipo de abraço, como se ele estivesse tentando moldar nossos corpos um no outro, a tensão e a preocupação saindo de mim através das minhas lágrimas enquanto me agarro a esse herói inesperado.

Mas como? Como ele veio parar aqui? Como ele sabia?

Ele murmura no meu ouvido, um som melódico de conforto, conforme pressiona a lateral da sua cabeça contra a minha, a textura densa da sua barba emaranhando-se no meu cabelo, puxando as mechas. Mas eu não me importo, acolho com prazer a proximidade, a barreira que ele está criando ao nosso redor.

— Shh, está tudo bem, Jules. Eu estou aqui.

— Ele... ele não queria me soltar — choro, sentindo tudo me atingir de uma vez, percebendo o que poderia ter acontecido se Bram não tivesse aparecido, me dando um susto enorme, fazendo minha pele se encher de arrepios.

— Eu sei e, acredite em mim, você vai ser a última garota que ele toca. O presidente da fraternidade dele vai receber uma visitinha minha.

Pressiono a bochecha contra seu peito, meus braços envolvendo sua cintura estreita, os músculos das suas costas tensos e flexionados. Quando se afasta, ele ergue meu queixo para me olhar nos olhos.

— Ele nunca mais vai encostar em você. Eu prometo.

Assinto.

— Você... — Engulo em seco. — Você pode ir comigo até o meu dormitório?

— Claro — ele responde suavemente, envolvendo meus ombros com ternura.

Em silêncio, caminhamos por arcos e seguimos por túneis de pedra, sem dizer uma palavra um para o outro. Não sei exatamente o que dizer, nesse momento. Esse é um lado de Bram que nunca vi antes. Um lado protetor, um lado *cavaleiro em armadura brilhante* que eu nunca esperaria do babaca arrogante que conheci meses atrás. *Nunca pensei que o sabichão convencido seria tão forte... tão robusto. Tão protetor... comigo.*

Quando chegamos ao meu dormitório, Bram me solta e, ao enfiar as mãos nos bolsos, ele se encolhe e decide, então, deixar as mãos ao lado do corpo. Só então vejo seus nós dos dedos inchados e ensanguentados.

— Bram. — Pego uma das suas mãos e examino. — Você está cheio de cortes e sangrando. Devia ter dito alguma coisa. Vamos para um pronto-socorro para darem uma olhada.

— Estou bem — ele diz secamente. — Não se preocupe comigo. Você está bem, Jules?

Olho para ele, estoico e com uma postura tão alfa — com certeza ele não irá para o pronto-socorro para examinar as mãos. Ele provavelmente irá lavá-las com água gelada e pronto, então não adianta insistir.

— Estou bem. — Assinto, soltando sua mão.

— Tem certeza?

— Sim. — Uma brisa sopra, jogando uma mecha de cabelo no meu rosto. Antes que eu possa colocá-la atrás da minha orelha, Bram estende a mão e faz isso por mim gentilmente, deixando seus dedos se demorarem na minha bochecha antes de se afastar, dando um passo para trás. — Obrigada — digo rapidamente, antes que ele se vá. — Não sei o que teria feito se você não tivesse aparecido.

— Lugar certo, na hora certa. — Ele acena com a cabeça. — Na próxima vez que você ficar estudando até tarde assim, ligue para um de nós te trazer para casa. Nunca se sabe.

— Ok. — Mordo meu lábio inferior, inquieta no lugar. — Você pode não contar ao Rath sobre isso? Ele já é tão protetor. Não quero que fique irado por causa de um babaca estúpido que não sabe deixar uma garota em paz.

— Não sei se posso fazer isso, Jules. Se você fosse minha irmã, eu iria querer saber.

— Ele vai surtar.

— Ele tem o direito de surtar. Se você não contar a ele, eu vou. Ele merece saber.

Odeio o fato de Bram estar certo... mais uma vez.

— Ok, eu vou dizer a ele amanhã de manhã.

Bram assente e, antes que possa se afastar, aproximo-me dele e envolvo sua cintura com os braços mais uma vez, agradecendo da única maneira que conheço — com um abraço, um abraço genuinamente grato.

Ele fica hesitante, a princípio, mas finalmente retribui o gesto e me abraça com firmeza, com o queixo no topo da minha cabeça. Não tenho certeza de quanto tempo ficamos ali, nos abraçando, mas o que sei é que, naquela noite, quando fui para a cama, eu me senti segura.

E ganhei aquela sensação de segurança de uma fonte muito improvável: o melhor amigo do meu irmão.

CAPÍTULO DEZESSEIS
Julia

— Tabitha, eu posso assegurá-la de que não foi a minha intenção marcar um encontro para você com, nas suas palavras, um cuzão.

— Ele disse que dragões não são reais, Julia. Você sabe o quanto eu sou apaixonada por dragões.

Merda, esqueci completamente da sua obsessão por dragões. Essa garota é apaixonada por eles, e como alguém que simpatiza com qualquer um, assenti, sorri e a ouvi falar e falar sobre a extinção dos dragões e como o homem comum ficou muito intimidado por eles e encontrou uma maneira de *fazê-los* serem extintos.

Como ela era uma das minhas clientes mais interessantes, eu a mantive no programa porque sei que posso encontrar o par perfeito para ela, alguém que possa apreciar seu amor por dragões, alguém que é tão sexual quando ela, mas também gosta de ser nerd e se fantasiar com figurinos de *Game of Thrones*. Se bem que ela me disse que, para uma das suas festas de exposição, ela apareceu nua e alguém atrás dela ficou o tempo todo gritando que aquilo era uma vergonha.

Ela disse que aquela foi a sua festa mais popular. Posso imaginar, com o corpo que ela tem.

— Eu sei, e sinto muito, Tabitha. Pensei mesmo que Bram combinaria muito bem com você.

— Ele é um babaca. Ele me chamou de pirada. Pensei que você tinha feito esse programa para garotas como nós, que são diferentes e peculiares. Foi o que você prometeu para mim.

Merda. Merda. Era isso que eu mais temia.

— E eu fiz — digo, tentando amansá-la. — Me desculpe. Vocês combinaram tão bem no papel que pensei que talvez ele estaria no seu nível quando se tratasse de... — Engulo em seco. — Dragões.

— Aff — ela grunhe. — Ele prometia tanto. Ele é tão sexy e a maneira como a calça dele se moldava às pernas e à área da virilha... Meu Deus, aquele volume. — Arregalo os olhos e minhas orelhas começam a pegar fogo quando imagino seu volume, que já notei antes. — Estávamos nos divertindo tanto antes do assunto dos dragões, mas você sabe que é isso que vira o jogo para mim.

— Eu sei, Tabitha, e, na verdade, tenho outro homem com quem eu adoraria que você fosse a um encontro. Ele acabou de finalizar as perguntas comigo e está disponível.

— Ele é vermelho?

— Sim, o que é uma boa notícia para você, porque eu sei que você gosta de vermelhos, mas ele também gosta de ir a feiras da Renascença nas horas vagas.

— Sério? — A voz dela muda, o tom indo da queixa para a animação.

— Sim. E eu já falei para ele sobre você. — Isso é mentira, mas faço qualquer coisa para deixar o cliente feliz. — Ele ficou triste porque você já foi a um encontro, mas, quando eu ligar para ele, tenho certeza de que vai ficar muito feliz por saber que você ainda está disponível. Quer dizer, você está disponível, não é?

— Sim, meu Deus, sim. E ele é gostoso? Ele gosta de foder?

Por que ela tem que dizer desse jeito?

— Sim, e ele tem muitas fantasias sexuais que quer realizar.

— Oh, *ele* sim parece um sonho. Marque o encontro. Quero conhecê-lo.

— Que ótimo. Fico feliz em ouvir isso. Depois eu te ligo para passar os detalhes. Você está disponível esta semana?

— Sim. Nada urgente para fazer. Obrigada, Julia, você é a melhor.

— Por nada.

Sorrio e encerro a ligação, soltando um longo suspiro. Essa foi por pouco. Fiquei tão encucada em combinar Bram com uma garota que ele fosse gostar fisicamente que esqueci completamente sobre o amor de Tabitha por dragões. E visto que Bram se formou como o melhor da turma na Universidade Yale, de jeito nenhum ele deixaria isso passar. *Vamos lá, Westin. Essa é a sua vida. Sua empresa. Não se distraia.* Respiro fundo. Posso. Fazer. Isso.

Pressiono o botão do meu interfone e chamo Anita até meu escritório. Ela enfia a cabeça pela porta.

— Sim?

— Você pode, por favor, pedir ao Bram Scott para vir aqui o mais rápido possível? Preciso falar com ele.

— Oh, na verdade, ele está aqui na sala de espera. Estava esperando você terminar a sua ligação.

— Ele está aqui? — Endireito as costas e aliso minha blusa cor de creme. Anita olha para trás, sobre o ombro, e depois de volta para mim.

— Sim, e ele não parece muito feliz.

Aff, claro que não está. Recomponho-me e arrumo algumas coisas na mesa.

— Peça para ele entrar.

Em alguns segundos, Bram entra com tudo e começa a andar de um lado para o outro diante da mesa, com uma mão puxando a nuca.

— Que tipo de piada de mau gosto foi aquela, Jules? — ele pergunta, finalmente. Não consigo evitar meu sorrisinho interno. Ele me chamou de Jules de novo. — Você está me sacaneando?

— O quê? Não!

Ele para de andar e me olha, gesticulando furiosamente para os lados.

— Ela acredita que dragões são reais. REAIS. Como se eles realmente tivessem voado céu afora em alguma época passada.

Encolho-me.

— Eu sei, tinha me esquecido disso.

Deus, me sinto tão burra agora. Fui tão pega de surpresa pelos resultados dos testes dele que pisei na bola. Sempre tenho anotações especiais sobre cada cliente, e não conferi as de Tabitha.

A última coisa que eu queria era ferrar o primeiro encontro de Bram, e fiquei tão preocupada de não ferrar tudo que acabei errando feio. Ele deve estar se perguntando como raios eu consegui ter algum sucesso no meu negócio. Se não consigo encontrar um par compatível para alguém que conheço há anos... *ai, Deus.*

Que merda.

— Me desculpe — peço suavemente, encarando minhas mãos, com humilhação subindo pela espinha. — Eu queria que o seu encontro fosse perfeito, e fiquei tão focada em encontrar a combinação certa para você que julguei errado.

Ele expira uma longa lufada de ar e vai até o sofá, onde senta e fica olhando para mim, com os ombros curvados, as mãos juntas à frente, seus cabelos loiros desordenados e os olhos azuis focados. Posso não concordar com Tabitha no quesito "dragões são reais", mas tenho que concordar com ela em uma coisa: Bram é muito sexy.

Cabelos bagunçados, sobrancelhas taciturnas, mandíbula esculpida, uma leve barba por fazer para deixar claro o quão homem ele é. Sim, ele sempre teve muito apelo sexual.

— Você não tem que se esforçar tanto, Jules. A combinação perfeita pode estar bem na sua frente, e você nem está vendo.

— Eu sei. Não deveria tentar tanto. Acho que queria garantir que você teria o que queria, já que é o melhor amigo do meu irmão, e tudo mais. Senti a pressão.

— Não precisa se sentir pressionada, Jules. Sabe...

— Não se preocupe, já tenho a pessoa perfeita para você. Carly, a segunda garota que escolhi. Ela é ótima. Tem cabelos loiro-escuros e olhos verdes, pernas lindas, ama sexo, e é florista. Personalidade doce. Ela é divorciada, mas sem dramas, e adora esportes, especialmente futebol americano.

— Jules, eu queria te dizer...

— E eu já falei para ela sobre você, e está ansiosa por um encontro. — Isso também é mentira, mas, como eu disse, é preciso deixar os clientes felizes, sempre empurrando-os para o próximo encontro se o primeiro não der certo. Sempre me dou três tentativas, o que eu acho que é mais do que justo. O Tinder não garante esse tipo de chance.

— Você já marcou o encontro? — ele pergunta, incrédulo.

— Só ia conferir com o Linus quando você estará disponível, mas já que está aqui, tudo bem para você na sexta-feira?

Ele suspira e se recosta no sofá, olhando para o teto.

— Sim, claro. Pode ser na sexta-feira.

Sinto-me tão mal. Ele deve estar mentalmente exausto do seu encontro com Tabitha. Para alguém que teve que ficar assistindo à "apresentação" dela sobre dragões serem reais, imagino como deve ter sido ontem à noite. *Como eu pude ao menos pensar que ele poderia se apaixonar por Tabitha? Mesmo que ele seja vermelho, ela era completamente errada para ele. Estou tão fora de forma.*

Querendo reassegurá-lo de que ele não cometeu um erro ao me procurar, dou a volta na mesa e sento ao seu lado no sofá.

Coloco a mão na sua coxa, o que faz com que sua cabeça vire repentinamente na minha direção, conectando seus olhos com os meus.

— Não se preocupe, Bram. Eu vou te ajudar a encontrar o que você procura. Sempre peço que me dê três tentativas, e sempre dá certo. Mas eu acho mesmo que Carly é a pessoa certa para você.

— Você acha?

— Eu sei que sim. — Pisco e dou um tapinha na sua perna.

Bram: *E se eu não for a esse encontro?*

Julia: *Eu vou te assassinar. E por que você não iria?*

Bram: *Talvez porque a Carly provavelmente não seja a pessoa certa para mim.*

Julia: *Eu sei que te desanimei com o encontro com a moça dos dragões, mas confie em mim, essa é a certa. Carly é a garota para você.*

Bram: *Se você está dizendo... Pergunta: se você fosse sair comigo, o que gostaria que eu vestisse?*

Julia: *Você está com dificuldade para escolher uma roupa? Apenas use algo simples.*

Bram: *Não foi isso que perguntei. Se você fosse sair para um encontro comigo, o que ia querer me ver usando? Com o que você acha que eu fico mais sexy?*

Julia: *Está buscando elogios?*

Bram: *Apenas responda à droga da pergunta.*

Julia: *Acho que o nervosismo pelo encontro está batendo. Você meio que está agindo feito um babaca.*

Bram: *Só me dê uma ajuda. Minha nossa, Jules.*

Julia: *Tá. Hum... o que eu acho que fica bonito em você?*

Bram: *Sim.*

Julia: *Jeans escuros, coturnos marrons, e aquele suéter azul-escuro que você tem que usar com uma camisa branca por baixo. É causal o suficiente para o restaurante que vocês vão, mas também estiloso, e assim você não vai parecer desleixado. E jogue os cabelos para o lado. O jeito como tem usado os cabelos desgrenhados ultimamente faz parecer que você está estressado.*

Bram: *Foi você que criou esse estilo desgrenhado. Eu puxo meus cabelos por sua culpa.*

Julia: *Foi só um encontro ruim.*

Bram: *Você não faz ideia.*

Julia: *Esse vai ser bom, eu prometo. Mas não esqueça do que eu te disse. Ela não beija no primeiro encontro, mas concorda em transar no segundo.*

Bram: *É um salto de moral enorme.*

Julia: *Eu não fiz as regras, ela que fez. Ela tem que sentir o cara primeiro.*

Bram: *Quando fala sentir, está se referindo a enfiar a mão na minha calça? Porque vou usar jeans apertados e acho que não vai ter espaço para a mão dela.*

Julia: *Por que você é sempre tão nojento?*

Bram: *Por que você é sempre tão linda?*

Julia: *Você está bebendo?*

Bram: *Não, mas estou prestes a começar.*

CAPÍTULO DEZESSETE

Bram

Fazer ou não a barba?

A essa altura, não me importo mais.

Porra, Julia.

Lá estou eu no seu escritório, tentando confessar para ela sobre a minha paixonite, e tudo que ela consegue fazer é falar sobre Carly.

Carly gosta de animais.

Carly gosta de comer asinhas de frango enquanto assiste futebol americano.

Carly sabe montar buquês lindos capazes de fazer alguém chorar.

Minha nossa, Julia não parava de falar sobre essa mulher. Saí do seu escritório com quase certeza de que Julia estava com tesão nessa Carly. Se eu curtisse sexo a três, isso seria muito sexy, mas, como eu disse na minha entrevista, sou homem de uma mulher só.

Então, mais uma vez, saí de lá me sentindo irritado, me perguntando por que diabos vou a outro encontro.

Carly.

Droga. Ter que puxar conversa fiada de novo, fazer e responder todas as perguntas chatas, o que você faz, onde cresceu, para qual faculdade foi, no que se formou... você acredita na existência de dragões?

Não estou nem um pouco no clima.

Por isso fiquei tomando um copo de uísque enquanto me arrumava. Não me importo.

Não me importo, porra.

A essa altura, acho que Julia vai continuar marcando encontros para mim até acertar, o que seria um completo pesadelo. Preciso quebrar o ciclo. Alguma coisa vai ter que mudar, porque esses encontros não vão me ajudar a me aproximar do meu objetivo... e eu sou um covarde do caralho e não tenho coragem de dizer isso a ela. *Como assim ela já é dona das minhas bolas?*

— Ei, tá em casa? — A voz de Rath ecoa pelos meus corredores e, por algum motivo, meu estômago dá um giro nervoso, como se ele tivesse me flagrado com a mão dentro da blusa de Julia.

Cheguei ao ponto de preferir ter que enfrentar a ira de Rath a ir a outro encontro com uma mulher aleatória.

Tomo o resto do meu uísque e coloco o copo na bancada do banheiro.

— Estou aqui, cara.

Encaro o espelho e busco algum sinal de culpa. Não, só pareço ter tomado duas doses de uísque. Perfeito, principalmente porque tenho que sair para o meu encontro daqui a meia hora.

As solas dos sapatos de grife de Rath clicam no meu piso caro de madeira, e quando ele chega ao meu quarto, coloco a cabeça para fora do banheiro e aceno.

Talvez eu esteja exagerando na tentativa de disfarçar.

— Ei, cara. E aí? — pergunto, colocando uma mão no quadril e fazendo uma pose *nem tanto* casual.

É oficial: estou sem jeito.

Mas não posso evitar. A única coisa que está me passando pela cabeça enquanto olho para o meu amigo de mais de dez anos é: eu quero namorar a sua irmã. Quero beijar a sua irmã. Quero sentir os peitos dela. Lambê-los. Chupá-los. Passar horas e horas com a minha boca nela, explorando cada centímetro do seu...

— Por que você está lambendo os lábios assim e me olhando estranho?

— O quê? — Rio de nervoso. — Eu não estava olhando, quer dizer, os meus lábios... — Dou risada novamente. — Eu preciso de hidratante labial. — Viro-me e procuro por um na minha gaveta. — O que você está fazendo aqui?

Ele entra no banheiro e se recosta no batente da porta.

— Vim ver como você estava. Você parou de reagir aos presentinhos que tenho mandado para o seu escritório, lembrando você da sua derrota.

— A cesta de lubrificantes foi muito desnecessária. — Ele dá risada, jogando a cabeça para trás. — Você não tem coisas melhores para gastar o seu dinheiro?

— O seu constrangimento faz valer a pena. E o livro de Relacionamentos Para Leigos e o anel peniano?

— O Linus estava vermelho pra caralho quando levou isso para o meu escritório. Acabei dando a ele um cartão-presente para um dia de SPA para compensá-lo. Eu te disse para não sacanear o meu assistente. Não posso perdê-lo.

— Eu vou roubá-lo de você, um dia. Você sabe que o meu assistente é um pau no cu. Literal e figurativamente.

Fico sério e viro-me para Rath, colocando o dedo no seu rosto.

— Fique longe do meu Linus, ou eu juro por Deus que corto as suas bolas e enfio pela sua garganta. O Linus é meu.

Rath ri.

— Calma, cara. Você sabe que eu nunca tiraria o Linus de você; você ficaria correndo em círculos pelo resto da vida sem ele.

— Isso mesmo, então nem olhe para ele. Você não tem permissão para olhar para ele, nunca.

— Você tem problemas. — Rath me olha de cima a baixo e percebe minha roupa, a que Julia escolheu. — Tem planos hoje?

Confirmo com a cabeça e desisto de fazer a barba. Não precisa, e eu não estou me importando.

Com o copo vazio na mão, passo por Rath e dirijo-me até o bar, com meu amigo vindo logo atrás de mim.

— Tenho um encontro esta noite, que a sua irmã marcou para mim.

— Sério? — Quero tanto girar e dar um soco bem no meio dos olhos de Rath por ouvir sua animação. — Você está mesmo indo a encontros? Descobriu qual é a sua cor?

— Sim. — O som da minha garrafa de uísque abrindo é música para os meus ouvidos.

— Então, qual é? Azul ou verde, não é?

Sirvo um copo para cada um de nós.

— Não. Vermelho.

Quando entrego o copo a Rath, ele me lança um olhar estranho.

— Vermelho? Como diabos o seu resultado deu vermelho?

Dou de ombros.

— Eu não sei. Talvez porque eu tenha respondido às perguntas de múltipla escolha aleatoriamente depois das primeiras quinze. Você estava lá. Nós tentamos ir por um padrão.

— Ah, é. — Ele se encolhe. — Cacete, não pensei na possibilidade de isso ferrar os seus resultados. De jeito nenhum você é vermelho, cara. Merda, a Julia deve estar tendo muita dificuldade em encontrar pessoas compatíveis com você.

— Eu posso ser vermelho — respondo, dando um gole no uísque, sem saber o que significa ser vermelho, porque não me dei ao trabalho de olhar o panfleto.

E antes que você pense que sou um imbecil por não ligar para o programa, me deixe mandar a real. Eu sei que o programa de Julia é incrível, mas, diante de como me sinto em relação a ela, é completamente redundante. Para mim.

— Você não tem nada de vermelho. Você se importa muito.

— Se eu me importasse, estaria bebendo antes do encontro? — Tomo mais um gole.

— Isso é estranho. Por que você está bebendo?

Porque a sua irmã acha que eu quero sair com estranhas aleatórias e não sacou nenhuma das pistas que joguei para ela.

— Porque não estou nem aí — respondo, abrindo os braços. — Estou transitando para a mentalidade de não dar a mínima, para ver o que consigo com isso.

— Provavelmente um tapa e mais vinho jogado na sua cara.

Grunho.

— Porra, por que eu ainda conto as coisas para o Roark?

— Mas, cara, dragões são reais — Rath diz, rindo.

— Cala a boca, porra. — Arrasto a mão pelo rosto enquanto Rath continua a rir. — Aquilo foi culpa da sua irmã.

— Ei, foi um pequeno deslize, do mesmo jeito que os mamilos da garota ficavam deslizando para fora na sua frente.

Aponto para ele com a mão que segura meu copo.

— A primeira vez foi sexy, mas na quarta já foi aterrorizante pra caralho, porque ela estava praticamente cuspindo fogo no meu pescoço diante da minha incapacidade de compreender a existência de dragões.

— Você deveria ter mostrado a ela a foto de um lagarto e dizer que eles ainda existem, mas encolheram com o raio de encolhimento do cara de *Querida, Encolhi as Crianças*.

— Por mais estranho que seja, acho que ela teria acreditado em mim.

— Porra, essa é boa. — Rath ri e dá um gole na sua bebida. — Então, quem é a garota de hoje? Ela parece promissora?

Dou de ombros.

— Não faço ideia. Só espero que ela guarde a loucura para si.

Linda: confere.

Inteligente: confere.

Não é louca: confere e confere.

Ela é a Julia? Não mesmo.

Tenho que admitir, Carly é incrível pra caralho, quase perfeita. Ela é sexy, inteligente, sabe conduzir uma conversa, e não demonstrou nenhum traço de loucura. E quando levantou para ir ao banheiro, olhou para trás, sobre o ombro, para ver se eu estava dando uma conferida nela.

E pode apostar que eu estava.

Mas foi tudo bem sem graça, sequer uma gota de empolgação me fez despertar.

Cheguei à conclusão de que Julia me quebrou.

Agora sou a casca vazia de um homem, perambulando pelo mundo dos encontros, esperando que a mulher certa apareça e me faça sentir inteiro de novo.

Consigo visualizar isso, o solitário e patético Bram Scott, segurando uma placa que diz "Pertence à Julia. Por favor, devolver". E, mesmo assim, Julia está completamente cega a essa placa, como se tivesse sido escrita com tinta invisível.

— Gostariam de pedir alguma sobremesa? — o garçom pergunta.

Carly segura a barriga e balança a cabeça.

— Não cabe mais nada aqui.

— Estou de boa, também. — Assinto para o garçom. — Mas seria ótimo mais uma bebida. — Ergo o copo vazio que fiquei bebendo durante o jantar.

— Mais alguma coisa para a senhora?

— Mais uma taça, por favor — Carly responde, olhando para seu vinho.

Assentindo, o garçom se retira, deixando-me sozinho mais uma vez com essa linda mulher com a qual não tenho o mínimo interesse em sair novamente.

— Então, você disse que estudou em Yale?

Assinto.

— Aham.

— Fui a uma festa de fraternidade lá, uma vez. Foi a melhor da minha vida.

— É? — Me animo um pouco. — Foi a Alpha Phi Alpha?

— Não me lembro. Mas era em uma casa enorme com uma entrada gigantesca e uma escada em espiral.

Sorrio.

— Era a minha fraternidade. E você se formou nessa época. Será que nos vimos lá e nem sabíamos?

— Uau, que mundo pequeno. Mas eu teria me lembrado de você.

— Nah, eu estava misturado no meio dos idiotas bêbados. — O garçom retorna com nossas bebidas e damos goles ao mesmo tempo. — O que você estava fazendo lá?

— Minha amiga estava a fim de um cara de lá e estava tentando chamar a atenção dele. Eu disse que ela não podia ir sozinha a uma festa de fraternidade, então fui junto. Acabamos dormindo no carro dela e voltamos dirigindo para casa na manhã seguinte, com a pior ressaca das nossas vidas. Nem o *Dunkin' Donuts* conseguiu nos ajudar.

Dou risada e coloco meu uísque sobre a mesa.

— Isso é porque *Dunkin' Donuts* não é parceiro da ressaca. O que funciona mesmo são os *hash browns*[2] do McDonald's. Quando estávamos no último ano,

---

2   Prato típico de café da manhã dos Estados Unidos feito com batata ralada frita em pouca gordura. (N.E.)

fazíamos os calouros irem até um drive-thru comprar café da manhã para todo mundo. Era uma das vantagens de ser veterano.

— Aff, você tem toda razão. Donuts e ressaca não dão certo.

— Nem um pouco.

Sorrio para ela, imaginando como a minha vida seria se eu não estivesse tão gamado em Julia. Rath acredita que não sou vermelho, então, teoricamente, eu não me interessaria por Carly, de qualquer forma.

Parece errado estar aqui com ela. Desonesto, de certa forma.

— Você está bem? Fica olhando para o nada, como se estivesse ponderando alguma coisa.

— Desculpe — murmuro, odiando ter sido pego. — Estou com algumas coisas na cabeça.

Ela morde o lábio inferior e olha para o lado.

— Algumas coisas na sua cabeça, ou outra garota na sua cabeça?

Bem, pode marcar "direta" no seu perfil de relacionamento.

— Como assim? — Ajo casualmente.

— Você não precisa tentar disfarçar. Você tem aquele olhar.

— Que olhar? — Balanço meu pé sob a mesa, nervoso.

Ela gesticula para o meu rosto.

— Aquele olhar desamparado, como se estivesse faltando algo na sua vida. Conheço bem esse olhar, é o mesmo que tenho, ultimamente.

Hã?

— Se importa de me explicar? — Dou um gole no uísque e a observo atentamente, conforme seus ombros caem e a garota perfeitamente divertida com a qual eu estava passando a noite se transforma em outra coisa, como se fosse uma imagem espelhada de mim mesmo.

— O único motivo pelo qual vou te contar isso é porque, mesmo que tenha me divertido bastante esta noite, tenho a sensação de que não vamos ter um segundo encontro. — Faço menção de dizer alguma coisa, mas ela me impede. — E tudo bem, porque eu não acho que aceitaria, mesmo. — Bem, ela é grosseira pra caralho. — Mas não é por sua causa. Eu só... droga, eu fui a um encontro com um cara que Julia arranjou para mim há duas semanas, e me diverti como nunca.

Ele era perfeito, meu cara dos sonhos.

Por que sinto que isso é um insulto? Talvez eu esteja bebendo demais. Estou sensível pra cacete.

— O que aconteceu?

— Terminamos a noite em bons termos e chegamos a trocar mensagens naquela noite mesmo, e no dia seguinte. Estávamos planejando um segundo encontro quando ele teve que cancelar.

— Por quê?

Ela suspira.

— A filha dele não estava pronta para que ele começasse a namorar de novo. Ele está divorciado há um ano, tem a guarda primária da filha, e ela é muito protetora com ele. Ela lhe disse que não quer que ele se machuque novamente, como a mãe dela o machucou. Então, ele me falou que precisava de tempo e não tinha certeza de quanto seria.

— Mas você gosta dele.

Ela assente.

— Muito. Pensei que conseguiria fazer isso, ir a outro encontro e tentar esquecê-lo, mas não consigo tirá-lo da cabeça, não importa o quanto eu tente. Sinto muito, Bram.

— Não esquenta. A sua suposição não está muito errada. Eu meio que estou gostando de outra pessoa, também.

— Sério? O que está te impedindo?

— Ela não faz ideia de que gosto dela. — Sinto-me tão estúpido por falar sobre isso com uma estranha, mas o álcool está batendo e minha língua está solta. — E não é por falta de tentativa. Porra, fiz tudo o que podia, exceto forçá-la a olhar nos meus olhos enquanto digo, palavra por palavra, que sou louco por ela.

— Então, por que não fazer isso? — Carly pergunta. — Por que não ir até a casa dela agora mesmo e dizer, direto e reto: "quero te levar para sair"?

— Err, porque eu já tentei chamá-la para sair anos atrás e deu muito errado.

— Há quantos anos?

— Na faculdade. — Estremeço.

Carly aperta os lábios.

— Ah, e você estava em uma fraternidade? Eu provavelmente teria dito não, também. Mas já faz anos. Tenho certeza de que você amadureceu, então não deve ter motivo para ela dizer não agora.

— Pode ter, sim.

— Tipo o quê?

— Tipo... — Mordo meu lábio inferior. — Ela é a irmã caçula do meu melhor amigo.

Em câmera lenta, os lábios de Carly começam a se curvar para cima e suas mãos se juntam no peito.

— Ai, meu Deus, isso é tão fofo! Você tem que dizer a ela, tipo, agora! Se apaixonar pela irmã do melhor amigo é a história de amor perfeita. Parece que meu coração não vai aguentar!

Coço a lateral da mandíbula, sentindo minha barba por fazer.

— Você acha mesmo que eu devo contar a ela?

— Com certeza. Que tal isso: eu digo para o meu cara que ainda quero sair com ele e vou esperar até sua filha estar pronta, e você diz à sua garota que a quer?

— Só assim?

Ela assente lentamente.

— Aham, vá direto até o apartamento dela, bata à porta, e quando ela abrir, não dê a ela oportunidade de dizer nada, apenas beije-a e deixe o resto ser história.

Minha mente começa a girar, meu cérebro criando todos os tipos de cenários diferentes com os quais posso surpreender Julia.

— Anda, vamos selar com um aperto de mão. — Carly estende a mão. — Nós dois vamos fazer isso esta noite, agarrar a nossa vida amorosa pelos chifres e deixá-la de quatro.

Dou risada, sentindo-me mais e mais confiante a cada segundo. Eu posso fazer isso, com certeza. Simplesmente ir até Julia e dizer a ela, direto e reto, que quero levá-la para sair.

Simples.

— Ok. — Aperto a mão de Carly. — Vamos fazer isso.

— Uhuu! — Ela bate palmas. — Me dê o seu celular. Quero te dar o meu número, porque vamos ter que checar um com o outro. Vou querer saber o que vai acontecer com você e a sua garota misteriosa. — Entrego meu celular a ela. — Promete que vai me atualizar?

— Só se você fizer o mesmo.

— Prometo.

Do lado de fora do restaurante, chamo um táxi para ela e nos despedimos com um abraço e a promessa de manter contato.

E então estou do lado de fora do apartamento de Julia, levemente tonto, com um nó gigante no estômago. Apenas diga a verdade a ela, diga como se sente, direto e reto.

Chega de tentar mandar indiretas.

Chega de deixá-la adivinhar como me sinto.

Chega de encontros aleatórios, durante os quais eu só penso na garota que usa óculos e meias de cano alto.

É isso.

Agarro o batente da sua porta e encaro o número seis dourado. Posso fazer isso. Respiro fundo e bato levemente os nós dos dedos na madeira sólida.

Segurando-me no batente para ter algum suporte, estou com a cabeça baixa, esperando ela abrir e me receber com aquele sorriso lindo dela.

As tábuas de madeira do piso rangem.

Uma bola de nervosismo se revira no meu estômago.

A porta destranca.

Meu estômago gela.

Ela aparece do outro lado, com confusão estampada no pequeno franzido entre suas sobrancelhas.

Observo-a. Camiseta branca comprida, cabelos presos em um coque no alto da cabeça, uma pequena quantidade do que parecem ser migalhas de biscoito no canto da boca e... porra... meias de cano alto.

Estou apaixonado.

Eu a quero... muito.

E vou fazê-la ser minha até o fim da noite.

— Bram? — Ela me olha de cima a baixo, absorvendo a roupa que escolheu, a que ela acha que fico sexy usando. — O que você está fazendo aqui?

CAPÍTULO DEZOITO
Julia

Segundo ano, Universidade Yale

— Quantas bebidas você já tomou? — Clarissa pergunta, dando passinhos para os lados repetidamente, no ritmo da música estourando nas caixas de som. Por que as músicas do Ne-Yo são tão chiclete? Elas sempre me fazem dançar. *Vergonhoso.*

Remexo meu copo vermelho e olho para o conteúdo.

— Hã, meia cerveja.

— O quê? Pensei que você tinha dito que ia se soltar essa noite. É fim de semestre, é hora de relaxar.

— É que me sinto estranha bebendo na fraternidade do meu irmão.

— Por quê? Não é para isso que servem casas de fraternidade? Fazer festas?

— Acho que eles estão aqui para formar uma fraternidade, para que lá no futuro...

— Ei, linda, quer dançar? — Josh Fanning, um cara do segundo ano conhecido por competir com Roark McCool nas olimpíadas da cerveja, coloca um braço em volta de Clarissa.

Sendo a garota louca por garotos que é, Clarissa gira nos braços dele e o abraça pelo pescoço.

— Você vai ficar me sarrando ou ficar parado olhando para os meus seios? Preciso poder fazer um julgamento meticuloso da sua técnica de dança antes de me comprometer a passar três minutos suando e ondulando meu corpo no seu.

Já mencionei que ela está estudando para ser advogada e nunca faz nada sem uma análise racional antes? Mesmo após algumas bebidas, ela está praticando a tomada de decisão inteligente. Estou estranhamente orgulhosa dela.

— Vou esfregar o meu pauzão na sua bunda — ele responde, deslizando as mãos até o traseiro dela.

Eca.

Aff, Josh, *pauzão* não é um termo sexy, pelo menos na minha opinião.

— Então, tá certo — Clarissa anuncia, animada. Pelo menos eu *pensei* que ela estava praticando a tomada de decisão inteligente. — Não se meta em encrenca — ela grita por cima do ombro, dando tchauzinho para mim.

Bem, que diabos eu faço agora?

A casa está transbordando de alunos comemorando o fim do semestre. O comportamento que você nunca esperaria de futuros políticos e médicos toma conta entre essas paredes sagradas. A única coisa boa na Alpha Phi Alpha é a política rigorosa de nada de câmeras ou celulares. Eles confiscam todos os dispositivos de gravação antes de você entrar, como se fosse um local para guardar os casacos, mas para eletrônicos. Isso é inteligente, porque esse pessoal sabe que irá longe depois da faculdade e não quer que as evidências dos seus dias de festança sejam espalhadas.

E, cara, eles sabem mesmo aproveitar uma festa.

Do canto da casa, observo a multidão. A pista de dança fica mais para a esquerda da sala enorme, as bebidas estão sendo servidas na cozinha por calouros competindo por um lugar na casa ano que vem, e então, há o covil, que é o cômodo onde pessoas vão para se pegarem. Se você curte carícias mais pesadas e uma orgia gigantesca de beijos, é para lá que deve ir.

Não quero nem chegar perto daquele lugar; a atmosfera é pesada de tensão sexual e esfrega-esfrega.

Em vez disso, atenho-me ao espaço comum, sendo ocasionalmente empurrada por alguém passando, sem receber um único pedido de desculpas.

Sou invisível nessas festas, mas faço isso deliberadamente. Não confio em nenhum desses caras, porque o Rath deixou bem claro quais são as intenções deles: transas casuais. Rath já me deu várias palestras sobre como é vir a essas festas. Ele não se importa que eu venha — na verdade, até gosta, porque assim sabe que nada ruim vai acontecer comigo, já que ele está por perto para me proteger —, mas também me deixou bastante ciente de que todo cara nessa fraternidade tem apenas uma coisa em mente durante as festas: sexo.

Isso pode soar maluco, mas não sou o tipo de garota que gosta de sexo casual. Você está chocado, eu sei. Nunca tive aquele gene sexual me tentando a jogar a cautela para o espaço e cair na cama com um cara aleatório. Eu preciso do romance, da possibilidade de uma conexão mais profunda.

— Cadê a Clarissa? — a voz de Rath soa atrás de mim.

Desde que contei a ele o que aconteceu semana passada, quando Bram me salvou, ele tem me seguido a cada chance que tem. Dizer que ele estava pronto para quebrar o crânio daquele cara é um eufemismo. Não tenho mais permissão para andar sozinha no campus, em lugar nenhum. Isso não vai durar muito tempo, acredite. Não vou deixar que dure.

Ao ver seus olhos vidrados, o sorriso preguiçoso e o leve cambaleio na sua postura, dou risada internamente. Ele está bêbado, e o melhor quando Rath está bêbado é que ele sempre tenta agir como se não estivesse.

— Ela está dançando com Josh Fanning.

— O quê? Por quê? Ele é o maior otário.

— Acho que tudo bem pra ela dançar com um otário esta noite.

Rath me puxa para um abraço e tropeça por um segundo antes de se equilibrar novamente.

— Ela deixou a minha irmã sozinha. Isso não é legal.

Seu hálito cheira a cerveja e me pergunto quanto ele já bebeu.

— Estou bem. — Dou tapinhas na sua barriga. — Cadê o seu namorado?

Não vejo Bram desde o incidente. Pensei em ir ver como ele estava, como estavam suas mãos, mas me distraí com as provas.

— Namorado? — Ele junta as sobrancelhas. — Eu não sou gay.

Sim, ele está mesmo muito bêbado.

— Estou falando do Bram. Vocês dois geralmente andam grudados nessas festas.

— Ah. — Ele acena em direção à sala da orgia. — Ele está ali com a Lauren Connor, eu acho. Faz um tempo que ela anda atrás dele.

— Lauren Connor. Por que esse nome me é familiar?

— Ela é a capitã do time de basquete. Tem pernas compridas pra caralho. Ela também foi a garota que deixou o pessoal tomar *shots* do umbigo dela na festa de Ação de Graças.

— Ah, é por isso que a conheço. Todo mundo estava gritando o nome dela e batendo palmas: Lau-ren Con-nor. — Replico as palmas que o pessoal faz quando grita o nome de algum jogador.

— Essa mesma. — Rath cambaleia mais uma vez. — Cara, preciso de comida. Você quer alguma coisa?

— Não, estou bem. Acho que vou dar a noite por encerrada logo. Tomei meia cerveja e não consigo entrar no espírito da festa.

— Mas você acabou de terminar mais um semestre puxado. Deveria relaxar, maninha.

— Para mim, relaxar significa assistir a um filme e tomar sorvete na cama. Sou tediosa.

— É nada. — Rath dá um beijo na minha testa. — Você é perfeita. Se decidir ir embora, venha se despedir de mim primeiro. Quero garantir que tenha uma carona até o seu dormitório.

— Ok.

Dou um rápido abraço nele e nem me dou ao trabalho de discutir sobre a carona, porque essa é uma coisa que ele não vai deixar para lá. Ele é muito protetor, e essa é uma das razões pelas quais eu o amo tanto. Ele está sempre cuidando de mim e, surpreendentemente, não me sinto sufocada com isso. Não tenho muitas amigas, mas sei que a maioria das garotas não têm esse tipo de relacionamento com os irmãos mais velhos. Ele me dá autoconfiança para ser... eu. Com todas as minhas peculiaridades.

Observo-o passar pela multidão e ir em direção à cozinha nos fundos da casa, com pessoas cumprimentando-o durante o caminho. Nunca serei como ele, tão sociável, tão descontraída.

Sei quais são os meus pontos fortes e fracos, e uma das minhas maiores fraquezas é a minha incapacidade de socializar. O único motivo pelo qual eu venho a essas festas é porque adoro observar as pessoas. Camuflo-me facilmente, desapareço ao fundo, então é fácil fazer isso. Isso é útil aos meus estudos comportamentais. Ah, se eu pudesse sair fazendo perguntas, com um bloco de notas e caneta na mão... que estraga-prazeres.

— O que tá fazendo aqui sozinha?

Nem preciso me virar para saber que Bram Scott está logo atrás de mim. Aquela voz confiante acabou se tornando uma que reconheço facilmente agora.

Giro para ficar de frente para ele, encontrando seu rosto com uma barba grossa, assim como o resto dos caras na fraternidade — acho que é algo sobre não se barbear até depois das provas finais —, e seus lábios curvados nos cantos, seus olhos me observando por inteiro.

— Eu já estava indo embora, na verdade. A Clarissa está dançando, e não estou no clima para festa.

— Não, você não pode ir embora. — Ele me puxa para seu lado e começa a andar comigo pela casa. — É o fim do semestre, Jules, e isso significa que você tem que comemorar.

— Esse não é meu tipo de comemoração.

— É que você não está fazendo direito. Vem comigo.

Bram me guia pela multidão até a cozinha, onde encontro Rath com um sanduíche em uma mão e uma cerveja na outra, conversando com uma garota que está sentada perto dele, sobre a bancada. Assimilo a linguagem corporal do meu irmão, seu sorriso, a maneira como ele flerta tão facilmente com a garota. Queria ter um pouco dele em mim, ao invés de ser essa pessoa tão fechada o tempo todo.

— Por aqui. — Bram puxa minha mão, colocando sua palma na minha, enviando um arrepio que sobe por meu braço.

Estou tão focada na maneira como sua mão grande encobre a minha que somente quando estamos do lado de fora, sentados próximo a um poste de luz, percebo que ele nos arrumou uma bandeja de comida: bebidas, um pacote de batatinhas e um de biscoitos. Estamos ocupando duas cadeiras de plástico com um pequeno bloco de madeira entre nós servindo como mesa. É possível ouvir o barulho lá de dentro, mas está abafado pelas sólidas portas de madeira que levam até o quintal. É pacífico.

— Aqui. — Bram me entrega uma pequena caixa de leite, o que me faz dar uma risadinha, e abre uma embalagem de biscoitos *Chips Ahoy* e o pacote de batatinhas sabor churrasco. — Não é *Mrs. Fields* e Ruffles, mas vai servir. — Ele ergue sua caixa de leite. — Um brinde a mais um semestre.

Olho para o leite na sua mão.

— Você vai beber isso? Não estava bebendo cerveja?

Ele dá um grande gole.

— Sim, o que tem?

Faço um gesto circular sobre a minha barriga.

— Não vai ficar revirando com a sua cerveja?

— Eu tenho um estômago de chumbo, então não precisa se preocupar. — Ele coloca um biscoito na boca e mastiga. — Pode se servir. Não fique tímida.

Eu o estudo, sem saber bem por que estamos sentados aqui fora juntos, comendo batatinhas, biscoitos e leite quando, minutos atrás, ele estava se pegando com Lauren Connor, ou pelo menos foi o que o Rath disse. É quase nojento.

— Você sabe que não tem que fazer isso.

— Fazer o quê? — ele pergunta, fazendo barulhos crocantes enquanto mastiga uma batatinha.

— Ficar aqui comigo porque eu estava sozinha... porque você está com pena de mim por causa do que aconteceu semana passada.

Ele coloca mais uma batatinha na boca.

— Eu não estou com pena de você, então tire isso da cabeça. Não tenho que ficar com você. Eu escolhi fazer isso. — Ele, então, fica quieto, encarando o quintal arborizado. — Por que você vem a essas festas se não gosta de festa?

Acho que não vamos falar sobre como ele me defendeu, e pelo visto, as mãos dele estão bem. Ele só quer deixar para lá. Cedendo, finalmente pego um biscoito e dou uma pequena mordida.

— Porque a Clarissa gosta de vir, e eu gosto de observar as pessoas. — Ajusto meus óculos e viro para ele, encontrando seu olhar em mim, absorvendo-me. — Cenários sociais podem definir uma pessoa e exibir sua personalidade com muita clareza. Há os animadores, como você, que têm no DNA a necessidade de garantir que todos estão se divertindo. Há os seguidores, aqueles que não são corajosos o suficiente para liderar, mas não têm problemas em mostrar seu lado divertido. Clarissa se encaixa nessa categoria. E, então, há os eremitas, como eu. As pessoas quietas, tímidas, introvertidas. As pessoas que gostariam de ser mais como os animadores, mas nunca teriam coragem.

— Você não quer ser uma animadora — Bram responde, tomando um gole de leite, sua voz mais séria do que já ouvi antes. — Não é tudo o que parece ser. Às vezes, é apenas uma fachada.

— É cansativo?

Ele passa a mão pelos cabelos.

— Sim, é. — Ele inclina a cabeça para o lado, observando-me. — É bem mais pacífico tirar um segundo para respirar, apreciar coisas pequenas, como leite e biscoitos.

— E eu sou o tipo de garota com quem você divide leite e biscoitos?

— Você diz isso como se fosse uma coisa ruim.

Dou de ombros e mordo meu biscoito.

— Não é. Sou apenas uma aposta segura quando se trata de leite e biscoitos, só isso.

— Leite e biscoitos significam alguma outra coisa que não estou captando?

Balanço a cabeça e suspiro.

— Não, mas acho que vou embora.

Faço menção de levantar quando Bram coloca sua mão na minha.

— Espera, fica mais um pouco. A menos que você tenha um encontro com alguém, ou algo assim. — Ele investiga meus olhos, tentando me ler como eu o li.

— Não tenho encontro nenhum, só quero um pouco de paz.

Ele gesticula para o céu noturno escuro.

— O que é mais pacífico que isso? Fica aqui comigo, Jules.

— É Julia — lembro a ele, pelo que parece ser a milionésima vez.

Ele revira os olhos.

— Você fica tentando me corrigir, mas saiba que nunca vou mudar, então desista.

Conhecendo sua personalidade, sei que ele está certo; nunca vai mudar. Ele é gravado em pedra, é decidido sobre quem é, e esse é o homem que ele será. E não acho que seja uma coisa ruim, porque embora pareça que há uma pompa e circunstância que seguem Bram, ele é um indivíduo único, e ser único é importante em um mar de seguidores. Eu costumava pensar nele como arrogante e convencido, mas após observá-lo por alguns meses, percebi que ele simplesmente sabe quem é. A maioria dos caras da idade dele ainda está testando limites, tentando impressionar todo mundo ao redor. Bram simplesmente... vai lá e faz. Sem esforço. Ele é intrigante.

Ele me oferece outro biscoito, e eu pego e dou uma mordida.

— Você age como se passar um tempo com você fosse uma obrigação para mim.

— E não é? — pergunto, genuinamente curiosa.

— Não. Eu escolho com quem quero e com quem não quero estar. Não sinto pena das pessoas, se é isso que está pensando, e não tenho obrigação alguma de passar um tempo com você.

— Então, você não está aqui só porque eu sou irmã do Rath?

— Não, Julia, não estou. — O jeito como ele usa o meu nome, e o tom da sua voz, envia um arrepio por minha espinha. — Olha... — Ele endireita as costas e fica sério. — Eu tenho pensado e... — Ele se remexe desconfortavelmente, parecendo quase nervoso. — Eu gosto de estar com você.

— Sério? Porque nós nunca passamos tempo juntos, realmente.

Sua mandíbula estala e ele solta uma curta lufada de ar.

— As vezes em que passamos um tempo juntos foram divertidas.

— Comprar absorventes é divertido para você?

— Meu Deus. — Ele esfrega o rosto. — Você pode ficar quieta por um segundo?

— Ok — respondo, cética.

O que está acontecendo aqui? Por que ele parece prestes a vomitar? Para alguém que quer trabalhar lendo e interpretando pessoas, estou tendo uma baita dificuldade em identificar com precisão o humor de Bram nesse momento.

— Só pensei que, talvez, nós pudéssemos sair mais vezes, sabe? Só você e eu.

— Tipo... encontros?

Ele puxa a nuca e olha para mim, ainda de cabeça baixa, com um vinco entre as sobrancelhas e seus olhos abrasadores, honestos e interessados ardendo em mim.

— Sim, tipo encontros.

— Aí está você!

Uma mulher bêbada com pernas compridas, usando apenas um sutiã vermelho de renda e shorts invade a nossa festinha a dois. Seu rosto me parece familiar, e quando escaneio seu corpo, noto o piercing no seu umbigo, na sua barriga trincada. Conheço aquele umbigo. Assim como muitas outras pessoas, diante de quantos *shots* foram tomados ali.

Lauren Connor.

— Lauren, o que está fazendo aqui?

— Procurando por você. — Ela toca Bram no nariz e olha para mim. — Quem é essa?

— É a irmã do Rath. Agora volte para dentro da casa e vá encontrar o Brian, como eu te disse.

Irmã do Rath. Ok.

— Mas o Brian não é divertido como você — ela choraminga.

— É, mas o Brian vai fazer tudo que você quiser, diferente de mim. Agora, vá.

— Você não tem graça.

Como uma criança petulante, ela bate o pé no chão e sai andando em direção à casa. Mas sua birra só dura até ela entrar e dar um assobio irritante.

Bram vira de volta para mim, com uma expressão de desculpas no rosto.

— Desculpe por isso.

— Sem problema. — Fico de pé e endireito minha saia. — É melhor eu ir. Obrigada pelos biscoitos e o leite.

— Espera. — Ele levanta abruptamente e segura minha mão. — E sobre o encontro?

Sua palma quente me aquece, seus olhos suplicantes me atingem direto no peito com uma onda de emoções que eu não estava esperando, e quando ele se aproxima, deixando quase nenhum espaço entre nós, meu estômago revira.

— Encontro?

Comigo. *Estranho.* Será que devo pensar nisso? Esse homem é muita areia para o meu caminhãozinho, isso é claro. Ele é um líder natural, um protetor, um homem inteligente e carismático com um futuro brilhante esperando por ele. Ele me interessa? Vagamente, porque não tem como um homem como ele não despertar o interesse de alguém. Mas tendo somente mais um semestre aqui, e diante do quão popular e requisitado ele é, por que iria querer sair comigo? Não daria em nada. O que acabou de acontecer com Lauren Connor se repetiria, sem dúvida. Por que perder o tempo dele? Ele é o melhor amigo do Rath, e embora eu não conheça bem a etiqueta dos relacionamentos, tenho quase certeza de que isso não é aceitável. Tenho certeza de que eu seria a grande perdedora nesse namoro de mentirinha, e vai contra a minha inteligência me comprometer intencionalmente com algo que pode ser doloroso. *Um encontro?*

— Sim, um encontro — ele diz, enlaçando seus dedos nos meus.

— Hummm. — Pressiono meus lábios, sentindo-me um pouco estranha devido ao que estou prestes a dizer. *Mas ele não está falando mesmo sério, Julia, então tudo bem.* — Não acho que seja uma boa ideia, mas obrigada por perguntar.

Totalmente sem jeito — porque sou realmente péssima nesse tipo de coisa —, dou tapinhas na sua mão e me afasto.

— Julia, espere.

— Obrigada por tudo, Bram. — Dou-lhe um rápido aceno e vou embora, passando direto por Rath e indo até a porta da frente, saindo e pedindo um táxi sozinha.

Sair com Bram Scott... nem de longe é uma boa ideia. Não apenas seria uma decisão ruim por causa do Rath, mas também, lá no fundo, tenho quase certeza de que sair comigo significaria apenas riscar da lista a experiência de ficar com a garota nerd introvertida. Ele obviamente nunca fez isso antes, mas está curioso. Não era nervosismo o que vi na sua expressão, provavelmente estava mais para precaução. *Devo ou não devo sugerir essa ideia bizarra para Julia?* Ele conseguiria o que queria — pelo menos o mínimo que provavelmente seria nos poucos momentos em que tentasse — e, depois, seguiria seu rumo, em direção a coisas muito mais sensuais e carnais. Enquanto eu, após sentir por um momento como é ter alguém como Bram demonstrando interesse, bem... ele poderia facilmente destruir o meu coração. Então, vou erguer minhas defesas contra ele. Ele é um homem incrível e único, mas nunca permitirei que ele entre no meu coração, não se eu quiser que ele permaneça intacto.

CAPÍTULO DEZENOVE
Julia

É ruim dizer que eu curto noites de sexta-feira em que fico enfurnada no meu apartamento, usando nada além de uma camiseta grande e meias, com um pacote de biscoitos na mesinha de centro, um copo de leite do lado, e uma comédia romântica passando na TV?

O filme de hoje é na Netflix. Seus novos originais têm feito meu coraçãozinho romântico muito feliz.

Alterno entre assistir *Para Todos os Garotos Que Já Amei* e *A Barraca do Beijo* — sim, dois filmes jovens adultos, mas é o meu gênero favorito. Tão inocentes, e ao mesmo tempo transbordando hormônios, paixões intensas, o tipo de paixão cega que deixei de vivenciar. A paixão sobre a qual me sinto tão desacreditada na vida real. O que ele quer de mim? Ele está comigo apenas por sexo? Ele vai terminar comigo após alguns encontros? Ele é um *serial killer* fingindo ser um cara decente que trabalha com vendas?

Essas são coisas com as quais é preciso tomar cuidado quando ficamos mais velhos.

Namorar já é difícil, ainda mais tendo que tomar cuidado com todos os pilantras que tentam te prender nos seus covis do amor. Essa é uma das principais razões pelas quais criei o meu programa de namoros, para aqueles que levam verdadeira e honestamente a sério encontrar o amor.

Se eu pudesse ao menos encontrar para mim também...

Suspiro e me aconchego debaixo de um cobertor, escolhendo *A Barraca do Beijo*. Noite de filmes às sextas-feiras se tornaram meu ritual quando parei de ir a festas na faculdade. Exceto nas vezes em que estava saindo com alguém, nunca quebrei a tradição. Não preciso dizer que nenhum dos caras com quem saí quis ficar em casa e assistir a filmes comigo.

Mas tudo bem, porque a hora do filme é o meu momento, e nós devemos sempre ter...

Toc, toc.

Quem será?

Olho para a porta.

Não pedi comida e não sou próxima dos meus vizinhos o suficiente para eles quererem uma xícara de açúcar emprestada.

Será que é o Rath? Talvez Clarissa? Anita?

Cautelosamente, dou pausa nos créditos de abertura do filme e vou até a porta, ficando nas pontas dos pés conforme me aproximo, mas, graças ao piso de madeira desse apartamento típico de Nova York, sou facilmente detectada. Usando o olho mágico da porta, fecho um dos olhos e espio com o outro.

Mas o quê?

O que ele está fazendo aqui? E por que está com a cabeça baixa, como se estivesse incerto, enquanto agarra as paredes?

Endireitando a postura, espero um segundo, afastando-me do olho mágico, retornando em seguida para dar mais uma olhada, piscando rapidamente. Por que Bram está do lado de fora do meu apartamento nesse momento, quando deveria estar em um encontro?

Se ele estragar tudo, vou matá-lo.

Abro a porta e o encaro.

— Bram. — Olho para ele de cima a baixo, assimilando a roupa que escolhi. — O que está fazendo aqui?

Ele não se mexe, fica apenas me fitando, seu peito ofegando, seus antebraços flexionando devido à maneira como ele agarra o batente da porta com força, e quando olho nos seus olhos encantadores, eles parecem mais escuros, quase ameaçadores.

O que há de errado?

Carly é adorável, então não deve ter acontecido mais algum incidente do tipo que aconteceu com a moça dos dragões. Meu rosto empalidece de vergonha. Como posso ter falhado com ele novamente?

— Você...?

Ele entra no meu apartamento, fecha a porta com o pé e me gira, prendendo-me contra a parede.

Opa.

Que droga é essa?

Em choque, fico encarando-o. Sua mão está na minha cintura, e a outra, bem ao lado da minha cabeça, pressionada na parede, prendendo-me. Seus olhos estão estreitos, sua respiração, pesada, seus lábios, molhados por sua língua. O calor elétrico que emana dele parece me consumir, assim como o cheiro do seu perfume e a sensação do seu corpo forte a meros centímetros de distância do meu. Um leve suspiro flutua entre nossos corpos, a superfície da sua calça jeans quase roça nas minhas coxas macias e nuas, e o couro dos seus sapatos segura meus pés entre os seus.

Capturada.

Encurralada.

Emboscada.

— O-o que você está fazendo? — pergunto, nervosa, a respiração ficando presa no meu peito, meus nervos acelerando de uma maneira absurda.

Investigo seus olhos, buscando algum tipo de incerteza, algum indicativo de que talvez ele esteja cometendo um erro, mas não vejo nenhum arrependimento, nenhuma confusão. Nenhum olhar vítreo, apesar do cheiro de álcool no seu hálito.

Tudo o que vejo é paixão... luxúria.

Seu polegar pressiona círculos lentos no osso do meu quadril conforme ele baixa a cabeça, ficando ainda mais perto, a proximidade do seu corpo queimando minha pele.

Em um suspiro, sua voz grave quebra o silêncio.

— Estou fazendo o que deveria ter feito há dez anos.

Lentamente, ele traz sua boca para a minha, fazendo meus lábios de reféns.

Um beijo... *exploratório.*

Dois beijos... *anseio.*

E no terceiro beijo, ele vem com tudo, movendo sua mão do meu quadril até minha mandíbula, envolve minha bochecha e me segura com ternura enquanto seus lábios se movem contra os meus.

Atordoada e chocada, fico ali imóvel, sem ter certeza do que fazer.

Bram está realmente me beijando?

Por quê?

Seu corpo pressiona o meu, seu peito no meu, suas pernas se entrelaçando às minhas, suas mãos me agarrando.

Minha mente está rodopiando, meu coração, batendo forte, e meus instintos estão me dizendo para retribuir o beijo, mesmo que o sentimento aterrorizante que está correndo por minhas veias esteja me confundindo.

Mas após a terceira vez que seus lábios encostam nos meus, me persuadindo, me atiçando a ceder por um momento, meu corpo relaxa e minhas mãos encontram sua nuca.

Ele grunhe na minha boca e, com uma passada da sua língua nos meus lábios, eu os separo, dando-lhe acesso. Ele não demora a aceitar o convite e mergulha de vez, inclinando minha cabeça para trás o suficiente para lhe dar melhor acesso.

Nossas línguas dançam.

Nossos lábios se encaixam.

Nossos corpos entram em sincronia.

É o Bram, o cara que me irritou por dez anos, o cara que me enlouquecia cada vez que eu o encontrava. O cara que me salvou, uma vez. *O cara que, uma vez, me chamou para sair.*

E então, a ficha cai.

Estou beijando Bram. Tipo, beijando mesmo.

O que diabos estou fazendo?

Isso precisa parar.

Abruptamente, afasto a boca da dele e saio do seu abraço.

As mãos dele atingem a parede, conforme eu me afasto cada vez mais.

Pressiono a mão sobre a boca e o encaro, descontrolada. Meus olhos o escaneiam, movendo-se para lá e para cá, buscando respostas para as milhões de perguntas que estão surgindo na minha cabeça.

Minhas mãos começam a tremer.

Todas as razões pelas quais isso nunca deveria ter acontecido começam a perfurar meu cérebro.

Ele é um cliente.

Ele é o melhor amigo do meu irmão.

Não somos nem um pouco compatíveis.

Ele deve perceber minha consternação, porque se aproxima novamente, tentando segurar minhas mãos, mas recuo, colocando as mãos atrás de mim.

— Não — eu digo, meu peito subindo e descendo, meus mamilos rígidos e facilmente visíveis através do tecido da camiseta.

Um sorriso gigante se abre no seu rosto, seus olhos fixos nos meus seios, a língua rolando por seus lábios. Ele tenta se aproximar mais uma vez, mas dou um passo para o lado e saio de perto dele, indo para a sala de estar.

— Jules... — ele sussurra, soando um pouco exasperado.

— Não me venha com *Jules*. Você deveria estar em um encontro com a Carly. O que diabos está fazendo aqui?

— Não é óbvio? — Seu sorriso presunçoso aumenta conforme ele avança.

Esbarro no sofá e tento sair do caminho, mas ele me alcança e me prende contra o móvel. Minha bunda está quase batendo no braço do sofá conforme ele me envolve.

— Não, não é óbvio. Então, se você puder se afastar um pouco, podemos discutir o que aconteceu com o seu encontro.

— Eu não quero discutir o meu encontro. — Ele envolve minha nuca com a mão e me segura no lugar. — Quero falar sobre o beijo.

— Aquilo foi um erro — digo rapidamente. — Um lapso de julgamento.

Um episódio seriamente insano, no qual perdi toda a minha razão. *Embora tenha sido o melhor beijo da minha vida.*

Seu sorriso desmancha rapidamente e suas sobrancelhas franzem, conforme a raiva começa a se formar.

— Não foi um erro porra nenhuma, Julia, e você sabe disso. — Ele me puxa pelo quadril, pressionando meu corpo completamente contra o seu, e me força a olhar para ele. — Você quer me beijar há tanto tempo quanto eu.

— Bram, você...

Seus lábios esmagam os meus e, dessa vez, ao invés de ser suave e exploratório, ele está exigente e possessivo.

A maneira como sua língua passa pela minha, como sua boca exige mais, e a maneira como ele me segura no lugar com tão pouco esforço... nunca senti nada assim antes.

No entanto, eu sei que precisa parar.

Coloco a mão no seu peito e o empurro, indo para o meio da sala, onde pressiono uma palma na testa, tentando entender o que está acontecendo. Quando olho para cima, Bram está a poucos passos de distância, o peito ofegante, *desejo* claro nos seus olhos.

— Volte aqui, Jules.

Balanço a cabeça.

— Você não pode ficar me dando ordens como se eu fosse uma marionete sua. Não é assim que funciona. — Mesmo que ele seja totalmente um vermelho no quarto. Gesticulo para o espaço entre nós. — Isso não pode acontecer de novo.

— Claro que pode. — Ele se aproxima, e ergo a mão para impedi-lo. Minha palma encontra seu peito.

— Estou falando sério, Bram.

— Eu também estou falando sério, Jules. Eu quero você.

— Você está bêbado.

Seus olhos ficam mais escuros e suas sobrancelhas se juntam.

— Não estou bêbado, porra. Eu já te quero há muito tempo. Por que você acha que perdi a aposta de propósito para o Rath e o Roark?

— Você perdeu a aposta de propósito?

— Sim. — Ele tenta se aproximar um pouco, mas mantenho-o no lugar. — Eu queria me aproximar de você. Meu Deus, Jules, desde a faculdade, eu quero te levar para sair, te colocar contra uma parede, sentir os seus lábios nos meus, sentir o seu sabor. Pensei que eu superaria esse desejo, mas toda vez que esbarrava com você, meu desejo se intensificava, e depois que eu te vi no evento beneficente do Rath, eu soube que tinha que encontrar uma maneira de te ter.

— Eu não... — Tento recuperar o fôlego. — Eu realmente não entendo. Por que você não disse nada?

Bram não se impede. *Nunca.* Ele nunca precisou... *mas* está sugerindo... não, ele está sendo irredutível agora. Ele me quer. E faz um tempo que ele me quer...

Durante todo esse tempo, ele sentia algo por mim, enquanto eu tentava arranjá-lo para outras mulheres, feito uma tola? *Que porra é essa?*

Parecendo agitado, ele enfia a mão nos cabelos.

— Eu não sei, talvez porque você já me rejeitou antes, então pensei que se, dessa vez, eu tentasse te cortejar ao invés de te chamar para sair do nada, você ficaria mais suscetível a dizer sim.

Dou uma risada de escárnio, cruzando os braços no peito. Minha raiva começa a borbulhar enquanto penso nas últimas três semanas e no que passamos. Foi tudo para nada.

— Você não estava falando sério sobre sair comigo na faculdade.

— Eu estava, sim. Jesus, Julia. Não era óbvio?

— Não! — Balanço a cabeça. — Não era. Naquela noite em que me chamou para sair, você tinha acabado de ficar com a Lauren Connor, então eu não ia mesmo concordar em sair com você quando tinha acabado de dar uns amassos com outra garota apenas minutos antes.

— Eu não fiquei com a Lauren. Ela foi apenas uma distração até eu conseguir estar sozinho com você. Eu não queria nada com a Lauren. Eu queria você, Jules. — Ele se aproxima um pouquinho, mas o mantenho a um braço de distância.

— Lembro-me de te ver aquela noite, sem a menor noção de que eu estava te observando. Eu estava encantado pra caralho com o jeito como você empurrava os óculos para cima pelo nariz e o jeito como se remexia no lugar, vez ou outra, embalando-se levemente no ritmo da música, e como a cada poucos minutos você olhava em volta para encontrar o Rath, para garantir que ele estava a certa distância de você. E mesmo que aquele cara tenha tentado te atacar uma semana antes, você ainda andava em locais públicos com a cabeça erguida. Eu via, Julia, eu via cada movimento seu, e eu te queria pra caralho.

Não. Isso não pode estar acontecendo agora. De jeito nenhum Bram gosta de mim. Ele... ele é vermelho. Ele pertence a alguém que pode corresponder às suas exigências e à sua personalidade implacável. Eu nunca fiz o teste, mas tenho certeza de que um vermelho não é para mim.

— E então, quando você se recusou a sair comigo, porra, eu fiquei o resto da noite no meu quarto, repassando na mente tudo o que eu disse para você, imaginando como poderia ter pedido de alguma outra maneira, como poderia te fazer mudar de ideia. Mas não insisti, porque, depois daquilo, você nunca mais apareceu nas festas, e pensei que tinha sido por minha causa.

— Não. — Balanço a cabeça. — Foi porque ali não era o meu lugar. Eu não queria ser a garota que ficava ali à toa, esperando a minha amiga descolar a próxima ficada, mas isso não importa agora. — Vou até a porta e seguro a maçaneta. — Você precisa ir embora, Bram.

Quando olho para trás, por cima do ombro, não vejo movimento algum do homem que virou a minha noite de ponta-cabeça. Em vez disso, ele se mantém firme no lugar, com as mãos nos bolsos, balançando-se um pouco sobre os calcanhares.

— Eu não vou embora. Nós precisamos conversar sobre isso.

— Não há nada para conversar.

— Você vai mesmo ficar aí e me dizer que não sentiu nada quando eu te beijei? Porque me pareceu pra caramba que você sentiu alguma coisa.

— Eu estava envolvida no momento. Não quis iludir você.

Ele dá um passo adiante, com certa fúria na maneira como pisa.

— Não me sacaneie, Julia. Eu estou bem aqui, te dizendo que gosto de você, pedindo uma chance de te levar para sair. Você vai mesmo me dizer não... de novo?

— Eu só... Deus, eu só estou tentando... — Olho para ele, de cima a baixo, assimilando sua roupa. — E a Carly?

Ele passa a mão pelos cabelos, irritado.

— Eu não estou nem aí para a Carly. Estou aqui por você.

— Então, as últimas três semanas, todas as perguntas, as entrevistas, tudo aquilo foi apenas uma piada para você?

— Não.

— Mas você nunca quis a minha ajuda de verdade, quis?

Ele solta um suspiro pesado.

— Jules...

— Vá embora, Bram. — Gesticulo para a porta. — Apenas vá embora.

— Não foi uma piada para mim. — A voz dele suaviza, a tristeza cortando a minha amargura. — Foi uma maneira de ficar mais próximo de você, de você me ver como mais do que somente o melhor amigo do seu irmão, ou o idiota que vivia bebendo cerveja que você conheceu na faculdade. — Preciso desviar o olhar, porque, a cada frase que ele profere, posso sentir minhas defesas começando a se desfazer. — Eu queria tempo com você, Jules. Queria pequenos momentos aos quais eu pudesse me apegar enquanto tentava conquistar o seu coração. Eu queria mostrar a você, através dos testes e das entrevistas, que sou o tipo de homem com quem *você* gostaria de sair.

Ah... caramba. Olho para cima e vejo nos seus olhos o quão verdadeiro ele está sendo, o quão desesperado está por mim.

Mordo o lábio, minhas mãos começando a tremer, o nervosismo tomando conta de todo o meu corpo. Assim como na noite em que ele me chamou para sair, uma pequena parte de mim quer dizer sim. A parte curiosa, a parte que quer jogar toda a cautela para o ar.

Mas nunca fui esse tipo de garota. Nunca fui do tipo que decide algo de maneira impulsiva. Sempre fui metódica e pensativa em relação a todas as decisões que já tomei, e começar um relacionamento com Bram é uma decisão muito importante, uma que não me vejo capaz de tomar em um dia.

— Eu não posso, não agora. Sinto muito. — Abro a porta e olho para o chão, incapaz de encarar a derrota nos seus olhos.

O som dos seus coturnos ecoa contra o piso de madeira e, então, ele para diante de mim, erguendo meu queixo. Durante os primeiros segundos, ele fica em silêncio, buscando respostas, respostas que não posso dar a ele.

— Você disse "não agora" — ele diz finalmente. — Isso significa que há uma chance?

— Eu... eu não sei.

Ele assente solenemente e belisca levemente meu queixo com o polegar e o indicador, encostando seus lábios brevemente nos meus. Terno e suave... e então, se afasta.

— Posso ver a incerteza nos seus olhos, a desconfiança. Eu não quero entrar nessa com dúvidas sobre o que poderíamos ser. Então, vou esperar. Já esperei tanto, o que é um pouco mais de tempo? — Ele dá um passo para trás, os olhos focados em mim. — Isso está longe de acabar, Jules. Pode ir pegando a sua lista de prós e contras, porque você vai precisar. Eu quero nós, Jules. Juntos. Não estou falando sobre apenas um encontro. Eu. Quero. Nós. Revise as suas observações sobre a minha personalidade, meus pontos fortes, pontos fracos, e os distribua nas colunas que precisa. Mas, dessa vez, eu não vou fugir com o rabo entre as pernas. Dessa vez, vou ficar por perto, Jules. Porque não há outra pessoa com quem eu queira estar. É só com você.

E com isso, ele sai do meu apartamento e segue pelo corredor. Fechando a porta devagar, viro-me e recosto-me contra ela, minha cabeça batendo na madeira, meu coração pesado, meu estômago enjoado de nervosismo.

Bram Scott disse que quer sair comigo... de novo.

E, assim como antes, não acho que posso me permitir dizer sim.

— Srta. Westin, o seu irmão está aqui para vê-la — Anita diz através do interfone, sobressaltando-me. Ergo a cabeça da minha mesa e limpo os olhos rapidamente, vendo manchas pretas de rímel sujarem meus dedos.

Merda.

— Hã, só um segundo...

A porta do meu escritório se abre e Rath entra casualmente, segurando um pacote de Doritos e uma garrafa de dois litros de refrigerante.

— Oi, Ju... — Seus olhos focam em mim, e sua expressão jovial se transforma em preocupação. — O que houve?

E então, minhas lágrimas caem feito uma cachoeira.

Elas não param desde sexta-feira. Não importa o que eu faça, elas continuam a cair. Passei o dia inteiro hoje escondida no escritório, evitando encontrar com clientes, preferindo falar com eles ao telefone, porque pelo menos consigo controlar minha voz mesmo se lágrimas estiverem descendo pelo meu rosto.

E por que estou chorando?

Porque as minhas emoções estão uma bagunça. Não consigo pensar claramente sobre toda essa situação com Bram. Tudo em que consigo pensar é na derrota nos seus olhos e o beijo apaixonado que trocamos... combinados com a traição que sinto quanto a ele ter usado meu programa. Não tenho nenhuma lista de prós e contras e todo o pensamento racional foi jogado pela janela.

Passei o fim de semana inteiro com a cabeça enfiada em caixa após caixa de biscoitos, com migalhas espalhadas por meu peito e *A Barraca do Beijo* passando repetidamente ao fundo. Analisando melhor agora, *A Barraca do Beijo* provavelmente não foi a melhor escolha de filme porque, ai, amor jovem, irmão do melhor amigo... acabei me identificando demais.

E consegui tirar do filme alguma ideia do que fazer?

Nenhuma. Em vez disso, segurei uma caixa de leite vazia contra o peito e chorei. Chorei por tanto tempo que meus olhos estavam tão vermelhos e inchados na manhã de domingo que tive que encharcá-los com colírio para conseguir abri-los.

— Não estou tendo um dia muito bom — digo, fungando.

— Estou vendo. — Rath dá a volta na minha mesa, segura minha mão e me leva até o meu sofá, onde nós dois nos sentamos. — O que está acontecendo?

Limpo meu nariz.

— Ah, você sabe, uma coisinha aqui, outra coisinha ali — respondo vagamente porque, o que eu posso dizer? *O seu melhor amigo me beijou como nunca fui beijada antes e agora estou confusa?* Isso não ia dar muito certo.

— Uma coisinha aqui e outra ali? Desculpe, Julia, mas essa resposta não serve.

Ele estende a mão para pegar os Doritos e o refrigerante. Com apenas um movimento rápido, ele abre o pacote e me entrega um salgadinho, que coloco rapidamente na boca. Depois, ele abre o refrigerante e me entrega a garrafa inteira. Sem a mínima vergonha, termino de tirar a tampa e tomo um gole, mantendo a garrafa de dois litros próxima ao meu peito enquanto como mais Doritos.

— Doritos são tão bons — falo em um suspiro, minhas lágrimas começando a secar.

— Sim, eu trouxe porque faz um tempo que não te vejo, então pensei em te fazer uma surpresa.

Ele me olha de cima a baixo, assimilando minha aparência desgrenhada, que é um contraste óbvio à maneira como me apresento normalmente. Com a calça social amarrotada, blusa manchada, e meus cabelos em um rabo de cavalo baixo, não me pareço em nada com a dra. Julia Westin.

Pelo menos, Anita foi gentil o suficiente para ficar calada quando passei por sua mesa esta manhã. O único indicativo de que minha aparência a pegou de surpresa foi quando ela perguntou se eu gostaria que ela pegasse uma nova blusa para mim.

— Você é um irmão legal. — Dou tapinhas no seu joelho. — Um irmão tão bom.

Ficamos em silêncio, o som dos salgadinhos crocantes nas nossas bocas e o leve zumbido do meu computador sendo os únicos barulhos no ambiente.

— Está pronta para falar?

Balanço a cabeça.

— Não exatamente.

— Bom, não vou embora até você falar, então está me dizendo que vou ter que me aconchegar melhor aqui? — Ele tira seu paletó e o coloca na lateral do sofá, dando-me aquele olhar de irmão mais velho que diz "Desembucha".

Sucumbindo à sua habilidade de arrancar qualquer coisa de mim, suspiro e me afundo no sofá.

— Tem um cara.

Vou dar informações vagas, porque... bem, não quero que o Bram seja assassinado.

— Qual é o nome dele?

— Vou manter essa pequena informação para mim mesma, porque não preciso que você dê uma de irmão mais velho, contrate um investigador particular e descubra tudo o que você não deveria saber sobre a minha vida amorosa.

— Quando eu fiz isso? — Lanço-lhe um olhar sugestivo que o faz dar risada. — Ok, fiz uma vez, mas o cara estava sendo um otário e, ao que parece, esse cara também está sendo um otário.

— Não exatamente. Ele só me pegou desprevenida. Eu não esperava que ele sentisse algo por mim. É muito para absorver. — Afasto uma mecha de cabelo do meu rosto. — Ele é alguém que nunca pensei que gostaria de mim dessa forma. Por causa disso, nunca olhei para ele de outra forma, também. E então, ele entra de novo na minha vida, me diz que gosta de mim há muito tempo e finalmente vai fazer algo a respeito. Quer dizer, como lido com isso?

— Ele gosta de você há muito tempo?

— Aparentemente sim. E eu não fazia ideia. Quase pareceu que foi algo do nada. — Não quero mencionar como ele tratou o meu programa como uma piada, porque isso entregaria Bram facilmente.

— Bem, você gosta dele?

Mordo meu lábio inferior, trabalhando nessa pergunta repetidamente na minha cabeça. É o que tenho tentado responder a mim mesma.

— Acho que sim.

— Então, qual é o problema?

Olho para minha janela, vendo o céu nublado e frio de Nova York conferir um brilho acinzentado ao dia.

— Acho que ele poderia me machucar, partir o meu coração. — *E não tenho certeza se estou disposta a correr esse risco.*

Rath segura minha mão.

— Se ele te machucar, eu acabo com ele.

Se fosse tão fácil assim...

CAPÍTULO VINTE
Bram

Não. *Rasga. Amassa. Joga fora.*

Estúpido. *Rasga. Amassa. Joga fora.*

Sem graça. *Rasga. Amassa. Joga fora.*

— Vamos, seu imbecil, você é melhor que isso — murmuro para mim mesmo, com a caneta a postos.

Mas nada.

Nada me vem à mente.

— Merda.

Atiro minha caneta do outro lado da sala, recosto-me no sofá e tomo o resto da cerveja. Isso é inútil. Não consigo encontrar uma ideia boa o suficiente para usar para conquistar o coração de Julia.

Sequer umazinha.

Quando tive a brilhante ideia de, bem, bater cabeça e fazer uma lista de ideias, abri uma cerveja e me senti revigorado. Isso foi até todas as ideias que comecei a escrever no meu bloco de notas serem pura merda.

Me vestir de urso de pelúcia e entregar flores para ela? Ninguém faz isso.

Cantar uma música romântica, de preferência algo tipo a versão de *All My Life*, de K-Ci e Jojo, no saguão do seu escritório? Ninguém quer me ouvir cantar.

Contratar alguém para pilotar uma aeronave que solte fumaça e escrever no céu "Namora comigo, Jules" sobre seu escritório? Isso é poluição desnecessária.

Por que eu sou tão patético?

A porta do elevador faz "ding", fazendo eu me encolher de arrependimento. No meu total desespero, posso ter mandado uma mensagem para Roark com um emoji de sirene e as palavras: *na minha casa, agora.*

Agora, queria não ter feito isso, porque ele só vai encher o meu saco. Mas também adicionei o emoji de cerveja para que ele trouxesse reforços.

Quando as portas do elevador se abrem, Roark grita:

— Você encontrou uma verruga no seu pau?

— Não — grunho. É, já me arrependi dessa decisão.

Roark cai no sofá ao meu lado e me entrega um engradado de meia dúzia de cervejas Guinness. Argh, eu devia ter sido mais específico sobre qual cerveja trazer. Não estou a fim de ter que praticamente mastigar essa merda.

Ele percebe todas as bolas de papel amassadas no chão e então vira-se para mim.

— Você está procurando uma nova propriedade?

— Por que eu pediria a sua ajuda com busca de propriedades?

Ele dá de ombros e abre uma cerveja.

— Sei lá. Você está desesperado?

— Meu desespero não tem a ver com negócios... — Engulo em seco. — Tem a ver com relacionamento.

Boquiaberto e com os olhos arregalados, Roark gira lentamente para ficar de frente para mim. Assim como eu, ele tem um gosto por drama e sua expressão facial está demonstrando isso agora mesmo.

— Conte mais. — Como um babacão, ele cruza uma perna sobre a outra e bate os cílios para mim.

Estou seriamente arrependido dessa decisão.

— Será que você pode não agir feito um cuzão, por favor? Seja normal.

— Se queria coisa normal, não deveria ter me mandado mensagem.

— Bem, Rath não era uma opção, então, por favor, pode não fazer estardalhaço, deixar de lado seus comentários sarcásticos e simplesmente me ajudar?

Ele dá um gole na cerveja.

— Como vou saber como te ajudar se não sei do que se trata?

— Você sabe muito bem do que se trata, cacete. Eu usei a palavra... *relacionamento*.

— Não, não faço a menor ideia.

Eu o odeio. De verdade, eu o odeio.

— É sobre a Julia.

— O quê? Eu não fazia ideia — ele responde, com uma mão no peito.

Empurro sua cerveja ruim nos seus braços e aponto para o elevador.

— Vá embora antes que eu esmague o seu crânio.

— Epa, epa, epa. — Seu sotaque irlandês fica mais acentuado. — Qual é a pressa, meu chapa? Acabei de chegar.

— E está na hora de você ir embora.

Há um leve toque de seriedade na sua expressão quando ele diz:

— Tudo bem, vou parar com isso. O que está acontecendo com a Julia?

— Você não vai bancar o babaca?

Ele ergue as mãos na defensiva.

— Vou tentar.

Só porque estou desesperado, decido contar a ele, na esperança de que seja capaz de agir como um ser humano com empatia por um segundo e me dê algum bom conselho.

— Eu fui ao apartamento da Julia na sexta-feira à noite e contei a ela como me sinto. Coloquei tudo em pratos limpos.

— O quê? — Roark demonstra um choque genuíno. — Puta merda. Como foi?

Aperto os lábios.

— Não muito bem. Ela, hã, meio que me mandou embora depois que eu a beijei.

— Espera. — Roark ergue a mão. — Você beijou a Julia e ela te mandou embora? Cara, você beija tão mal assim?

Abruptamente, levanto do sofá e agarro o braço de Roark, arrastando-o em direção ao elevador. Durante esse tempo, ele solta uma gargalhada profunda e sincera. Aperto o botão de descer e as portas abrem no mesmo instante, bem a tempo de eu o empurrar lá dentro.

— Não seja tão sensível — ele diz, ainda rindo. — Vamos conversar sobre isso, talvez eu possa te dar algumas dicas.

Conforme as portas do elevador começam a fechar, aponto para ele e falo:

— Se você disser uma palavra sequer para o Rath, vou cortar o seu pau. Não me teste, porque eu faço isso mesmo.

Com a cerveja a caminho da boca, ele cobre a virilha e estremece enquanto as portas do elevador se fecham.

Perda de tempo do caralho.

Pondero minhas opções, sobre com quem posso conversar, e então me lembro de que há somente uma pessoa com a qual me sinto confortável de falar sobre isso, a essa altura.

É hora de mandar mais uma mensagem.

Batuco os dedos na mesa, esperando impacientemente, meus olhos sondando a pequena cafeteria, um café intocado diante de mim.

Pela quinta vez, olho meu relógio. Mais um minuto.

Não a culparia se ela não aparecesse. Soei como um idiota desesperado quando mandei mensagem, mas é exatamente isso que estou: **desesperado**.

Depois que Roark foi embora, deixei a sessão de *brainstorm* de lado e passei o resto da noite assistindo *A Barraca do Beijo*. Esse filme estava pausado na TV de Julia, e pensei que, se ela chegar a me dar uma chance, eu teria mais uma coisa para falar com ela, especialmente depois que deixei as coisas estranhas entre nós.

E, cacete, o filme era bom. Sendo homem, uma história de amor adolescente *não deveria ser* algo que prende a minha atenção, mas eu adorei. Sou do tipo romântico lá no fundo, aparentemente, e se esse é o caso, onde estão as minhas boas ideias para conquistar a garota?

Não existe um blog feito por homens sobre namoros que não faça a raça masculina inteira parecer um bando de canalhas. O que me fez pensar que preciso começar um blog desses.

A ideia durou uns dez minutos, até eu perceber que não tenho nada para falar, além de como investir o seu dinheiro e ficar rico, e já existem muitos blogs sobre dinheiro que elaboram essas receitas para o sucesso.

É por isso que acabei assistindo *A Barraca do Beijo* duas vezes, mas vamos manter isso entre nós.

A porta da cafeteria se abre e ela finalmente entra, empacotada em um casaco preto longo, touca de inverno com um pompom branco na ponta, cachecol cor-de-rosa, e botas de inverno. Quando me vê, ela ergue a mão na minha direção e vai rapidamente pegar um copo de café fumegante.

— Desculpe pelo atraso. Andar na neve está quase impossível. — Ela tira o casaco e o coloca na cadeira vazia entre nós, assim como sua bolsa. Respirando fundo, ela sorri para mim e diz: — Conte-me tudo.

De um jeito inesperado e estranho, a garota com quem Julia marcou um encontro para mim agora é minha fada madrinha quando se trata de relacionamentos.

— Por onde eu começo, Carly? — pergunto, curvando os ombros.

— Do começo.

Ela pega o copo de café com as duas mãos e o aproxima do rosto, a fumaça aquecendo seu nariz vermelho. Com sua atenção focada em mim, me parabenizo por ter tomado uma decisão inteligente e contatado Carly ontem à noite. Eu sabia que ela me compreenderia, e cem vezes melhor que Roark. Queria ter pensado em mandar mensagem para ela primeiro.

Querendo dar a ela a história completa, começo do começo, como ela pediu. Conto sobre o beijo, a minha confissão, a relutância de Julia, como ela pensou que eu estava tratando o programa dela como uma piada, tudo.

E assim que termino, Carly fica quieta, com uma expressão pensativa, uma leve curva nos lábios.

— E ela disse "Não agora"? — Assinto enquanto ela toma mais um gole de café, deixando o líquido descansar na sua boca por alguns segundos antes de engolir. — Esse "agora" me leva a acreditar que ainda há uma chance.

— É o que estou pensando! — Sinto-me animado. — Ela deixou em aberto.

— O que é exatamente o que uma mulher confusa faria. Ela não te rejeitou completamente, mas também não disse sim, o que significa que há muito espaço para que ela mude de ideia.

— Você acha?

Carly assente lentamente.

— Com certeza. O que significa que você precisa ativar todo o seu romance. Precisa mostrar a ela como vocês dois ficariam perfeitos juntos, como você pode ser o homem pelo qual ela procura.

— Posso fazer isso, mas tudo em que penso parece tão patético.

Ela coloca seu copo de café na mesa e o gira, abrindo um sorrisinho.

— Me deixe adivinhar: você estava pensando em fazer algo extravagante, tipo um avião escrevendo no céu com fumaça?

— Como... — Pauso por um momento. — Por que você pensaria isso?

Ela ri suavemente.

— Porque homens como você sempre tentam ser extravagantes demais.

— O que quer dizer com "homens como eu"?

— Você sabe, homens com dinheiro transbordando dos bolsos. — Seu sorriso se abre mais ainda. — Admita, estava pensando em aviões escrevendo no céu.

Cerro a mandíbula.

— Estamos perdendo o ponto. — Ela ri ainda mais, mas não acho que esteja me zoando como Roark fez, então seu humor jovial não me irrita. — Quer dizer, talvez eu tenha pensado sobre contratar uma pessoa que pilota aviões que escrevem no céu com fumaça, mas foi só isso, um pensamento.

— Que bom que foi só isso mesmo, porque não é o tipo de abordagem que você precisa com a Julia. Já passei uma boa quantidade de tempo com ela, e uma das coisas que percebi é que ela é calma e reservada, então você precisa fazer os seus gestos serem poderosos, mas discretos. Isso faz sentido?

— Sim. Têm que ser significativos.

— Exatamente. Você a conhece há quanto tempo?

— Há mais de dez anos.

— Então sabe muitas coisas sobre ela, não é? Vocês tiveram momentos juntos nesses dez anos?

— Muitos. — Sorrio para mim mesmo, pensando sobre as vezes nos últimos anos em que consegui descolar alguns pequenos momentos com Julia.

— E foram todos bons momentos?

Todos, exceto por um, mas aquele quase desastre me levou a tê-la nos meus braços. Apesar do motivo de merda, foi a primeira vez que percebi que eu faria tudo por essa garota, mesmo que significasse ser expulso de Yale por bater em alguém quase até a morte.

— Sim, na maioria das vezes foram bons. Mas, mesmo assim, ela pareceu completamente surpresa com o fato de eu gostar dela. Ela não fazia a menor ideia, e eu não sei como ou por quê.

— Não estou dizendo que é esse o caso, mas e se ela não acreditava ser boa o suficiente para você?

— Isso é ridículo, Carly...

— Nós dois sabemos que é ridículo. — Ela diz isso com um sorriso, e percebo então que Carly gosta de Julia e a respeita, o que me dá ainda mais confiança. — Mas você disse que ela te via como o animador, aquele que sempre se mantém firme, enquanto ela se considera a observadora. A pessoa reticente que fica feliz em existir à sombra dos outros. Até mesmo na faculdade ela observava pessoas, e isso é parte do que a faz ser brilhante no seu trabalho. Logo, faz sentido para mim ela nunca ter interpretado as suas interações com ela como interesse nela. Acho que ela se sentia invisível a você e escolheu não processar isso, simplesmente deixou para lá e pensou que essa era simplesmente a realidade.

Nossa, como essa garota é esperta.

— Eu não sei como fazê-la pensar diferente, Carly. Se foi assim que ela sempre interpretou a mim, a nós, e minhas interações, como posso reverter isso? Estamos falando de dez anos aqui.

Ela balança as sobrancelhas.

— Você começa a relembrar, mas compartilhe esses momentos através da sua perspectiva. Mostre a ela como você se sentia naquela época. Extraia o melhor desses momentos, e mande para ela coisas que a façam lembrar desses momentos, e como eles afetaram a maneira como você se sentia por ela. A menos que ela enxergue o passado pelo seu ponto de vista, pelas suas experiências, ela sempre irá acreditar somente na versão dela da história. Acredite em mim, serão as pequenas memórias que te fizeram se apaixonar por ela que mais irão impressioná-la.

— As pequenas coisas.

Ela assente.

— Sim. Parece tão simples, não é?

— Parece. — Recosto-me na cadeira, coçando a lateral da mandíbula. — E se eu enviar para ela esses pequenos lembretes essa semana? Algo que mostre que estou nessa pra valer e seríamos perfeitos juntos?

— Soa muito romântico para mim. Você tem algo em mente?

Um sorriso pequeno surge nos meus lábios.

— Meias de cano alto.

Um vinco se forma entre as sobrancelhas de Carly.

— Meias de cano alto?

Assinto lentamente, meu sorriso se abrindo ainda mais.

— Aham. Meias de cano alto.

CAPÍTULO VINTE E UM
Julia

— Anita, não quero ser chata, mas você já pegou o meu café? — Massageio minhas têmporas, sentindo uma enxaqueca mortal pulsando por trás dos meus olhos.

Nada de resposta.

— Alô? Anita? — Repouso a cabeça na mesa, sentindo a madeira fria aliviar temporariamente a dor abominável ricocheteando no meu crânio.

Nada.

— Anita — grunho como no filme, quando Rocky chama Adrian.

A porta do meu escritório se abre. Graças a Deus.

Como os olhos fechados, porque o sol está brilhando demais nessa manhã de inverno de terça-feira, estendo a mão e balanço os dedos.

— Só coloque aqui na minha mão boa.

— Na sua mão boa?

Minha cabeça se ergue de uma vez. Uma dor estridente e perfurante atinge a parte de trás dos meus olhos conforme olho para um Bram preocupado e vestido cheio de estilo.

Aquela voz estrondosa.

Aquele cheiro masculino.

Aquele rosto lindo.

Tudo isso me atinge de uma só vez, como uma escavadeira chumbando direto no meu peito.

Uuhh.

Quero culpar a dor de cabeça, dizer que a enxaqueca tomou de conta, mas, naquele momento, sinto minha cabeça girar, um sentimento leve flutuando no meu cérebro, quando ele se inclina ao meu lado e pressiona a mão quente nas minhas costas.

— Você está bem? — Ele soa apressado, preocupado.

— Não. — Engulo com dificuldade, sentindo uma leve camada de suor cobrir minha pele.

— Anita! — Bram grita. — Pegue uma toalha de rosto aquecida, por favor.

Antes que eu possa registrar o que ele está fazendo, Bram me ergue da cadeira e me leva até o sofá, deitando-me. Ele pega o cesto de lixo que está perto da mesa e o coloca bem diante de mim, antes de se sentar e colocar minha cabeça no seu colo.

Anita entra apressada com uma toalha de rosto e a entrega para Bram, que pressiona o tecido na minha nuca.

— Ela comeu alguma coisa?

— Um sanduíche no café da manhã, como sempre.

Ele acaricia minha testa com cuidado.

— Você tomou algum remédio, Julia?

— Não — digo fracamente, com lágrimas ardendo nos meus olhos ameaçando cair. — Você pode me trazer três Ibuprofenos e um pouco de água, Anita, por favor?

— Claro. — Anita sai correndo, o som dos seus passos como rochas atingindo meus ouvidos.

De uma maneira calmante, Bram passa seu polegar na minha testa.

— Se você precisar vomitar, o cesto de lixo está bem ao seu lado.

— Obrigada — sussurro, sentindo minha cabeça parecer uma bomba-relógio com cada pulsação severa que a atinge.

Quero perguntar por que ele está aqui e como sabia que devia me trazer uma bebida esta manhã, quando normalmente é Anita quem me traz algo quando está vindo para o escritório. Quero perguntar por que ele está cuidando de mim com tanta gentileza, quando o fiz ir embora da minha casa tão rudemente naquela noite.

Mas não consigo. Em vez disso, fecho os olhos e regulo minha respiração, tentando ajudar a aliviar alguns dos sintomas da enxaqueca.

— Shhh — Bram murmura. — Estou aqui, linda. — Ele acaricia minha sobrancelha com a ponta do polegar e o move para baixo, por minha têmpora, onde massageia levemente por um momento antes de voltar para a sobrancelha.

A sensação é incrível, e estranhamente erótica.

— Aqui está — Anita diz.

Temporariamente, a mão de Bram sai do meu rosto, para segurar algumas pílulas diante de mim. Depois, ele abre a garrafa de água.

— Tome rápido e volte a deitar.

Com os olhos ainda fechados, tomo o remédio e faço o que ele sugeriu.

— Segure as ligações dela até segunda ordem. Obrigado, Anita.

— Claro, sr. Scott. Estarei logo ali fora.

A porta se fecha suavemente com um clique, e o silêncio é do que preciso. Bram se remexe acima de mim, tentando fazer o mínimo de movimentos possíveis, até que sinto o interior macio do seu paletó de seda nos meus ombros. Ele remove a toalha e volta a massagear minha testa com seus dedos meticulosos.

Não demora muito até eu cair no sono, com a sensação firme na minha memória dos seus dedos percorrendo minha pele.

Após o que parecem ser horas, abro os olhos, percebendo que minha enxaqueca foi embora, assim como Bram. Bem devagar — tenho muito medo de a enxaqueca voltar com força total —, levanto-me do sofá, vendo o paletó de Bram deslizar até minha cintura. Ele o deixou comigo?

Rolo o tecido luxuoso por meus dedos, deixando o cheiro suave da sua colônia aliviar a tensão nos meus ombros. Será que ele deixou mais alguma coisa? Viro para a mesinha de centro e não vejo nada além de uma garrafa de água quase cheia e o cesto de lixo embaixo dela.

Hummm, decepcionante.

Sem ter certeza de que horas são, mas ciente de que preciso trabalhar, levanto devagar do sofá e vou até minha mesa, onde vejo um bilhete preso no topo do computador.

Um sorriso repuxa meus lábios quando me sento e pego o bilhete.

Querida Jules,

Espero que esteja se sentindo melhor. Odiei te ver com dor. Posso não ter um PhD como você, mas tenho um diploma em cuidados e carinhos, e estou te dizendo para tirar o restante do dia de folga. Antes que você possa ao menos pensar em ligar o seu computador, fique sabendo que Anita pegou todos os fios importantes dele e da internet. Eu a instruí a ir para casa e voltar com eles amanhã. Quando estiver pronta, Mikey, meu motorista, está lá embaixo para te levar para casa. Ele também foi instruído a passar na Starbucks e pegar um chai latte de leite de soja para você. O que eu te trouxe pela manhã já está frio.

Me mande uma mensagem para me dizer como está. Desculpe não poder ficar. Eu tinha reuniões que não podia remarcar, mas saiba que estarei pensando em você o tempo inteiro.

Melhoras, Jules.

Com amor,

Bram

Mordo meu lábio com força, tentando conter o sorriso bobo no meu rosto, mas não adianta, estou sorrindo exatamente assim. Eu deveria ficar brava por ele ter basicamente tomado as rédeas do meu dia, me feito descansar, mandado a minha assistente para casa, e *me* mandado ir para casa. Eu deveria estar brava por ele ter dado ordens à minha assistente. Eu deveria estar brava por ele ter vindo aqui quando eu disse que não conseguia lidar com qualquer coisa relacionada a nós dois agora.

Mas, quando tento ficar brava, penso na maneira tão atenciosa como ele cuidou de mim — a ternura e a preocupação na sua voz —, sem contar o fato de ter deixado seu paletó para me agasalhar, quando o tempo está congelando lá fora.

Como é possível ele ser vermelho?

Julia: *Obrigada por cuidar de mim hoje. Fico muito grata mesmo. Fazia muito tempo que eu não tinha uma dor de cabeça dessas.*

Bram: *Não precisa me agradecer. Fiquei feliz por estar com você.* Timing *certo, eu acho.*

Julia: Você veio para me trazer uma bebida esta manhã?

Bram: *Sim. Eu tinha todo um lenga-lenga para falar, também, mas, no minuto em que te vi com dor, entrei em ação.*

Julia: *Qual era o seu lenga-lenga?*

Bram: *Bom, lembra daquela vez que te encontrei do lado de fora do prédio de Matemática e você parecia um pesadelo vivo? Suas palavras, não minhas.*

Julia: Vagamente.

Bram: *Eu me lembro como se tivesse sido ontem. Você estava no chão, tentando encontrar umas anotações. Me aproximei, perguntando se você precisava de ajuda. Sem dizer uma palavra, você começou a empilhar cadernos e livros nas minhas mãos enquanto resmungava sobre quanto trabalho tinha para fazer.*

Julia: *Uau, não me lembro disso.*

Bram: *Eu te perguntei o que eu poderia fazer para ajudar e você disse que nada, a menos que eu fosse capaz de tirar um* chai latte *do meu rabo.*

Julia: *E depois você levou um para mim quando eu estava na aula.*

Bram: *Aham.*

Julia: *Aquilo foi... não acredito que você fez aquilo.*

Bram: *Eu sempre cuidei de você, Jules. Sempre. O que te afetava, me afetava. Sempre foi assim.*

Toc. Toc.

Ergo minha atenção, que estava na luz claríssima da tela do meu computador, e pisco algumas vezes, assimilando a figura masculina na minha porta. Como tirei o dia de folga ontem — ordens do meu *enfermeiro* —, estou trabalhando o dobro hoje para compensar. Implorei para Anita chegar aqui mais cedo do que de costume com todos os fios que eu precisava, mas ela disse que Bram havia prometido a ela a chave da casa dele nos Hamptons por um fim de semana, se ela só chegasse aqui às oito. Aparentemente, ela queria muito uma viagem de fim de semana no verão.

Aos poucos, meus olhos ganham foco e Bram entra no meu campo de visão. Surpresa, endireito as costas.

— Bram.

— Oi, Jules. — Ele entra, com uma mão no bolso e a outra segurando uma pequena embalagem. — Está se sentindo melhor?

Empurro meus óculos para cima pelo nariz.

— Eu, hã, sim, estou. Por que está aqui?

Embora isso não seja tão surpresa assim. Eu me surpreenderia mais se ele não tivesse voltado para ver como estou. *Ele me dá momentos do seu tempo com frequência, apesar de ser um homem incrivelmente ocupado.*

— Só queria vir deixar uma coisa. — Ele coloca o pequeno pacote marrom sobre a minha mesa e, então, dá um passo para trás, abotoando o paletó. — Pode abrir. — Ele acena com a cabeça para o embrulho.

Primeiro, olho para ele, me perguntando o que aprontou. Pelo segundo dia consecutivo, ele está aqui, agindo como se tudo estivesse normal, e não tivéssemos vivido um momento estranho pra caramba naquela sexta-feira à noite.

— Vá em frente. — Ele se balança sobre os calcanhares, com um sorriso curvando os cantos da sua boca para cima.

Abro o pacote e enfio a mão dentro, encontrando algo suave e fofo. Confusa, retiro o conteúdo e me deparo com três pares de meias de cano alto fofas cor-de-rosa. Quando olho para ele, seu sorriso se ilumina ainda mais.

— No dia em que te conheci, você estava usando meias de cano alto, e desde então, elas têm sido uma das coisas que mais me excitam. — Ele pisca sugestivamente. — Para mim, é o equivalente a lingerie. Deixam os seus pés aquecidos e as suas pernas, sexy. Tenha um bom dia, Jules.

Com isso, ele vai embora, deixando-me ali, boquiaberta e com o coração acelerado.

Meias de cano alto? Sexy? O quê?

Respiro fundo. *Deus, como odeio esse cheiro de xixi e mofo. Tenho que sair desse túnel, em algum momento.*

Mas... está caindo uma chuva forte e congelante. E só sei disso porque cada pessoa que passou por mim emitiu um som mortal antes de subir as escadas correndo.

Metrô ou chuva? Metrô ou chuva?

Por que eu não vim preparada?

Sabendo que não posso ficar o dia inteiro perto dessa parede de xixi, acabo cedendo e subo as escadas. Primeiro, sou atingida pelo frio e, em seguida, pela chuva pesada.

— Jesus — murmuro, arqueando as costas com a água congelante.

Chego até o último degrau e, no mesmo instante, um guarda-chuva cobre minha cabeça. *O quê?*

Olho para o lado para encontrar Bram de pé na chuva, seus ombros praticamente tocando suas orelhas enquanto a chuva golpeia seu lindo rosto.

— Bram?

— Você demorou a chegar aqui. Minha nossa, mulher. — Ele me puxa pela cintura e gruda meu corpo no seu, colocando nós dois sob o guarda-chuva. — Vamos. — Ele começa a caminhar comigo em direção ao prédio do meu escritório.

— Você estava esperando aqui esse tempo todo?

— Não — ele grita sobre a chuva torrencial. — Eu estava esperando no seu escritório com o seu sanduíche favorito para o café da manhã, mas, quando percebi que estava chovendo, imaginei que você tinha esquecido de trazer um guarda-chuva, como sempre fazia na faculdade.

Ele está falando sério?

— Então, você veio para cá com um guarda-chuva e ficou esperando por mim?

Ele me guia até o prédio. Felizmente, fica perto da estação do metrô, então não tivemos que andar muito.

Sacudindo o guarda-chuva, ele o fecha e depois o segura ao seu lado.

— Sim, eu esperei. Eu sempre vou esperar, Jules. — Ele vira de lado e diz sobre o ombro: — Aproveite o seu café da manhã. — Passando por mim, seu paletó roçando na minha mão, ele sai pela porta em direção a um carro que o espera, e entra rapidamente.

O que acabou de acontecer?

O que raios acabou de acontecer aqui?

É quase como um daqueles filmes antigos, em que um homem coloca seu casaco no chão sobre uma poça para uma mulher, para que ela não molhe os pés, mas, ao invés do seu casaco, Bram me ofereceu um guarda-chuva.

Ele me salvou da chuva, caminhou comigo até o prédio do meu escritório, me trouxe café da manhã e foi embora, deixando meu coração martelando no peito e, surpreendentemente, querendo mais.

Nada de *chai latte*.

Nada de meias.

Nada de café da manhã.

Nada de boas-vindas quando saí da estação de metrô esta manhã.

Vai ser um dia normal e, droga, ele me condicionou a esperar por ele com um sorriso presunçoso e algum tipo de presente na mão depois dos últimos três dias. Odeio admitir, mas estou levemente deprimida por não vê-lo, ouvi-lo explicar por que está no meu escritório, ou sentir seu toque reconfortante.

São dez horas da manhã e eu mal consegui fazer nada. Volto a me concentrar nos e-mails, determinada a pelo menos responder algumas dúvidas de clientes.

Ok. Balanço os ombros, solto uma lufada de ar e coloco os dedos no teclado.

Foco.

Meus olhos desviam para a porta. Ele está aqui?

Não. Não estamos preocupados com o Bram agora. Estamos focados em... Marge. Marge e seu... novo cachorro. Isso vai mudar sua cor de namoro?

Espio pela janela e olho para a rua lá embaixo. Algum carro preto por ali?

Não. Vamos lá, Julia. Você é melhor que isso.

Marge. Ela é uma azul adorável com um coração de ouro. Animais são uma ótima adição...

Ouvi Anita falar com alguém? Tem alguém lá fora com ela?

Aperto o botão do interfone.

— Anita, há algum visitante aí fora?

— Hum, não. Está esperando alguém?

Dou uma risada nervosa.

— Não. Desculpe, achei que tinha ouvido alguém. Pode continuar o que estava fazendo.

Ignore essa loucura.

Isso é inútil. Recosto-me na cadeira, com a testa apoiada na mão, e grunho. O que ele fez comigo? E como ele fez isso comigo tão rápido? Não é assim que funciona. Pequenas visitas ao meu escritório não deveriam ter a capacidade de me fazer virar uma manteiga derretida esperando que ele volte. Sou uma mulher forte e confiante, afinal de contas. Meu mundo não gira em torno das visitas de um homem. Isso é absurdo.

Levanto da minha cadeira e coloco meus sapatos. Preciso ir dar uma volta, clarear a mente e, então, ajudar Marge, que me enviou dez fotos do seu cachorro, para o caso de ele não ser da cor azul.

— Como foi a sua caminhada? — Anita pergunta quando entro.

— Maravilhosa, exatamente do que eu precisava. — Sorrio e dou um tapinha na sua mesa ao passar por ela. — Estou pensando em pedir comida chinesa para o almoço. E você?

— Por mim, tudo bem. Quer que eu peça?

— Seria ótimo.

No minuto em que passo por ela, meu sorriso se desmancha e minha irritação toma conta novamente.

Vá dar uma volta, isso vai clarear a sua mente; é o que todo mundo diz.

Mentira!

Tudo mentira.

Tudo em que eu conseguia pensar era se ia ou não encontrar com Bram. Se veria Bram hoje, ou não. Se ele estaria usando calça jeans ou terno. Deus, eu adoro quando ele usa os dois.

Não foi uma caminhada de lazer; foi um pesadelo.

Desapontada comigo mesma, empurro a porta do meu escritório e vou direto até a mesa, onde tiro bruscamente meus sapatos e expiro audivelmente enquanto desperto o computador do modo de hibernação. Eu, literalmente, odeio...

— Você sempre entra aqui feito um tornado?

Jesus Cristo! Meu coração dá um salto no peito e quase caio da cadeira.

— Minha nossa, Bram! — Tento domar meu pulso acelerado. — Você me assustou pra cacete.

Ele dá risada e cruza uma perna sobre a outra casualmente, com as mãos perfeitamente pousadas sobre seu colo no sofá.

— Não quis te assustar, Jules, mas, caramba, teria sido hilário se você tivesse caído da cadeira.

Aliso minha saia e me ajusto na cadeira.

— Aham, muito engraçado.

Mesmo que eu esteja irritada por sua aparição inesperada, também estou tentando não demonstrar o quanto estou feliz, porque, sendo bem honesta, isso é exatamente o que eu queria. Vê-lo hoje. De novo.

Aquele sorriso malicioso, aqueles olhos, e a maneira como seus dedos hábeis abotoam seu paletó tão facilmente. Ele é confiante e seguro de si, e apesar do seu status social, sua atitude nunca é boçal. É viciante estar perto dele, e é difícil não pensar nele depois que vai embora.

— Que bom que te alcancei antes de ir para casa. Eu queria te dar isso. — Ele levanta do sofá e pega outro pacote marrom do chão antes de vir em direção à minha mesa.

O que gosto muito em Bram é que, embora tenha muito dinheiro, ele raramente se exibe com isso. Só é notável se você olhar bem para seus ternos caros Tom Ford ou o relógio sexy que enfeita seu pulso grosso. Todo presente que ele me deu veio em um pacote marrom simples. Nada de embrulhos chiques ou laços inúteis, somente um pacote. É fofo. Ele mesmo embalou. *Também é muito a minha cara.*

Ele me entrega o pacote e se afasta da mesa, colocando as mãos nos bolsos.

— Quando estávamos na faculdade, o Rath usava a mesma caneca todas as manhãs. Ninguém podia encostar nela, nem ao menos pensar em usá-la.

— É mesmo?

Ele assente, com os lábios comprimidos.

— Aham. Era uma caneca que você deu para ele no ensino médio. Tinha fotos de vocês dois estampadas no troço todo. E sabe de uma coisa? Depois que te conheci, ficava com inveja toda manhã quando o via tomar café nela. Eu queria ter uma caneca igual.

Ele acena para o pacote, pedindo que eu abra.

Enfio a mão dentro e retiro de lá duas canecas de café, que têm como estampa uma foto de Bram e eu na faculdade. *Nós tiramos fotos na faculdade?*

— Uma é para mim. — Ele estende a mão e pega uma. — Eu amo essa foto nossa, porque foi uma das poucas vezes que pude ter você nos meus braços. Agora, posso tomar café da manhã com você todos os dias, assim como o Rath, e se você quiser, talvez... — Ele maneia a cabeça para a caneca na minha mão. — Você pode tomar café da manhã comigo. — Ele caminha até a porta, com a caneca balançando nos dedos. — Mencionei que você fica linda com essa blusa branca? — Ele abre um meio sorriso. — Tenha um bom dia, Jules.

Silêncio recai no meu escritório conforme o som dos seus passos desaparece pelo corredor, minha porta finalmente fechando com um clique. Com uma sensação densa no peito, um peso empurrando meus pulmões, seguro a caneca.

É uma foto tirada em uma festa de toga que os garotos deram, que mal me lembro de ter ido. Bram está sem camisa, é claro, e eu estou usando uma blusa de gola alta com uma toga sobre mim. Estou absolutamente ridícula com meus óculos gigantes e cabelos desalinhados e, mesmo assim, Bram está sorrindo para mim.

Estudo seu rosto, a maneira como ele estava me olhando. Tão genuíno... um sorriso amoroso no seu rosto. Ele está me segurando firmemente ao seu lado, e seus olhos estão focados em mim enquanto sorrio para a câmera. Ele parecia verdadeiramente feliz por estar comigo, por me ter nos seus braços. *Eu amo essa foto nossa, porque foi uma das poucas vezes que pude ter você nos meus braços.*

Essa garota nerd e excêntrica que não parecia se encaixar ali de maneira alguma tinha toda a atenção do garoto mais popular do campus.

E a mesma garota tem a atenção dele agora.

Mordo meu lábio inferior, com uma sensação ansiosa na barriga, meus músculos começando a tremer, minha mente girando.

Ele gostava de mim na faculdade. E ele realmente gosta de mim agora. Isso não é uma brincadeira. Não é uma pegadinha. É o Bram abrindo seu coração, querendo desesperadamente sair comigo. E por mais que eu tenha tentado negar — inventei todo tipo de desculpa que existe para evitá-lo —, eu sei, lá no fundo, que não posso evitá-lo para sempre. Sempre existiu uma parte minha que gostava de Bram em um outro nível. Eu apenas tive medo de libertá-la.

Talvez esteja na hora de explorar esse lado meu. Talvez esteja na hora de sair com Bram Scott.

CAPÍTULO VINTE E DOIS
Bram

Oh, tome aqui uma caneca, pense em mim, tome café da manhã comigo, seja minha namorada.

Jesus!

Em que raios eu estava pensando?

A expressão dela disse tudo: *dê o fora do meu escritório agora mesmo, seu psicopata do caralho.*

Sim, o rosto dela disse isso. Suas expressões faciais são inequívocas.

Arrasto uma mão pelo rosto, querendo chutar meu próprio pau por ter pensado que ela gostaria de ter uma caneca de café com uma foto nossa nela. Quantos anos eu tenho? Cinco? Aparentemente, sim, porque, naquele tempo, eu pensaria que essa foi uma ótima ideia. Sou tão encantador, tão amável... burro pra cacete.

— Sr. Scott, David Preston está ao telefone. Ele quer falar com o senhor sobre a propriedade da Sétima Avenida.

Preciso trabalhar, distrair minha mente da minha estupidez, então atendo à ligação.

— David, como vai?

— Bem, bem. Obrigado. E você, como está?

Fora o fato de ter me tornado um homem patético, correndo atrás de uma garota que pensa que ele é um psicopata completo, estou perfeito.

— Ótimo. Então, o que está acontecendo na Sétima Avenida?

— Está tudo bem com o edifício, já alugamos tudo, mas queria trazer algo para a sua atenção. O boato é que o edifício ao lado do seu estará à venda em breve. Achei que poderia se interessar.

Passo a língua nos dentes, com a animação que sinto na boca do estômago sempre que uma nova aquisição cai no meu colo começando a fervilhar.

— É mesmo? Você sabe quanto estão pedindo por ele?

— Ainda não, mas aposto que, se você for até lá com um preço decente, eles irão te vender antes mesmo de colocarem no mercado. Eles querem se livrar.

— Por quê?

— Eles estão vendendo todas as propriedades que possuem e se mudando para o Tahiti para viverem em uma ilha que estão comprando, por isso a pressa.

— Interessante. Que outras propriedades eles estão vendendo?

— Não sei bem, você gostaria que eu descobrisse?

— Sim. — Pego uma caneta e começo a clicar o botão da ponta retrátil. — Você pode juntar tudo em um relatório para mim? Me passe um resumo das propriedades que estão vendendo, o quanto valem, e descubra o quão desesperadas essas pessoas estão. E se você também puder investigar se há mais alguém interessado, eu agradeceria muito.

— Sem problema. Posso te entregar na segunda-feira. Pode ser?

— Sim, mas se descobrir que são urgentes, me avise antes, por favor.

— Claro.

— Obrigado, David.

Desligo e, por um breve momento, esqueço das desgraças da minha vida amorosa. Faz seis meses que não adquiro uma propriedade nova, e estava me sentindo inquieto com isso. Ter mais um edifício na Sétima Avenida levaria o meu portifólio para o próximo nível. É exatamente o que estou procurando, quando se trata de dar o próximo grande salto.

— Sr. Scott — Linus diz, colocando a cabeça pela porta. — Estou indo embora, a menos que tenha mais alguma coisa que o senhor precise.

Balanço a cabeça.

— Nah, estou bem, Linus. Obrigado. Tenha um bom fim de semana.

— Tem certeza? O senhor parece um pouco distante hoje.

Abro um sorriso falso para ele.

— Sim, estou bem. Vou ficar até um pouco mais tarde, tentar dar conta de alguns desses e-mails. Te vejo na segunda.

— Ok — ele responde, hesitante. — Se precisar de alguma coisa, é só me avisar.

— Pode deixar. — Dou um aceno de cabeça para ele e viro de volta para o computador.

Com a caixa de entrada transbordando, rolo pelos assuntos, e nenhum deles chega a prender a minha atenção.

Quando isso aconteceu comigo? Quando me tornei tão desesperado e carente por uma mulher?

Inferno... foi o maldito evento beneficente.

A culpa é toda do Rath...

Sete meses atrás. O Evento beneficente.

— Esse pessoal é todo esnobe. — Roark leva um copo de uísque Jameson à boca. — Olhe aquela senhora. Ela realmente tem uma vara enfiada na bunda.

Ele gesticula em direção a uma mulher mais velha usando um vestido dourado e o nariz empinado a ponto de quase tocar no céu. Em uma mão, ela segura uma taça de vinho, com o dedo mindinho erguido, e um diamante do tamanho do meu olho agraciando seu dedo anelar.

É, ele tem razão. Esse evento é esnobe pra cacete, mas o Rath convidou toda essa gente da alta sociedade por uma razão: arrecadar dinheiro para sua fundação, *Primeiro as Crianças*, que tem por objetivo garantir que nenhuma criança passe fome aqui na cidade. É uma instituição de caridade que ele abriu com sua ex-namorada. Embora eles tenham se separado, ele manteve a fundação funcionando, porque, após anos passando tempo com essas crianças, sua fachada fria e rígida derreteu. Não posso dizer que isso me surpreendeu, diante do quanto ele sempre cuidou da irmã mais nova. Faz parte da natureza dele ir além quando se trata de cuidados.

Só para deixar claro, ele ainda é um homem de negócios durão, mas, quando se trata dessas crianças, o coração dele fica mais leve.

— Tenho quase certeza de que aquela senhora de quem você está falando é casada com Richard Munson.

Roark se engasga com sua bebida.

— Da Construções Munson?

Aponto meu copo de uísque para ele.

— Ele mesmo.

— Não brinca! Olhe só isso, nosso garoto Rath está todo crescido e batendo papo com os ricos e famosos. Você acha que eu devo colocar o pau pra fora e sair correndo pelo salão para lembrá-lo de onde ele veio?

Solto uma risada baixa.

— Não recomendaria. Ele nem piscaria antes de chamar os seguranças para te expulsar.

— Você tem razão. E, quer saber, não estou a fim de passar a noite na cadeia.

Não seria a primeira vez que ele faz isso, ou mesmo a segunda. Roark tem uma lista recorde de encrencas, principalmente por se envolver em brigas do lado de fora de pubs. É o que ele sempre faz. Ele se safou da maioria, mas tiveram uns babacas ocasionais que o denunciaram.

Ele põe a culpa no temperamento irlandês.

Eu culpo sua ingestão de álcool, que acho que se deve às raízes irlandesas.

— Por quanto tempo mais vamos ficar?

Olho para o meu Rolex.

— Err, acho que mais uns vinte minutos, e nosso dever estará cumprido.

Roark toma o resto da sua bebida e estala os lábios.

— Isso significa mais cinco viagens até o bar. — Ele dá um tapinha no meu peito ao passar. — Um *open bar* foi uma decisão inteligente do Rath.

Manobrando sua passagem por entre os pequenos grupos de pessoas, Roark dirige-se até o bar em tempo recorde e já está pegando sua carteira. O homem nunca deixa de me surpreender. É uma boa ele ser dono do próprio negócio, ou ninguém mais iria querer contratá-lo.

Com meu uísque a caminho da boca, sondo o evento cheio. Em um prédio velho que eu nunca soube que existia, Rath organizou uma noite inesquecível, com luzes douradas penduradas nas paredes antigas, uma banda tocando música ao vivo, e aperitivos louváveis. Os doadores estão felizes, e toda vez que olho para Rath, tudo o que consigo ver são cifrões iluminando seus olhos enquanto ele conversa com os convidados. Esse evento deve ter custado pelo menos cem mil dólares, sem dúvida, mas ele vai conseguir recuperar cinco vezes mais esse valor. Ele não faria esse evento se não conseguisse isso.

Uma gargalhada chama a minha atenção conforme viro-me para a direita, a fim de ver qual o motivo da comoção. Usando um vestido prateado que cai em cascata perfeitamente por seu corpo, modesto, mas ainda assim lindo, está Julia, com uma mão no ombro de um homem mais velho, e um sorriso gigante no seu rosto enquanto ri com ele.

Merda... ela está... *deslumbrante.*

Mechas loiras encaracoladas caem por seus ombros, um batom vermelho beija sua boca, e uma boa dose de máscara para cílios deixa seus olhos azul-bebê mais ressaltados do que o normal.

Mas não é a maquiagem, o vestido ou o cabelo que fazem o meu pau começar a ganhar vida contra o zíper da calça social; é a curva dos seus lábios formando um sorriso e a leveza nos seus olhos.

Foram poucas as vezes que vi Julia feliz e despreocupada assim. Quando deixa seu tom sério de lado e se solta, ela se torna uma visão espetacular.

Atraído por seu sorriso, por sua risada, convido-me a me aproximar do seu círculo. Pressiono a mão no seu quadril, para que ela saiba que estou aqui. Ela olha para trás, por cima do ombro, e se anima antes de jogar os braços em volta do meu pescoço.

— Bram! — ela diz, com empolgação, sua fala um pouquinho arrastada.

Ah, caramba, ela está bêbada. Surpreendentemente, não é preciso muito para Julia se embebedar; uma bebida ou duas bastam para que ela fique alta.

Acho que, por seu estado, ela tomou duas bebidas até agora, principalmente diante do fato de que ela está nos meus braços, algo que nunca faz por vontade própria. *Algo que eu gosto.*

Assim que me solta, ela engancha seu braço no meu e diz:

— Este é Bram Scott, melhor amigo do Rath, e um grande doador da fundação.

Dou um aceno breve de cabeça.

— Prazer em conhecer a todos, mas, se não se importam, vou roubar a Julia por um momento.

O senhor mais velho assente devagar para mim, e eu a levo até a pista de dança. Entrego meu copo vazio para um garçom e seguro Julia com firmeza pela cintura, começando a dançar com ela.

Quando a olho, flagro-a sorrindo para mim.

— Você está bêbada.

— Uhummm. — Ela assente, alegremente.

— Bebeu quantas?

— Duuuuas — ela cantarola e se balança nos meus braços.

— Duas além da conta, pelo que parece.

— Não. — Ela estapeia meu peito, brincando. — Só duas mesmo. — Ela agarra meus ombros e move uma mão até minha nuca, enviando uma onda de arrepios por meu braço.

— Só duas mesmo, hein? Duas que parecem que vão te dar dor de cabeça amanhã de manhã.

— Que nada.

Ela pressiona os dedos na parte de trás da minha cabeça, correndo-os por meus cabelos, bem sobre o ponto que me faz querer colocar a língua para fora e começar a ofegar.

A Julia Bêbada parece ter a mão boba, e eu gosto disso.

Muito.

Isso faz todos os meus sonhos do tempo da faculdade em relação a ela se tornarem realidade, todas aquelas noites que passei imaginando como seria namorar Julia, fazê-la minha, como seria a sensação de tê-la nos meus braços, de ter seus lábios nos meus.

Porra, o que ela faria agora se eu me inclinasse para frente e reivindicasse o que queria desesperadamente na faculdade? O que quero há tanto tempo, mas abafei com o passar dos anos, pensando que nunca aconteceria.

Claro que nunca aconteceria.

Mas, esta noite, com seus braços me envolvendo, parece que posso ter uma chance.

Ela pressiona a bochecha no meu peito e elimina o espaço restante entre nós. Com um suspiro feliz, ela entra em sincronia com meus passos, deixando-me conduzir.

Nossa, ela parece tão pequena nos meus braços, tão perfeita. Todos os sentimentos por essa mulher que tentei esconder começam a emergir rapidamente para a superfície do meu coração.

Consigo imaginar. Julia e eu, juntos... finalmente. De mãos dadas, rindo juntos, compartilhando noites juntos... compartilhando manhãs juntos.

E diante da maneira como suas mãos viajam por meu corpo e do olhar de completa satisfação no seu rosto, ela parece estar interessada.

Pode ter sido as duas bebidas.

Pode ter sido o ambiente da noite.

Mas irei ignorar esses dois fatores e dizer que não é nada disso, que é a sensação de estar nos braços de um amigo que não vê há tanto tempo e finalmente sucumbindo a uma atração antes intocada.

Ergo seu queixo, vendo seus olhos nublados, mas seu sorriso é claro como o dia. Tiro um momento para absorvê-la, tão perto, tão íntima, seus lábios a apenas alguns centímetros de distância.

— Você está linda, Julia.

— Eu enrolei o meu cabelo. — Ela passa a mão pelos cabelos, exibindo as longas madeixas loiras.

— Estou vendo, e está muito lindo — respondo, rindo.

— E eu não estou usando sutiã.

Só porque sou homem, meus olhos vão direto até seus seios, tentando ver através do vestido prateado. Engulo em seco, vendo a leve marca do seu mamilo pressionado contra o tecido. Fico duro em um segundo, e lenta e discretamente afasto minha pélvis da dela.

Não tenho muita certeza do que dizer, então respondo:

— É mesmo? Também não estou usando sutiã.

Seu nariz franze enquanto ela inclina a cabeça para trás para me encarar.

Não foi a minha melhor resposta, mas estou um pouco enferrujado. Por algum motivo, eu não esperava encontrar Julia esta noite. Não esperava que ela fosse estar sexy pra caramba. E também não estava esperando que ela fosse infiltrar os dedos nos meus cabelos, me fazendo sentir um idiota cheio de luxúria.

— Você costuma usar sutiã?

Balanço a cabeça fervorosamente.

— Não. Não uso.

— Ok. Só conferindo. — Suas mãos voltam para os meus ombros e deslizam até meu peito, onde ela segura as lapelas do meu paletó. — O que você vai fazer esta noite, Bram?

Pisco algumas vezes. Ela está fazendo uma proposta sexual? Se estiver, vou cancelar meus compromissos do fim de semana inteiro. Devotarei as próximas quarenta e oito horas a convencer Julia de que sou o homem para ela, um homem maduro, o tipo de homem que pode cuidar dela de inúmeras maneiras. Sou diferente do cara que ela conheceu na faculdade.

Sou refinado pra caralho, bem-sucedido e digno de levá-la para sair, algo que eu não era na faculdade.

Mas talvez agora ela esteja vendo isso, talvez esteja *me* vendo.

— O que vou fazer esta noite? — Lambo os lábios. — Depende. O que você...?

— Aí está você. — Rath surge por trás de mim e dá um abraço em Julia. — O sr. Armstrong quer te apresentar ao filho dele. — Rath me olha de cima a baixo. — Bela gravata, cara. — E então, vira de volta para Julia, avaliando-a. — Você está bêbada?

— Eu tomei dois drinques. — Ela cambaleia.

— Jesus. — Rath esfrega o rosto. — Você vai conseguir conhecer o filho do sr. Armstrong? Ele está esperando a noite toda para tomar um drinque com você.

— Eu sei. Eu sei. Ele me disse por telefone, outro dia. — Julia solta uma longa lufada de ar e endireita a postura. — Ok, estou sob controle. — Como se também fosse minha irmã, ela me dá um tapinha no ombro. — Tenha uma boa noite, Bram.

E com isso, ela se retira com Rath, que me lança um sorriso por cima do ombro e um "obrigado" silencioso.

Um obrigado, porra?

Obrigado por quê? Aparecer nesse evento miserável que só serviu para me lembrar do motivo pelo qual tentei esconder os sentimentos que tenho por sua irmã há anos?

Merda.

Giro e me afasto deles, sentindo a raiva começar a borbulhar dentro de mim. Como uma tempestade se formando no céu, meu corpo começa a vibrar, minha irritação tomando conta de mim.

Precisando de uma bebida, vou até o bar, onde encontro Roark com a mão no quadril de uma mulher e um copo diante dele. Pelo canto do olho, ele me vê pedindo um copo de uísque.

Agarro a beirada da bancada do bar e baixo a cabeça, contando até dez.

— Cara, você parece prestes a meter um soco em uma parede.

Movendo-me de maneira grosseira, viro a cabeça na sua direção.

— Numa parede, na sua cara, o que aparecer na minha frente primeiro.

— Eu? — Roark abre um sorrisinho e aponta para si. — O que diabos eu fiz?

— Me irrita. — Pego o uísque do barman e viro em um gole só. Limpo minha boca com o dorso da mão e peço mais um. — Você me irrita, porra.

Isso é inútil.

Ficar aqui, agindo como se estivesse tentando trabalhar quando, na verdade, não consigo me concentrar em uma maldita frase, tendo que ler tudo de novo e de novo.

Preciso encerrar a noite. Uma noite de sexta-feira solitária e deplorável.

Tiro meu celular do bolso e vejo se há alguma mensagem de Roark. Ele sempre me manda mensagens às sextas à noite, para me dizer onde está bebendo.

E assim como pensei, há pelo menos cinco mensagens dele.

Tentado, analiso-as e considero a possibilidade de sair esta noite, me perder em uma garrafa de uísque e afogar minhas mágoas em algum pub de merda que capturou o coração irlandês de Roark dessa vez.

Mas, enquanto meus dedos pairam sobre a tela, não consigo me forçar a respondê-lo, a concordar em sair. Em vez disso, abro o Google Maps e digito "sorvete" na barra de pesquisa.

Sim, porra, sorvete. É nesse nível que estou agora.

Quero um pote gigante de sorvete especial com coberturas, chantilly e cerejas. Quero um lugar que tenha cereais *Fruity Pebbles*, um lugar onde eu possa encher um copo com doces de pasta de amendoim e não ser julgado. Alguns lugares aparecem na tela e eu clico no que tem um nome engraçado — não quero uma sorveteria chique, porque quero tomar sorvete com as crianças. Quero que elas vejam o homem patético que sou, um homem que tentou e falhou, porque talvez a minha falta de jeito as encoraje a se esforçarem mais no futuro.

Do lado de fora do meu escritório, ouço o som fraco de passos percorrendo o corredor, até pararem diante da minha porta. Linus esqueceu alguma coisa? Espero que ele entre ou ao menos bata na porta, mas, quando ele não faz isso, me pergunto o que diabos ele está fazendo.

Por que ele ficou ali parado? Consigo ver apenas a sombra de uma pessoa pela porta, então sei que quem quer que esteja ali não foi embora.

Caminho até a porta, e sem dar à pessoa do lado de fora a chance de fugir, abro-a de uma vez. Para minha surpresa e, francamente, puro choque, Julia se sobressalta para trás, segurando sua bolsa com força contra o peito.

— Meu Deus! — ela diz, alarmada. — Você me assustou, Bram.

Sem ter certeza de por que ela está aqui, tento não ficar animado ao enfiar as mãos nos bolsos.

— Era você que estava parada do lado de fora da minha porta depois do horário de expediente. Se alguém tinha que se assustar, seria eu.

— Bom, você não precisava puxar a porta assim, como algum tipo de assassino psicopata.

— Você não precisava ficar aí fora parada sem dizer nada — rebato, um sorriso repuxando os cantos da minha boca.

— Eu estava... — Ela morde o lábio inferior e ergue o queixo. — Eu estava pensando.

— Pensando em quê? — Embalo-me para frente e para trás sobre os calcanhares, tentando ser o mais casual possível, mesmo que por dentro eu esteja agitado de nervosismo.

Ela bate o pé no chão, com seus sapatos de salto vermelhos sensuais pra caramba.

— Você sabe... coisas — ela responde, tímida.

— Que tipo de coisas?

— Coisas — ela replica.

— Ok. — Assinto e olho para ela, de cima a baixo. — Bom, posso te ajudar com alguma dessas coisas?

Persistindo na sua teimosia, ela balança a cabeça.

— Não.

— Bom saber. — Toco seu ombro com o polegar. — Se você não precisa que eu faça nada, vou então voltar para a minha mesa.

Viro-me para me afastar quando ouço vergonha na sua voz ao dizer:

— Espere.

Não importa o quanto eu tente, não consigo conter meu sorriso agora. Girando sobre um calcanhar, fico de frente para ela. Há um tremor de nervosismo na sua postura e uma ruga preocupada entre suas sobrancelhas, mas seus olhos estão fixos em mim, abrindo-se, deixando-me ver diretamente sua alma.

— Eu, hã... — Ela aperta e retorce as mãos uma na outra. — Eu queria te agradecer... pela caneca.

Dou um passo à frente, diminuindo o espaço entre nós, de maneira que fique apenas um passo separando nossos corpos.

— Você não precisava ter vindo até aqui para me agradecer. Uma mensagem já estaria bom para mim.

— Pensei que seria melhor te dizer pessoalmente.

— É mesmo? — Coloco uma mecha de cabelo atrás da sua orelha. — E por quê?

Seus olhos desviam para o lado enquanto seus dentes mordiscam o lábio inferior, me seduzindo, me deixando com vontade de puxar seu lábio carnudo com os meus dentes. Faz uma semana que a saboreei, e estar tão perto dela assim e não poder fazer nada a respeito está me deixando louco.

Quero, desesperadamente, poder deixar para trás essa tensão incômoda entre nós, segurá-la nos meus braços e finalmente levá-la para sair, mas preciso que ela dê o próximo passo. Não quero forçá-la a nada. Ela sabe como me sinto, e agora preciso saber como ela se sente.

Seus olhos lindos e cautelosos se movem de um lado para o outro, estudando os meus. Suas mãos se retorcem de maneira nervosa diante dela, da mesma maneira como meu estômago está se retorcendo dentro de mim. Quero sacudi-la, pedir que desembuche de uma vez, que acabe com o meu sofrimento, mas, em vez disso, aguardo pacientemente, enquanto ela lambe os lábios lentamente e respira fundo.

— Eu... eu estou nervosa, Bram.

Tentando acalmá-la, esfrego as mãos com delicadeza nos seus braços, para cima e para baixo.

— Sou eu, Jules. Não tem por que ficar nervosa.

— É exatamente por isso que estou nervosa. Porque é você. — Ela mordisca o interior da bochecha, desviando o olhar por um momento. — Eu nunca pensei... — Ela faz uma pausa para respirar fundo novamente. — Eu nunca pensei que você gostasse de mim. — Antes que eu possa protestar, ela continua. — Eu era a garota nerd, a que usava gola alta em festas de fraternidade. Eu ainda sou aquela garota. E você, Bram... — Ela prende seu olhar no meu. — Você era o cara com quem todo mundo queria estar, e o tipo que todo mundo queria ser. Você ainda é esse cara. Somos o completo oposto um do outro, não fazemos sentido, e deve ter apenas um por cento de chance de nós...

Pressiono meu dedo nos seus lábios, silenciando-a. Como essa mulher, tão linda e inteligente, pode ser tão tola quando se trata de seguir seu coração?

— O que o seu coração está dizendo?

— O quê? — ela pergunta, espantada.

Pressiono a mão no seu coração, pousando minha palma logo acima do seu seio, meus dedos alcançando seu ombro.

— Essas batidas fortes que estou sentindo, a maneira rápida como o seu coração está saltando... quero saber que tipo de mensagem de socorro isso está te enviando, nesse momento. Esqueça seu cérebro. Me diga o que o seu coração está dizendo.

Com a respiração suspensa, fico esperando, torcendo com todas as minhas forças que ela escolha derrubar a muralha que ergueu entre nós por anos e nos dê uma chance. *Me dê uma chance.*

Com os olhos arregalados, ela morde o lábio inferior antes de dar um pequeno passo para trás, fazendo com que a boca do meu estômago fique gelada com a derrota. Ela se afasta mais um passo, seus braços deslizando para fora do meu alcance e, em um último momento de desespero, seguro suas mãos.

Um olhar de fascinação toma conta do seu rosto enquanto ela encara nossa conexão, a maneira como nossos dedos se entrelaçam, como suas mãos se encaixam perfeitamente nas minhas — ela não consegue ver? Como fomos feitos um para o outro?

É hora de lançar a minha última tentativa.

Respirando fundo, puxo sua mão e a giro, posicionando-a de costas contra meu peito e envolvendo sua cintura com meu braço.

Ela ofega nos meus braços quando inclino a cabeça para frente e pressiono os lábios na sua orelha.

— O que o seu coração está te dizendo, Jules?

Respiração acelerada.

Coração batendo forte e frenético.

Uma onda de emoções revirando o meu estômago.

Movimento nossas mãos juntas por sua barriga, puxando-a para ainda mais perto, sentindo a maneira rápida como seu peito sobe e desce com sua respiração. *Apenas ceda.* Consigo sentir essa vibração emanando dela — a indecisão —, o anseio para dizer sim.

Com meu nariz, percorro um caminho da sua orelha até a mandíbula, voltando em seguida para sua bochecha.

Ela geme baixinho e, para minha surpresa, sobe sua mão livre para pousá-la no meu pescoço e levá-la até a parte de trás da minha cabeça, onde seus dedos se emaranham nos meus cabelos.

Pressionando.

Puxando.

Buscando.

Meus olhos reviram diante da sensação do seu toque, a maneira como me excita... implora por mais.

Minha voz sai baixa, como o retumbar baixo de um trovão ao longe.

— O que você quer, Jules?

Com a mão ainda nos meus cabelos, ela vira um pouco nos meus braços, inclinando a cabeça para trás, para olhar bem para mim.

Ela olha nos meus olhos.

Eu pisco algumas vezes.

Ela umedece os lábios.

Eu lambo os meus, enquanto meu coração martela no peito.

Sua mão aperta a minha.

Agarro seu quadril com minha mão livre.

— O que eu quero? — ela pergunta, a voz tão suave que quase não a escuto. — Eu quero... você, Bram. Eu quero você.

Antes que eu possa responder, ela gira nos meus braços e agarra minha nuca, puxando meus lábios para os seus.

Meu Deus...

Suspiro no seu abraço, movendo as mãos por suas costas, descendo até acima da curva da sua bunda.

Meu coração martela e meu pulso acelera a um ritmo de maratona conforme ela movimenta os lábios nos meus. Inicialmente, de maneira suave, quase como se ela estivesse tentando sondar a minha reação.

Deixo claro que isso é exatamente o que eu quero — o que espero tão desesperadamente há tanto tempo —, puxando-a para ainda mais perto, dando-lhe permissão para explorar minha boca.

E é isso que ela faz.

Com uma leve passada da sua língua nos meus lábios, ela pede por entrada, e sem perder tempo, dou a ela. Abro a boca e entro em sincronia com o pulsar da sua língua contra a minha. Nossas bocas se encaixam perfeitamente, e nossas respirações pesadas se tornam uma só enquanto nos agarramos com firmeza.

Porra, é ainda melhor do que a primeira vez que a beijei, e há uma grande razão para isso: foi ela que tomou a iniciativa. Isso foi ideia dela, essa conexão... *ela* quis isso. *Graças. A. Deus.*

Não a beijei à força daquela vez, mas a peguei desprevenida. Esse beijo, porra, supera todos os beijos que já dei na vida, porque está vindo totalmente recíproco da garota que quero há tanto tempo.

Quando ela se afasta, não coloca muita distância entre nós, mantendo suas mãos em volta do meu pescoço, com os dedos acariciando suavemente minhas curtas mechas de cabelo.

— Estou com medo, Bram.

— Não fique. — Coloco as mãos nas suas costas, segurando-a no lugar. — Eu não vou te magoar. Faz tanto tempo que quero isso. Não vou fazer nada para estragar.

— Mas há tantos fatores envolvidos quando se trata de namorar alguém.

Balanço a cabeça.

— Não faça isso.

— O quê?

— Não fique analisando isso, apenas deixe acontecer. Deixe os gráficos e teorias de lado e sinta. Viva no momento comigo.

— Você é vermelho...

— Jules, esqueça tudo isso. — Firmo meu aperto em volta dela. — Apenas sinta. O que o seu corpo está te dizendo nesse momento?

Ela desvia os olhos para o lado, com um sorriso pequeno repuxando o canto da sua boca.

— Está esperando que você me chame para sair.

Tão linda.

— É? — Minhas sobrancelhas se erguem. — Então, vamos dar um jeito nisso. — Ergo seu queixo. — Jules, você aceita sair comigo amanhã à noite?

Sendo a mulher malvada que é, ela não responde imediatamente. Em vez disso, ela me faz esperar. Juro, ela deve ter aprendido essas táticas com o Rath, de nunca responder no mesmo instante, de sempre pensar muito bem sobre cada resposta. É enfurecedor, principalmente porque faz um bom tempo que aguardo essa resposta.

— Talvez eu tenha planos amanhã à noite.

Rindo, puxo-a ainda mais contra mim e levo meus lábios para perto dos seus.

— Agora não tem mais. Vamos sair, me deixe te mostrar o tipo de homem que posso ser.

Seus olhos suavizam.

— Eu sei o tipo de homem que você pode ser, o tipo de homem que você é, e é isso que me aterroriza, porque nunca senti algo profundo por alguém antes.

— E você acha que pode sentir algo profundo por mim? — pergunto, com a respiração praticamente presa no peito.

Ela confirma com a cabeça lentamente.

— Sim.

— Porra, isso é exatamente o que eu sempre quis ouvir. — Baixo a cabeça e dou um beijo breve na sua boca. — Você pode confiar em mim, Jules. Isso é o que eu quero. É você que eu quero.

— Mas você nunca esteve em um relacionamento sério antes.

— E, mesmo assim, te conquistei a ponto de te fazer atravessar a cidade para me agradecer por uma caneca. Acho que dou conta desse negócio de romance. — Pisco para ela. — Agora, dê o fora daqui antes que eu te corrompa, tire toda a sua roupa e te curve sobre a minha mesa.

Imediatamente, suas bochechas ficam vermelhas, fazendo-me rir.

— Você pensa sobre isso?

Assinto, abrindo um sorriso preguiçoso.

— Desde que te vi usando saia-lápis pela primeira vez, há cinco anos.

Suas bochechas ficam em um tom ainda mais escuro de vermelho.

— Não se preocupe, não vou fazer nada com pressa. Porque vale a pena esperar por você. Tudo relacionado a você vale a pena esperar. — Aceno com a cabeça para a porta do meu escritório. — Agora, dê logo o fora daqui. Te mando mensagem com os detalhes.

Ela dá um passo para trás, com as pernas trêmulas, as mãos juntas de uma maneira desajeitada, quase como se ela não soubesse como reagir agora.

— Isso está mesmo acontecendo?

— Está.

Ela dá mais um passo para trás, agarrando o batente da porta.

— Nós vamos sair amanhã? Para um encontro?

— Aham. — Enfio as mãos nos bolsos.

— E... nós nos beijamos.

Passo a língua pelos lábios lentamente.

— Sim, linda, nós nos beijamos, e foi bom pra caralho.

Como se ela precisasse processar tudo aos pouquinhos, ela olha para o chão e assente, se dando conta de tudo o que está acontecendo.

— Você é o melhor amigo do meu irmão.

— Mais uma verdade.

— O que ele vai dizer?

Dou de ombros.

— Eu me viro com ele. Então, foque apenas em manter a porta do seu coração aberta, porque eu vou te fazer se apaixonar perdidamente por mim.

Um sorriso muito pequeno surge nos seus lábios.

— Ok.

— Ótimo. Te vejo amanhã, Jules.

Com isso, ela gira nas suas pernas bambas e segue pelo corredor. Quando ouço o elevador apitar e as portas fecharem, comemoro, dando socos no ar e deixando escapar um gritinho nada masculino.

Nem ligo se tiver deixado um testículo cair no caminho.

Eu vou sair com a Julia.

Isso pede um plano de ação e reforços.

COMO NAMORAR A IRMÃ DO SEU MELHOR AMIGO

CAPÍTULO VINTE E TRÊS

Bram

Preciso dar uma pausa.

Um recesso.

Um breve intervalo nessa jornada da minha vida amorosa porque...

Puta.

Merda.

Sou um homem muito feliz nesse momento.

Ela me beijou. Julia Yolanda — tenho quase certeza de que esse não é seu nome do meio — Westin me beijou. Na boca, bem na boca, e os mamilos dela estavam duros.

Duros pra caralho.

Como duas pedrinhas, buscando meus dedos. Eu queria beliscá-los, colocá-los na minha boca, mostrar a ela tudo o que posso fazer com seu corpo.

Mas ela quer levar as coisas com calma. Ela quer romance. Posso dar romance a ela. Tenho feito coisas de romance durante as últimas semanas, ou pelo menos pensei que estava fazendo. Parece que preciso dar uma melhorada nas minhas jogadas.

E isso começa com uma mensagem de bom dia.

É assim que todos os grandes romances começam: com uma mensagem de bom dia.

Cacete, estou prestes a mandar uma mensagem de bom dia para Julia Regina — acho que esse soa um pouco melhor — Westin.

Limpando a garganta

Estalando os dedos.

Pensando...

A-há! Já sei.

Dedos na tela... e digitando.

Pronto. Elegante e sexy. Ela vai amar.

Fico sem paletó mesmo, já que é sábado, e desço de elevador até o carro que está me esperando, com o celular na mão.

Quando Carly teve a ideia maluca de que eu fosse até Julia e reivindicasse o que queria, nunca pensei que isso fosse realmente acontecer, mas, então, um pé foi se colocando após o outro e, antes que eu me desse conta, estava batendo à porta dela. E quando nos beijamos, porra, eu sei que isso vai soar brega pra caralho, mas juro pelo meu pau que ouvi anjos cantarem. Um coro de aleluias começou a tocar, promovendo um momento romântico, momento no qual toda a minha vida pareceu entrar nos eixos, como se ali fosse onde eu deveria estar o tempo todo: nos braços dela.

E aquele coro de aleluias cantou ainda mais alto ontem à noite, quando, após uma semana torturante em que tive que tentar agir de maneira calma e tranquila, a recompensa veio.

Agora, isso não é algo que eu possa dizer a ela. Posso nunca ter estado em um relacionamento sério antes, mas não sou um idiota. Sei **quando** é melhor ficar com a boca fechada, e esse é um desses momentos. Não **posso** correr até seu apartamento e bater à sua porta até ela abrir para dizer que, enquanto ela me beijava, senti o espírito suave de um anjo sussurrando no meu ouvido, me dizendo que agora tudo estava no seu lugar certo.

Ela pensaria que sou louco.

Mas eu sei. Os maluquinhos — os anjos — e eu sabemos.

Julia e eu somos destinados um ao outro.

O cupido me acertou bem na bunda ontem à noite, com uma flechada bem violenta, e me inundou com paixão por uma única pessoa.

Julia Margaret — pode ser esse — Westin.

Meu celular vibra na minha mão, e como o filho da puta apressado que sou, leio a mensagem rapidamente.

__Julia:__ Você está mesmo me perguntando se os meus mamilos ainda estão duros a essa hora da manhã? Essa é a sua mensagem de bom dia para mim?

Dou risada. Cara, ela ainda tem tanto a aprender sobre mim.

Bram: *Pensei que fosse legal, sincero. Esse meu lado estava reprimido, srta. Westin.*

Sigo até o carro, onde o motorista está segurando a porta aberta para mim. Como sempre, eu o cumprimento com um "toca aqui" e entro.

Julia: *Acabei de fazer uma nota mental para não esquecer disso.*

Bram: *Então... será que ganho um bom dia? Como está o seu pau? Já caiu de tanto sofrer com bolas azuis?*

Julia: *Você é impossível.*

Bram: *Estou esperando...*

Julia: **emoji revirando os olhos* Bom dia, Bram. Seu pau caiu ontem à noite?*

Bram: *Quase, mas acalmei o camarada com um afago e disse a ele que vale a pena esperar por você.*

Julia: *Por que isso é nojento, mas romântico, de algum jeito?*

Bram: *Porque é romântico, e tem mais de onde veio essa. Tenho muitas frases românticas guardadas só para você.*

Julia: *Ah, mal posso esperar.*

Bram: *Tudo certo para hoje à noite? Você não acordou e mudou de ideia, né?*

Julia: *Tudo certo.*

Bram: *E...*

Julia: *Essas mensagens são muito cansativas para essa hora da manhã. E eu não mudei de ideia.*

Bram: *Viu? Não foi tão difícil assim. Não se preocupe, dentro de uns três minutos, uma entrega de* chai latte *deverá chegar ao seu apartamento. Bom dia* ☺

Julia: *Entrega de* chai latte*? Namorar Bram Scott é assim?*

Bram: *Pode apostar que é.*

Julia: *Bem, obrigada.*

Bram: *Por nada. Agora, anda, me mande um nude.*

Julia: *Bram...*

Bram: *Só estou conferindo se você ainda está firme nesse aspecto.*

Julia: *Estou sim.*

Bram: *Ok, só conferindo, mesmo. Te mando mensagem mais tarde. Tenha um bom dia.*

Julia: *Você também.* 😊

Bram: *Ah, a propósito, qual é o seu nome do meio?*

Julia: *Ann, por quê?*

Bram: *Nada não.*

Puta.

Merda.

Eu beijei Julia ANN Westin ontem à noite.

— Sente-se, Linus. — Aponto para a cadeira diante de mim.

O restante do escritório está quieto porque é sábado, e não sou um cretino idiota que faz as pessoas trabalharem aos fins de semana, a menos que você seja meu assistente, porque então irei fazer você vir para que eu possa dar gritinhos feito uma garotinha ao contar que dei uns beijos na garota dos meus sonhos.

Com cautela, ele se senta e agarra os braços da cadeira, parecendo um pouco nervoso. Eu nunca peço que ele venha aos fins de semana, a menos que seja uma emergência do tipo alerta vermelho, o mais grave das Forças Armadas ou o-mundo-está-prestes-a-explodir. Por isso, compreendo sua trepidação.

Levanto-me e começo a andar para lá e para cá, com uma mão no bolso.

— Há quanto tempo você trabalha para mim, Linus?

— Cinco anos, senhor.

Assinto.

— E durante esses cinco anos, alguma vez eu o desapontei?

— Não, senhor. — Ele balança a cabeça, parecendo assustado demais, coitado.

— Foi o que pensei.

— Eu fiz algo errado? — Deus, me sinto mal por ele. Se ao menos eu não tivesse gosto por atuações dramáticas...

Assinto novamente e caminho até o refrigerador em uma das paredes.

— Você duvidou de mim.

— Duvidei? Oh, não, nunca. Sr. Scott, posso assegurá-lo, nunca duvidei do senhor. Isso é sobre o Projeto Polly? Eu disse que era um empreendimento muito grande, mas se tem alguém que pode fazê-lo, esse alguém é o senhor.

— Isso não tem nada a ver com o Projeto Polly. — Abro o refrigerador e tiro dois milkshakes do freezer. Com um sorriso enorme, viro-me para ele e ergo as bebidas. Imediatamente, ele solta o ar, aliviado, e pressiona a mão no peito.

— Meu Deus, pensei que eu ia ser demitido.

Gargalho. *Como se eu fosse demitir Linus algum dia.*

— É sempre bom te manter atento. — Pisco e lhe entrego o milkshake.

Ele toma um gole.

— Então, isso significa que o senhor vai finalmente levar a srta. Westin para sair?

Engulo um gole enorme de milkshake de chocolate e pasta de amendoim, degustando o sabor. Isso é tão bom.

— Sim, hoje à noite.

— Hoje à noite?

— Digamos que, depois de uma semana de cortejos, ela finalmente caiu em si e me deu uma chance. — Olho para o teto, sentindo-me nas nuvens. — Nós nos beijamos por alguns segundos, bem aqui nesse escritório. — Volto a focar em Linus. — Mas esta noite tem que ser ainda melhor. Tenho que pensar em um encontro incrível, e é aí que preciso da sua ajuda. Você é ligado no que está na moda, não é? Você sabe umas merdas maneiras.

— Talvez eu tenha algumas ideias. — Linus sorri. — O senhor quer algo divertido? Extravagante? Algo que vai deixá-la abismada? Em que *vibe* o senhor irá apostar esta noite?

Tomo um gole do meu milkshake e penso no assunto.

— Cacete, não sei. Não quero ostentar o meu dinheiro, porque ela não liga pra essa merda.

— Ok, então nada extravagante.

— Mas dinheiro não é um fator quando se trata dela, então se tivermos que usar para conseguir o que eu quero, não tem problema.

— Entendi, mas o senhor não quer ficar exibindo que tem dinheiro.

— Exato. — Aponto para Linus. Cara esperto. — Jantar está envolvido, obviamente, mas precisa ter algo a mais, algo empolgante que ela nunca faria.

— Tenho uma ideia. — Linus dá um sorriso astuto conforme toma seu milkshake. — Isso irá mostrar que o senhor é pé no chão, mas divertido.

— Estou gostando disso... — Pauso e ergo a mão. — Espere. — Balanço a cabeça. — Não me diga.

— Por quê?

— Porque... e se for uma ideia muito boa e ela me perguntar como pensei nisso? Não posso mentir para ela e dizer que sou tão bom assim. Vou ter que contar que foi você que teve a ideia. E que tipo de homem deixa para seu assistente a tarefa de planejar o primeiro encontro com a garota dos sonhos dele? Não é assim que eu quero começar esse relacionamento.

— Ok, então o que o senhor gostaria que eu fizesse?

Penso sobre isso, tomando meu milkshake e olhando pela janela.

— Quero que fique aí. Vou falar minhas ideias em voz alta. Preciso que dê um simples aceno de cabeça, um básico sim ou não, mas não fale nada. Entendeu?

— Sim. — Ele ergue o dedo. — Posso dizer uma só uma coisa, bem rápido?

Vou para minha cadeira e ligo o computador.

— Só se não for sobre o encontro em si.

— Não é.

Gesticulo para ele.

— Então, prossiga.

— Eu trabalho para o senhor há cinco anos e essa é a primeira vez que está me tratando como um assistente de verdade, como muitos dos meus amigos assistentes são tratados, e tenho que admitir que estou gostando.

— Você gosta de vir para o escritório aos fins de semana? — Ergo uma sobrancelha.

— Bom, não todo fim de semana, mas eu estava me sentindo deixado de fora quando todos os meus amigos reclamavam sobre como os chefes deles são horríveis. Agora eu posso contar o quão dramático o senhor foi sobre o seu primeiro encontro e que me fez vir em um fim de semana.

Dou risada e digito minha senha.

— Certifique-se de deixar de fora a parte do milkshake, porque isso pode te entregar. Diga que eu te forcei a polir meus sapatos por debaixo da mesa enquanto eu ainda os estava usando.

— Seria uma honra contar essa história.

— Acrescente que eu grito ordens o tempo todo.

Linus ergue a mão.

— Temos que fazer com que acreditem. Eles já sabem que o senhor não grita.

Bato meu punho na mesa, de uma maneira brincalhona.

— Droga, Linus. Agora eles sabem que sou o maior molenga.

CAPÍTULO VINTE E QUATRO
Julia

— Não está sendo fácil.

Clarissa me olha de cima a baixo, inspecionando minha aparência — estou de roupão, segurando cinco vestidos, meus cabelos em uma bagunça, e sem maquiagem.

— Oh, querida, você está um desastre.

De uma maneira dramática, derreto-me até o chão e enterro o rosto nas mãos.

— Não sei o que estou fazendo. Não consigo me lembrar da última vez que saí com alguém. E eu nunca fui a um encontro com um cara como Bram antes. Ele é tão... ele é um...

— Sonho?

— Sim. — Confirmo com a cabeça. — Ele é um sonho. O que diabos eu devo fazer com isso?

— Bem, primeiramente, levante e me dê um abraço, porque AI, MEU DEUS, você beijou Bram Scott ontem, caramba!

Tecnicamente, eu o beijei antes de ontem à noite, mas não toquei nesse assunto com Clarissa quando liguei para explicar a minha situação: como Bram me chamou para sair, me beijou e me disse que gosta de mim desde a faculdade.

Clarissa me puxa pela mão e me ajuda a ficar de pé.

— Ok, precisamos colocar a mão na massa. A que horas ele vem te buscar? — ela pergunta, segurando-me pelos ombros.

— Ele disse que viria às sete.

Clarissa olha para seu relógio.

— Temos uma hora.

— Isso é tempo suficiente? — Encolho-me.

— Bastante tempo. E sabe por quê?

Balanço a cabeça.

— Não, por quê?

Clarissa coloca um braço em volta da minha cintura e me guia até o banheiro, deixando os vestidos no chão.

— Porque o Bram gosta de você como você é, então não temos que fazer muita coisa.

— Ele nunca disse isso.

— Não precisa. Ele gostava de você na faculdade, quando você vivia toda desgrenhada. Ele gosta de você pelo que você é, e acho que devemos te manter assim.

— Não vou usar um suéter para esse encontro. — Sento na cama e cruzo os braços. — Quero ficar bonita para ele.

— E você vai, mas não acho que deveria se enfeitar demais, também. Tipo... use o cabelo e a maquiagem de sempre, e se tiver um vestido de decote profundo, use-o. — Ela sorri e acena em direção ao banheiro. — Vamos lá domar o seu cabelo. Posso fazer isso enquanto você faz a sua maquiagem.

— Tudo bem. — Sento-me diante da penteadeira, a mesma que tenho desde que estava no ensino médio, e começo a pegar minhas maquiagens enquanto Clarissa fica de pé atrás de mim e começa seu trabalho com a chapinha. — Estou nervosa — revelo, enquanto aplico um primer nos olhos.

Ainda me sinto um pouco boba por ter dito isso a Bram duas vezes, mas ele me entende. E parte disso significa que posso confiar nele. Mas ainda estou um pouco hesitante, mesmo assim.

Clarissa divide meu cabelo em mechas e as prende no topo da cabeça, para que assim ela possa começar a alisar a camada de baixo.

— Por que está nervosa? Você conhece o Bram desde sempre.

— Eu sei, mas isso é diferente. Ele não é mais simplesmente amigo do meu irmão; ele está mesmo interessado em mim. E se eu disser alguma bobagem?

— Ele provavelmente vai rir e tirar sarro de você por isso. Não é só porque estão saindo que ele vai mudar. Ele ainda é o mesmo cara, mas agora você vai poder beijá-lo, segurar a mão dele e olhar para ele o quanto quiser. Não pense nisso como um primeiro encontro. Veja como uma saída com um amigo com benefícios extras; dos bons, é claro.

— Nunca pensei nisso dessa maneira. Passei o dia inteiro pensando em assuntos para conversar.

— Não acredito. — Ela ri.

Pego uma sombra marrom-clara neutra e começo a aplicar na pálpebra.

— É sério. Pensei em vinte e dois tópicos para discussão, tipo, tópicos para uma conversa de verdade.

— Meu Deus, Julia, você está analisando tudo demais. Só relaxe e se divirta, curta o momento.

— Vou tentar. — Coloco um tom de sombra mais escuro no canto da pálpebra e faço uma pausa, olhando para o espelho, e encaro Clarissa. — Você acha que estou fazendo a coisa certa?

— O que quer dizer?

— Entrando de cabeça nesse relacionamento. Tantas coisas podem dar errado.

— Você está se referindo ao Rath? — Assinto. — Ele sabe?

Balanço a cabeça.

— Não, e pedi a Bram para não dizer.

A chapinha passa pelo meu cabelo, e sinto a fumaça bater no meu pescoço.

— Honestamente, não acho que o Bram ao menos consideraria tomar uma iniciativa com você se não fosse algo sério. Precisamos falar sobre outra coisa, porque toda essa preocupação não está te ajudando. Você deveria estar animada, não preocupada.

— Você tem razão. — Pego o pincel de sombra novamente. — Sobre o que devemos falar?

— Me conte sobre o beijo. — Clarissa suspira.

— Foi... — Respiro fundo e fecho os olhos, lembrando do momento em que ele pressionou os lábios nos meus. — Foi tudo.

Respire fundo.

Inspire, expire. Inspire, expire.

Isso não está ajudando, e ainda sinto que vou vomitar. Clarissa foi embora há cinco minutos, depois de me ajudar a vestir a calça jeans preta justíssima e a blusa roxa que combinei com um sutiã preto *bralette*, já que a parte da frente da blusa tem um decote bem profundo, e achamos que seria sexy exibir um pouco de renda. Minha maquiagem está neutra, nada pesada, e ela alisou meus cabelos loiros longos e prendeu duas mechas da frente para trás. Com um gloss nos lábios e scarpin pretos com sola vermelha, finalizei o *look*.

Mas mesmo estando e me sentindo linda, estou uma bola de nervosismo enquanto fico no meio do meu apartamento, encarando a porta e retorcendo as mãos uma na outra.

Eu coloquei desodorante? Cheiro minha axila. É, pelo menos isso.

O elevador no fim do corredor apita e o calor no meu corpo aumenta, meu estômago se revirando.

Passos ecoam pelo corredor e se aproximam cada vez mais, até que...

Toc. Toc.

Ai, Deus, ele está aqui. É isso.

Sopro na mão, conferindo meu hálito, aliso a blusa, empino meus seios uma última vez e respiro fundo.

Apenas relaxe e se divirta.

Abro a porta para encontrar Bram do outro lado, segurando um buquê de flores. Vestindo uma calça jeans escura cara e um suéter branco que se molda a cada contorno do seu peito, com sua barba por fazer e seus cabelos rebeldes, ele parece um modelo da revista GQ. Lindo e difícil de não ficar olhando.

Sem dizer oi, seus olhos viajam das pontas dos meus sapatos, subindo por minhas pernas, até o V da minha blusa, que está exibindo uma boa porção do meu sutiã de renda e o decote, e então chega ao meu rosto, onde nossos olhos se encontram.

Ele estreita o olhar e eu observo cautelosamente sua mandíbula apertar, o músculo próximo à sua orelha ficando protuberante conforme ele cerra os dentes. Ele não diz nada. Em vez disso, dá um passo à frente e me envolve pela cintura com seu braço, me puxando em cheio contra seu corpo. Com seu nariz tocando o meu, ele desliza a mão até minha bunda, segurando com firmeza, enviando uma onda de excitação pelo meu corpo.

— Você está linda pra caralho — ele sussurra antes de dar um beijo suave nos meus lábios. Quando se afasta, olha nos meus olhos. — Você vai me matar esta noite. — Ele traz sua boca para a minha novamente, mas, dessa vez, está mais exigente, conforme sua mão desliza para dentro do meu bolso traseiro. Mais uma vez, o jeito como ele me segura não deixa margem para confusão.

Ele me quer perto. Muito perto.

Deslizo as mãos por seu peito e subo até seu rosto, onde me deleito com a sensação dos seus pelos faciais e me pergunto como será senti-lo contra a minha pele macia, esfregando, arranhando, reivindicando tudo o que ele quer.

Meu beijo se intensifica, com imagens mentais de Bram passando sua bochecha no meu corpo até a junção entre minhas pernas, sua respiração baixa e pesada, meu desejo queimando dentro de mim. Cada músculo meu da cintura para baixo se contrai enquanto me pressiono contra ele, minha língua deslizando entre seus lábios, exigindo que ele abra a boca, o que ele faz sem a mínima resistência. Quando me esfrego contra sua pélvis e sinto o quão duro ele está, nós dois gememos em uníssono.

— Temos que parar — ele diz, afastando a boca da minha. Tento recuperar o fôlego, sentindo meu corpo querer muito mais. — A menos que você queira que eu feche essa porta e te leve até o seu quarto, pulando a parte do encontro, acho que você precisa se afastar.

Eu o quero.

Mas também quero esse encontro.

E quero levar as coisas com calma.

Meu Deus, o que deu em mim? Sentindo-me um pouco tímida, dou um passo para trás e enfio as mãos nos meus bolsos traseiros. Olho para o chão, acanhada.

— Desculpe.

Ele ergue meu queixo com o dedo indicador.

— Não se desculpe. Nunca se desculpe por me dar afeto. Eu sei que você quer ir sem pressa, então estou apenas avisando. É só isso. — Ele me puxa para mais perto. — Porque não vou conseguir me controlar se continuarmos isso aqui. Eu quero isso, nós, há anos.

Só porque ele é tão doce, dou mais um beijo nos seus lábios, leve e suave, e pego as flores que ele está segurando.

— São para mim?

Ele balança a cabeça.

— Para os seus vizinhos. Quero amolecê-los para que, quando eu finalmente tiver a chance de estar com você, eles não queiram reclamar para o seu proprietário dos gemidos vindos do seu apartamento.

Dou um tapa no seu peito, de brincadeira, e levo as flores para a cozinha.

Ele vem logo atrás de mim.

— É sério, as flores são para o 6B. É o apartamento que compartilha a parede do seu quarto, não é? Eles vão ouvir uma trilha sonora e tanto.

— Continue, Bram. Veja o que consegue com isso. — Coloco as flores em um vaso e o encho com água.

Ele vem por trás de mim e beija meu pescoço, segurando meus quadris. Não consigo resistir a esse homem, então inclino a cabeça para o lado, dando-lhe um melhor acesso. Seus lábios trabalham para cima e para baixo no meu pescoço. Meus mamilos enrijecem, tornando-se pontinhos excitados, e o sutiã não ajuda em nada a escondê-los. E ele percebe.

Grunhindo, ele move as mãos dos meus quadris, arrastando-as para cima, passando lentamente por minha barriga até chegar logo abaixo dos meus seios, que é onde o impeço. Coloco o vaso na bancada, giro no seu abraço e meus mamilos se esfregam no seu peito forte e firme conforme o abraço pelo pescoço.

— O que você ia fazer?

Nem um pouco tímido em relação à sua resposta, ele disse:

— Apertar os seus peitos, beliscar esses seus mamilos duros pra caralho, talvez rasgar essa blusa e me esbaldar neles por pelo menos meia hora, até você não conseguir mais aguentar o prazer e ceder, gozando só de sentir minha boca quente e molhada nos seus peitos excitados e durinhos.

Meu Deus, acho que não vou aguentar esperar essa noite.

Estou molhada.

Estou pulsando.

Minhas pernas se esfregam uma na outra de desejo.

Nunca senti esse nível de tesão antes...

Meu corpo flexiona, querendo desesperadamente que ele esqueça tudo que falei sobre levar as coisas sem pressa.

— Você é perigoso. — Brinco com os cabelos curtos na parte de trás da sua cabeça. — Essa sua boca é perversa.

Ele abre um sorriso torto.

— Sou muito mais perverso do que você imagina. — Ele inclina-se para frente e sussurra no meu ouvido: — Espere só até essa minha boca poder se esbaldar na sua boceta. Você não vai pensar que sou perigoso. Você vai saber que sou letal. — Ele mordisca minha orelha e se afasta, colocando espaço entre nós.

Sem fôlego, fico olhando enquanto ele caminha até a porta, ajustando as calças. Ele está tentando agir como se não estivesse afetado, mas posso afirmar, pela tensão nos seus ombros e o aperto na sua mandíbula, que ele está tão excitado quanto eu.

Passamos cinco minutos juntos até agora e já estamos prestes a entrar em combustão, então o que isso significa para o resto da noite?

Não era isso que eu esperava quando Bram me chamou para sair.

Bram é cortês. Divertido, mas cortês. Então, eu esperava que ele fosse me levar a um restaurante chique, onde o prato mais barato no cardápio fosse cinquenta dólares. Mas, em vez disso, ele me surpreendeu e me trouxe para o SoHo, para um restaurante que fica em um hotel, chamado *Harold's Meat Plus Three*.

Dizer que estou chocada é um eufemismo.

Quando chegamos ao hotel, lancei para ele um olhar de canto de olho. Estar em um hotel com Bram me fez imaginar que ideia ele teve para um encontro, mas então, ele me conduziu até o *Harold's*, disse à garçonete seu nome e que tinha uma reserva para dois. Não fomos guiados até um canto nos fundos ou um ambiente especial. Não, estamos sentados no meio de um restaurante de estilo vintage com azulejos geométricos azul-turquesa e brancos, lindas mesas de madeira com cadeiras que parecem pertencer às salas de aula do ensino fundamental, e um letreiro brilhante em neon na parede. É como se tivéssemos viajado no tempo e, honestamente, estou amando tudo isso.

Não é chamativo. Não é ostentoso. É simplesmente perfeito.

— Você já esteve aqui antes? — ele pergunta, pegando o cardápio.

— Não, você já?

— Muitas vezes. Os caras e eu gostamos de vir aqui. Cada um pede um prato e dividimos. É uma festa enorme de comida e passamos pelo menos duas horas devorando tudo o que tiver na mesa. — Ele olha para mim por cima do seu cardápio e pisca. — Não se preocupe, nós não vamos fazer isso hoje, porque tenho outros planos para depois do jantar.

— Envolve um quarto lá em cima? — Olho incisivamente para ele.

— Boa tentativa. — Ele balança a cabeça. — Você vai ter que aprender a manter a calcinha no lugar quando estiver perto de mim.

Arregalo os olhos.

— Eu? — Aponto para o meu peito.

— Sim, você. — Ele indica com o queixo na minha direção. — Se bem me lembro, quando te dei um beijo inocente mais cedo, foi você que tentou limpar as minhas amídalas com a língua.

Meu rosto pega fogo, e ergo o cardápio para bloquear sua vista. Não se passa nem um segundo e ele está puxando meu cardápio, com aquele sorriso presunçoso em modo flerte com força total.

— Não fique tímida agora, Jules. Foi uma delícia.

Limpo a garganta e tento não pensar em como a voz dele ficou mais baixa e no quanto eu gosto quando ele flerta comigo.

— Então, como funciona aqui? — Olho para o cardápio, vendo todas as letras se misturarem na página como uma sopa de letrinhas.

Ele dá risada e abaixa meu cardápio novamente, prendendo-o na mesa com o seu.

— O nome do restaurante basicamente descreve o menu. Você escolhe um tipo de carne e três acompanhamentos.

— Hummm, ok, isso eu posso fazer.

— Com fome? — Ele balança as sobrancelhas para mim e, para torturá-lo como ele tem me torturado, dou uma olhada no seu corpo, de cima a baixo, e confirmo com a cabeça.

Quando volto a olhar nos seus olhos, eles estão mais escuros, excitados, prontos para atacar.

— Cuidado, Julia. Se você pensa que eu não faria um espetáculo no meio desse restaurante, está totalmente enganada.

— Que tipo de espetáculo?

Ele se inclina para frente e diz:

— Não tenho problema algum em colocar as suas pernas nessa mesa e te chupar na frente de todo mundo.

— Você nunca faria isso — zombo, voltando a pegar meu cardápio.

O som agudo de uma cadeira arrastando no chão, seguido do corpo grande de Bram se ajoelhando diante de mim, me sobressalta. Ele move meu corpo para que eu fique de frente para ele, e então, abre minhas pernas, levando as mãos até o botão da minha calça.

Afasto-o com um tapa imediatamente.

— O que diabos você está fazendo?

— Me dando um pequeno aperitivo.

— Você não vai... fazer isso aqui.

— O quê? Lamber a sua boceta?

Mortificada com a altura com que ele disse *boceta*, coloco a mão sobre sua boca e olho em volta para ver se tem alguém nos observando. Percebo um casal ao nosso lado nos analisando, no instante em que sinto Bram passar a língua no meu dedo.

E, por alguma razão muito louca, ao invés de puxar minha mão de volta imediatamente, retorno o foco para ele aos poucos, encontrando seu olhar me encarando, com determinação. Ele agita a língua na minha palma e, depois, a achata contra minha pele, lambendo.

Ai, Deus.

Sinto-me pulsar.

Minhas pernas estremecem.

Minha excitação aumenta consideravelmente, meu corpo aquece, e o meu desejo de pular o jantar e ir para um dos quartos do hotel fica mais forte a cada segundo.

Quando se afasta, ele fica de pé e se curva para falar no meu ouvido.

— Você gostou disso, Jules?

Estranhamente, confirmo com a cabeça. Eu gostei muito. Ele lambeu a minha mão, mas tudo o que consegui visualizar foi ele me lambendo em outro lugar, e não somente entre as minhas pernas. Eu o quero no meu corpo inteiro.

Uma conversa que tivemos nas nossas entrevistas iniciais me vem à mente.

Quarenta e cinco minutos.

Quarenta e cinco minutos de preliminares era a média dele, o tempo que ele acredita que se deve passar tocando, sentindo, beijando e provocando. *Agora, posso imaginar. Agora, eu desejo isso. Agora, eu preciso disso.*

Uma leve camada de suor surge na minha pele, e minha mão vai até meu pescoço enquanto penso como seria ter Bram brincando com meu corpo durante quarenta e cinco minutos.

Pecaminosidade absoluta.

— Jules, tudo bem aí?

Bram está de volta à sua cadeira, com o cardápio na mão e um sorriso preguiçoso, e está escrito nos seus olhos que ele sabe exatamente no que estou pensando.

Pega no flagra, assinto e volto a olhar o cardápio.

— O salmão parece ótimo — digo, limpando a garganta.

Ele ri e balança a cabeça, completamente ciente do poder que tem sobre mim.

O poder que ele sempre teve sobre mim.

— Você tem que me contar.

Ele balança a cabeça.

— Essa merda é sagrada.

Estamos quase terminando nossas refeições, apenas remexendo nos nossos pratos, agora. Compartilhamos nosso jantar como um velho casal, dividindo os pratos como se fizéssemos isso há anos. Foi muito fofo.

— Ah, vai, o Rath nunca disse nada.

— O que é exatamente que ele tem que fazer.

Inclinando-me para frente, empino os seios com meus braços cruzados contra a barriga e dou a ele um bom show, do qual ele se aproveita completamente.

— Por favor, me dê pelo menos uma história.

Ele lambe os lábios.

— Me mostre o seu peito rapidinho que eu te conto.

— O quê? — Recosto-me na cadeira e rio. — De jeito nenhum!

Ele dá de ombros casualmente.

— Então, nada de história. Desculpe.

— Você acha mesmo que eu vou te mostrar o meu peito no meio desse restaurante, onde qualquer um poderia ver? É isso que você quer? Que algum outro cara veja o meu peito?

Ele cerra a mandíbula.

— Droga. Não, eu não quero.

Rio.

— Você fica esquecendo que eu aprendi tudo sobre você, por dentro e por fora, Bram. Você é um animal implacável, territorial e alfa quando se trata de relação física. Basta um olhar de outro homem na minha direção para a sua fúria crescer e você mostrar as presas.

— Eu não sou um animal selvagem — ele zomba. Lanço um olhar incisivo para ele, erguendo uma sobrancelha. — Tá, se algum outro cara passar mais de um segundo olhando para você, talvez eu surte pra caralho, mas esse não é o ponto. Não vou te contar nada sobre o juramento da nossa fraternidade.

— Por quê? É constrangedor?

— Sim, é constrangedor e eu prefiro não desenhar essa imagem para você. Quero que sempre me veja como um milionário sexy com um pau gigante.

Que egomaníaco. Talvez ele seja mais vermelho do que pensei.

— Na verdade, não é assim que eu te vejo. — Dou um gole na minha bebida.

— Não? — ele desafia, com interesse.

— Não. Nem um pouco. E, para registrar, eu não faço ideia do tamanho do... seu pau.

— Como você me vê?

O tilintar de talheres contra pratos de cerâmica e um leve bate-papo ressoam pelo restaurante, lembrando-me de que não estamos sozinhos, mas embora estejamos rodeados por outras pessoas jantando, parece que estamos na nossa própria bolha.

Eu sabia que seria assim estar com Bram, divertido e doce com muito tesão; eu só não sabia que ia gostar tanto assim. Ele não é nada como os outros caras que já namorei, e não porque ele é bem-sucedido na sua carreira e nos seus negócios, mas porque sua personalidade é do tipo que me consome. Fico presa nela. Presa nele.

— Como eu realmente te vejo? — Ele assente, esperando pacientemente por minha resposta. — Na minha cabeça, você ainda é o cara que falava com a garota nerd na faculdade. Um homem com um coração gigante, um espírito divertido, e uma alma carinhosa. — Tomo mais um gole de água, tentando agir da maneira mais casual possível, embora meu coração esteja batendo a quilômetros por minuto.

Seus olhos não desviam dos meus, sua expressão facial **mantém**-se neutra, e a única mudança é a ínfima erguida no canto da sua boca. **Se eu** não estivesse olhando-o, tentando observar cada um dos seus movimentos, **não teria** percebido.

Segundos se passam, o mundo ao nosso redor para e a **pressão** do seu olhar me **devora viva**. Mas nenhum de nós se rende.

A sensação é de que um minuto se passa, e então Bram **pega** sua carteira, retira algumas notas e as coloca sobre a mesa. Ele levanta da sua cadeira e estende a mão para mim. Surpresa, coloco meu guardanapo na mesa e pego sua mão, deixando que ele me guie para fora do restaurante até o hotel. Quando entramos no elevador, quase abro a boca para protestar, pensando que ele irá nos levar para algum quarto, mas, quando ele aperta o botão do segundo andar, seguro a língua.

Bram pode até ser humilde, nada como um milionário típico, mas também não é o tipo de cara que pede um quarto no segundo andar. Ele exige o melhor.

Quieto, com um leve vinco entre as sobrancelhas, ele me abraça pela cintura e me conduz assim que as portas do elevador se abrem. Os cliques dos meus saltos no chão acarpetado entram em sincronia com seus passos longos até estarmos no pátio do hotel, onde há meia dúzia de barracas privativas cercando o espaço quadrado. Uma grama verde cobre a superfície e há pinheiros espalhados pelo espaço, fornecendo uma sensação de natureza ao ar livre no meio dos arredores urbanos.

— O que é isso? — pergunto, maravilhada, assimilando as luzes brilhantes, assentos em forma de tronco, e as barracas luxuosas no meio dos prédios altos de tijolos e rochas.

Ele segura minha mão.

— Por aqui.

Passando por alguns casais que estão curtindo uma fogueira, ele me conduz até uma barraca onde há um garçom usando uma camisa de flanela, calça jeans e um avental apertado na cintura, bem na entrada da barraca.

— Sr. Scott. Ficamos felizes por poder se juntar a nós esta noite. A barraca que o senhor pediu está pronta e com tudo o que o senhor precisa lá dentro. Gostaria de mais alguma coisa?

Discretamente, Bram enfia a mão no bolso, tira algumas notas e as coloca na mão do homem.

— Privacidade.

— Muito bem, senhor. Há um telefone na mesa ao lado do sofá, caso precise de algo. Gostaria que eu fechasse a barraca?

— Sim.

E com isso, Bram nos leva para dentro da barraca branca e a entrada se fecha, dando-nos bastante privacidade.

Isolados do mundo, absorvo a grama macia sob meus saltos, o sofá de dois lugares de madeira com estofados de flanela, os cordões de luzes cercando a barraca, e a lareira a gás abastecida com ingredientes para *s'mores*. Há um pequeno respiradouro acima da lareira e um mural fotográfico na parede dos fundos da barraca, com fotos de uma floresta. *Isso é tão romântico.*

— Isso é incrível, Bram. Como você sabia desse lugar?

Ele me conduz até o sofá, onde nos sentamos e ele me mantém pertinho.

— Pesquisei bastante. — Ele se estica e acende a lareira, deixando em uma potência baixa, e torna a se recostar no sofá, puxando-me para seu lado. — Você gostou?

— Eu adorei.

Aconchego-me contra ele, maravilhada com sua habilidade de ser romântico. Nós ficamos ali, deixando as chamas dançarem diante de nós, enquanto fixamos nossas atenções no calor laranja e azul cintilando nas pedras de vidro. Ao fundo, ouço grilos cantado, um fluxo de água corrente batendo em rochas, e as leves risadas de pessoas à nossa volta. É muito pacífico, calmo, o fim perfeito para o nosso encontro, e algo que raramente vivencio: tranquilidade.

Movendo minha mão por seu peito, faço pequenos círculos por seu suéter com os dedos, sentindo a firmeza do seu peito.

— Você está calado. Eu disse algo errado no jantar?

— Não. — Ele beija o topo da minha cabeça, puxando-me ainda mais contra seu corpo. — Você disse exatamente a coisa certa.

— Então por que você está tão calado?

Não é do feitio de Bram ficar em silêncio por tanto tempo. Ele está sempre falando, tentando me engajar nas conversas fiadas que tanto odeio. Honestamente, acho que nunca vi esse homem tão quieto antes.

— Porque estou feliz pra caralho. Faz tanto tempo que gosto de você, Julia, e finalmente posso te ter nos meus braços, sabendo que não vai fugir.

Absorvo suas palavras, o desejo que ele nutre há tanto tempo, imaginando como teria sido se tivéssemos começado a namorar antes. Será que ainda estaríamos juntos hoje? Uma parte de mim acha que sim, e outra parte acha que não. Somos diferentes do que éramos na faculdade. Sim, ainda temos alguns dos mesmos atributos e morais, mas também nos tornamos adultos.

— Você acha que, se tivéssemos ficado juntos na faculdade, ainda estaríamos juntos hoje?

— Com certeza — ele responde, sem a mínima dúvida na voz. — Por que você acha que não estaríamos?

Dou de ombros, odiando ser uma estraga-prazeres, especialmente depois de tudo o que ele fez esta noite para que esse encontro fosse especial.

— Não sei. Acho que nós mudamos bastante, e me pergunto se o nosso relacionamento teria mudado também.

— Está duvidando da nossa capacidade de longevidade, Jules?

— Não, de jeito nenhum. É só uma curiosidade.

— Bem, a sua curiosidade está começando a incitar a minha competitividade.

— Ele beija a lateral da minha cabeça. — Aceite, Westin, você está presa comigo agora.

— Acho que estou presa a você desde sempre, apesar de tudo. — Sorrio comigo mesma, ficando mais perto dele.

CAPÍTULO VINTE E CINCO
Bram

— Eu era o campeão de *s'mores* durante a faculdade, então faça como eu faço.

— Como alguém se torna campeão de *s'mores*? — Julia pergunta enquanto pega um espeto para o marshmallow.

— Fácil. — Espalho os ingredientes: um biscoito, chocolate por cima, e outro biscoito, no topo do marshmallow. — Você aperfeiçoa a maneira de assar o marshmallow e o tempo de fazer o sanduíche. É tudo questão de temperatura e tempo.

— Isso parece ridículo e algo que os alunos na faculdade apoiavam só para puxar mais o seu saco.

Olho-a de lado.

— Se quer saber, durante os primeiros dois anos na faculdade, eu não fazia *s'mores* adequadamente. Somente depois que fiz minhas pesquisas do segundo para o terceiro ano foi que realmente passei a dominar o ofício e melhorei a minha habilidade, e isso foi quando eu era um ninguém, só mais um idiota na casa da fraternidade. Então, pode pegar a sua teoria sobre puxarem o meu saco e enfiar nessa sua bunda perfeita e apertável. — Entrego-lhe um marshmallow, que ela recebe com um sorriso.

— Você tem muita paixão por *s'mores*, hein?

— Bom, não questione as minhas habilidades.

— Você age como se fosse o melhor em tudo.

Inclino-me para sussurrar no seu ouvido:

— É porque eu sou. — Com minha mão na sua, abaixo nossos espetos, pairando-os sobre as pequenas chamas, e começo o processo de assar os marshmallows. Falando suavemente, com seu corpo pressionado ao meu, ensino a ela a parte mais importante sobre fazer *s'mores* perfeitos. — O segredo está na maneira de assar.

Ela se aconchega em mim, apoiando a cabeça no meu ombro, e a sensação de tê-la tão perto e segura comigo envia uma onda de orgulho para o meu peito. Ela é minha. Essa mulher brilhante e de coração tão bom é minha. Nenhuma outra conquista se compara a ter o coração dessa mulher.

— Na maneira de assar? Sério? Não é nos ingredientes?

— Chocolate *Hershey's* simples, marshmallows *Jet Puffed* e biscoitos *Honey Maid* é tudo o que precisamos, nada de coisas mais chiques. Mas, quando você está assando o marshmallow, é preciso ter paciência. Você tem que segurar o espeto no alto e rotacionar constantemente, assim. — Com minha mão sobre a sua, demonstro a técnica, que ela aprende bem rápido. — Você está assando de dentro para fora, com o objetivo de deixar o centro viscoso, aí quando você o colocar entre os biscoitos, vai vê-lo se esparramar pelos lados.

— E você precisou fazer pesquisas para descobrir isso? — ela provoca.

— Sou meticuloso.

Ela dá risada e balança a cabeça.

— Posso te perguntar uma coisa? — ela indaga, focando no fogo diante dela e na rotação do seu espeto.

— Qualquer coisa.

— O que te fez querer me chamar para sair agora? Por que não depois da faculdade? Ou por que não alguns anos atrás? Por que agora?

— Honestamente? — Ela assente. — Além do fato de que eu tive que lamber e curar minhas feridas depois da sua rejeição... — Ela revira os olhos dramaticamente. — Eu queria ter certeza de que você estava pronta.

— Como você conseguiria saber que eu estava pronta?

— Bem, para começar, eu não ia mais te chamar para sair enquanto ainda estivesse na faculdade. A rejeição estava muito recente e você precisava de tempo para focar nos seus estudos. E assim que você se formou e iniciou seu doutorado, eu sabia que você não tinha tempo para namorar, mesmo que tenha se envolvido em alguns relacionamentos de merda aqui e ali. Deduzi que nada ia durar, e eu não queria ir parar no cemitério dos relacionamentos passados da Julia. Então, eu esperei. Esperei até você conseguir o seu doutorado e estabilizar o seu negócio, até você estar pronta para arranjar tempo para si mesma.

— Como sabia que deveria esperar?

— Porque eu conheço a sua personalidade, Jules. Você é determinada, e nada pode nem deve entrar no seu caminho para te impedir de conseguir o que quer. Agora que você tem tudo pelo que lutou, senti que era o momento perfeito para entrar em cena com o meu charme. — Balanço as sobrancelhas. — Quando te vi na festa beneficente do Rath, a leveza em você, a maneira como estava relaxada, eu soube que você estava pronta. Então, bolei um plano e acabou funcionando a meu favor.

— Assim como tudo sempre funciona.

— Estou ouvindo sarcasmo? — Estendo a mão e continuo a rotacionar seu espeto, lembrando-a do toque mágico.

— Um pouquinho, talvez. — Ela bate no meu ombro com o seu.

— Fala a verdade, você gosta disso.

— De quê? Do fato de que você não só é bom em tudo, mas também tem razão sobre tudo?

— Não sou bom em tudo.

Há um ceticismo na sua expressão quando ela me fita de cima a baixo.

— Por favor, me diga uma coisa na qual você não seja excelente? Caramba, você é bom até em perder quando quer.

Pisco para ela.

— É tudo questão de estratégia.

— Ah, qual é. — Ela me dá um empurrãozinho, fazendo com que meu marshmallow caia perigosamente nas chamas. Ajusto rapidamente e lanço um olhar de censura para ela. Ela apenas ri. — Me dê um vislumbre dos seus defeitos.

— Não tenho muitos, sabe?

Ela me encara com firmeza.

— Colabore comigo.

— Mesmo que eu odeie admitir em que coisas não sou excelente, ao contrário do que muitos pensam, há mesmo algumas áreas na minha vida nas quais eu preciso de uma melhora... — Ela revira os olhos, mas se inclina na minha direção, buscando informações como se fosse um cão raivoso procurando a próxima vítima. — Sendo bem honesto, eu poderia me vestir melhor.

Sua expressão fica entediada, seus lábios se separando.

— Você está brincando, não é?

Balanço a cabeça e dou uma olhada na minha roupa.

— Isso é simples demais para alguém do meu status.

— Você é louco. — Ela balança a cabeça e tenta se afastar de mim, mas eu a seguro rapidamente pela cintura e a puxo para mais perto. — Isso não é um defeito.

Rio ao pé do seu ouvido antes de dar um beijo suave no seu lóbulo.

— Gosto quando você fica toda irritadinha comigo.

— Não me teste, Bram. Posso ficar muito mais irritadinha que isso.

— Mal posso esperar para ver.

Mais uma vez, ela revira os olhos para mim e vira de volta para o fogo, deixando um silêncio cair sobre nós.

Mordisco o interior da minha bochecha, tentando pensar em uma boa resposta para sua pergunta, uma que satisfaça de verdade seu apetite, porque é isso que Julia merece. Ela não faz perguntas simplesmente por querer saber uma informação. Ela pergunta porque está genuinamente interessada, e isso é uma das coisas que mais adoro nela.

E sem precisar pensar mais, sei o que responder.

— Não sei grelhar carne.

Julia vira para mim, e confusão macula seu rosto.

— Você não sabe... grelhar carne?

— Não. — Balanço a cabeça solenemente. — Não importa o quanto eu tente, sempre queimo a porra da carne. Quer carvão no seu hambúrguer? É só me chamar.

— Isso é difícil de acreditar. Você estava sempre perto da churrasqueira na sua fraternidade.

Coloco a mão na sua perna e aperto.

— É tudo questão de percepção, Jules. Eu não fazia nada naquela churrasqueira, e os caras sabiam disso. Sou conhecido por arruinar um pedaço bom de bife.

— Não sei. Acho que você vai ter que me provar.

Ergo uma sobrancelha inquisitiva para ela.

— Você está... — Faço uma pausa, em nome do drama. — Me convidando para um segundo encontro?

Com um regozijo tomando conta dos seus traços, ela balança a cabeça.

— Eu sabia que você não facilitaria para mim.

— Como assim? — Coloco os marshmallows nos biscoitos já preparados.

Ela observa cada movimento meu, o jeito como retiro o marshmallow do espeto, a maneira como o pressiono entre os biscoitos para fazer um sanduíche.

— Você, Bram Scott, vai sempre me provocar sem piedade, não vai?

Mostro-lhe o *s'more* perfeito e o seguro diante da minha boca.

— Provocar é só mais uma forma de preliminar. Espere muitas provocações da minha parte.

Com isso, mordo meu *s'more* e observo cautelosamente o ritmo da respiração de Julia e a luxúria transbordando nos seus olhos. Ela pode parecer desinteressada e indiferente — sem dúvidas, seu papel no seu negócio requer que ela seja assim —, mas, na hora do vamos ver, ela é um frasco de paixão pronto para explodir. E eu? Eu sou o cretino sortudo pra caralho que vai fazê-la chegar lá.

— Não me olhe desse jeito.

— Que jeito? — pergunto, brincando com sua mão na minha.

— Como um homem convencido que sabe que está prestes a entrar no meu apartamento.

Olho para a porta e depois de volta para Julia.

— Bom, você vai me convidar para entrar, não vai?

Ela ergue o queixo e inclina a cabeça um pouco para o lado.

— Não. Não, não vou.

— Mentira. — Pego a chave da sua mão, destranco sua porta e nos conduzo para dentro do seu apartamento. Com um rápido chute, fecho a porta e depois viro-me de volta para Julia. — Gostaria de beber alguma coisa?

— Você sabe que esse é o meu apartamento, não é?

Vou até a cozinha e abro sua geladeira.

— Não posso te oferecer muita coisa, mas o que tenho talvez te agrade. — Ergo uma garrafa de suco de laranja e a apresento com a palma aberta. — Isso parece ser uma garrafa de 2018 do melhor suco de laranja. — Mexo na geladeira novamente e pego o galão de leite. — Também tenho meio galão de néctar de vaca. E eu seria negligente se não mencionasse o melhor segredo escondido da cidade de Nova York: água da torneira, servida direto da fonte. — Gesticulo em direção à pia.

Nada de sorriso. Nada de risada.

Nem mesmo uma curvinha nos seus lábios.

Em vez disso, recebo um revirar de olhos enorme enquanto ela se aproxima e coloca as bebidas de volta na geladeira.

— Ah, a moça vai querer água da torneira.

— Não. — Ela começa a me empurrar em direção à porta. — A moça não terá nenhum convidado esta noite, então nenhuma bebida será servida.

Finco meus calcanhares no chão, impedindo sua tentativa de me expulsar.

— Pelo contrário. Ouvi dizer que você estava aceitando visitantes para passar a noite. Amigos de aconchego. Parceiros de conchinha. E já que estamos namorando e tudo mais, deduzi que eu seria a pessoa que corresponderia ao seu anúncio de "precisa-se".

— Não tem anúncio nenhum.

— Não é o que os seus olhos estão dizendo agora. — Jogo meu braço em volta dos seus ombros e a levo para o sofá. — Fique aqui comigo por um tempinho. Ainda não estou pronto para me despedir.

O estofado macio nos engole quando nos sentamos juntos. Pouso meu braço no topo do encosto do móvel e viro para ficar de frente para Julia, apoio uma mão na sua perna erguida e começo a desenhar círculos leves ali com meu polegar.

— Viu? Não é tão ruim assim.

Ela repousa a cabeça no encosto do sofá e olha para mim.

— Você não acha que isso não é nem um pouco estranho?

— Não. — Balanço a cabeça. — Sinto que é onde eu deveria estar desde sempre, perto de você — respondo com toda sinceridade, tentando mostrar a ela que estou falando sério. — Por que você acha estranho?

— Não sei. Não consigo decidir. — Ela estende a mão até a minha e entrelaça nossos dedos. Fitando nossa conexão, ela continua: — Eu te conheço tão bem, talvez até bem demais, mas também parece que você é um estranho. Mas quando nos tocamos, quando você está perto de mim, me abraçando, me acariciando, parece que temos essa intimidade há anos. — Ela balança a cabeça. — Não estou falando coisa com coisa.

Ergo seu queixo.

— É um novo capítulo na nossa história, só isso. Não é nada para se preocupar, mas algo para guardar na memória, para apreciar.

Intrigada, ela me estuda.

— Sabe, quando você diz coisas assim, não me lembra o Bram Scott que conheço.

— Você irá conhecer o Bram genuíno bem rápido, isso eu posso garantir.

— É mesmo? — Ela mordisca o lábio inferior. — Ok, me conte algo supersensível sobre você. Algo que nem os meninos sabem.

— Algo sensível? — Ela confirma lentamente com a cabeça. — O que eu ganho se te contar algo sobre mim? Quer dizer, eu sou um homem de negócios, então vou precisar de algo em troca.

— Acho que é justo. — Ela pensa por um segundo. — Que tal um beijo?

— Um beijo? — Esfrego minhas mãos. — Ok, por onde eu começo?

Ela ri, e o som tão doce percorre minha espinha, despertando cada centímetro do meu corpo... cada centímetro *mesmo*.

— Quem sabe, se você revelar algo muito bom, eu te dê mais beijos.

— Ah, agora estou vendo qual é a sua. — Aponto para ela. — Você quer apagar a imagem do garoto de fraternidade da sua mente e substituir por um homem sensível, não é?

Ela balança a cabeça.

— Não, eu nunca iria querer substituir o garoto que conheci. Só quero adicionar camadas a ele.

Caralho. Quando ela diz algo assim, faz o meu sarcasmo sumir e me faz querer revelar cada segredo que tenho.

Chego mais perto, e com a minha mão que descansa sobre o encosto do sofá, puxo uma mecha do seu cabelo e começo a enrolar com meu dedo. Ela se apoia no meu toque.

— Sabe aqueles vídeos sobre resgate de animais? Com cachorros cheios de pulgas presos debaixo de pontes? — Ela assente. — Não sei por que, mas, por alguma razão, eu sempre acabo assistindo a eles, e toda vez choro como um bebezinho. Tipo, choro mesmo, lágrimas descendo pelo rosto e tudo.

— O quê? — Ela abre um sorriso suave.

— Sim, eu choro, e choro pra valer. Quer dizer... eles parecem não ter mais jeito e, então, um ser humano incrível entra em cena e faz uma transformação canina neles, os vestem com uma camisa havaiana e, de repente, eles se tornam os cachorros mais felizes do planeta. É inspirador pra caramba. Sempre acabo doando dinheiro para os abrigos locais depois de cada vídeo que assisto.

— Sério?

Assinto e faço um bico com meus lábios.

— Pode mandar, gatinha.

Ela senta de joelhos e se aproxima de mim, pousando a mão no meu peito.

— Eu também assisto a esses vídeos de vez em quando, e também fico emocionada. — Ela baixa a cabeça, deixando sua boca a meros centímetros de distância da minha.

— Você não é humano se não se sentir afetado por um cachorro cheio de pulgas que ganha uma segunda chance na vida.

— Está mais para um psicopata. — Seu nariz toca o meu. Deslizo a mão por suas costas, parando bem acima da sua bunda.

— Totalmente — sussurro, meus olhos focados na sua boca.

Com uma mão, ela segura minha bochecha e traz seus lábios para os meus, onde pressiona o beijo mais suave do mundo na minha boca, mal tocando, tão leve quanto um sussurro, antes de se afastar. Estou prestes a reclamar quando ela monta no meu colo e apoia as mãos no meu peito.

— Me conta mais alguma coisa.

Porra. Sim. Estou curtindo esse novo jeito de sentar.

— Você quer mais?

— Muito mais. — Ela se aconchega, repousando completamente sobre o meu pau, que está endurecendo.

Pego um pouco desprevenido, limpo a garganta e tento pensar em mais alguma coisa, qualquer coisa para mantê-la onde está.

— Eu amo o Roark como um irmão, mas o Rath? Ele é a minha outra metade. É como se ele possuísse um pedaço de mim e, se alguma coisa acontecer a ele, sentirei falta desse pedaço até na medula óssea.

Seus olhos ficam nublados quando ela se inclina para frente novamente.

— Eu sempre tive inveja da amizade de vocês. Já vi vocês juntos... — Ela corre os dedos por minha nuca. — As interações entre vocês, o jeito como se importam profundamente um com o outro. Eu sempre desejei uma amizade tão profunda quanto a de vocês dois, ou ao menos ter um pequeno pedaço seu, do jeito que você deu um ao Rath.

Deus, essa garota. E eu pensei que a conhecia bem.

Mas isso foi mais do que eu esperava e, ainda assim, não foi o suficiente.

— Linda... — Agarro seus quadris. — Você tem tanto de mim, que não sei nem se você consegue aguentar.

Mas eu quero te dar mais. Tudo.

— Eu quero tentar.

Ela enfia os dedos nos meus cabelos e fecha a distância entre nós. Dessa vez, seu beijo é um pouco mais urgente — um pouco mais brusco —, como se estivesse tentando ficar o mais próxima possível de mim. E em vez de somente um sussurro contra meus lábios, ela planta sua boca firmemente na minha e emaranha os dedos nos meus cabelos, enviando uma onda de excitação diretamente para o meu pau.

Passo minhas mãos por dentro da sua blusa e, no mesmo instante, ela se afasta novamente.

Jesus.

Respiro ofegante e encaro seus lábios rosados, macios e lindos. Eu os quero novamente. É tudo em que consigo focar e tudo o que quero. Mas, quando busco mais, sou dolorosamente rejeitado, com sua mão empurrando meu peito.

— Preciso de mais uma confissão.

— Porra. — Repouso a cabeça no sofá e olho para o teto. — Hã... uma vez, eu dei o meu último pedaço de sanduíche para um gato faminto. — Puxo-a para perto e colo a boca na sua, enquanto minhas mãos viajam por suas costas, descendo até sua calça, onde continuo até passar do cós. *Deus, eu amo a bunda dela.*

Mas, antes que eu possa dar uma boa apalpada, ela se afasta novamente.

Isso é uma maldita tortura.

Meu pau está duro feito pedra, pressionando de maneira desconfortável meu zíper.

Meus mamilos estão rígidos como vidro, praticamente cortando meu suéter.

Minhas pernas estão dormentes de desejo.

E minha cabeça está tonta de luxúria.

— Essa não foi uma confissão satisfatória.

— Quando foi combinada uma escala de satisfação? Pensei que fosse apenas confissão, beijo. Confissão, beijo.

— Uma escala entrou em cena no minuto em que as suas mãos começaram a viajar até a minha calça.

Abro um sorriso perverso.

— Bem, foi você que sentou no meu colo e me atiçou.

— Eu só estava me posicionando melhor para te beijar.

— Disso eu não vou reclamar. — Me aproximo para beijá-la novamente, mas ela me impede, colocando a palma no meu rosto. — Isso não é muito condizente com o clima que estou tentando criar — falo contra sua mão.

Ela ri.

— Não terão mais beijos até você me dar uma confissão satisfatória. Lembre-se, estou tentando adicionar camadas.

Grunho de frustração, incerto sobre o que mais dizer, já que todo o sangue do meu corpo está concentrado na minha virilha, deixando-me desatento e incapaz de focar na tarefa de buscar a minha deusa interior e colocar para fora todo pensamento sensível que já tive.

Mas nada me vem à mente.

— Err...

Ela enrola meus cabelos com os dedos.

— Você tem que ter mais alguma coisa pra me dizer. — Ela se inclina para frente e mordisca minha orelha antes de falar suavemente. — Alguma história que tenha te feito chorar até dormir.

— Hã...

Ela rebola contra os meus quadris.

— Talvez você seja um vigilante secreto que passa o tempo livre abrindo portas para idosas. — Seus lábios sobem pela pele do meu pescoço.

— Bom, eu abro portas. — Suspiro. A pressão do meu pau contra minha calça agora está dolorosa.

— Ou houve alguma vez que você chorou até dormir depois de assistir a um soldado voltando para casa e revendo a família? — Ela morde a curva do meu pescoço, enquanto seus cabelos macios tocam levemente minha pele aquecida.

Pooooorra. Agarro sua bunda com força, prestes a perder a compostura.

— Fiquei emocionado com isso algumas vezes.

Ela ergue a cabeça e traz seus lábios para os meus, mordiscando minha boca, me provocando ao ponto de eu temer a possibilidade de fazer algo estúpido, como deitá-la no sofá e enfiar meu pau nela sem aviso.

Nunca em um milhão de anos eu imaginaria que Julia Westin era uma provocadora e, mesmo assim, aqui está ela, no meu colo, mal tocando seus lábios nos meus, ondulando seus quadris contra a minha ereção dura pra caralho, tentando-me, mas nunca cedendo.

Ela é uma megera.

Porra, como eu a quero.

— Me conte uma história, Bram, me mostre um pequeno pedaço da sua alma.

Cerro os dentes no minuto em que ela se afasta novamente. De jeito nenhum vou aguentar mais uma rodada dessa tortura e sair ileso. É por isso que mergulho na minha caixa de segredos e dou a ela a única coisa que resta, a única coisa que venho tentando evitar falar sobre.

— Último ano da faculdade — digo em um fôlego, chamando sua atenção. — Aquela noite.

— Que noite? — Suas provocações diminuem um pouco enquanto ela ouve minha história atentamente.

— A noite em que eu quase matei aquele cara com os meus punhos.

— Ah.

Uma sílaba. Uma simples reação com tanto peso em duas letras. Nunca falamos realmente sobre aquela noite, apenas varremos para debaixo do tapete, mas tem uma coisa sobre a qual ela não sabe, algo que jurei que nunca contaria a ela. Nunca... *nunca confessaria*. Mas é uma parte da minha alma que ela precisa ver.

Olhe bem nos seus olhos enquanto falo.

— Naquela noite, eu estava com uma sensação estranha. Uma que estava deixando cada pelo do meu corpo em pé, atento. Alguma coisa me disse para não beber aquela noite, para estar em total alerta. Isso pode soar brega, mas é como se alguma força cósmica estivesse juntando as nossas almas. Senti uma dor imediata no peito enquanto andava pelo campus e, um minuto depois, encontrei você lutando contra aquele escroto. Fiquei furioso. Nada poderia me deter. Nada, exceto o som aliviado da sua voz.

— Foi como... se você soubesse que alguma coisa ia acontecer comigo.

Assinto lentamente.

— Mal consigo expressar o quão grato fiquei por ter chegado na hora. E depois que te levei de volta para o seu dormitório, fiquei do lado de fora por pelo menos uma hora, olhando para a sua janela, pedindo para quem quer que estivesse ouvindo que você ficasse bem. Que você não estivesse assustada. Fiquei andando para lá e para cá, passando a mão pelos cabelos, odiando a mim mesmo por não ter chegado mais rápido, mas também frustrado com a arrogância daquele fodido do caralho, pensando que podia forçar qualquer garota que ele quisesse. — *E ele tentou pegar o que era meu. A que era minha.* Respiro fundo. — Eu fiquei com tanta raiva, tão frustrado e confuso com meus sentimentos pela *irmãzinha do Rath* que passei o resto da noite me revirando na cama, enjoado, e tão irado que acabei abrindo três buracos na minha parede com socos e torci o pulso.

— Espere, foi assim que você torceu o pulso? O Rath disse que foi porque você estava bêbado e caiu da escada.

— Porque ele não queria que você soubesse do motivo real. Ele foi até o meu quarto depois do terceiro golpe e me fez parar. Ele me levou para o hospital, e somente quando estávamos na sala de exames foi que ele se manifestou e me perguntou o que estava acontecendo. Eu não queria contar o que aconteceu, mas ele não acreditava em nenhuma das mentiras que tentei inventar. Então, acabei contando a verdade, implorando para que ele não dissesse nada até você lhe contar.

Ela se ergue um pouco, com uma clareza surgindo nos seus olhos.

— Ele agiu com surpresa e raiva na manhã seguinte, como se não soubesse.

— Ele cumpriu sua palavra. Ele me disse naquela noite que eu seria seu irmão para sempre, alguém por quem ele colocaria a vida na reta. E foi naquela noite que percebi que, apesar de nunca ter tido irmãos, eu sempre teria alguém ao meu lado, alguém em quem eu poderia me apoiar. Foi a noite em que descobri o que era fraternidade verdadeira.

A noite em que finalmente pude ter uma vaga ideia de como era me sentir completo.

No entanto, mais tarde, também percebi que eu não seria completamente eu até conseguir conquistar o coração de Julia.

CAPÍTULO VINTE E SEIS
Julia

Pisco algumas vezes, ainda tentando compreender tudo o que Bram acaba de me dizer.

Eu deveria estar zangada, eu deveria estar furiosa com Bram por contar ao Rath antes que eu tivesse a chance, mas, por mais que eu tente, não consigo reunir uma gota de raiva.

— Jules. — Ele puxa minha mão. — Ei, você está brava?

Não consigo responder. Ainda não consigo acreditar. Quando pedi a ele que me confessasse algo, nunca pensei que seria isso. Nunca pensei que descobriria o motivo real pelo qual ele torceu o pulso, ou o motivo pelo qual peguei Rath no dia seguinte com massa corrida na mão e um olhar preocupado no rosto.

— Jules, me desculpe. Eu sei que te disse que não contaria a ele, mas...

Eu o silencio com meu dedo na sua boca. Ele arregala os olhos, conforme prendo os meus nos dele. Medo toma conta das suas pupilas e uma tensão se acumula nos seus músculos, fazendo com que suas coxas pareçam se transformar em rochas sob mim.

Levanto do seu colo, e ele engole seu protesto quando o puxo comigo. De mãos dadas, eu o levo para o meu quarto, fecho a porta silenciosamente e viro-me para ele. Confusão macula seu rosto conforme agarro a bainha da minha blusa e a puxo pela cabeça.

Ele fica parado, aturdido, absorvendo meu torso, seus olhos focando no sutiã preto de renda com os punhos cerrados dos lados do corpo.

Dou um passo à frente, e depois mais um, até minhas mãos pousarem no seu suéter. Ele inspira com força quando deslizo as palmas por baixo da bainha e subo meus dedos por seu torso nu.

— Eu sei que disse que queria ir com calma — digo em um tom sério. — Mas não acho que consigo, não depois do que você acabou de me contar. Preciso me conectar com você em um nível diferente. Preciso sentir você, e preciso que esse seu coração lindo me toque da maneira que só você sabe.

— Fui sincero em tudo que disse — ele afirma, sem rastros de entonação provocativa na voz.

— Eu sei, e é por isso que preciso sentir a sua pele na minha.

Puxo seu suéter pela cabeça, expondo seu peito firme como uma parede rochosa. Peitoral denso, mamilos túrgidos, ombros esculpidos e um abdômen de matar, que faz meus joelhos enfraquecerem.

Meus dedos exploram sua pele, deleitando-se com a sensação do seu peito forte sob meu toque e a maneira como ele se mantém tão imóvel, ocasionalmente respirando fundo quando meus dedos passam de leve por seus mamilos.

Pela sua personalidade e o fato de que ele é o tipo de homem que gosta de estar no controle, fico surpresa com todo o tempo em que ele me deixa no poder, permitindo-me explorar.

Desço as mãos por sua barriga, desfaço seu cinto e o botão da calça. Há um volume óbvio entre suas pernas e fico com água na boca, querendo ver o quanto ele está duro por mim. Pelo pouco tempo em que passei sentada no seu colo, presumo que ele esteja desesperado para se libertar, a essa altura. Mas não abro o zíper ainda.

Em vez disso, tiro a minha calça, expondo minhas pernas compridas em uma calcinha fio-dental preta. Ele suspira e traz suas mãos até minha cintura, onde me segura com força, descendo seu toque para o cós da minha calcinha. Seus dedos pressionam meu traseiro, agarrando com firmeza, como se estivesse com medo de que, se piscasse, eu desapareceria.

— Eu te quero há tanto tempo. — Ele engole em seco. — É quase como se não fosse real.

E ali está novamente seu lado sensível, um lado dele que eu nunca soube que existia. Ele sempre foi o Bram — o cara que fazia brincadeira sobre tudo. Mas esse outro lado dele — como se estivesse maravilhado — está mexendo comigo de maneiras inesperadas, como se eu quisesse mais do que tudo me prender a ele e nunca mais soltar.

Envolvo seu pescoço com os braços, prendendo as mãos atrás da sua nuca, e sussurro:

— É real, Bram.

Ele traz sua boca para a minha e me reivindica da única maneira que sabe fazer: com paixão. Força. Ele está tomando o controle de volta com o único propósito de me dar prazer, me satisfazer... *me adorar.* Suavemente, ele abre a boca para mim, tomando-me com sua língua, buscando uma conexão ainda mais profunda. Submeto-me, deixando-me cair no seu abraço, abrindo mais a boca e entrando em sincronia com seu ritmo, enquanto nossas mãos exploram os corpos aquecidos um do outro.

Uma eletricidade viciante ondula entre nós, em uma conexão palpável, uma promessa do prazer que está por vir — não que eu tivesse alguma dúvida de que, com Bram, não seria nada menos que incrível.

Suas mãos deslizam para cima nas minhas costas, onde ele desfaz o fecho do meu sutiã. Ele não o puxa para baixo imediatamente. Em vez disso, move as mãos até minhas costelas, e pousa as palmas logo abaixo dos meus seios. Ele continua sua missão de apreciar meu corpo com a boca. É aí que aproveito para passar as mãos por seu corpo sem pressa, curtindo cada contorno e protuberância dos seus músculos, da sua pele tão firme e macia. Bram irradia pura masculinidade na maneira como se envolve ainda mais no meu abraço e como passeia as mãos por todo o meu corpo, tentando tocar cada centímetro que suas mãos grandes conseguem.

Seus beijos são inebriantes, bem executados, intoxicantes.

Seu toque é calmante, sedutor, como um raio transpassando minha espinha e transformando-me em um poço de desejo.

E seu cheiro — tão masculino, me consumindo.

Ele arrasta os polegares pela parte de baixo dos meus seios e os sobe devagar, deixando-me sem fôlego quando sua língua mergulha ainda mais profundo na minha boca. Um gemido me escapa e seus polegares sobem mais, até chegar nos meus mamilos, onde ele desliza os dedos uma, duas, três vezes.

Meus músculos se contraem.

Minha excitação aumenta.

E meu desejo de empurrá-lo para a cama toma conta de mim, conforme minhas mãos se conectam com seu peito na tentativa de dizer a ele exatamente o que eu quero.

Felizmente, ele está ouvindo.

Ele me gira até a parte de trás das minhas pernas atingir a cama, onde me coloca com cuidado, desconectando nossas bocas por um breve segundo enquanto retira sua calça junto com a boxer.

De onde estou, tenho uma vista impressionante da sua ereção, esticando-se e balançando na sua cintura. Antes que eu possa acariciá-lo ou ao menos olhar melhor, ele me empurra para deitar na cama, ergue meu sutiã e devora meus seios expostos.

Seu pau pousa pesadamente na minha perna, seu corpo pegando fogo, e sua boca quente e molhada está nos meus mamilos.

Chupando.

Mordiscando.

Beliscando.

Ele se esbalda nos meus seios, sem parar por um momento, fazendo meus músculos derreterem e a junção entre minhas pernas pulsar incessantemente, implorando por seu toque. Apenas uma carícia, algo para aliviar a pressão que está se acumulando dentro de mim, na boca do meu estômago, vibrando em sincronia com minha excitação.

— Oh, Deus — gemo, agarrando seus cabelos, movimentando meu peito sob ele, encorajando-o a descer mais, mas ele não se toca disso. Em vez disso, fica onde está, chupando e apertando meus seios. — Bram — grunho. — Por favor.

— Quarenta e cinco minutos — ele diz entre sugadas.

E então a ficha cai — a conversa que tivemos sobre preliminares. Ele acredita que quarenta e cinco minutos é a quantidade apropriada para brincar com o corpo de uma mulher. Não sei há quanto tempo começamos, mas sei que não vou conseguir aguentar esse tipo de prazer durante quarenta e cinco minutos.

— Não — digo, sem fôlego. — Por favor, não me faça esperar todo esse tempo.

— Quarenta e cinco minutos, Jules. — É tudo que ele diz, e volta a chupar meus seios.

Meu Deus.

Eu não vou aguentar.

Eu o quero, dentro de mim, agora.

Movendo as mãos para baixo, entre nós, encontro a ponta do seu pau e esfrego o polegar pela ponta. Ele se retorce em resposta, erguendo a cabeça para respirar fundo.

— O que você pensa que está fazendo?

— Você não é o único que pode tocar — respondo ofegante, passando meu polegar por sua extremidade novamente.

Ele fecha os olhos com força e inspira e expira profundamente, seus músculos peitorais flexionando, uma leve camada de suor começando a cobrir sua pele. Incentivada pelo prazer gravado no seu rosto, movimento a mão mais para baixo, descendo por seu comprimento e voltando, onde pressiono meu polegar contra a parte de baixo do seu pau.

— Porra! — ele diz, com a respiração pesada.

Movimento a mão para baixo novamente, enquanto seus olhos focam na maneira como o bombeio e seus quadris se movem no ritmo da minha carícia.

— Eu quero você dentro de mim, Bram. Eu preciso de você dentro de mim.

A expressão dele vacila, claramente indecisa entre as preliminares e finalmente me reivindicar. Para lhe dar mais um pouco de encorajamento, ergo a cabeça e distribuo beijos por seu peito até tocar seu mamilo com a boca. Ele praticamente pula na cama e arrasta a mão pelos cabelos, murmurando algo logo antes de alcançar minha calcinha e puxá-la por minhas pernas para retirá-la.

Em um movimento rápido, ele se curva entre minhas pernas e pressiona a boca no meu centro. Minhas mãos caem na cama, agarrando o edredom com força, meu peito se erguendo, minha boca abrindo. Não há calma, não há uma inspeção lenta. Ele mergulha a língua diretamente no meu clitóris, sua boca quente e molhada, sua língua forte e implacável conforme ele me chupa com habilidade, causando-me um ataque de prazer em segundos.

— Oh, Bram... oh, Deus.

Minhas pernas se contraem, meu estômago retorce, meus dedos dos pés se contorcem e um grito feroz irrompe de mim conforme gozo na língua de Bram, meu orgasmo fazendo meu corpo inteiro pegar fogo.

Consigo, vagamente, senti-lo me lamber mais algumas vezes antes de ouvir o farfalhar da sua calça jeans e o som denunciador de uma embalagem de camisinha. Praticamente incapaz de erguer a cabeça, olho para cima no instante em que Bram pega minhas pernas e as separa, abrindo-me bem para ele.

— Segure as pernas assim, Jules.

Faço o que ele diz, com um pouco de vergonha, mas cheia de tesão. Nunca fiz nada assim com um homem antes, então essa posição nova — e *quase* vulnerável demais — me deixa disposta e pronta novamente.

Bram se posiciona sobre mim, agarra seu pau e esfrega a extremidade por minha entrada escorregadia antes de entrar completamente.

— Porra! — ele geme, com os olhos fechados com força, colocando uma mão na minha barriga. — Você é tão perfeita, Jules, perfeita pra caralho.

Quero dizer a ele como é epicamente maravilhoso senti-lo dentro de mim, como ele me estica e me preenche como se fosse destinado a estar comigo a minha vida toda, mas as palavras me faltam quando ele começa a estocar dentro de mim.

Tão duro.

Tão grande.

Tão grosso.

Tão perfeito.

Seu pau trabalha dentro de mim, girando e batendo com força, atingindo-me em todos os pontos certos. Ele impulsiona os quadris para cima para uma penetração mais profunda, acariciando-me naquele ponto inconfundível.

— Bram, oh, bem aí. Isso! — choramingo. — Isso!

Ele resmunga alguma coisa e começa a se mover mais rápido, seus quadris impulsionando para dentro e para fora de mim, me fazendo pegar fogo, transformando cada osso meu em uma esponja molenga, e sinto meu orgasmo iminente passando como um foguete pela boca do estômago antes de explodir como fogos de artifício.

Contraio-me ao redor dele, mordo o lábio, e impulsiono os quadris para cima ao cair no precipício do prazer.

— Isso — ele geme comigo, sua mão indo até meu seio, apertando-o e, depois, parando. Seu rosto se contorce em uma expressão sexy de luxúria conforme ele goza dentro de mim, meu nome rolando por sua língua em um som gutural, que me estimula ainda mais.

Movemos os quadris durante nossos orgasmos, extraindo cada gota de prazer antes de desabarmos na cama. Bram não perde tempo e me puxa para seus braços, beijando minha testa.

— Minha nossa, Jules, isso foi... porra, foi tão melhor do que qualquer coisa que já imaginei.

— Você pensava sobre isso?

— Com frequência. — Ele ri, levemente sem fôlego. — Mas nunca esperei que você fosse tão vocal.

Um rubor surge nas minhas bochechas.

— Nunca fui mesmo, até estar com você.

— Caramba. — Ele expira. — Isso faz um bem do caralho para o meu ego.

Dou risada.

— Eu não esperaria menos que isso de você.

E essa é a verdade.

Claro que ele tinha que ser o homem que me faria gozar duas vezes durante o sexo. Claro que ele tinha que ser o homem que sabe brincar com o meu corpo como se tivesse sido feito para ele.

— O que você está fazendo? — A voz grogue de Bram pergunta no escuro.

Ando nas pontas dos pés no piso frio de madeira, nua como no dia em que nasci, e deito-me novamente nos lençóis quentinhos.

— Tive que ir ao banheiro.

— Hummm, você é tão macia. — Bram se aconchega nas minhas costas, muito feliz porque voltei.

Remexo-me contra ele.

— E você está muito duro.

— Você faz isso comigo. Três vezes aparentemente não foram suficientes.

Nem me fale. Após três rodadas do melhor sexo da minha vida, ainda sinto que não satisfiz meu apetite por esse homem. Como isso é possível?

— Isso vai ser constrangedor, mas acho que você vai gostar de saber.

— O quê? — ele pergunta, beijando meu ombro.

— Eu nunca transei mais de uma vez na mesma noite.

Sinto o leve arranhão da sua barba por fazer na minha pele.

— Isso só mostra que você nunca esteve com o cara certo.

Levo a mão até sua nuca enquanto seus lábios viajam para minha mandíbula.

— Não, eu nunca estive.

Mas algo me diz que estou com o cara certo agora.

Ele geme no meu ouvido e empurra minha perna com seu joelho.

— Abra para mim, Jules.

— Espere.

Alcanço minha mesa de cabeceira e pego o vibrador. Na última vez que transamos, deixei claro que estou tomando anticoncepcional, e assim que eu disse isso, Bram jogou suas camisinhas para fora do quarto. Acho que nunca vou esquecer da expressão de pura luxúria no seu rosto quando entrou em mim sem barreira alguma. Ele jogou a cabeça para trás enquanto rosnava, como se nunca tivesse sentido algo tão bom assim na vida. Sua respiração ficou irregular momentaneamente, e quando ele abriu os olhos e me fitou... *Deus*, eu quase gozei só com isso. Senti-me poderosa, porque esse homem incrível, que eu sei que já esteve com muitas mulheres, parecia estar no nirvana. E fui *eu* que proporcionei isso a *ele*. Foi intoxicante. Seu olhar me deu coragem, e é por esse motivo que estou ligando o botão do meu vibrador, deixando o som ecoar pelo ar.

Imediatamente, Bram ergue a cabeça.

— O que você tem aí?

Sorrindo, viro-me no seu abraço e ergo meu vibrador cor-de-rosa. Pressiono-o contra seu mamilo e o passo em direção ao seu abdômen definido.

— Ah, caramba, mulher. — Ele se remexe sobre a cama, mas não sai do lugar, bem onde quero que fique, então empurro seu ombro para baixo para que ele fique completamente deitado de barriga para cima no colchão, com sua ereção formando uma barraca com o lençol.

Satisfeita com o quanto ele me quer, empurro o lençol para deixá-lo completamente exposto. Com um sorriso no rosto, arrasto o vibrador por sua barriga, ficando com água na boca, enquanto seus músculos se contraem sob a leve vibração do objeto. *E pensar que isso me dava prazer. Não é nada comparado a Bram.* Ele se contorce sob mim e coloca as mãos atrás da cabeça, dando-me acesso total ao seu corpo sexy.

Quando levo o vibrador até a ponta do seu pau, ele se contrai lindamente com a sensação, fazendo meus mamilos endurecerem. Esfrego as pernas uma na outra, sentindo meu corpo aquecer em segundos diante da sua reação. Endireitando um pouco as costas, desço o vibrador por seu comprimento até as bolas, onde deixo vibrar por alguns segundos. Seu rugido ecoa pelo quarto, estimulando-me ainda mais, e então pressiono a ponta do vibrador no seu períneo. Seus quadris se impulsionam para cima e sua mão vem até minha bunda, onde ele me agarra como se dependesse desse suporte. Seu pau fica ainda mais duro, e uma pequena gota de pré-gozo brilha na extremidade sob a luz da lua.

— Porra... ca-ra-lho! — Ele agarra os lençóis com força conforme seu pau balança na barriga, suplicando por um toque. — Amor, ahhh, porra, Julia... minha nossa. — Ele faz menção de tocar seu pau, mas afasto sua mão com um tapinha, amando a maneira como estou fazendo-o implorar.

Ele engole em seco, aumentando a força de seu aperto na minha bunda.

— Julia, por favor... hummm, merda. Julia, me toque, droga.

— Hummm, assim? — pergunto, baixando a cabeça e rolando a língua pela cabeça do seu pau.

— Puta que pariu! — Bram esfrega o rosto.

Amando o quão excitado ele está, o quão duro está na minha boca, coloco a outra mão na base do seu pau e começo a bombear para cima e para baixo, enquanto continuo a rolar a língua por sua glande e brincando com o vibrador.

Sob mim, suas pernas estremecem, seu peito retumba com gemidos, e a mão que está agarrando minha bunda a aperta ainda mais forte quando sinto o primeiro jato de gozo na minha boca.

Ele geme ainda mais alto, e um monte de palavrões sai da sua boca conforme seu orgasmo o domina. Deixo-o deleitar-se na sensação até senti-lo ficar completamente relaxado.

Desligo o vibrador e subo até sua boca, onde pressiono um beijo leve nos seus lábios.

— Você gostou?

Ele não responde imediatamente, tentando recuperar o fôlego. Ele demora alguns segundos, mas, quando abre a boca, sua voz sai rouca.

— Porra, não consigo sentir minhas pernas. Merda, Julia, acho que nunca gozei tão forte na vida.

— Então, isso é um sim?

Ele confirma com a cabeça e joga o braço sobre os olhos.

— Porra... acho que o meu pau está flutuando no paraíso nesse momento.

Dou risada e guardo o vibrador de volta na mesa de cabeceira. Assim que estou prestes a me aconchegar em Bram novamente, ele ergue meus quadris e me faz montar no seu corpo.

— Preciso de você. Preciso te chupar.

Ele empurra meu corpo para frente até minha boceta estar no seu rosto, e sem perder mais tempo, enfia a língua em mim. *Oh, Deus. Esse homem.*

Agora é a minha vez de gemer.

— Por que estou indo embora mesmo? — Bram pergunta, puxando-me para seus braços e colocando as mãos na parte baixa das minhas costas.

— Porque nós precisamos tomar banho.

— E o que foi que eu te disse? Fico mais do que feliz em te ensaboar. — Ele baixa a cabeça e pressiona um beijo firme na minha boca, o tipo de beijo que me faz repensar tudo.

Empurro seu peito, desgrudando nossos lábios.

— Nós estamos indo com calma, lembra?

A risada gutural que ressoa por seu peito não faz nada para acalmar minha libido.

— Tenho certeza de que essa história de ir com calma já foi jogada pela janela, a essa altura. Você sentou na minha cara ontem à noite.

Um rubor forte mancha minhas bochechas enquanto penso na maneira como ele me puxou para seu rosto.

— Foi você que fez isso.

— E mesmo assim... — Ele olha para cima, como se estivesse relembrando a noite inteira. — Você ficou dizendo "isso, isso, isso. Mais, Bram, me dê mais. Bem aí, papaizão".

Dou um tapa no seu peito, fazendo-o rir.

— Eu não te chamei de papaizão.

— Na minha cabeça, chamou sim.

— Você é louco. — Estendo a mão por trás dele e abro a porta.

Ele não se mexe.

— Estou com a sensação de que você está tentando se livrar de mim. Por que está fazendo isso? — Ele curva-se para frente e começa a distribuir beijos no meu pescoço.

Esse homem... Por que é tão fácil ele me fazer derreter até virar uma gigante poça de luxúria? Cada vez que ele me tocou ontem à noite, mesmo que por acidente, meu corpo reagiu. É como se estivesse tentando compensar os últimos dez anos, e é uma das grandes razões pelas quais acho que ele deveria ir embora, para que eu não me apaixone perdidamente por esse homem já no primeiro fim de semana que passo nos seus braços.

— Eu só quero me certificar de que você sabe no que está se metendo.

— Você está brincando, não é? — Ele ergue a cabeça para me olhar. — Jules, eu te conheço há anos. Não teria lutado por você se não quisesse o pacote completo.

Ele ergue meu queixo e pressiona um beijo profundo nos meus lábios. Suspiro nos seus braços inevitavelmente, envolvendo-o pelo pescoço e puxando-o para ainda mais perto.

Talvez não seja uma ideia tão ruim ele ficar mais um pouco. Talvez fosse uma boa comermos o brunch juntos, ou até mesmo jantarmos juntos...

— Aham.

O som distinto de alguém limpando a garganta vem do corredor, fazendo com que eu pause minha tarefa de beijar Bram com ainda mais profundidade.

Lentamente, com as mãos ainda agarrando um ao outro, nossas bocas conectadas, nós viramos em direção à porta para encontrar Rath com uma postura intensa, os braços cruzados e os olhos focados em Bram.

Ai, merda.

Empurro Bram para longe de mim e limpo a boca, como se tentasse me livrar da evidência. Como se o meu irmão não fosse acreditar no que acaba de ver. Porque isso seria ruim, não seria? *Seria?*

— Ah, oi... maninho. — Aceno o mais casualmente possível. — Hã, o que te traz a essa vizinhança?

Ele olha para Bram, nunca perdendo-o de vista. Não consigo ter certeza completa se está zangado ou simplesmente chocado. Bram fica ali, com o peito estufado, postura confiante, pronto para enfrentar o que quer que o meu irmão pretenda dizer a ele. *A mim.*

É fofo.

Sexy.

Deus, ele é tão atraente, ali firme, pronto para defender a minha honra.

— Julia — Rath diz severamente. — Pare de olhar para o Bram assim.

Chocada e envergonhada, meu rosto fica com um tom vermelho fervente, e eu volto a olhar para o meu irmão.

— Eu, hã, estava vendo se ele tinha algo nos dentes.

— Era isso que você estava fazendo com a sua boca na dele?

Dou uma risada nervosa.

— Bem, você sabe como é, não há uma maneira melhor de limpar a boca de um amigo do que com a língua... — Minhas palavras vão sumindo, meu senso completamente perdido.

Talvez seja porque Bram adore uma punição, mas ele se aproxima de mim e passa o braço em volta dos meus ombros, abrindo um sorriso brilhante.

— E quer saber, Rath? Ela é a melhor limpadora de boca que existe.

Por quê? Por que ele teve que dizer isso?

Rath fica ali, fumegando de raiva, com os ombros quase tocando as orelhas com a tensão que o domina no momento. Ele parece estar prestes a se aproximar em apenas um passo e derrubar Bram com um soco.

Bram está sereno, como se ser pego beijando a irmã do seu melhor amigo fosse uma ocorrência rotineira. Não. É como se ele tivesse esperado exatamente por esse dia para contar a verdade para seu melhor amigo. *Que sou eu quem ele quer na vida dele.*

O tempo parece parar enquanto eles se encaram, nenhum dos dois cedendo, nenhum dos dois dando o primeiro passo.

Meu olhar se alterna entre os dois, e sinto uma dor nervosa começar a surgir no meu estômago. Eu deveria dizer alguma coisa, fazer alguma coisa, mas sinto-me paralisada, incerta sobre o que fazer.

É o Bram, melhor amigo do Rath, o único cara por quem ele colocaria a vida dele na reta, e talvez eu tenha complicado as coisas de uma maneira terrível.

Ai, Deus, e se eles não forem mais amigos depois disso?

E se eu tiver arruinado tudo?

Acho que chega um momento na vida de uma garota em que ela se vê imersa em uma situação que é tão esquisita, tão desconfortável, tão estressante que a única reação que ela consegue esboçar é ficar parada aturdida, enquanto seus mamilos tentam praticamente voltar para dentro do corpo.

É assim que estou agora.

Mamilos invertidos, boca seca, e uma vontade incessante de enfiar a cabeça no meu próprio peito.

— Quanto tempo? — Rath pergunta, agora falando diretamente com Bram.

— Cara... foi, tipo, a noite toda. Não é, Julia?

Eu vou vomitar. Bem aqui, nos sapatos recém-polidos de Rath.

Rath dá um passo à frente e eu tento me afastar, mas Bram me segura com firmeza, sem ceder um centímetro.

Meu irmão aponta para o amigo enquanto mantém o olhar perfurante em mim.

— Você transou com ele?

— Hummm... — Remexo-me no lugar, desviando o olhar para qualquer direção, menos para Rath, que me olha de maneira abrasadora. — É até engraçado, sabe? — Limpo a garganta. — Hilário, na verdade. — Tusso. — Está seco aqui? Acho que preciso de um pouco de água. Vocês também estão com sede? Vou só buscar um pouco de...

— Sim, nós transamos — Bram anuncia com orgulho cada palavra que sai da sua boca.

Homens! Por que são tão... tão... irritantes?

Estou prestes a acertá-lo bem no estômago quando ele diz:

— Mas não vejo como isso pode ser da sua conta.

— Ela é minha irmã.

— Tô sabendo — Bram diz. — Sei que ela é sua irmã desde que a conheci e fiquei desesperado para chamá-la para sair.

Ai, Deus, o Bram... ele está mesmo prestes a declarar seus sentimentos por mim na frente do meu irmão? Acho que as minhas emoções não aguentam isso.

— O quê? — Rath pergunta, a tensão nos seus ombros começando a desaparecer. — Você queria chamar a Julia para sair na faculdade?

— Sim — Bram responde casualmente, balançando-se sobre os calcanhares, enquanto estou uma bola de nervos, sem saber se vou desmaiar ou fazer xixi nas calças. Por favor, Deus, não permita que aconteçam as duas coisas ao mesmo tempo. — Não levei muito tempo para saber que queria mais do que apenas a amizade dela. Quando a chamei para sair certa noite, em uma festa, e ela me rejeitou, eu sabia que era apenas o começo da nossa história não-contada. Eu esperei. — Ele me aperta com mais força. — Esperei por um longo tempo, e quando chegou o momento de fazermos mais uma aposta, eu sabia que teria a minha oportunidade de me aproximar dela, de fazê-la ver o tipo de homem que me tornei, e tirei total vantagem disso.

— Espere... você perdeu a aposta de propósito?

— Sei que isso vai magoar o seu ego, amigo, mas sim, perdi de propósito. Você achou mesmo que eu colocaria Russell Wilson na reserva?

— Filho da puta! — Rath passa os dedos pelos cabelos, como se estivesse mais perturbado com a história da aposta do que por ter visto seu melhor amigo beijando sua irmã. — Eu deveria ter sacado. Foi fácil demais ganhar.

— Desculpe, mas foi tudo planejado desde o início, e eu não mudaria sequer um segundo disso, porque me deu um motivo plausível para a sua irmã passar tempo comigo. Eu queria que ela me visse como mais do que seu amigo, cara. Precisava que ela soubesse que estou falando sério, que eu a levo a sério.

Rath coça a lateral da mandíbula e olha para nós dois, observando a maneira como Bram me segura ao seu lado, com firmeza, sem me soltar. Tenho que dar crédito a ele. É muito sexy o fato de que ele está pronto para enfrentar qualquer coisa por nós.

— E vocês se gostam? — Rath gesticula entre nós dois.

— Eu gosto dela pra caralho, com certeza — Bram responde sem me dar uma chance. — Gosto dela há muito tempo mesmo. Foi preciso um pouco de persuasão, mas ela finalmente me deixou levá-la para um encontro.

— Um encontro? — Rath ergue uma sobrancelha inquisitiva para mim. — Então, você quer ver no que isso vai dar?

Sabendo que vou ter que falar em algum momento, recomponho-me e confirmo com a cabeça.

— Sim, eu quero. Eu também gosto muito dele e... e... — Engulo em seco. — Nós estamos namorando.

Bram beija a lateral da minha cabeça.

— Estamos.

Ficamos em silêncio depois que Rath pausa seu interrogatório.

— E quando eu fui ao seu escritório aquele dia e você estava chorando...

— Você estava chorando? — Bram vira-se completamente para mim.

— Eu, hã, fui pega desprevenida pelos seus sentimentos por mim. Fiquei muito abalada porque eu sei... — Jesus, por que tenho que dizer isso para Bram agora na frente do meu irmão? — Sinto que você pode facilmente roubar o meu coração.

Os olhos de Bram suavizam e ele me envolve nos seus braços, dando um beijo no topo da minha cabeça.

— Jules, você sabe que eu protegeria o seu coração de qualquer coisa, especialmente de mim.

E essa é a verdade. Bram é um protetor, e ele faria praticamente qualquer coisa para garantir que eu nunca me magoe. Eu deveria saber disso, a esse ponto, embora pensar em ceder completamente aos meus sentimentos me assuste pra cacete.

— Então, esse é o cara de quem você estava falando? — Rath interrompe. — Você estava falando sobre o Bram?

Afasto-me relutantemente do abraço de Bram e assinto.

— Sim.

— Por que você não me disse? — Detecto a mágoa na sua voz. — Eu poderia ter te ajudado a entender os seus sentimentos.

Dou uma risada de escárnio.

— Por favor, de jeito nenhum eu poderia ter te dito que tinha sentimentos pelo seu melhor amigo.

— Por que não? — Rath parece confuso. — Ele é o melhor cara que conheço, então por que eu não ficaria feliz por vocês dois estarem juntos? — Um sorriso pequeno surge nos seus lábios.

Sinto meu queixo atingir o chão.

— Você está falando sério?

— Sim. Eu não poderia estar mais feliz. — Rath se aproxima e puxa Bram para um abraço. Eles se abraçam por alguns segundos, dando aqueles tapinhas masculinos nas costas um do outro, e quando se afastam, Rath mantém seu braço em volta de Bram ao falar comigo. — Mas eu vou te avistar, Julia. Se você partir o coração desse homem, vai se ver comigo.

— Hã, como é que é?

— Desculpe, não fui claro? — Rath puxa uma mecha do meu cabelo e diz, da maneira mais doce: — Não estrague tudo. O Bram é a melhor coisa que poderia te acontecer.

— Valeu, cara. — Bram vira-se para Rath, com sinceridade nos seus traços.

— É sério — Rath diz, antes de puxar Bram para mais um abraço.

Isso só pode ser brincadeira.

Eles ficam ali, se abraçando, dizendo pequenas declarações de amor um para o outro baixinho.

E eu pensava que o Rath fosse minha família.

Reviro os olhos, profundamente irritada, e abro a porta, empurrando os dois para fora do apartamento, expulsando-os.

Idiotas.

Estou prestes a ir para o banheiro quando minha porta se abre novamente e Bram me agarra pelo pulso. Ele me gira até me envolver nos seus braços e me dá um beijo na boca. Profundo, molhado e sensual. Ao se afastar, ele mantém a testa pressionada na minha.

— Eu te ligo mais tarde. O seu irmão vai me levar para tomar café da manhã.

— Ele aperta minha bunda e acrescenta: — Ontem à noite significou tanto para mim, Jules. Obrigado. Falo com você mais tarde.

Com isso, ele dá um beijo casto nos meus lábios e depois sai, deixando-me em um estado menos irritado... na verdade, não estou mais irritada, nem um pouco. Sendo honesta, até suspiro um pouco ao tocar meus lábios, chocada, feliz e impaciente, começando a contar os minutos até poder ver Bram novamente. *E tudo isso depois de apenas uma noite.*

COMO NAMORAR A IRMÃ DO SEU MELHOR AMIGO

CAPÍTULO VINTE E SETE
Bram

— Saúde?

Ergo minha mimosa — eu gosto de champanhe e suco de laranja, me processe — e espero Rath brindar comigo com sua caneca de café.

Ele hesita por um breve segundo antes de abrir um sorriso completo e tocar sua caneca na minha pequena taça.

— Saúde.

Tomamos um gole das nossas bebidas e nos recostamos nas nossas cadeiras, um ar casual entre nós. Não sei por que estava nervoso para contar ao Rath. Eu deveria saber que ele ficaria feliz com esse casal.

— Então, você gosta da minha irmã, hein? — Ele cruza uma perna por cima da outra, apoiando um tornozelo sobre o joelho oposto e segurando-o enquanto me examina.

Decido ser completamente transparente. É o único jeito que sempre fui com ele — bem, exceto com o negócio de perder a aposta, mas aquilo foi por um bom motivo.

— Sim. Eu gosto muito dela.

— Quanto?

— Ela é a pessoa certa, cara. — Dou um gole na minha mimosa.

— A pessoa certa? — Rath pergunta, incrédulo.

— Com certeza.

— Vocês estão namorando há quanto tempo?

— Um dia. — Sorrio.

Ele me olha de lado.

— Estão namorando há um dia, e você já acha que ela é a pessoa certa?

— Podemos até estar namorando só há um dia, mas ela é dona do meu coração há muito mais tempo que isso. Ela me intrigou desde a primeira vez que a vi. Depois que ela me rejeitou na faculdade, eu soube que estar com ela não era questão de gratificação instantânea, ou uma paixão simples. Eu soube que sentia algo diferente por ela. Algo que nunca senti por mais ninguém. Eu sabia que ela precisava de tempo para alcançar seus objetivos. Sabia que teria que me esforçar para ter o afeto dela, e então, quando o momento certo chegasse, lutar por ela com todas as forças.

— E agora foi o momento certo?

Pisco para ele.

— O momento perfeito.

Não menciono que a semana passada foi uma tortura, tentando conquistá-la depois de prová-la brevemente, porque eu ainda tenho certo orgulho e não quero que o meu amigo saiba da minha luta momentânea.

— E você está feliz?

— Mais do que nunca.

E essa é realmente a verdade. Sou um cara feliz, não me entenda mal. Não fico entocado no meu escritório o dia inteiro esperando para gritar com alguém. Linus é testemunha disso. Mas existem níveis de felicidade, e para mim, o maior nível é *viver feliz*. Eu não estava vivendo feliz até Julia pressionar seus lábios nos meus. É como se, no momento em que nossas bocas se conectaram, tudo pareceu ficar mais brilhante, como se eu pudesse respirar mais levemente, como se tudo na minha vida estivesse pausado, esperando por esse momento.

Estou vivendo feliz, e tudo por causa da irmã do meu melhor amigo.

— Sinto que é tão certo, Rath.

— Eu confio em você mais do que em qualquer pessoa que conheço, Bram, e é por isso que consigo aceitar isso. Você não é um mentiroso, ou nós não seríamos amigos. Ela é o meu mundo há anos, e a felicidade dela é tudo o que eu quero, e vê-la com você hoje? Tá, porra, fiquei chocado a princípio, porque não fazia ideia. Mas eu vi o olhar dela. Ela estava feliz. Apesar do revirar de olhos que ela deu quando você foi um babaca arrogante. — Dou risada. Ele respira fundo e desvia o olhar de mim momentaneamente. Entretanto, sua expressão está contida quando ele olha de volta para mim. — E você não vai ser escroto com ela?

Lanço um olhar de "fala sério" para ele.

— Você precisa mesmo perguntar?

— Não, porque se você magoá-la, sabe que vou te matar.

— Confie em mim, você não precisa se preocupar.

— Não achei que precisava.

— Oi.

— Oi — ela atende. Posso ouvir o sorriso na sua voz sem nem ao menos vê-la. Conheço essa mulher bem o suficiente para saber quando ela está feliz, e essa é sua voz feliz.

— O que está fazendo?

— Preparando o jantar.

— Ah, é? — Caminho pelo corredor. — O que está cozinhando?

— Massa.

— Tem o suficiente para dois? — Paro em frente ao seu apartamento e bato duas vezes.

Ela ri levemente.

— Se eu abrir a porta, vou encontrar você do outro lado?

— Pode apostar sua bundinha linda que sim. Agora abra aqui, mulher.

O celular fica em silêncio conforme ela destranca a porta, e a antecipação por vê-la está quase me matando. No minuto em que a porta abre, entro de uma vez e a ergo nos meus braços, fechando a porta com o pé.

Antes que ela possa dizer uma palavra, planto meus lábios nos dela e a giro até encostá-la na parede, segurando sua bochecha com cuidado e erguendo seu queixo, conseguindo um acesso melhor à sua boca deliciosa. Com a outra mão, apoio-me contra a parede e inclino-me para frente, prendendo seus quadris.

Ela responde com mãos ansiosas, acariciando meu peito antes de subir até meu rosto, onde seus polegares acariciam a barba na minha mandíbula.

Ela grunhe.

Eu gemo.

Ela rotaciona os quadris.

Impulsiono os meus.

Ela agarra minha nuca.

Enfio a língua na sua boca.

— Quarto — ela diz entre beijos.

— Massa? — pergunto, puxando sua blusa pela cabeça.

— No forno. Trinta minutos.

— Caramba, é bastante tempo.

Pego-a nos braços e praticamente corro até o quarto, onde a jogo na cama e puxo meu suéter pela cabeça, jogando-o de lado. Seus olhos se fixam no meu peito, e só porque sou o tipo de homem que quer dar tudo de bom à minha garota, flexiono meu peitoral casualmente e curvo-me para tirar sua calça.

Suas mãos exploram meus ombros, a maciez das suas palmas desliza na minha pele, enviando uma onda erótica diretamente para minha virilha. Em segundos, estou duro, pronto para tomá-la de todas as maneiras que ela me permitir.

— De bruços, agora — ordeno, amando a maneira com seus olhos se iluminam de desejo antes que ela role na cama, expondo sua bunda vestida em uma calcinha fio-dental. Linda pra caralho.

Faminto por essa mulher, começo por suas panturrilhas e arrasto as mãos para cima nas suas pernas, chegando até a bunda e massageando os dois globos redondos com as palmas. Ela apoia a cabeça de lado, agarrando os lençóis, e sei que já está molhada, pela maneira como abre a boca.

Em um movimento rápido, removo sua calcinha e abro o fecho do seu sutiã.

— Tire — digo, vendo-a jogar o sutiã para o lado rapidamente.

Completamente nua. Ela fica deitada diante de mim, de bruços, esperando pelo meu próximo comando. Ela se submete tão facilmente, tão de bom grado, que isso deixa a minha mente em um turbilhão, imaginando possibilidades. O que poderíamos fazer? Com o que poderíamos brincar? Já sei que vibradores são uma opção depois da aventura de ontem à noite. Será que ela está aberta a outras coisas?

Ah, caramba, eu não preciso me preocupar com isso agora. Tenho todo o tempo do mundo para descobrir.

Com uma mão na sua bunda, deslizo a outra por seus quadris e serpenteio até sua boceta macia, onde introduzo um dedo. Molhada, molhada pra caralho. Eu sabia.

— Eu te deixo excitada, Jules?

Ela confirma com a cabeça, suas mãos agarrando os lençóis com ainda mais força, seus quadris se movendo levemente.

— Quero ouvir isso da sua boca gostosa. Eu te deixo excitada?

Ela solta um suspiro longo, seguido por uma breve busca por fôlego quando brinco com seu clitóris. Seus quadris impulsionam para cima, e fico muito tentado a dar um tapa na sua bunda.

— Sim, você me deixa excitada, Bram.

— Hummm, é isso que gosto de ouvir. — Fico de joelhos na cama, posicionando-me para ter um ângulo melhor. — Alguém já bateu na sua bunda, Julia?

— N-não — ela responde, sua respiração ficando pesada.

— Nunca? Mesmo que essa sua bunda implore por isso? — Ela balança a cabeça em silêncio. — Bem, vamos ter que mudar isso.

Sem esforço, deslizo dois dedos dentro dela, tão macia e molhada, apertada e quente, que meu pau vibra contra o zíper, querendo estar onde meus dedos estão. Ela ergue os quadris ainda mais e começa a mover meus dedos para dentro e para fora. É a coisa mais sensual que já vi — Julia Westin cavalgando nos meus dedos, *fodendo* meus dedos, com um olhar de puro êxtase no seu lindo rosto.

Deixo que ela faça o trabalho, girando os quadris, tomando a liderança, e bem no instante em que ela alcança um bom ritmo, dou um tapa na sua bunda. Sua resposta imediata é um gemido, enquanto fica instantaneamente mais molhada em volta dos meus dedos. Caralho, que tesão.

— Isso! — Ela movimenta os quadris um pouco mais rápido.

Mantendo os cotovelos e antebraços apoiados na cama, ela ergue a bunda, como se estivesse implorando por mais. Meus dedos deslizam para dentro e para fora e sei que falta pouco para que eu perca o controle.

Precisando estar dentro dela, removo meus dedos, arrancando um enorme protesto dela, mas abro meu zíper e a empurro para baixo o suficiente para libertar meu pau do seu confinamento e rapidamente me introduzir no seu calor.

— Puta que pariu. — Agarro sua bunda e a deixo tomar o controle mais uma vez. Ela movimenta meu pau duro e comprido para dentro e para fora dela, e o ritmo me deixa facilmente tonto de luxúria.

Dou mais um tapa na sua bunda, um pouco mais forte dessa vez. Ela se contrai ao meu redor, sugando-me ao impulsionar os quadris contra os meus.

— Jesus Cristo — murmuro, inclinando-me para frente e agarrando um dos seus peitos.

Sem a mínima delicadeza, belisco seu mamilo, com força, e sinto a onda de prazer que recebo com o aperto intenso das suas paredes internas em volta de mim. Sua respiração está errática, quase como se ela não soubesse como inspirar ar para seus pulmões. Seus gemidos ecoam pelo pequeno espaço do seu quarto, e sua cama range, mas nenhum de nós para.

— Oh, merda... ai, meu Deus — ela choraminga conforme se contrai ao meu redor. Levo a mão para o meio das suas pernas rapidamente e esfrego seu clitóris. Ela grita meu nome antes de paralisar na cama e começar a se agitar incontrolavelmente.

Puta merda. Meu pau incha dentro dela e, então, despejo tudo o que tenho. Estocada após estocada, meu gozo derrama de mim até eu estar completamente exausto, e até mesmo quando penso que já terminei, meu pau espasma conforme Julia continua a espasmar levemente em volta dele. *Puta. Que. Pariu.*

Ela é tão gostosa.

Ela é minha.

Nós dois desabamos na cama, eu por cima dela. Ainda dentro dela, beijo seu pescoço, seus ombros, e empurro seu cabelo para o lado para poder beijar sua bochecha e o canto da sua boca.

— Porra, Jules, acho que nunca gozei tão forte.

Ela ri.

— Foi o que você disse depois do boquete com o vibrador.

— Esse orgasmo superou aquele. Sentir você foder os meus dedos e o meu pau daquele jeito, caralho, foi muito sexy.

— Você gostou? — Ela sorri preguiçosamente para mim.

— Eu adorei.

— Por que você nunca cozinhou para nós na faculdade? — pergunto, dando tapinhas na barriga, que está atualmente cheio da massa que Julia fez para o jantar.

Ela lambe o garfo, bem na minha frente. Bem ali. Como se assisti-la lamber um garfo não fosse me deixar de pau duro em segundos.

— Eu morava no dormitório e você, em uma casa onde panelas viviam sumindo. — Ela me olha por cima do garfo com um sorriso, sabendo exatamente o que está fazendo.

Puxo o garfo da sua mão e o coloco no meu prato vazio.

— Acho que isso é só uma desculpa. Você não queria que soubéssemos o quão bem você cozinha, ou então nós te faríamos cozinhar o jantar em família todos os domingos.

— Era um medo que eu tinha. Não queria cozinhar para vocês o tempo todo.

— Se você fizesse o jantar em família, qual seria o cardápio?

Ela tamborila os dedos na mesa, olhando para o teto, ponderando sobre sua resposta.

— Hummm, eu provavelmente teria feito algo bem nojento para não ter que cozinhar de novo.

— Qual é, se você não achasse que seria intimada a fazer o nosso jantar todo domingo à noite, o que teria cozinhado?

Ela solta um longo suspiro.

— Fácil. Eu teria feito macarrão caseiro com queijo. Teria servido com vários tipos de acompanhamentos e molhos. Você teria várias opções para escolher, como mais queijo, bacon, cebolinha, brócolis, frango, churrasco, coisas assim. E, para sobremesa, provavelmente meus docinhos de caramelo.

Pisco algumas vezes.

— Você soa como se já tivesse pensado sobre isso.

— Eu pensei. Muitas vezes. Sempre pensei que o Rath me pediria um dia, e se pedisse, eu queria estar preparada, então pensei bastante sobre o que cozinharia. Queria garantir que cada garoto naquela fraternidade soubesse que eu poderia alimentá-los apropriadamente e que não deveriam mexer comigo.

— É, ninguém teria mexido com você.

— Porque eu era a irmã do Rath, eu sei.

— Não. — Balanço a cabeça. — Porque depois que te conheci, todo cara naquela casa ficou sabendo que nunca deveria se meter à besta com você, ou teria que se ver comigo.

Ela fica ali, aturdida por alguns segundos antes dos seus olhos suavizarem.

— Você fez mesmo isso?

Assinto.

— Aham. Não queria mais ninguém perto de você e das suas meias de cano alto. Marquei meu território, de uma maneira estranha, mas, ainda assim, marquei.

— Você fez xixi em mim?

Uma gargalhada borbulha da boca do meu estômago e eu a puxo para o meu colo, enfiando a mão por dentro da sua blusa e afagando sua pele macia.

— Sim, eu te tratei como meu hidrante pessoal e fiz xixi em você. Não tenho vergonha disso.

— É estranho, mas isso até que é adorável.

Essa garota... Nunca deixa de me surpreender.

— Julia Ann Westin, me solte dessas algemas... — Inspiro fundo e gemo alto: — Agooooraaaa!

Inferno.

Retorço-me para o lado, torcendo para que essas algemas sejam baratas e quebrem fácil com um bom puxão. Mas elas não cedem.

— Você disse que queria isso.

— Não disse, não — sibilo entre os dentes. Porra. — Eu disse... ai, nossa, faz isso de novo.

Sua língua perfeita lambe a parte de baixo do meu pau, bem na ponta, bem no ponto gostoso. Ela agita a língua ali algumas vezes até eu sentir minhas bolas começarem a se contrair.

— Ok, pare. Apenas. Pare. — Remexo os quadris quando ela lambe mais uma vez, fazendo meus olhos se arregalarem. — Julia. Pare.

Seu sorriso perverso surge por trás da minha ereção enorme.

— Você quer que eu pare tudo? — Ela fica de quatro e arrasta seus mamilos entumecidos pelo meu pau conforme faz um caminho de beijos subindo pela minha barriga. Quando alcança minha boca, ela mordisca meus lábios. — Pensei que você quisesse gozar.

— Eu quero — respondo sem fôlego, com uma necessidade esmagadora de fricção. — Mas foi uma ideia ruim. Eu preciso estar no controle. Preciso estar dentro de você.

Ela balança as sobrancelhas.

— Foi uma ótima ideia. Adoro ter esse domínio sobre o seu corpo. E não foi você que disse que as preliminares deveriam durar quarenta e cinco minutos? Só fizemos cinco minutos até agora, Bram. Ainda temos muito pela frente. — Com isso, ela volta a descer pelo meu corpo, puxando um mamilo entre os dentes ao passar pelo meu peito. Meu pau salta.

— Merda. Ok, ok, eu estava errado. Quarenta e cinco minutos é tempo demais. — *Para mim, pelo menos.* Puxo mais as algemas, mas nada acontece. — Cinco minutos é o necessário, e já passamos disso. Então, anda, suba em mim. — Gesticulo com a cabeça, tentando encorajá-la a montar em mim.

— Hummm, estou bem onde estou. — Seus peitos roçam minha pele conforme ela desliza de volta até o meu pau.

Ela segura minhas bolas, rolando-as nas palmas algumas vezes antes de passar a língua na base do meu pau e lamber até a extremidade. Pré-gozo começa a sair de mim enquanto fecho os olhos com força, e minha respiração fica ainda mais pesada que antes.

— Amor, por favor... oh, merda. — Cerro os dentes quando ela se afasta completamente. Exausto e duro pra cacete, inclino a cabeça para o lado e suplico. — Julia, eu quero gozar dentro de você, por favor... não aguento mais. — Sim, estou implorando, porra.

— Você está pulsando, Bram? — Seus dedos alisam minha perna levemente, bem perto da junção entre minhas coxas.

— Estou prestes a gozar na minha barriga. Por favor — peço, entre os dentes. — Acabe com o meu sofrimento.

Seus dedos pairam sobre o meu pau, fazendo-me sentir uma pulsação quase dolorida.

— Então, você está me dizendo que, se eu não sentar em você, e te deixar aí assim, você pode gozar sem que eu te toque?

— Não. — Balanço a cabeça veementemente. — Não, se for assim, o meu pau vai simplesmente cair. — Puxo as algemas mais uma vez e sinto-as afrouxarem.

Ela olha para as minhas mãos.

— Não ouse quebrar a...

Puxo mais uma vez e arranco um pedaço da cabeceira da cama. *Ah, sim.* Estou livre, caralho. Puxo Julia pela cintura e a coloco no meu colo, erguendo-a um pouco para enfiar meu pau nela.

— Isso, porra! — gemo.

— Ei! — ela protesta. — Isso não é justo.

Impulsiono contra ela, fazendo-a arfar e cair para frente, apoiando as mãos no meu peito.

— Não parece que você está achando ruim de verdade, linda, não com o quão molhada está.

— Eu... queria... — Ela respira fundo e começa a movimentar os quadris para cima e para baixo, rebolando em mim. — Estar no controle.

— Então assuma o controle agora, amor. — Coloco as mãos atrás da cabeça. — Agora que estou dentro de você, pode tomar as rédeas novamente, mas vou te avisar, se você sair de cima de mim, não vai gostar do que vai acontecer.

Em vez de responder, ela move as mãos para cima no meu peito e depois as arrasta para baixo, arranhando minha pele com as unhas.

Meu Deus, essa mulher.

Ela segura nos meus ombros e rotaciona os quadris com habilidade. Sua boca se abre, e ela ofega.

— Você é tão grande, Bram. É uma delícia.

Um cara nunca se cansa de ouvir isso.

Empurro a pélvis contra a dela e, inesperadamente, ela se contrai em volta do meu pau. Com os peitos balançando e os dedos enfiados nos meus ombros, ela deixa escapar uma lamúria feroz e goza, me apertando com tanta força que minhas bolas se contraem, e eu me derramo dentro dela, sentindo minha visão escurecer, e cada sensação à minha volta desaparece conforme meu orgasmo me atinge com força.

— Caralho! — grito, diminuindo o ritmo dos quadris enquanto tentamos recuperar o fôlego, e o sangue pulsa nos nossos corpos.

Depois do que parecem ser minutos, Julia desaba sobre mim e descansa a cabeça na curva do meu pescoço. Suado e feliz, afago seus cabelos com os dedos e beijo a lateral da sua cabeça.

— Você é incrível, Jules.

— Eu sou, não sou? — Ela dá risada e traz seus lábios para o meu queixo. — Você também não é nada mal.

As primeiras horas da manhã começam a chegar sobre a nossa cama emaranhada. Lençóis estão espalhados, não faço ideia de onde nossos membros começam e terminam, e sinto como se tivesse morrido e ido para o céu. Não é por causa de todo o sexo — que tem sido incrível pra caralho —, mas porque tenho a garota dos meus sonhos nos meus braços. Sua mão descansa no meu peito e seus dedos dançam por minha pele. *Isso é felicidade plena.*

Posso sentir. Posso sentir a conexão que cresce entre nós a cada respiração. Posso sentir a maneira como ela se aconchega mais e mais no meu abraço. E, definitivamente, percebi a maneira como seus olhos me escaneiam como se não conseguisse acreditar que estou aqui, no seu apartamento, na sua cama.

— Está acordada? — sussurro.

Ela assente.

— Sim. Eu deveria estar exausta a essa altura, mas não consigo desligar a mente.

— Quer conversar sobre isso?

— Na verdade, não.

Meus lábios encontram a lateral da sua cabeça.

— Sabe, agora que você é minha namorada e tudo mais, vai ter que começar a me contar o que anda passando por essa sua cabecinha linda.

— Você vai surtar.

— Bem, quando você diz assim, é bem provável mesmo. — Dou risada para deixar o clima mais leve, mas não adianta nada em relação à tensão que começa a se instalar nela, então aperto seu ombro. — Vai, me conta, eu não vou surtar.

— Promete?

— Não, mas vou tentar.

Ela suspira e chega mais perto, entrelaçando a perna entre as minhas.

— Eu só estou tendo dificuldades para processar tudo isso.

— Tudo isso o quê? Seja específica — digo calmamente, embora meu coração comece a acelerar. Não acho que vou aguentar se ela recuar agora.

Não vou conseguir voltar a como as coisas eram antes.

— Você sabe que eu gosto muito de... ciência e de mapear a minha vida, me certificar de tudo está em ordem, que tudo é compatível?

— Sim — concordo, de maneira arrastada.

Ela espera alguns segundos antes de continuar.

— Acho que, sei lá... acho que estou confusa.

— Confusa sobre o quê? — Meu Deus, mulher, desembucha logo.

— Você é vermelho.

Jesus, isso de novo.

— Julia, você pode me fazer um favor?

— Talvez.

Viro-a para que me olhe nos olhos. Delicadamente, coloco a mão na sua bochecha e afago seu rosto com meu polegar.

— Sei que isso vai ser difícil para você, mas eu queria, de verdade, que você não pensasse demais sobre isso, queria que apenas sentisse. Viva no momento comigo.

— Mas e se o momento estiver errado?

— Confie que não está.

— Mas...

— Confie em mim. Apenas viva no momento. Você pode fazer isso por mim? Por nós?

Ela morde o interior da bochecha, pensando.

— Eu não vivo a minha vida como você, Bram, sem preocupação alguma. Eu calculo tudo, me certifico de que é a coisa certa a fazer.

— E isso te levou muito longe na sua carreira, é algo de que deveria se orgulhar bastante. Mas, quando se trata da sua vida amorosa, tem que deixar os gráficos e tabelas de lado e sentir. — Pressiono minha palma no seu coração. — Tem que deixar o seu coração tomar as decisões, e não a sua cabeça.

— Não sei como fazer isso. A minha cabeça protege o meu coração há tanto tempo.

— Talvez a sua cabecinha linda tenha impedido o seu coração de bater com todo o potencial que ele realmente tem. Deixe o seu coração bater... por mim.

Seus cílios se agitam quando ela me olha lentamente. Ela ergue a mão até os meus cabelos, acariciando-os e sentindo as mechas curtas e macias.

— Acho que posso fazer isso.

E com isso, sinto meu coração saltar do peito e cair diretamente nas mãos de Julia. Ela tem posse dele; é todo dela. Mas não acho que ela tem noção de que o meu coração bate por causa dela — que ela tem o potencial de destruí-lo mais do que qualquer pessoa na minha vida —, e espero que ela nunca me devolva. *Nunca.*

COMO NAMORAR A IRMÃ DO SEU MELHOR AMIGO

CAPÍTULO VINTE E OITO
Julia

— Sabe, não está fazendo tanto frio assim. — Bram agita meu cachecol com os dedos. Eu o aperto mais um pouco.

— Está frio o suficiente para usar cachecol, e assim não ando por aí compartilhando com o mundo todos os chupões que tenho no pescoço. — Olho-o de lado efusivamente, o que só faz com que ele dê risada.

— Porra, eu sabia. Jules, você tem que exibir chupões com orgulho. São marcas de amor. — Ele se aproxima para me beijar, mas coloco a palma no seu rosto e me afasto dele.

Ele ri um pouco mais, e se sua risada não fosse incrivelmente sexy, eu estaria irritada. Mas eu amo esse som, o retumbar leve que sobe lentamente por seu peito e parece vibrar em cada tendão, osso e músculo do seu corpo.

— Então me deixe te encher de "marcas de amor" — digo, usando aspas no ar.

Ele para de repente, e ciclistas e corredores irritados desviam dele. Estamos no meio do Central Park, e ele puxa a gola do seu suéter para o lado e fala:

— Manda ver, Jules.

Que homem arrogante.

— Você é irritante. — De braços cruzados, caminho para longe dele, mas não por muito tempo, porque ele me alcança e me ergue, envolvendo-me com seus braços e me girando algumas vezes antes de plantar um beijo no meu pescoço. Ele começa a chupar novamente e eu o afasto com um tapa. — Pare. — Dou risada. — Você nunca dá ouvidos a ninguém?

— Não.

Desvencilho-me dele e estendo minha mão.

— Você está em condicional. Tem permissão somente para segurar a minha mão durante essa caminhada e nada mais.

— Nada de amassos contra troncos de árvores antigas?

— Não. — Ele pega minha mão, triste. — Você perdeu esse privilégio quando começou a me marcar com seus lábios.

— E você me culpa? Eu quero que as pessoas saibam que você é minha. Estou tão perto de conseguir escrever Bram no seu pescoço. Só mais alguns chupões e pronto.

Paro de repente e seguro meu pescoço.

— Você não pode estar falando sério.

Ele joga a cabeça para trás, uma gargalhada gutural tomando conta dele. Bram me puxa pelo ombro e continua a andar.

— Ai, Jules, é muito fácil te provocar, linda.

Ele dá um beijo na minha cabeça e me conduz até debaixo de uma ponte onde, infelizmente, adiciona mais uma "marca de amor" à coleção enquanto eu gemo... *e reviro os olhos*. Só o Bram mesmo.

— Isso não é verdade. — Empurro o peito de Bram, mas ele nem se mexe, enquanto estou sentada sobre a bancada da cozinha, com ele de pé entre minhas pernas e me dando uvas na boca casualmente, que estão dentro de um escorredor de macarrão na pia.

— Por que você nunca acredita em nada do que eu digo?

— Porque você enfeita e aumenta... demais. Isso estraga a sua credibilidade.

— Ser um bom contador de histórias não deveria danificar a minha credibilidade. Você está sendo muito injusta sobre isso.

Curvo o canto da boca em descrença.

— Então, você está me dizendo que, quando tinha cinco anos, acidentalmente cortou o seu dedo do pé fora, mas, felizmente, um cirurgião conseguiu costurá-lo de volta e, agora que você já é adulto, não há cicatriz?

— Exatamente. — Ele sorri para mim.

— Você é tão mentiroso.

— Não sou, não.

— Tá. — Estendo a mão para ele. — Me dê o seu celular para eu ligar para a sua mãe agora mesmo. Já a conheço, então ela vai me dizer a verdade.

Ele estremece.

— Sabe, isso não é uma boa ideia. Acho que ela está jogando Bunko agora. Ela fica toda irritada quando a interrompo.

Reviro os olhos para ele e o empurro do caminho para descer da bancada, afastando-me antes que ele consiga me pegar.

— Você é tão mentiroso. Você não cortou fora o seu mindinho do pé direito.

— Cortei, sim.

— Ha! — Aponto para ele. — Você disse que foi o mindinho do pé esquerdo.

Ele olha para o teto, tentando retroceder.

— Eu disse?

— Ai, meu Deus, você é terrível, sabia?

Caminho em direção às janelas da sua sala de estar e coloco dois móveis grandes entre nós, porque eu conheço esse homem, e colocar distância entre nós só vai enlouquecê-lo... o que é exatamente o que quero fazer. Ele me enlouquece com suas palavras, então vou enlouquecê-lo brincando um pouco de ficar longe.

— Não foi o que você disse naquela noite no chuveiro. Tenho quase certeza de que disse que sou o melhor que você já teve.

Infelizmente, isso é verdade. Normalmente, eu não o ajudaria a inflar seu ego, que já enorme, mas, Deus, o chuveiro... ele fez uma coisa com a língua, dando lambidas rápidas e longas, que quase me fez desmanchar. A confissão saiu de mim antes que eu pudesse impedir.

Despreocupadamente, dou de ombros.

— Era mentira.

— Ha. — Ele joga a cabeça para trás e dá risada. — Por favor, quem poderia ser melhor que eu? Não esqueça de que eu conheço a sua lista de conquistas, e é totalmente impossível algum deles ter chegado ao menos perto do meu calibre de ser capaz de te fazer gritar no quarto.

Sinto vapor começar a sair dos meus ouvidos. Ah, esse babaca confiante e arrogante. Posso até gostar dele — e muito —, mas também posso querer dar um soco nele em certos momentos, e um desses momentos está sendo agora.

Segurando a vontade enorme de enfiar meu gancho de direita no seu olho, decido brincar com sua autoconfiança.

— Você não sabe sobre todos.

— Ah, por favor, Jules, eu sei...

— Blake Davenport. — Cruzo os braços no peito e jogo a quadril para o lado, sentindo a barra da camiseta de Bram dançando na altura das minhas coxas.

Ele pisca algumas vezes.

— Blake Davenport? — ele pergunta, um pouco cético.

— Aham. Trabalha no meu prédio, vigésimo andar, CEO da Davenport...

— Publicidade — Bram finaliza para mim, assumindo uma expressão de raiva.

Blake Davenport é uma pessoa de verdade. Incrivelmente atraente, na verdade. Ele é bem conhecido por aparecer nas páginas mais populares das revistas de fofoca, com uma mulher diferente a cada noite pela cidade. Ele tem uma reputação de homem que só quer sexo e nada mais. Não tenho dúvidas de que Bram sabe exatamente quem ele é.

Ele torce os lábios para o lado, com desgosto, mantendo os olhos focados em mim, como se estivesse tentando imaginar Blake e eu juntos.

— Você está me dizendo que transou com Blake Davenport.

Balanço três dedos para ele.

— Três vezes. Duas vezes no escritório dele, uma vez no meu. — Não sei por que essas mentiras estão saindo tão facilmente de mim agora, mas estão apenas fluindo e estou amando sua reação. Pelo menos por uma vez, estou à frente de Bram quando se trata de palavras.

Se ele não fosse tão sarcástico e convencido o tempo todo, não o estaria provocando agora, mas provar do próprio veneno vai fazer bem para ele.

Consigo quase ouvir seus dentes rangendo conforme sua mandíbula se move para frente e para trás, enquanto sua mente afiada contempla sua próxima jogada.

— Qual o tamanho?

— O quê?

Ele não perde um segundo.

— Qual o tamanho do pau dele?

Sabendo que estou prestes a ser bombardeada com uma enxurrada de perguntas, preparo-me e tento não dar nenhum indício de que estou mentindo.

— Quase do tamanho do seu. Você é um pouco mais grosso.

Isso o faz inflar o peito, mas não o suficiente, porque suas sobrancelhas ainda estão franzidas conforme sua raiva aumenta.

— Ele falou sacanagem pra você?

— Claro.

— Ele bateu na sua bunda?

— Não precisou. Além disso, ninguém bateu na minha bunda antes de você, lembra? — Haha, boa tentativa.

Dá para ver seu desapontamento por não conseguir me pegar na mentira.

— Então, o que fez ele ser melhor, como você disse? Porque eu tenho certeza de que ninguém mais faz quarenta e cinco minutos de preliminares.

— Isso é porque o Blake pode fazer apenas dez minutos de preliminares e me dar um orgasmo bem mais intenso.

Oh, Deus, a fúria nos seus olhos, o choque absoluto na sua boca. É quase bom demais.

— Bem mais intenso, hein?

Assinto devagar.

— Mas foi apenas sexo quente e suado. Nada mais.

— Nada mais? — Ele ergue as sobrancelhas. — Então, se eu te levasse até o escritório do Blake para um almoço de última hora com você e ele, está me dizendo que nada aconteceria?

— E essa sua mente maluca acha mesmo que eu transaria com ele bem ali, na sua frente?

Ele dá de ombros.

— Sei lá, parece que as coisas eram bem carnais entre vocês dois.

Balanço a cabeça.

— Você está com ciúmes? — Há um tom provocador na minha voz que posso ver que ele não aprecia muito.

— Se estou com ciúmes? Estou mais para perturbado. Você não pode me dizer que tem um cara por aí que te fode melhor do que eu. Eu deveria ser o seu número um. Porra. — Ele passa a mão pelos cabelos, e agora me sinto um pouco mal por provocá-lo, porque ele está seriamente desestabilizado. — Jules, você é a minha número um. Nunca estive com alguém que me fez sentir ao menos um pouquinho do que você me faz sentir. E... porra, me mata saber que você não se sente da mesma maneira em relação a mim.

Ok... agora eu me sinto muito, muito mal mesmo. Minha brincadeira foi longe demais.

Ele caminha em direção ao sofá e baixa a cabeça, coçando a nuca.

— Merda, eu não sei... porra, acho que preciso pensar um pouco.

Como se não conseguisse mais ficar perto de mim, ele começa a ir em direção ao seu quarto, e é aí que percebo que está na hora de parar com a brincadeira. Isso foi longe demais, e chega a parecer que ele está prestes a terminar comigo. Pânico impulsiona meu corpo a se mover, para que eu o impeça de sair da sala de estar.

— Eu estava brincando. Não sei por que disse que transei com o Blake. Eu só estava tentando... sei lá, me equiparar a você, já que você tem tantas histórias selvagens do seu passado.

— O quê? — Ele junta as sobrancelhas.

— Eu não transei com o Blake.

Ele bufa e passa direto por mim, batendo o ombro no meu.

— Tanto faz, Julia. É melhor você ir embora.

— Bram, espere! — Puxo seu braço. — Me desculpe. Eu não quis te magoar. Foi uma brincadeira estúpida que deu errado. Por favor, olhe para mim.

Puxo seu braço e, quando ele gira, sou recebida por um sorriso gigante e o sacudir dos seus ombros conforme ele começa a gargalhar.

Que. Porra. É. Essa?

— Ah, me desculpe, tentei me segurar o máximo possível, mas não posso mais.

Dou um passo para trás.

— Por que você está rindo?

Ele me puxa para um abraço e beija minha cabeça.

— Você é fofa por tentar se equiparar a mim, mas o Blake é gay, linda. Todas as mulheres que são vistas nos braços dele? Meros disfarces. Na próxima vez que tentar se equiparar a mim, pelo menos se certifique de conhecer os fatos.

Que filho da puta. Ele tenta me distrair com aquele seu sorriso vencedor, mas não adianta e fico furiosa. Vejo tudo em vermelho puro, cor de sangue. Alguém vai levar uma facada esta noite, e tenho cem por cento de certeza de que esse alguém será Bram Scott.

— Tá de brincadeira? — Tento empurrá-lo, mas ele não me libera do seu abraço. — Eu vou te assassinar.

Sim, isso foi dito com a minha voz psicopata, mas só faz com que Bram dê risada novamente, me erga sobre o ombro e me carregue até sua cama, onde ele me mostra exatamente por que é o melhor amante que já tive — embora seja enfurecedor manter uma conversa com esse homem.

Giro sobre o calcanhar e simulo um tiro com as mãos na direção de Bram enquanto saio deslizando pelo piso de madeira polido. Pinos caem e bolas de boliche rolam ao nosso redor, assim como comemorações aleatórias, e máquinas de bolas estão em constante rotação enquanto meu namorado digno de pena fica amuado em um sofá longo muito confortável.

— Você viu aquilo? — Aponto para trás de mim com o polegar. — Tenho quase certeza de que esse foi o meu terceiro *strike* seguido, o que significa que fiz um *Turkey*. — Começo a bater os braços como se fossem asas e projeto a cabeça para frente. — Segundo *Turkey* seguido. Isso são quantos *strikes*?

Ele aperta os lábios, com os braços cruzados no peito e os ombros curvados. Ele murmura alguma coisa, mas não consigo ouvi-lo direito sobre a minha comemoração.

— Você pode dizer isso um pouco mais alto? — Coloco a mão em concha em volta da orelha.

— Seis — ele sibila, fazendo-me rir.

Ah, ele está tão bravo. É uma das melhores coisas que já vi. Bram Scott caiu do seu pedestal e isso é incrível. Nada como ver seu namorado parecer mais humano, em vez de um homem invencível que nada o atinge.

— Isso mesmo. — Assinto e sento ao lado dele, dando tapinhas na sua perna. — Seis *strikes*. Uau, isso é incrível. Quantos *strikes* você fez, mesmo?

— Sabe, se gabar não é nada atraente.

— Awn! — Seguro seu queixo. — O neném está aborrecido?

— Pode apostar que estou aborrecido sim, porra. Como diabos você sabe jogar boliche tão bem? Você fez aulas secretas sem que eu soubesse?

— Mais ou menos. Lembra do otário da faculdade que namorei? Ele participava de um clube de boliche. Uma das únicas coisas que ele fazia comigo era me levar para as pistas. Ele me ensinou a jogar.

— Que imbecil. Quem ensina uma garota a jogar boliche?

— Hã, foi romântico e fofo, e essa é uma ótima habilidade de vida para se adquirir, já que, com isso, posso enlouquecer o meu namorado de inveja.

Ele fica de pé e esfrega as mãos na calça jeans. Sua camisa se ergue um pouquinho nas costas quando ele pega a bola, dando-me um pequeno vislumbre da sua pele.

— Você sabe que essa é a última vez que jogaremos boliche, não é? — Ele me lança um olhar severo por cima do ombro antes de arremessar a bola, direto na canaleta lateral. Aperto os lábios um no outro, segurando a gargalhada que quer sair.

Ele vira-se para mim rapidamente e aponta.

— Nem uma palavra, está me ouvindo?

Faço um gesto de zíper na boca e balanço a cabeça.

Ele murmura alguma coisa quando vai até a máquina de bolas, dando-me a chance de libertar ao menos um sorriso enquanto tenta uma segunda vez, arremessando a bola para o alto. A bola atinge a pista no meio do caminho e quica algumas vezes antes de atingir dois pinos.

Bato palmas para ele.

Ele me lança um olhar assassino.

— Ei, pelo menos agora você sabe que, se jogar a bola como um foguete, consegue acertar dois.

Ele pisa duro até o balcão frontal enquanto fala sobre o ombro:

— Vamos acionar as porras dos *bumpers* para que as bolas não caiam nas canaletas e, quando formos para o *laser tag*, eu vou te destruir.

Pelo menos, é isso que ele pensa...

— Pow, pow, você está morto — digo, ficando diante de um Bram muito chocado.

— De onde você saiu, porra? — Ele olha em volta do espaço escuro, tentando sondar meus esconderijos.

— Isso não é da sua conta, mas acho que esses tiros acabaram com a sua última vida. Foi mal, colega, mas você já era.

— Que porcaria. — Ele arranca seu colete de *laser tag* e vai em direção à saída. Oh, coitado, teve um dia difícil.

Só por querer enlouquecê-lo, termino o restante do jogo, ficando em segundo lugar geral e recebendo felicitações de todos os caras enquanto saímos da sala de jogos.

— Aquilo foi incrível, Julia. Você aniquilou o Jeremy, e é difícil encontrá-lo lá dentro.

Dou de ombros.

— O que posso dizer? Sou pequena e discreta, e sei como chegar sorrateiramente nas pessoas.

Encostado na parede, com os cabelos desgrenhados provavelmente devido aos dedos frenéticos passando pelas mechas loiras, está Bram, parecendo estar nada feliz.

E quando um dos caras coloca o braço à minha volta, Bram fica em um tom mortal de vermelho ao desencostar da parede e começar a vir na nossa direção. Eita.

— Você deveria vir beber algo com a gente. Vamos para o O'Briens, a dois quarteirões daqui. A cerveja é por nossa conta.

— Ela já tem planos — Bram diz, sua voz em um tom estrondoso ao segurar minha mão.

— Deixe a moça falar por si.

Bram olha para mim, erguendo uma sobrancelha, esperando por minha resposta. E só porque estou me sentindo ousada, falo:

— Não sei, uma cervejinha gelada parece ser uma boa agora.

Ele estreita os olhos e, então, um sorriso malicioso minúsculo surge rapidamente nos seus lábios. Ah, merda, eu conheço esse sorriso astuto. Ele está prestes a me deixar aqui com esses caras, consigo sentir isso nos meus ossos e na maneira como ele começa a se afastar. Ele está sacando meu blefe e me desafiando.

— É mesmo? Ok, então, divirta-se. — Ele pressiona um beijo gentil na minha bochecha e dá um passo para trás. — Divirta-se com o... Bruce, certo?

— Sim, eu mesmo — um homem corpulento e suado diz.

— Divirta-se com o Bruce... Julia. — Merda. Meu nome completo. — Te vejo mais tarde. — Ele acena com a cabeça para mim e vai embora.

Bruce coloca o braço em volta de mim novamente, e o cheiro do seu suor é nauseante.

— Então, vamos tomar uma cerveja?

Deslizo para fora do seu toque e olho em direção à saída, onde não vejo mais Bram.

— Hã, na verdade, eu deveria ir ver se o Bram está bem. Acho que ele machucou o braço.

— Ele parecia bem, para mim — Jeremy rebate ali ao lado.

— Acho que o ego dele estava ferido, isso sim. — Bruce gargalha. — Mas foi só isso. Deixe aquele otário ir lamber as feridas.

— Aquele otário é meu namorado. — Arranco meu colete e jogo o equipamento na frente de Bruce. — E ele é o melhor homem que conheço, apesar da falta de instinto no *laser tag* ou da inabilidade de arremessar uma bola de boliche direito. Então, se me derem licença, eu vou encontrá-lo.

Com o queixo erguido, deixo os homens para trás e ando com pressa em direção à saída, com Bram em mente. Espero que ele não tenha ido muito longe, mas sei que é muito bom em andar rápido, especialmente quando está em uma missão.

Para o caso de ele já ter entrado no carro, coloco a mão no bolso para pegar meu celular e, no mesmo instante, sou envolvida em um abraço forte. Olhando para cima, percebo o brilho nos olhos de Bram e a sensualidade do seu sorriso relaxado.

— O que você está fazendo? — pergunto, tentando recuperar o fôlego.

Ele se inclina para frente e pressiona um beijo nos meus lábios.

— Lembrando a você que, mesmo que eu seja péssimo no boliche e *laser tag*, sou excelente em outros aspectos. — Ele gira os quadris contra os meus e me ergue rapidamente contra a parede. De maneira instintiva, envolvo sua cintura com as pernas e meus braços circulam seu pescoço.

Ele me prende e traz sua boca para a minha, lembrando-me com habilidade do que ele está falando. Suspiro no seu abraço e deixo sua boca fazer o trabalho, enquanto meu coração bate com força.

Não sei bem se é porque ele parece mais real para mim depois dos nossos jogos hoje, ou se é a espontaneidade que ele trouxe para a minha vida, mas há um turbilhão de sentimentos girando feito um tornado dentro de mim. Sentimentos que nunca tive por outra pessoa antes. Sentimentos que me aterrorizam e me empolgam ao mesmo tempo.

COMO NAMORAR A IRMÃ DO SEU MELHOR AMIGO

CAPÍTULO VINTE E NOVE
Bram

Uma risada baixa escapa da boca de Roark conforme ele joga a cabeça para trás e olha para o céu azul. A primavera está começando a chegar na cidade de Nova York e todo mundo está ao ar livre para aproveitar o tempo mais quente, incluindo Roark e eu.

— Como vão as coisas com a Julia? Parece que não te vejo há semanas.

— Perfeitas — respondo feito um babaca apaixonado, porque, porra, eu sou um babaca apaixonado. Se eu fosse um desenho animado, teria corações flutuando constantemente em volta da minha cabeça, mostrando a todo mundo que sou um grande bobo que perdeu seu coração para a irmã do melhor amigo.

Roark solta um suspiro alto antes de endireitar as costas e tomar um gole do seu uísque — o uísque que ele tinha que beber às dez da manhã.

— Perfeitas, hein? Que adorável.

Ele está diferente hoje. Já o vi assim algumas vezes — um cretino ranzinza que provavelmente vai continuar a beber até estar desmaiado antes do meio-dia. Isso geralmente é causado por duas coisas: uma garota ou a família dele. Julgando pela quantidade de garrafas que ele trouxe, vou chutar que o problema da vez é a família.

— Teve notícias da sua família recentemente?

— Ontem à noite. — Ele toma mais um gole. — Querem mais dinheiro.

— Para quê?

— E eu lá sei, porra! — O sotaque de Roark fica mais acentuado. — Provavelmente para comprarem mais batatas e repolho.

— O que você disse?

— Que já enviei o cheque, como sempre.

Puta que pariu.

— Roark, qual é, cara, nós já falamos sobre isso.

— É, eu sei. — Ele suspira. — Mas a culpa irlandesa pesa bastante em mim. É o melhor tipo de culpa, cheia de maldições católicas e falta de respeito pelos meus ancestrais. É um monte de besteiras com as quais eu não quero ter que lidar. Mandar um cheque é mais fácil.

Não vou estender o assunto. Ele não vai mudar. Eu o conheço há muito tempo e, se bobear, é sua teimosia que vai acabar levando-o para o buraco, e não as bebidas e as festas. Vai ser seu jeito teimoso, então não adianta discutir.

— Entendo.

Roark pega um morango e mastiga enquanto olha em direção à rua.

— Então, quando você vai pedir ao Rath a mão da Julia em casamento?

Dou risada.

— É tão óbvio assim?

— Cara, você está praticamente usando um anel agora, esperando para exibir para qualquer fodido por aí o seu noivado.

Levo minha mão à nuca e massageio um pouco.

— Estamos namorando há um mês, então não terá um pedido tão cedo. Mas no futuro? Porra, pode apostar. Ela é a mulher da minha vida. Sei disso desde que a conheci. Rath sabe como me sinto.

— É? — Roark assente. — E você não vai foder com tudo?

— Não. Já estou laçado. Isso vai soar brega pra caralho, mas é como se, a vida toda, eu estivesse destinado a ser namorado dela. É algo natural, brincar com ela, amá-la, cuidar dela.

— Bem, você cuida dela e brinca com ela desde a faculdade, então as outras merdas já são um bônus, a essa altura.

Ele tem razão. Sou amigo de Julia há muito tempo. Eu a fiz participar do meu círculo, sempre me certificando de que ela estava protegida e cuidada. Adicionar intimidade a isso é tão natural, como se devesse estar ali desde sempre.

— Então, e agora? Vocês vão morar juntos?

— Cara, vai devagar, estou tentando não assustá-la.

— Você acha que ela ainda não gosta de você o suficiente? — ele pergunta com a voz grave e um olhar sério.

— Não, não é necessariamente isso. Posso ver os sentimentos nos olhos dela, mas sei que seu cérebro está em um turbilhão, tentando entender tudo. Ela é muito precisa e gosta de pensar muito sobre tudo o que faz, e acho que o nosso relacionamento a está tirando um pouco dos eixos. Ela está dando um passo de cada vez. É por isso que não a estou pressionando ou incentivando. Estou apenas me certificando de que ela saiba o quanto eu gosto de estar com ela.

— Tenho certeza de que você gosta muito de estar é *dentro* dela. — Roark gargalha e tosse antes de tomar um gole do seu uísque.

— Nossa, cara. — Olho para ele, de cima a baixo. — Você já teve dias melhores.

— Como se eu não soubesse, porra. — Ele suspira e curva os ombros. — Me dê só hoje. Amanhã eu me ajeito.

Não é a primeira vez que ouço isso, mas ele ainda não morreu, e se fosse para ele morrer por falta de cuidado com seu corpo, teria morrido na faculdade. Pelo menos, agora ele passa mais tempo na academia, mesmo que esteja de ressaca.

— Por que porra eu fui esquecer os meus óculos de sol? — Roark aperta os olhos. — Com esse sol e a luz do amor que está brilhando em você, vou ficar cego por dias.

— Pare de ser invejoso. — Jogo meu guardanapo nele.

— Invejoso? — Ele me zoa. — Por favor, nunca vou querer estar no seu lugar. Apaixonado pra caralho e esperando cada segundo para estar com a garota dos sonhos. — Ele balança a cabeça. — Nah, isso não é para mim.

— Sabe, sempre que um cara diz isso, o que ele realmente quer dizer é que está solitário.

Porque já estive nesse lugar. Esperando por Julia. Solitário.

Roark ergue uma sobrancelha para mim.

— É mesmo? Bom, então nesse caso, estou ansioso para conhecer a garota que o universo escolheu para mim. Só peço a Deus que ela não seja irlandesa.

— O que você pensa que está fazendo?

Olho para a colher de pau na minha mão e depois para o molho no fogão.

— Hã, mexendo o molho.

— Eu pedi para você mexer o molho? — Julia pergunta, usando nada além de um avental e uma calcinha fio-dental.

— Não, mas achei que poderia ajudar.

— Você me ajuda ficando fora do meu caminho. — Ela aponta para a bancada do outro lado da cozinha. — Vá sentar ali, não me toque e não toque na minha comida.

— Sabe, quando cheguei em casa e te encontrei nua e cozinhando na minha cozinha, pensei que isso se desenrolaria de uma maneira diferente.

— Bom, você demorou demais a chegar e agora estou em uma fase crítica do processo, então não vai rolar nenhuma sacanagem até depois do jantar.

Resmungo e vou em direção à bancada da cozinha, de onde tenho uma vista perfeita da sua bunda.

— Não é minha culpa se o trânsito estava péssimo. Eu não deveria ser punido pela superpopulação da cidade de Nova York.

— Fazer gnocchi é algo que levo muito a sério, sabia? Então, fique sentadinho aí como um bom menino e pense em todas as maneiras como poderá me corromper mais tarde.

— Isso só vai me deixar com tesão, e meu pau já está duro por te ver usando esse avental e essa calcinha. Acho que não aguento pensar em coisas sacanas agora.

Ela me lança um sorriso por cima do ombro.

— Então, me conte sobre o seu dia. Talvez isso te distraia.

Disso eu duvido, mas eu finalmente tenho aquela pessoa na minha vida com quem posso compartilhar coisas significativas, e aconteceu algo sensacional hoje. Julia era a primeira pessoa para quem eu queria contar, e amo pra caralho o fato de que isso é uma das muitas coisas que estar com ela me proporciona.

— Já te falei sobre a minha propriedade na Sétima Avenida?

Ela continua a adicionar temperos ao molho enquanto falo.

— Você tem uma propriedade na Sétima Avenida? Isso é impressionante.

— Bem, na verdade, agora eu tenho duas.

— O quê? — Ela vira o rosto para mim, como se quisesse ver se estou falando sério.

Confirmo lentamente com a cabeça, irradiando orgulho.

— Recebi uma ligação do meu gerente imobiliário há um mês e meio e ele me contou sobre um casal que estava vendendo todas as propriedades da cidade e se mudando para o Taiti. Olhei o portifólio deles e comprei três propriedades. Duas no SoHo e uma na Sétima Avenida. É o edifício ao lado do meu.

— Meu Deus, isso é maravilhoso! Você deve estar muito feliz.

— Estou. Isso é fantástico para os negócios. Já estou recebendo lances e propostas de empresas querendo alugar espaços neles, e por causa dessa aquisição tão grande, vou dar entrevista para o New York Times, em uma matéria sobre jovens magnatas do mercado imobiliário.

Isso faz Julia parar o que está fazendo. Ela gira, segurando a colher de pau.

— Está falando sério? — Assinto. — Isso... isso é incrível! — Ela corre rapidamente até mim e puxa minha cabeça em direção à sua para beijar meus lábios. — Estou tão feliz por você, Bram.

— Obrigado, linda. — Abro um sorriso relaxado, feliz pra caralho. — Parece até um pouco surreal, mas estou empolgado. Eles vão me entrevistar em poucos dias.

— Vão tirar uma foto sua?

— Hã, não tenho certeza. Não peguei todos os detalhes com Linus. Ele está cuidando de tudo.

— Isso é tão empolgante. Meu namorado, o magnata do mercado imobiliário. — Ela me lança uma piscadela. — Parece que temos muito o que comemorar esta noite... sem roupas, é claro.

Grunho e baixo a cabeça.

— Julia, por favor, isso é tortura.

— Eu deveria me sentir mal por isso? Você se lembra de duas noites atrás, quando ficou brincando com o meu clitóris por uns vinte minutos?

— Como eu poderia esquecer? Você estava tão molhada.

— É, eu sei. Então, esse pequeno período de espera que você tem que aguentar não vai te matar.

Desço da bancada e caminho até ela, abraçando-a por trás enquanto ela coloca a última porção de gnocchi na água fervente.

— Você não se importa com o fato de que essa espera pode fazer o meu pau cair? — Deslizo as mãos por baixo do avental e envolvo seus seios cheios em cada palma. Esfrego os polegares nos seus mamilos e ela afunda no meu abraço facilmente, apoiando as costas no meu peito e deixando a cabeça cair para o lado, dando aos meus lábios acesso à linda curva do seu pescoço.

— O molho vai queimar.

— Abaixe o fogo — respondo entre beijos, meu pau ficando cada vez mais duro a cada suspiro que sai por sua boca.

Ela deixa as panelas em fogo baixo e joga a colher de pau sobre a bancada. Suas mãos vêm para minha nuca, dando-me o sinal verde. Porra, até que enfim.

— Se eu enfiar a mão dentro da sua calcinha agora, você vai estar molhada para mim?

— Por que não descobre?

Isso é exatamente o que quero ouvir, mas, primeiro, preciso me livrar desse avental. Puxo o nó rapidamente e o desfaço, tirando-o por sua cabeça e jogando no chão. Levo-a para longe do fogão e curvo seu corpo sobre a bancada, apoiando suas palmas contra a superfície e empinando sua bunda para o ar.

— Não se mexa.

Deslizo a mão por sua bunda até a calcinha, puxando o tecido para baixo, por suas pernas. Ela chuta a peça para longe quando chega a seus pés. Sem que eu precise ao menos pedir, ela abre as pernas e empina a bunda, implorando por mim.

Céus.

Passo a mão entre suas pernas e a encontro pronta, excitada. Enfio dois dedos no seu canal estreito, observando a maneira como seus músculos tensionam e relaxam em seguida, enquanto sua cabeça cai contra a bancada.

— Você não pode me dizer que não quis isso no minuto em que cheguei em casa.

— Eu queria, desesperadamente. Estava com tesão só de pensar.

— Então, por que me fazer esperar?

— Porque eu queria ver quanto tempo você poderia aguentar sem me tocar. A cada segundo que passava, eu ficava mais excitada.

— Meu Deus, Jules. — Abro a calça rapidamente e coloco minha ereção para fora. A cabeça do meu pau atiça sua entrada antes de penetrá-la com uma estocada só.

— Isso! — ela geme, agarrando a beira da bancada. — Enfia com força, Bram. Quero te sentir bem fundo dentro de mim.

Porra, com ela falando desse jeito, é quase impossível eu durar muito.

Agarro seus quadris e faço exatamente o que ela quer: estoco com força, bruto e rápido. Nossas peles se chocam, nossos gemidos de aprovação se misturam, e nossos corpos não se mexem além do ponto pelo qual estamos conectados.

— Mais forte, Bram.

Um rosnado me escapa conforme impulsiono contra ela com mais força e levo a mão até seu clitóris, pressionando o polegar no pequeno ponto e dando toques rápidos, causando uma sensação vibratória naquele monte de nervos.

Ela tensiona em volta do meu pau, ficando nas pontas dos pés e melhorando ainda mais o ângulo.

— Isso, oh, Deus, assim... meu Deus, isso, continue fazendo isso. Oh, Bram... oh, sim. Eu vou gozar.

Assim que ela anuncia, sua boceta prende meu pau, apertando-me com muita força. Ela geme meu nome alto, e o som é como um choque elétrico por minha espinha, empurrando-me para o precipício conforme o prazer me envolve.

Derramo-me dentro dela, meus rosnados em sincronia com os gemidos leves que saem da sua boca.

— Caramba — digo, sem fôlego. — Jules, o que diabos foi isso?

Ela ri suavemente.

— Não faço ideia, mas o que quer que tenha sido, vamos fazer de novo depois do jantar.

— Por mim, está ótimo.

Passo a mão na sua bunda e dou um tapa bem firme.

— Agora, vá colocar o meu jantar, mulher. — Quando ela me lança um olhar irritado, solto uma gargalhada. — Brincadeira, brincadeira. Vou pegar os pratos para nós. Vá sentar essa bunda gostosa à mesa.

Beijo suas costas e vou até o armário onde ficam os pratos, com o pau ainda balançando para fora da calça. O coleguinha ainda está duro, e é claro que eu não vou enfiá-lo de volta na calça agora, então apenas a tiro assim que sento à mesa. Jantar pelados é o que tem para hoje.

— Tenho uma coisa para você.

— O quê? — Julia pergunta, erguendo a cabeça do meu peito, onde eu estava passando os dedos por seus cabelos.

Após a noite do gnocchi pelados, senti uma vontade incontrolável de reivindicá-la de uma maneira diferente, não com meu pau, mas sendo atencioso.

Estamos na varanda, olhando para as luzes da cidade e sentindo o ar frio da noite, curtindo uma taça de vinho. Não poderia pensar em um momento melhor para lhe entregar meu presente.

Com a mão no meu peito, ela me analisa.

— Quando você diz que tem uma coisa pra mim, é algo imaturo tipo "meu pau"? — Ela usa uma voz grossa, imitando-me.

— Não. — Dou risada. — Mas a sua imitação de Bram é impecável.

Ela afofa os cabelos, brincalhona.

— Tenho praticado. Acho que já estou craque.

— Ah, sim! — Reviro os olhos. — Muito craque.

Ela dança os dedos pelo meu peito, subindo-os até meu queixo, que ela belisca.

— Ok, o que você tem para mim, que não está guardado nas suas calças?

Antes que eu estenda a mão para o lado, onde guardei seu presente, digo:

— Desde que começamos a namorar, você está ficando mais safada, sabia? Acho que está pegando isso de mim.

— Ah, sim, estou *pegando* mesmo você. — Ela balança as sobrancelhas.

— Jesus — murmuro com uma risada. — O seu irmão vai me matar por estar te corrompendo.

— Ah, por favor. — Ela faz um gesto vago com a mão enquanto pego a pequena caixa. — Rath me corrompeu há anos. Eu só não tinha liberado esse meu lado ainda, até você aparecer.

— Bom saber. Agora, está pronta para o meu presente?

Dando risadinhas, ela monta no meu colo e estende as mãos.

— Sim. — Coloco a caixinha na sua palma e vejo seus olhos se iluminarem. — Bram, isso é uma caixa da Tiffany.

— Eu sei.

— Isso significa que foi caro.

— Jules... — Gesticulo para a varanda. — Olhe em volta. Estamos na varanda da minha suíte master no meio de Manhattan. Eu tenho dinheiro. Comprar um presente na Tiffany para a minha namorada não vai me falir.

— Mesmo assim...

— Apenas abra. — Aceno para a caixa.

Com um sorriso grato, ela desfaz o laço e retira a tampa da caixa, ofegando ao ver o que há dentro.

— Oh, Bram.

Ela ergue o colar fino de ouro e o emaranha nos dedos. O pingente contém nossas iniciais, uma letra de um lado e outra letra do outro. Nunca comprei joias para uma garota antes, então estou bem nervoso. Mas eu queria que a minha namorada tivesse algo que nos representasse.

— B é do meu nome, e J, do seu.

Seu sorriso vacila e seu rosto se retorce quando ela olha para mim.

— B e J, Bram. As nossas iniciais são B e J. Você me deu um colar com BJ.

Oh.

Merda.

BJ... *blow job* — ele me deu um colar com *boquete* escrito.

Esfrego meu rosto.

— É por isso que a garota da loja estava me olhando estranho. Merda. — Pego o colar da sua mão. — Eu vou devolver. Isso foi estúpido. Eu não estava pensando direito.

— Não. — Ela estende a mão para pegá-lo, mas já estou guardando de volta na caixa. — Não foi estúpido, Bram, só... estranho.

— Porra, eu vou devolver. — No entanto, não consigo evitar a risada. Porra, é claro que as nossas iniciais tinham que significar boquete. — Sabe, se você quiser, posso mandar adicionar "rainha" ao colar, já que aos meus olhos você é a rainha do boquete.

Isso me faz levar um tapa no peito e receber um olhar mortal.

— Não me chame disso.

— Mas é verdade. Você me chupa melhor do que qualquer uma já me chupou antes.

— Bram, para com isso, os seus vizinhos podem ouvir.

— O quê? Não podem, não. — Limpo a garganta e grito: — Julia é a Rainha do Boquete! — Sorrio para a minha namorada chocada. — Viu? Agora eles me ouviram.

Ela foca o olhar em mim.

— Eu vou te socar no estômago.

— Nah, que socar o quê, amor. Você não quer passar vergonha. Enfim, vou mandar trocarem as letras de lugar. JB é bem melhor, não acha?

Ela levanta do meu colo.

— Que tal somente J? Porque o B está perdendo todos os privilégios de ter uma namorada.

Ela vai até o meu quarto e começa a vestir as roupas, ao invés de tirá-las.

— O que está fazendo?

— Me cobrindo. — Ela prende a blusa na calça e depois alcança um suéter enorme marrom, também conhecido como seu suéter "não vamos transar esta noite".

— Não, o empata-foda não! Não vista a porra do empata-foda.

Ela enfia a cabeça pela gola e depois os braços pelas mangas de maneira agressiva.

— A culpa é sua.

— Ei, eu deveria ser recompensado por um presente tão legal, não punido.

— Você deveria ter pensado nisso antes de sair gritando "rainha do boquete".

— Linda... — Encaro-a de frente. — Isso é um elogio.

Ela joga um travesseiro em mim.

— Hoje você está morto para mim. Se eu não estivesse tão viciada no seu colchão e precisando de uma boa noite de sono, estaria voltando para o meu apartamento agora. No entanto, irei dormir do meu lado da cama e esperar que você mantenha as mãos comportadas.

— Pode ir esperando. — Balanço os dedos para ela. — Mas vou brincar com os seus mamilos, de um jeito ou de outro.

— Eu te odeio.

— Não odeia, não. — Dou risada ao me inclinar e beijar sua cabeça suada.

— Por que você tem que ser tão irresistível?

— Porque nós somos almas gêmeas, e quando esse é o caso, nossos corações se conectam em vários níveis, o que faz ser impossível resistirmos um ao outro.

— Ou talvez seja porque eu sou viciada na sua língua.

Dou risada.

— Ou isso. — Beijo seu ombro desnudo, todas as camadas de roupa jogadas no chão agora. — Mas falando sério, eu quero mandar arrumar o colar, porque quero que você use. Nunca dei um presente desses para alguém antes, e isso é meio que especial para mim.

Será que ela vai pensar que sou patético?

Ela coloca a mão na minha bochecha, olhando-me por cima do ombro e inclinando a cabeça para trás, juntando os lábios nos meus. Seu beijo é como um sussurro contra a minha boca.

— Eu vou usá-lo assim mesmo. Não quero que você mude.

— Não, eu vou mudar sim, só para o caso de alguém ser babaca com você. Não quero que os seus clientes pensem que você está promovendo boquetes, quando sei que é muito cuidadosa quanto à ideia de sexo no primeiro encontro entre eles.

— Quanto tempo vai levar?

— Quando se tem dinheiro, não demora muito. Amanhã já poderei te entregar, para que possa usar.

— Promete?

— Prometo. — Beijo-a.

Ela suspira nos meus braços.

— Obrigada, Bram. Eu amei muito.

Aperto-a mais uma vez, com a palavra amor flutuando na minha cabeça e na ponta da minha língua. Se eu dissesse que a amo, ela corresponderia? Será que a assustaria? Ainda está muito cedo?

Enquanto ela descansa nos meus braços, um suspiro contente escapando por seus lábios, penso que... em breve, poderei dizer a ela em breve.

CAPÍTULO TRINTA
Julia

Bram: *Jantar, no meu apartamento. Bife e batatas, e a sua boceta de sobremesa. O que acha?*

Julia: *Podemos remarcar? Tenho que trabalhar até tarde hoje. Acabei de receber uma onda de clientes, e preciso colocá-los no sistema e agendar as entrevistas.*

Bram: *Uma onda de clientes? Que empolgante. Talvez tenha sido pela minha menção ao seu programa no New York Times.*

Julia: *Provavelmente. Eu te agradeci por isso ontem?*

Bram: *Sim, a Rainha do Boquete definitivamente me agradeceu ontem à noite.* 😉

Julia: *O que eu te disse sobre me chamar assim?*

Bram: *Continue?*

Julia: *Você é impossível.*

Bram: *Mas você adora isso...*

Julia: *Infelizmente. Aproveite o seu bife.*

Bram: *Mas você ainda vem para o meu apartamento, não é?*

Julia: *Eu te aviso.* ♥

Bram: *Passei no seu escritório, mas você não estava lá.*

Julia: *É, eu estou no centro da cidade agora, entrevistando uma cliente.*

Bram: *Pensei que você só fizesse entrevistas no seu escritório.*

Julia: *É a moça do New York Times. Abri uma exceção. Achei que seria uma boa impressioná-la.*

Bram: *Muito esperta, mas estou me sentindo um pouco traído. Pensei que entrevistas fora do escritório fossem uma coisa nossa.*

Julia: *Transar contra a parede do seu quarto é uma coisa nossa.*

Bram: *Nossa, mulher, agora eu estou duro. Acho que preciso de mais uma entrevista, sabe, uma coisa tipo "como andam as coisas?". Vem rapidinho para o meu escritório, nua...*

Julia: *Você acha mesmo que isso vai funcionar?*

Bram: *Talvez? *emoji dando de ombros**

Julia: *Não vai.*

Bram: *Não custava tentar. Então, te vejo hoje à noite?*

Julia: *Não tenho certeza. Desculpe por ontem à noite. Quando saí do escritório, já estava muito tarde, e eu não queria te incomodar.*

Bram: *Jules, a sua presença nunca é um incômodo.*

Julia: *Você vai me fazer suspirar.*

Bram: *Bem, segure-se, porque o que estou prestes a dizer pode te fazer ficar suspirando a noite toda. Está pronta?*

Julia: *Pronta.*

Bram: *Estou com saudades, linda.*

Julia: *Você é bom, Bram. Você é muito bom.*

Bram: *Cada palavra é de coração.*

Julia: *Também estou com saudades.*

Bram: *Me envie uma selfie. Não me lembro mais como você é.*

Julia: *Aff, me desculpe.*

Bram: *Dois dias, linda. Faz dois dias. Você não pode fazer isso comigo depois de te ver todo santo dia. Preciso da minha dose de Julia.*

Julia: *Eu sei. Vou me esforçar para sair mais cedo hoje. Estou exausta.*

Bram: *Preciso ir até o seu escritório e te tirar daí à força? Porra, só sentir os seus braços me envolvendo já me deixaria feliz.*

Julia: *Farei o meu melhor, prometo.*

Bram: *Não ligo se você só terminar à meia-noite, por favor, venha para o meu apartamento depois. Meu motorista vai estar esperando por você. Prometo que tudo o que vou fazer é ficar abraçadinho com você, ok?*

Julia: *Você está começando a soar desesperado.*

Bram: *Eu estou desesperado, porra. Preciso te abraçar.*

Julia: *Aff, como sinto a sua falta. Ok, eu vou para o seu apartamento hoje, mesmo que seja muito tarde.*

Bram: *Vou te cobrar isso.*

Julia: *Eu não esperaria menos de você.*

Toc. Toc.

Com a vista embaçada, olho para a porta do meu escritório e encontro Bram encostado no batente, segurando uma embalagem e com uma expressão preocupada no rosto.

— Desculpe, não consegui esperar até mais tarde. — Ele entra no meu escritório e dá a volta na mesa, onde pousa a embalagem de comida e gira minha cadeira de frente para ele. — Você precisa de um intervalo. Vai acabar enlouquecendo.

— Preciso fazer essas combinações. Desde que você mencionou o meu negócio naquele artigo no New York Times, não consigo ter tempo para descansar. Quer dizer, obrigada pela menção, mas eu não fazia ideia de que a minha carga de trabalho iria ficar tão louca assim.

— E é por isso que você precisa tirar um intervalo, ou deixar o seu namorado te ajudar a contratar mais algumas pessoas para ele poder passar mais tempo com você. — Ele me levanta da cadeira e me envolve com seus braços. — Se eu soubesse que fazer aquela menção te tiraria de mim, teria guardado meu segredinho.

Aconchego-me no seu calor e no frescor do seu cheiro, permitindo que meu cérebro se desligue por um momento enquanto curto o tipo de conforto que somente Bram pode me proporcionar.

— Desculpe por estar ausente.

— Não se desculpe. Nunca se desculpe por querer expandir o seu negócio e fazê-lo crescer. Acredite em mim, eu sei o que é preciso para levar um negócio para o próximo nível. Eu só queria ver o seu rostinho lindo pessoalmente e me certificar de que você está se alimentando.

— Não comi o dia todo, então o que quer que tenha naquela embalagem está prestes a ser devorado.

— Então, vamos comer. — Encolho-me e tento desviar o olhar, mas ele percebe. — O que foi?

— Tenho uma reunião com um cliente daqui a cinco minutos, na verdade.

— Droga — ele murmura e solta um longo suspiro. — Ok. Bem, acho que vou ter que me contentar com isso. — Ele se inclina para me beijar no momento em que meu interfone toca.

— Srta. Westin, Gary Fontane está aqui para vê-la.

Com um suspiro derrotado, Bram se afasta enquanto responde a Anita.

— Logo estarei aí. — Viro-me para Bram e faço minha melhor expressão de desculpas. — Eu sinto muito.

— O que eu disse sobre se desculpar? — Ele ergue meu queixo. — Te vejo hoje à noite, não é?

Confirmo com a cabeça.

— Te vejo hoje à noite.

Nos despedimos com um beijo e caminho com Bram até o saguão, onde cumprimento o sr. Fontane com um sorriso de boas-vindas, apesar do quanto estou cansada.

— Aqui estão os resultados que você pediu — Anita diz, entrando no meu escritório. Já passa das cinco horas e me sinto mal por estar fazendo-a ficar até mais tarde novamente, mas ela disse que não se importa. Mal sabe ela que irá ganhar um bônus assim que o fluxo intenso de novos clientes se acalmar.

Ergo a cabeça e estendo a mão para receber o arquivo.

Quer saber um segredo? Logo antes de todos esses novos clientes começarem a chegar, decidi fazer o meu teste. Eu queria fazer uma surpresa para Bram, mostrar a ele que, mesmo que possamos ser completamente diferentes, ainda somos feitos um para o outro.

Depois que ele me deu o colar com BJ — bem, agora é o colar com JB —, eu quis fazer algo legal para ele também, e já que ele é rico pra caramba, pensei que fazer algo mais significativo para ele poder apagar todas as dúvidas da sua mente.

Tenho que admitir que as perguntas eram mesmo irritantes. Senti pena dos meus clientes, mas tentei respondê-las da melhor maneira possível, sem distorcer meus pensamentos. Respondi de acordo com o meu primeiro instinto.

Sou familiarizada com a minha personalidade o suficiente para saber que não sou laranja, que seria a cor que combina com a de Bram, mas também sei que é possível eu ser amarelo, que também poderia combinar com um vermelho em raras ocasiões. E Bram é um vermelho raro.

Mas o meu maior medo — algo que me aterroriza sobre esses resultados — é descobrir que não somos compatíveis de jeito nenhum.

Soa ridículo, não é? Basear toda a minha vida amorosa em algo tão simples como resultados de um teste de relacionamento. Mas eu tenho uma taxa de sucesso de noventa e nove por cento. Sei o que estou fazendo, esses resultados não mentem, e é por isso que ser compatível com Bram significaria tanto para ele... e para mim.

— Obrigada, Anita. Você recebeu algum retorno da Helen Finkle?

— Sim, ela finalizará o teste hoje.

— Ótimo. Acho que o sr. Gladstone seria uma combinação perfeita depois da conversa que tive com ele, mas quero ver os resultados deles antes de pensar em marcar um encontro para os dois.

— Eu trabalho com você há um bom tempo, e consigo sentir quando duas pessoas são compatíveis, e acho que você tem razão. Tem algo na srta. Finkle e no sr. Gladstone que grita "casal".

— São os narizes, não é?

Anita dá uma risadinha e assente.

— Não sei por que isso faz sentido, mas faz.

— Bem, isso nós veremos. Vou terminar mais algumas coisas aqui, então você pode ir embora.

— Tem certeza?

Tiro meu cabelo do rosto.

— Tenho. Você já trabalhou bastante essa semana, então descanse. Te vejo amanhã.

— Ok, tenha uma boa noite.

— Você também. — Dou um aceno rápido para ela.

Passo um tempo respondendo mais alguns e-mails antes de ouvir Anita ir para casa. Assim que sinto que a barra está limpa, depois de conferir os corredores, corro até minha mesa e pego meu arquivo. Um pouco nervosa, considero não olhá-lo, mas penso melhor. Se fiz o teste, quero saber meus resultados.

No momento em que estou prestes a abri-lo, meu celular vibra na mesa.

Clarissa.

Sorrindo, atendo.

— Oi.

— Ora, ora, ora, você finalmente atendeu minha ligação. Está agindo como se estivesse em um relacionamento que te consome inteira ou algo assim.

Dou risada e recosto-me na cadeira.

— Desculpe. Não tenho sido uma boa amiga ultimamente, não é?

— Tudo bem, contanto que todo o seu tempo esteja sendo consumido por sexo. Por favor, me diga que sim.

— Bom, uma semana atrás, é o que eu teria te dito, mas, desde que Bram me mencionou no New York Times, tenho ficado até tarde da noite no escritório, tentando dar conta de todos os pedidos de clientes querendo entrar no programa.

— Sério? Isso é fenomenal. Significa que você vai ter que contratar mais pessoas?

— Fiz um anúncio de vagas de trabalho ontem. Contratei um *headhunter*, porque não quero ficar recebendo currículos aleatórios. Quero alguém que realmente saiba o que está fazendo.

— Esperta. Você vai ter que treinar essa pessoa mesmo assim, então contratar alguém competente vai te auxiliar nessa tarefa.

— Ninguém vai ser mais competente do que Anita. — Abro o arquivo casualmente.

— Isso é porque ela trabalha para você desde sempre. É a sua número um.

— Sempre será. Outro dia, ela estava me dizendo... — Pauso no meio da frase, estreitando os olhos sobre uma palavra. Uma cor.

Verde.

Isso não pode estar certo.

Inclino-me para frente e pisco algumas vezes. Verde, está escrito verde. Não estou inventando isso na minha cabeça. Está mesmo escrito verde no papel.

— Ei, você está aí? — Clarissa pergunta, sua voz ficando preocupada. — Você meio que parou de falar de repente.

— Verde — murmuro, ainda chocada.

— Verde? O que é verde?

— Eu.

— Você está enjoada?

— Não... a minha cor de namoro é verde.

— Espere... — Clarissa pausa. — Você fez o teste?

— Sim, e eu sou verde.

— Bem, isso faz sentido. Eu poderia facilmente ter adivinhado que você é verde. Você é cuidadosa, meticulosa, uma líder, mas também tem um coração lindo, doce e caridoso com...

— Clarissa, esse não é o ponto. — Consigo me sentir à beira da insanidade conforme minha mente gira. — Que cor é compatível com verde?

— Azul. Qual é o...? Ai, não.

— Pois é. Bram é vermelho. VERMELHO, caramba. — Esfrego meu rosto. — A única vez em que vermelho e verde combinam é no Natal, e até mesmo durante o Natal algumas pessoas não gostam de verde e vermelho juntos e escolhem azul e prateado.

— O Natal é uma época mágica do ano, você poderia pensar assim. O seu relacionamento é mágico.

— Isso não está ajudando. Você e eu sabemos que o nosso relacionamento pode ser tudo, menos mágico. Somos condenados. Não há longevidade nesse relacionamento. Sim, estamos nos dando bem agora, mas nossos tons não são compatíveis, não se misturam bem, logo, estamos destinados a desmoronar. Oh, Deus, no que eu estava pensando? — Abalada, reclino-me na cadeira e pressiono a mão na testa, tentando compreender esse golpe imenso que a bolha feliz na qual eu estava vivendo acaba de receber. — O que diabos eu vou fazer?

— Como assim?

— Não somos compatíveis, Clarissa. — Ela fica quieta, e sei que está pensando o mesmo que eu. — Preciso ir.

— Espere! — Clarissa grita. — Julia, antes de você fazer qualquer coisa, apenas pense bem, ok? Não faça nada precipitado.

Eu nunca faço nada precipitado, o que faz parte do dilema em que estou agora. Fui precipitada ao me relacionar com Bram?

— Ok, pode deixar. Falo com você depois. — Desligo antes que ela possa dizer mais alguma coisa e arrasto a mão por meus cabelos.

Vai dar certo, tudo vai ficar bem. E daí? Ele é vermelho e eu sou verde. Isso não significa nada... exceto pelo fato de que significa *tudo,* e traz à tona o meu maior medo, o medo que tem me corroído desde o primeiro momento em que pressionei meus lábios nos dele: e se tudo o que aconteceu entre Bram e mim tiver sido apenas pura luxúria? E se tiver sido apenas algo de pouca duração com um homem que deveria ser apenas um amigo?

E se as últimas semanas tiverem sido uma farsa, e estivermos a caminho do fracasso?

Caramba... se ele é vermelho e eu sou verde, sei que iremos fracassar. Eu *sei* disso. Não sou certa para o Bram. Ele quer que eu viva o momento, mas e se eu for realmente incapaz disso? Eu tentei, mas o que vai acontecer quando eu não conseguir mais?

Talvez a sua cabecinha linda tenha impedido o seu coração de bater com todo o potencial que ele realmente tem. Deixe o seu coração bater... por mim.

E se eu nunca puder fazer isso?

Vou perdê-lo. Para sempre.

Bram: *Por favor, me diga que está segura, que talvez tenha esquecido de me mandar mensagem, mas não que você foi sequestrada e está enfiada no porta-malas do carro de alguém.*

Julia: *Desculpe. Longo dia. Estou em casa.*

Bram: *Hã, pensei que você viria para cá.*

Julia: *Não estava com a cabeça muito boa. Não queria te incomodar.*

Bram: *Você nunca me incomoda, Jules. Eu só quero te abraçar.*

Julia: *Talvez outra noite. Vou tentar dormir um pouco. Falo com você depois.*

Bram: *Ok... estou com saudades.*

CAPÍTULO TRINTA E UM
Bram

— O que diabos está acontecendo com a sua irmã? — Passo pela porta de Rath e vou direto até a geladeira, abro uma cerveja e começo a beber.

— Entre, pode se servir com uma bebida, não é como se eu tivesse companhia.

Oh, merda. Abaixo a garrafa e olho para o lado, onde vejo uma mulher no sofá dele. Ela me dá um pequeno aceno e toma um gole da sua taça de vinho.

Dou um aceno breve para ela.

— Isso só vai levar um segundo. Desculpe.

Coloco a garrafa sobre a bancada e pego Rath pelo braço, levando-o em direção à entrada da sua casa para termos um pouco de privacidade. Assim que tenho sua total atenção, pergunto novamente:

— O que diabos está acontecendo com a sua irmã?

— Eu não sei, cara. Faz um tempo que não falo com ela. — Ele puxa sua nuca e olha para a garota. — Eu realmente não quero me meter entre vocês dois.

— Eu também não quero que você se meta, por isso que preciso que me ajude a entender isso para que eu possa consertar. — Dou pequenos toques na sua bochecha para que ele foque novamente em mim. — Vamos, você a conhece melhor do que eu. Ela costuma evitar os namorados como se fossem uma praga?

— Você deveria conhecê-la tão bem quando eu, então deveria ser capaz de responder a sua própria maldita pergunta.

— Isso é diferente. Sou um namorado neurótico agora. Preciso da sua ajuda para ficar longe da loucura e ver a luz da realidade. Como melhor amigo, essa é a sua responsabilidade.

— E o Roark? Ele não pode te ajudar? — Lanço um olhar para Rath. — Ok, é, má ideia. — Ele solta um longo suspiro. — Tá, me diga o que está havendo.

Explano para ele os fatos.

— Ela está me evitando. A princípio, pensei que fosse somente porque ela estava muito ocupada com o trabalho, e realmente está, mas teve uma noite em que eu disse a ela que não ligava para o horário, só queria vê-la. Ela não apareceu. Quando perguntei o que aconteceu, ela disse que não estava com a cabeça muito boa.

— O que é algo que acontece com ela.

— Exatamente, eu sei disso sobre a Julia. Mas, nos últimos dois dias, quando fui até o escritório dela, a assistente me disse que ela não tinha tempo para me ver. Você acha que fui até o apartamento dela?

— Claro que foi.

— Eu fui. — Cutuco Rath no peito. — E adivinhe só? Ela não estava em casa, o que me leva a acreditar que está me evitando. Quer dizer, onde ela poderia estar? — Inclino-me para frente e aponto para a garota no sofá. — Aquela não é a Julia disfarçada, é?

Rath dá um tapa na minha mão.

— Cara, você tá pirando. Ela deve estar com a Clarissa.

— Ah, Clarissa! — Impulsiono meu punho no ar. — Tinha esquecido dela. Você tem razão, mas por que ela estaria lá? Se ela estiver com Clarissa, então definitivamente está me evitando. Merda. — Passo a mão pelos cabelos. — Por que ela está me evitando?

— Não sei. Você disse algo estúpido?

— Não. E não acho que um comentário estúpido causaria isso. Você acha que ela conheceu outra pessoa? Ela recebeu um fluxo intenso de clientes novos. Talvez tenha encontrado alguém que acha ser melhor para ela. Eu sei que sou meio babaca, mas pensei que fôssemos incríveis pra caralho juntos.

— Não acho que seja isso. A Julia não é do tipo que olha para outras pessoas com outras intenções quando está em um relacionamento. — Rath coça o queixo. — Talvez...

Toc. Toc.

Rath e eu olhamos para a porta e, depois, de volta um para o outro.

— Se for o Roark, vou matar vocês dois. — Ele abre a porta de uma vez, revelando uma Julia muito sobressaltada.

— Nossa, Rath, você tinha que abrir a porta desse jeito? — Ela olha para o lado, assimilando minha presença. Seus olhos se arregalam e ela começa a recuar lentamente.

— Não se mova nem mais um centímetro — Rath diz, puxando-a pelo braço e colocando-a diante de mim. — Converse com o seu namorado, para eu não ter mais que fazer isso. — Ele bate a porta para fechá-la. — Não vou ficar no meio disso.

Julia ergue um dedo.

— Hã, na verdade, posso falar com você primeiro, Rath?

— Sim, e depois que ela falar com você, quero falar com você para saber o que ela falou. — Viro-me para Julia. — E depois quero falar com você para saber sobre o que você conversou com o Rath.

— E depois, posso falar com você, Rath, para saber tudo o que eles falaram? Parece interessante — a voz feminina vinda da sala de estar diz.

Rath puxa os cabelos, pronto para explodir.

— Ninguém vai falar comigo além da Farrah, caralho. Resolvam as merdas de vocês. Estaremos na varanda.

Sem mais uma palavra, ele passa pela sala de estar e leva sua convidada para o lado de fora, deixando-me sozinho com Julia no apartamento.

Estou levemente nervoso, porque seu olhar me diz que não vou ficar feliz ao saber por que ela ficou me evitando. Enfio as mãos nos bolsos e olho para o chão.

— Então... como você está?

— Bem — ela responde calmamente.

— Os negócios estão se acalmando?

— Um pouquinho.

Que conversa desconfortável. Julia odeia conversa fiada, e é exatamente o que isso é, então, em vez de adiar ainda mais...

— Você está me evitando.

Ela me respeita o suficiente para não mentir ao confirmar com a cabeça.

— Um pouquinho.

— Eu fiz algo estúpido? Porque eu não acho que fiz.

— Talvez seja melhor sentarmos.

Merda.

Merda. Merda. Merda.

Talvez seja melhor sentarmos não é a frase que você quer ouvir quando a sua namorada tem te evitado. É o começo de uma conversa que significa o fim. Não previ isso. *Não posso permitir que isso aconteça.* Ela é o meu mundo.

Nos sentamos, e quando vejo lágrimas se formando nos olhos dela, meu coração entala na garganta e começa a pulsar nos ouvidos.

— O que quer que tenha sido, peço desculpas. Eu te disse que sou novo nessa merda...

— Não foi algo que você fez, Bram.

— Então... você encontrou outra pessoa?

— O quê? Não! — ela nega rapidamente, ligeiramente insultada.

— Então, o que está acontecendo? — Seguro sua mão e deleito-me com a sensação da sua pele macia. — Porra, Jules, eu sinto sua falta. Apenas me diga qual é o problema e poderemos resolver.

Ela desvia o olhar, puxando a mão da minha.

— Não podemos resolver isso.

— Por quê?

O silêncio recai sobre nós conforme uma lágrima desce por sua bochecha. Com o polegar, ela enxuga o rosto antes que eu tenha a chance de fazer isso.

— Eu fiz o teste — ela revela finalmente, desviando o olhar.

— Que teste? — E então, a ficha cai. — Puta merda, você está grávida? — Jesus Cristo! Solto um suspiro de alívio. É por isso que ela está assim? — Linda, isso é incrível... quer dizer, bem antes do tempo planejado, mas, meu Deus, você está grávida. — Grito para Rath: — Ela está grávida, cara. Você vai ser tio.

Aproximo-me para abraçá-la, mas ela se desvencilha de mim.

— Ela está o quê? — Rath enfia a cabeça pela porta. — Eu vou ser...

— Eu não estou grávida. Não foi a esse teste que me referi.

— Espere. O quê? Então... você não está grávida?

— Eu não vou ser tio? — Rath pergunta, com decepção na voz.

— Não. Eu uso anticoncepcional, lembra?

— Sim, mas quando os nadadores são fortes, eles podem derrubar essa defesa, e do jeito que nós temos feito...

— Cuidado com o jeito que vai terminar essa frase — Rath sugere.

Aceno para ele.

— Volte para a sua varanda. — Viro de volta para Julia, sentindo-me desanimado porque, puta que pariu, seria maravilhoso se Julia estivesse grávida. Eu a pediria em casamento amanhã e me livraria de toda essa conversa desagradável. — Então, que teste você fez?

— O teste do meu programa.

— Oh... você não tinha feito ainda?

Ela balança a cabeça.

— Não, e os resultados não foram bons. Eu sou... — Ela engole em seco. — Eu sou verde.

Não faço ideia do que isso significa, porque, sendo honesto, nunca prestei atenção nos resultados dos testes. Eu só tinha uma coisa em mente — conquistar o coração de Julia —, então simplesmente ignorei o resto.

Aproximo-me um pouco dela.

— Bem, verde é a cor do dinheiro, então isso não deve ser muito ruim, não é? — pergunto, soando como um babaca materialista, mas, quando estou desconfortável, acabo falando umas merdas estúpidas.

— É uma ótima cor para ser, mas não quando seu namorado é vermelho.

E então, as coisas se encaixam.

Julia Westin, a garota que calcula tudo, a garota que tem compartimentos para seus compartimentos, a garota que tem uma razão para cada movimento que faz, está preocupada por nossas cores não serem compatíveis.

— Pff, quem liga pra isso?

Ela estreita os olhos. Ops, coisa errada de se dizer. Viu? Eu digo merdas estúpidas.

— Eu ligo para isso. A minha carreira inteira tem sido baseada na teoria de cores perfeitamente compatíveis para relacionamentos. Como eu poderia deixar de lado a noção de que meu namorado é vermelho e eu sou verde e achar que está tudo bem?

— Nós faríamos um lindo cartão de Natal juntos, não é? — Lanço um sorriso para ela.

Não adianta.

— Qual é, Jules, o que eu te disse sobre seguir o seu coração?

— Você pode seguir o seu coração, mas, no fim das contas, vai ter alguma coisa que irá nos separar. — Ela aponta para o pescoço. — Olhe as nossas iniciais. Não existe um casal que consiga se safar tendo as iniciais BJ, e se um dia nós casássemos e usássemos nossas iniciais nos convites, ficaria BJS porque o seu sobrenome é Scott. — Ela balança a cabeça, ficando com a voz histérica. — Ninguém quer ir a um casamento em que se insinua que o ponto alto serão boquetes. — Quase dou risada disso, porque eu acharia engraçado. Mas então, olho para o desespero escrito no rosto da minha linda garota.

Isso a está consumindo.

A nós.

Mas não deve ser tão ruim assim.

— Julia, por favor. As pessoas achariam isso engraçado.

Ela me lança um olhar mortal.

— Eu estou falando sério, Bram.

— É mesmo? — Estreito os olhos. — Porque parece um pouco que você está sendo irracional.

— Irracional? Como eu posso estar sendo irracional?

— Porque você está baseando toda a felicidade da sua vida em um teste.

— Um teste que tem uma taxa de sucesso de noventa e nove por cento.

— É, um teste que eu nem ao menos preenchi corretamente porque era tão longo e estúpido... — Minhas palavras desaparecem quando vejo a raiva crescer nos seus olhos.

Ela fica de pé, e nunca a vi tão irritada antes.

— O que você acabou de dizer?

Também fico de pé, porque parece que é o que tenho que fazer.

— Sabe, nós deveríamos ir beber alguma coisa, esfriar a cabeça...

— Você disse que o meu teste é estúpido.

É, não foi a melhor escolha de palavras.

— Eu não quis dizer isso.

— Então, o que você quis dizer?

Hummm... boa pergunta. E enquanto fico ali, tentando pensar em algo diferente para dizer, percebo que, a cada segundo que passa, estou cavando meu buraco cada vez mais fundo. Não tenho como sair dessa ileso. É melhor ir logo com tudo.

— Talvez eu não tenha levado o seu teste a sério quando o respondi.

— Você está brincando? — Ela anda de um lado para outro na sala. — Como pôde fazer isso?

— Hã, não sei! Talvez porque as perguntas eram idiotas.

Ela vira a cabeça na minha direção de uma vez.

— Como é que é?

— Ah, por favor, Julia! Como raios alguém deve responder à pergunta "que tipo de som um porco faz?" quando as alternativas são: *beep, beep; pew, pew, boom, boom, shaboom;* e *pau no meu cu?*

— Umas das alternativas não era *pau no meu cu* — ela responde severamente.

Jogo as mãos para os lados.

— Poderia ter sido. Combinaria direitinho.

— Eu sabia que isso aconteceria. — Ela balança a cabeça e recolhe sua bolsa. — Alguém capaz de insultar e zombar tão facilmente do trabalho que construí a vida toda não é o tipo de pessoa com quem quero estar. — Ela engasga com choro. — Trabalhei por incontáveis horas, por anos, nesse programa, e você o tratou como uma grande piada. É isso que foi para você, esse tempo todo? Uma piada?

— Não! — Frustrado comigo mesmo, passo as duas mãos pelos cabelos. — Não foi isso que eu... porra, o que estou tentando te dizer é que não sou vermelho. Quem vai saber que droga de cor eu sou?

— Bom, não me importo de descobrir. — Ela pisa duro em direção à porta e eu vou rápido atrás dela.

— Então, é isso? Só porque eu *possivelmente* não sou compatível com a sua cor para relacionamentos, você vai jogar fora as últimas semanas, como se não tivessem significado nada? E os últimos dez anos? Todas as noites em que ficamos até tarde juntos, as conversas, as trocas sinceras? Nada disso importa nas suas métricas de relacionamento? E o fato de que estou desesperadamente apaixonado, a ponto de saber que, se você sair por essa porta sem mim, não sobreviverei a esse sofrimento? Isso não importa?

Ela para e vira para mim.

— Você não pode dizer que me ama.

— Por que não, porra?

— Porque... — Ela dá um passo na minha direção. — Um homem que me ama não zombaria do meu programa de namoros ou o trataria como uma piada. Se me amasse de verdade, saberia o quanto o programa é importante para mim.

A porta da varanda se abre e sinto Rath e sua amiga entrarem na sala de estar, mas eles se mantêm distantes.

— Ah, acredite em mim, Julia — desdenho. — Eu sei o quanto esse programa é importante para você. Importante o suficiente para você jogar fora tudo o que temos. — Agarro minha nuca, sentindo a raiva me consumir. — Porra, não sei o que mais você está procurando em um namorado, mas eu *lutei* por você, Julia. Eu te ouvi, melhorei a cada palavra sua, testei os seus limites da melhor maneira possível. Tentei ser gentil, atencioso e um amante fantástico pra caralho. Talvez eu nunca vá ser mais do que um garoto de fraternidade que acabou ficando rico e, portanto, não é o tipo de homem que você acha que deveria ficar, mas pelo menos não sou um malandro que não dá a mínima para você ou para a sua carreira.

Passo por ela, querendo tomar o direito de ir embora, precisando ser a pessoa que dá fim a essa conversa.

Agarro a porta e fico de costas para ela ao dizer:

— Caso você tenha se esquecido, eu te chamei para sair na faculdade e fui rejeitado. Então, esperei por anos, até você estar feliz com o sucesso da sua carreira, para tentar te conquistar novamente. Isso demonstra respeito, não zombaria.

Com o coração partido ao meio, saio pela porta e vou até o bar mais próximo, ligando para Roark.

Preciso ficar bêbado.

— Dá para você largar a porra desse celular? Jesus Cristo. Você me chamou para beber, não para ficar te vendo checar o celular a cada dois segundos.

Ele tem razão. Guardo meu celular no bolso e me encosto no bar, com derrota nos ombros.

— Foi mal. Eu só, sei lá, pensei que ela já teria caído em si, a essa altura.

Roark ri.

— Julia Westin cair em si? Por favor, aquela mulher é teimosa igual ao irmão. De jeito nenhum ela vai voltar se arrastando para você, pelo menos não até você dar a ela um bom motivo.

Porra, ele está certo.

Eu a amo pra cacete, mas tenho que concordar que ela é teimosa feito uma mula. Sempre foi.

— Por que você tem que ter razão?

— Estou sendo sensato. Você está bravo com ela, mas ainda a quer.

— Eu ainda a amo — eu o corrijo, virando o resto da minha bebida e pedindo mais uma com um aceno rápido.

— Então, você tem que fazer alguma coisa.

Balanço a cabeça.

— Posso falar sobre os meus sentimentos até ficar roxo, mas não vai adiantar de nada. Se ela ainda não me mandou mensagem nem me ligou depois do meu discurso no apartamento do Rath, nada que eu diga vai fazê-la mudar de ideia.

— Eu não quis dizer que você tem que falar com ela. Quis dizer que você tem que fazer algum grande gesto.

— Nenhum gesto romântico vai consertar isso.

Isso não funciona com Julia. E isso não é um defeito, de jeito nenhum. Amo pra caralho sua inteligência e garra. Ela não seria quem é hoje sem isso.

Roark sorri sobre seu copo e balança as sobrancelhas.

— Acho que tem uma coisa que pode funcionar.

— Sexo não vai resolver isso.

— Eu não estava falando sobre sexo, seu idiota. Como foi que começou toda essa briga estúpida?

Reviro os olhos e recosto-me no banco do bar.

— Você sabe como começou. Porque as nossas cores para relacionamentos não são compatíveis.

— Bem, então, mostre a ela que as cores são compatíveis — ele diz, como se fosse a solução óbvia.

— Você está me dizendo para fazer todo aquele teste miserável de novo? De jeito nenhum, cara. Aquilo foi um pesadelo. E por que sou eu que tenho que me desdobrar para fazer as pazes com ela, droga? Tenho quase certeza de que ela me deve um pedido de desculpas.

— Lembra da conversa de que a Julia é teimosa? Você vai ter que tomar a iniciativa, e essa iniciativa é fazer o teste. Devidamente, dessa vez. — Ele toca o balcão do bar com o dedo. — Eu te garanto, esse é o caminho para o coração dela. Prove de uma vez por todas que você é o cara certo para ela.

— E se o meu resultado não for a cor que ela quer?

E se ela estiver certa? E se ainda assim não formos compatíveis no papel, mesmo que eu saiba o que sinto no meu coração?

Roark dá de ombros.

— Sei lá... aí você se fode.

— Nossa, valeu, cara.

Ele me dá um tapa nas costas.

— Sempre que precisar. — Ele se curva sobre o balcão do bar. — Ei, barman, quatro *shots* de uísque aqui! Vamos precisar de algo mais forte.

CAPÍTULO TRINTA E DOIS
Julia

Isso que é estar infeliz.

Não, não apenas infeliz, mas esmagadoramente deprimida e infeliz. Pensei que já havia sentido isso, depois que Bram foi até o meu apartamento e me deixou confusa pra caramba com seus lábios. Pensei que estava mal de verdade, naquele tempo.

Eu estava errada.

Aquilo foi tipo estar na praia com um livro nas mãos e garotos musculosos colocando uvas na minha boca, comparado a essa pura tortura.

Ainda consigo ver sua expressão. Está enraizada no meu cérebro, o puro olhar de pânico, seguido de raiva. Bram sempre foi tão tranquilo. Só o vi com aquele tipo de raiva um vez na vida antes, e foi quando aquele cara tentou me assediar na faculdade. Dessa vez, no entanto, vi seus olhos azul-esverdeados ficarem escuros, e foi uma visão que desejo nunca mais ter que presenciar.

Depois que ele foi embora, Rath me deu uma bronca. Você pensaria que ele é irmão de Bram, e não meu. Ele disse que eu estava sendo tola, uma chata teimosa por deixá-lo ir embora assim, porque ele nunca, em toda a sua vida, viu seu melhor amigo amar e se importar com alguém da maneira como ele me ama e se importa comigo. Mas, até Bram chegar, a pessoa que me amava incondicionalmente era o meu irmão. Além de Clarissa, ele esteve ao meu lado me ajudando a aperfeiçoar meus estudos e anos de pesquisa. Ele sempre tomou conta de mim, e ouvi-lo apoiar seu melhor amigo, que não somente não respondeu o teste sinceramente, mas também disse que era estúpido partiu meu coração também. E eu disse isso a ele. Na verdade, pela primeira vez, nós discordamos completamente um do outro, e foi perturbador.

E mesmo assim, eu não conseguia ir em frente. Não consegui pegar o telefone. Em vez disso, voltei para casa e chorei até dormir, depois liguei para Anita para avisá-la de que estava doente e pedir que reagendasse meus horários.

Acho que ela percebeu que eu estava mentindo diante dos breves soluços que acabei deixando escapar ao telefone. Mas, sendo a boa assistente que é, ela nunca se meteu na minha vida pessoal, e sempre cuidou de tudo em relação aos negócios para mim, de maneira muito profissional.

Agora, dois dias depois, ainda estou magoada, meu orgulho está irritantemente afiado, e estou à minha mesa com muitos e-mails não respondidos e sem uma gota de disposição para fazer o meu trabalho. Em vez disso, estou olhando pela janela, observando a vastidão da paisagem da cidade de Nova York, com apenas uma coisa na minha mente: Bram.

Quero entrar em contato com ele, pedir desculpas, dizer que sinto muito, mas uma pequena parte de mim, a parte insistente que ditou a minha vida inteira, está me dizendo que essa não é uma boa ideia, que só vou acabar me magoando novamente. Já fui magoada muitas vezes por outros homens, de novo e de novo. E olha que constrangedor isso! A casamenteira que não consegue encontrar o amor na própria vida.

Mas é como aquele velho ditado, não é? Se não sabe fazer, ensine. Estou nesse barco agora. Estou ajudando todo mundo, menos a mim mesma.

Há uma leve batida à minha porta.

— Srta. Westin, aqui está o arquivo que pediu.

Não me lembro de pedir por um arquivo, mas também, se eu fechasse os olhos, não faria ideia do que estou vestindo, então pego o arquivo e agradeço a Anita.

— Você já almoçou?

— São dez da manhã — Anita diz, olhando para mim com a cabeça inclinada para o lado.

Dez da manhã, ainda? Deus, por que o tempo está passando tão devagar?

— Ah, é mesmo? Hã, pensei que já era mais tarde.

Anita se aproxima um pouco e senta na cadeira de frente para mim.

— Posso falar francamente?

— Claro. — Gesticulo para que ela continue.

Ela limpa a garganta e descansa as mãos sobre o colo.

— Vou presumir que o seu humor recentemente se deu por conta de um confronto com o sr. Scott.

— Pode-se dizer que sim. Acho que terminei com ele, ou ele terminou comigo. Uma dessas coisas; o que aconteceu está embaçado na minha mente.

— Mas você estava tão feliz.

Faço pequenos círculos na mesa com os dedos.

— Eu estava, não estava?

— Sim, então, por que jogar fora aquela felicidade?

Porque não vai durar. Não vai poder durar.

— Porque... — Suspiro. — Tenho muito medo de que acabe sendo mais um relacionamento fracassado. Com o Bram, eu não quero que fracasse.

— Mas, se não estão juntos, não quer dizer que já fracassou?

— Acho que sim. — Mordo o lábio inferior. — Mas e se não formos compatíveis?

— Isso importa mesmo para você? Meu marido e eu não somos perfeitamente compatíveis. Somos quase, mas isso não significa que estou prestes a me divorciar dele. Em vez disso, nós lutamos para resolver as partes difíceis de um relacionamento, e é isso que faz o nosso casamento desafiador e divertido.

— Nossa, Anita. É mesmo? Eu me apoio em fatos e números há anos. Mas você está feliz?

— Nem sempre, para ser honesta, mas é assim que funciona em um casamento focado no verdadeiro amor. Alguns dias, tudo o que quero é dar um soco no Trevor, mas, na maioria dos dias, eu sei que odiaria ter que viver sem ele.

Ai, Deus. Não posso viver sem o Bram. Balanço a cabeça, odiando a mim mesma, mas ainda tão confusa.

— Bram é o melhor homem que conheço, o mais sexy, mais doce, mais engraçado, e o mais leal, mas não sei como conciliar fatos *versus* sentimentos aqui. Estou sem ideias.

— Talvez no papel você esteja. Mas não no seu coração. Não esqueça de ouvir o que as batidas do seu coração estão te dizendo.

Deixe o seu coração bater... por mim.

— Ele passou dez anos querendo ficar comigo. Quem faz isso?

— Alguém que a ama incondicionalmente.

Incondicionalmente: que não está sujeito a condições.

Alguém que te ouve com atenção, sempre oferece apoio e encorajamento. Alguém que faz questão de falar com a garota nerd para que ela se sinta confortável. *Alguém cuja alma é tão sintonizada que sente quando sua alma gêmea está em perigo e corre para garantir que ela fique a salvo.* Eu conheço esse alguém. *Eu amo esse alguém.*

Pego minha bolsa do chão e me levanto.

— Eu vou vê-lo.

Anita levanta e me entrega o arquivo que coloquei sobre minha mesa.

— Antes de ir, preciso que dê uma olhada nisso.

— Não pode esperar? — Coloco meu celular na bolsa e caminho em direção à porta do escritório.

— Não mesmo. Dê uma olhada rápida, por favor.

Meu bom Deus, Anita. Agora não é hora.

Mas não digo isso a ela. Em vez disso, sorrio com educação e pego o arquivo. Atrapalhando-me por um segundo, finalmente seguro direito e abro a página. Claro como o dia, há uma foto de Bram no topo, junto do seu perfil. Olho para Anita.

— Por que preciso olhar isso?

— Olhe a parte destacada no fim da página.

Ali está, destacada com marcador amarelo neon, a cor de namoro dele.

Azul.

Pisco algumas vezes e volto a olhar para Anita.

— O que é isso?

Com um sorriso brilhante, Anita praticamente dança no lugar.

— O sr. Scott me mandou um e-mail há dois dias e me pediu para enviar o teste para ele novamente. Eu enviei. Ele preencheu tudo de novo. Acabei de receber os resultados. Ele é azul, srta. Westin, e se você olhar para os resultados na próxima página, ele é noventa e nove por cento compatível com verde... com você.

Lágrimas preenchem meus olhos, e posso sentir as batidas do meu coração pulsando nos ouvidos.

Ele fez o teste novamente. Não consigo acreditar que, depois de tudo que eu lhe disse, ele fez o teste novamente.

— Você está feliz?

Meu lábio estremece.

— Não acredito que ele fez isso.

— Ele a ama, srta. Westin. E faria qualquer coisa por você, ele disse isso no e-mail.

— Eu... eu preciso vê-lo.

Entrego o arquivo para ela e saio correndo do escritório.

— Boa sorte! — Ouço Anita gritar logo antes das portas do elevador fecharem.

Por favor, que não tenha muito trânsito.

— Srta. Westin, você está bem? — Linus dá a volta na sua mesa e coloca uma mão nas minhas costas enquanto ofego, curvada para frente e com as mãos apoiadas nos joelhos.

— Aham. — Busco ar. — Mas posso te incomodar e pedir uma água?

— Não é incômodo algum.

Ele pega uma garrafa de água rapidamente, retira a tampa e me entrega. Eu a bebo de uma vez, de uma maneira nada delicada. Se eu não me importasse em borrar todo o meu rímel, jogaria água no meu rosto também, mas me contenho.

— Você veio correndo até aqui? — Ele olha para os meus sapatos. — De salto alto?

— Só alguns quarteirões, então não é como se tivesse sido uma maratona. — Enxugo minha testa. — Nossa, espero não estar com a aparência horrível. Eu estou um lixo?

O rosto de Linus suaviza.

— Você está adorável, srta. Westin.

E é por isso que Bram não abre mão de Linus. Aliso minha blusa e arrumo minha saia.

— Hã, o Bram está?

— Sim, mas é melhor avisá-la de que ele está intolerável, ultimamente. Não sei se a senhorita deveria entrar lá. Ele jogou uma maçã pela metade na parede mais cedo porque encontrou uma manchinha marrom nela.

Estremeço.

— Acho que eu sou o motivo para ele estar de mau humor.

— Ah, sem dúvida. Ter o coração partido o deixa assim.

Eu deveria saber que Bram contou a Linus. Bram conta tudo para Linus.

— No entanto, já que a senhorita foi a causa de todo esse problema, talvez deva mesmo entrar lá.

— O quão chateado ele está? — pergunto, querendo sondar o homem que verei quando passar por sua porta.

— Ele não quis tomar o milkshake que eu trouxe ontem.

— Uh, isso é mau sinal.

— Exatamente. Mas vou te dizer uma coisa. Estou feliz que está aqui, porque você é a única pessoa pode fazê-lo feliz. Você é verdadeiramente a única pessoa que já o fez feliz, e eu odiaria vê-lo perder essa felicidade.

— Eu também — digo suavemente e caminho até a porta de Bram. Por cima do ombro, lanço um sorriso para Linus e respiro fundo.

As janelas escuras parecem paredes, então o ambiente está mais escuro que o normal. Fecho a porta atrás de mim e noto Bram sentado na sua cadeira, de costas para mim, encarando o nada.

— Eu te disse que não quero biscoito, Linus.

— Não é o Linus.

Em um flash, Bram gira na cadeira para me encontrar ali de pé diante da sua porta, nervosa.

— Julia — ele fala, espantado. — O que você está fazendo aqui?

— Eu vim conversar com você. É uma boa hora?

— Claro.

Ele levanta e nos dirigimos ao sofá. Junto-me a ele, a meio metro de distância. Coloco a bolsa sobre a mesinha de centro e tento encontrar minhas palavras, apesar dos nervos à flor da pele.

— Eu sinto muito, Bram. — Ele faz menção de falar, mas o calo, precisando tirar isso do meu peito. — Me desculpe por ter te tratado como se você fosse só mais um dos meus namorados idiotas. Você não é nada como eles, então não sei por que te coloquei na categoria deles. Acho que estava com medo de fracassar no amor mais uma vez, e falhei quanto a dar atenção ao que o meu coração estava tentando me dizer. Eu só estava seguindo os conselhos dos livros e dos gráficos.

Chego um pouco mais perto e seguro sua mão.

— Eu vi os seus resultados verdadeiros, mas eles não significam nada para mim, porque antes de Anita me forçar a olhá-los, eu já tinha me decidido e estava prestes a sair do escritório para vir até você. Eu queria seguir o conselho do meu coração e ouvir o perfil que ele escreveu sobre você.

Os olhos de Bram suavizam, e um sorrisinho aparece nos seus lábios.

— E o que tem no meu perfil que o seu coração escreveu?

— Que você é a alma gêmea dele, o equilíbrio, e combinação perfeita. Que o seu coração pertence ao meu, e é ridículo eu ter questionado isso. Desculpe por ter duvidado de você. *De nós.* — Toco sua bochecha. — Eu te amo, Bram. Você é o homem dos meus sonhos, meu par perfeito, e a pessoa com quem quero passar o resto dos meus dias.

Ele solta uma grande lufada de ar.

— Céus, Jules, você faz o meu coração sair pela boca. — Ele me puxa para seu colo e corre as mãos por minhas costas. — Eu te amo pra cacete. Eu faria o teste mais cinco vezes para te provar que pertencemos um ao outro, e te peço mil desculpas por ter dito aquelas coisas sobre o seu programa. Não falei de coração.

Balanço a cabeça.

— Eu sei, e não precisei do teste para entender que pertencemos um ao outro. Eu já sabia, só estava com medo demais de confiar plenamente no meu coração.

— Mas você está enxergando agora, assim como eu?

— Estou, sim. — Pressiono um beijo suave nos seus lábios. — Me desculpe por ter levado dez anos para enxergar.

Ele ri baixinho contra os meus lábios.

— Antes tarde do que nunca, Jules.

— É Julia. — Sorrio entre beijos.

— Nah, você sempre será Jules para mim, a garota por quem me apaixonei na faculdade, a irmã do meu melhor amigo.

EPÍLOGO
Bram

— Se o meu cozido queimar, eu vou ficar te olhando enquanto dorme, sem piscar. Eu sei o quanto você odeia isso.

Sinto meus pés descalços estremecerem. Eu realmente odeio isso pra caralho. Não que ela faça isso, mas é um medo que tenho — acordar e ver uma pessoa me encarando sem piscar. Quem faz isso, porra?

Psicopatas. Psicopatas fazem isso.

Eu arrancaria a cabeça dessa pessoa com um golpe de karatê na hora, antes que ela pudesse ao menos desviar ou considerar piscar.

— Isso vai levar apenas alguns segundos. Eu prometo. — Mantenho minha mão tapando seus olhos enquanto a levo para o meu quarto.

— Você está ciente de que eu sei onde estamos, não é? Já passei mais tempo no seu apartamento do que consigo imaginar, especialmente no seu quarto, então cobrir os meus olhos não vale de nada.

— Ei, srta. Praticidade, me deixe ter o meu momento.

Ela dá um sorriso tímido.

— Desculpe. Prossiga, por favor.

Tiro a mão dos seus olhos e gesticulo para o quarto. Ela me lança um olhar.

— Se está insinuando sexo, então o meu cozido vai mesmo queimar.

— Sempre estou insinuando sexo, mas não é por isso que estamos aqui agora. Estamos aqui porque... que rufem os tambores, por favor.

Só porque ela é a melhor namorada do mundo inteiro, ela faz o som de um perfeito rufar de tambores. Espero alguns segundos antes de puxar uma gaveta da minha cômoda, exibindo as pilhas brancas de meias de cano alto.

— *Tcharam!* — Jogo as mãos para o ar, como se fosse um mágico revelando o truque.

Ela analisa as meias e depois torna a olhar para mim.

— O que está havendo?

— São meias de cano alto para você. — Seguro suas mãos e a puxo para perto de mim. — Eu te amo, Jules, e acho que já passou da hora de morarmos juntos, você não acha? Você praticamente já mora aqui, de qualquer jeito, então achei uma boa tornar isso oficial te dando a sua gaveta de meias de cano alto.

— Você quer que eu venha morar com você?

— Você não sacou isso depois de ver a gaveta? — Aponto para o gesto romântico para lembrá-la.

— Sim, eu saquei. Acho que estou um pouco chocada, só isso. Estamos juntos há apenas alguns meses.

— Sim, alguns meses durante os quais alternamos entre os nossos apartamentos. Nós passamos todas as noites juntos, então nada mais justo do que compartilharmos o mesmo lugar para morar. Vai, eu te deixo escolher o lado da cama que preferir.

— E espaço no closet?

Esfrego a testa.

— Quantas vezes eu tenho que te dizer isso? Eu sou rico. Se você quiser mais espaço no closet, eu consigo mais espaço para você. Se quiser morar comigo em outro apartamento, podemos começar a procurar amanhã. Tudo o que eu quero é morar com você, para que eu possa chegar em casa sabendo que a minha garota está esperando por mim no sofá usando meias de cano alto, pronta para me dar as boas-vindas.

— E se eu quiser que você me dê as boas-vindas? Como você vai fazer isso?

— Pelado e de pau duro. — Balanço as sobrancelhas para ela, fazendo-a revirar os olhos.

— Oh, que sorte a minha — ela diz, impassível, com uma entonação irritada perfeita.

Pego-a nos meus braços.

— Vai, isso é um sim? — Espero, com a respiração presa.

— Você precisa mesmo perguntar? Você sabe que é impossível eu te dizer não. — Ela agarra a parte de trás da minha cabeça e me puxa para um beijo profundo, um que saboreio, um que já percebi que traz ar fresco para os meus pulmões.

Então, qual é o segredo para namorar a irmã do seu melhor amigo?

Descobri quatro coisas: você precisa fazer a transição para a sua garota ir de *apenas* irmã do seu melhor amigo à mulher sem a qual você não consegue viver — sua parceira de *vida*; você deve garantir que ela se sinta valorizada e estimada, respeitando quem ela é e do que gosta; por mais estranho que possa parecer, você deve apreciar meias de cano alto — não importa como são usadas — e saber que elas sempre precisam de uma gaveta própria; e, finalmente, não seja um escroto orgulhoso. Saiba que vale a pena lutar por amor, porque a riqueza verdadeira é encontrada quando seus corações passam a bater no mesmo ritmo.

FIM

Entre em nosso site e viaje no nosso mundo literário.
Lá você vai encontrar todos os nossos
títulos, autores, lançamentos e novidades.
Acesse www.editoracharme.com.br

Você pode adquirir os nossos livros na loja virtual:
loja.editoracharme.com.br

Além do site, você pode nos encontrar em nossas redes sociais.

 https://www.facebook.com/editoracharme

 https://twitter.com/editoracharme

 http://instagram.com/editoracharme

@editoracharme